NOBEL
PRIZE

诺贝尔文学奖经典

局外人·鼠疫

L'Étranger / La Peste

[法国] 阿尔贝·加缪 著 郭宏安 顾方济 徐志仁 译

译林出版社

图书在版编目（CIP）数据

局外人·鼠疫/（法）加缪（Camus, A.）著；郭宏安，顾方济，徐志仁译．—南京：译林出版社，2013.2（2019.7重印）
（诺贝尔文学奖经典）
ISBN 978-7-5447-3492-9

Ⅰ.①局… Ⅱ.①加… ②郭… ③顾… ④徐… Ⅲ.①中篇小说－法国－现代②长篇小说－法国－现代 Ⅳ.①I565.45

中国版本图书馆 CIP 数据核字（2012）第 291001 号

局外人·鼠疫 ［法国］阿尔贝·加缪 / 著 郭宏安 顾方济 徐志仁 / 译

责任编辑 韩沪麟 宋 旸
责任印制 颜 亮

原文出版 Editions Gallimard 1942, 1962
出版发行 译林出版社
地　　址 南京市湖南路 1 号 A 楼
邮　　箱 yilin@yilin.com
网　　址 www.yilin.com
市场热线 025-86633278
排　　版 南京展望文化发展有限公司
印　　刷 江苏凤凰新华印务有限公司
开　　本 652 毫米 × 960 毫米 1/16
印　　张 20.25
插　　页 2
版　　次 2013 年 2 月第 3 版 2019 年 7 月第 15 次印刷
书　　号 ISBN 978-7-5447-3492-9
定　　价 24.8 元

因其重要作品真诚明晰、洞若观火，阐明了我们这个时代人类良知的问题。

——瑞典学院

诺贝尔奖与世界文学的概念

贺拉斯·恩达尔

瑞典学院终身院士、诺贝尔委员会成员

诺贝尔文学奖设立于1901年，逐年颁发，是瑞典发明家、实业家阿尔弗雷德·诺贝尔所创立的五大奖项之一。其中的三个奖项是用来奖励科学研究方面的成就，还有一个是为了表彰为争取世界和平所做的贡献。一般认为，诺贝尔文学奖是一个作家所能被授予的最高荣誉。中国的译林出版社即将出版一套诺贝尔文学奖获得者的作品丛书，这是一则令人欣喜的消息，也进一步证明了诺贝尔文学奖的重要性。

诺贝尔奖获得者的写作，与其他优秀作家的相比，有何殊异之处？人们可以合情合理地质疑：为什么该有殊异之处呢？作家的履历表上增添一个条目，一本书于是就改变了面目吗？以何种方式改变了呢？然而，一位作家的“作品”，不仅仅是一整套文本而已，还包含了阅读这些文本的心理前提。因此，一旦获奖，一些东西也就无可否认地改变了。

俄罗斯流亡作家伊凡·蒲宁1933年获得了诺贝尔奖。他曾在日记中描述，接到来自斯德哥尔摩的著名电话以后，他如何被一种心理反作用所困扰，本能地感到怀疑。他步行走回普罗旺斯的格拉斯小镇上他的小小居所，途中开始感到疑惑，相信这一切都只是出于他的自我暗示。快到家的时候，天色向晚，荒寂的橄榄树林中暮色渐浓，他看见了每一扇窗里的灯火，被带回到现实中来。人们都在那里，等着向他祝贺。“静静的忧伤停落在我心上。”他写道。他恍然明白他的生活永远改变了，再也不能回到原来的样子。他的写作也是如此。从那一刻起，他的作品将被视为属于精英阶层，依此被划定等级，无论人们对于精英阶层本身是什么样的看法。他写的书仍然有可能不被阅读，但作家蒲宁不再有可能被遗忘。从此以往，诺贝尔奖之光将永远在他写作生涯的窗口闪耀，仿若在静静地迎候。

由于诺贝尔文学奖为全世界所瞩目，由于它享有如此高的威望，诺奖获得者的作品不免被认为构成了一类经典。这就引起了不少批评指责，例如，20世纪许多最伟大的作家并不在获奖之列，获奖者中女性太少，欧洲之外的作家太少，而平庸之辈太多。我相信，于1901年开始了第一任诺贝尔委员会工作的瑞典学院的院士们，如果意识到他们将会启动什么，为后世带来什么，一定会感到惊恐。当然，在诺贝尔奖初创立的那些年头，没有人觉得这个奖项是定义经典的手段。“经典”的概念也并不适用于当时的文学。阿尔弗雷德·诺贝尔在遗嘱中说明，奖项颁发给前一年出版的一部作品，很显然，这指的是单一的一部作品而不是一整套著作。很显然，这位捐赠人希望诺贝尔文学奖在当代发生作用，而不是给从古到今的大师加冠加冕。不过瑞典学院引申了《诺贝尔基金会章程》的用词，声称“前一年”应该主要理解为对作品持久生命力的要求，因此，较早的作品也可以获奖，但“只有当它们的重要性刚刚浮出水面”（《诺贝尔基金会章程》第二节）方才可以。这样一来，考量一个作家毕生的全部作品而非一部单一的作品，就成为了一项原则。从瑞典学院的角度来看这是十分明智的，如果严格遵照阿尔弗雷德·诺贝尔的遗嘱来做的话，诺贝尔文学奖的重要性就会大打折扣。

如果说诺贝尔文学奖的初衷并不在于建立经典，当初它的捐赠者仍然希望它能具有国际影响力。一般文学奖项往往局限于一国或一种语言，但为何阿尔弗雷德·诺贝尔把如此艰巨的任务交给瑞典学院,令其为全世界的文学选取获奖者?诺贝尔是一位世界主义者,在许多国家都有生意来往。他用五种语言交谈、通信。他说过一句著名的话:“我的祖国是我工作的地方,而我在任何地方工作。”但这些都只是答案的一部分。诺贝尔的文学观是建立在一种特殊的思想传统之上的。他在开始撰写最后一份遗嘱时，很显然深深地受到歌德与爱克曼的对谈中那一著名段落的影响,在这段话中首次出现了“世界文学”(Weltliteratur)这一术语。那段话是这样的:“民族文学如今已经不那么重要,世界文学的时代快要来临了,我们每个人都应该努力使它尽快到来。”

诺贝尔在遗嘱中声明,他“怀着明确的愿望,希望评奖的时候不要掺杂任何关于候选人国籍的考虑”(《诺贝尔基金会章程》第一节)。这一奖项是为了奖励个人的成就,而不是把作家当作国家或者语言、社会或者种族团体的代表,也不是作为某一性别的代表加以表彰。遗嘱中没有任何关于“公平地”分配奖项的说法,不管是什么意义上的公平,这种取向显然都是与捐赠者的见解相悖的。对他来说,至关重要的是获奖作家为人类进步做出了贡献(“给人类带来了最大的益处”),而不在于奖项能取悦这一群或那一群人的自尊心。

如若纯以国别来划分文学,缺点会是显而易见的,只要看看1901年至今的获奖者名单就清楚了。对其中一些作家来说,流亡,不管是国内还是国外流亡,是他们的写作无可逃脱的境况。他们国内的读者大众以及文学见解制造者们常常偏爱别的作家，而不是这些由瑞典学院选中的作家。在独裁的或者极其传统的社会中,诺奖获得者常常被认为是局外人或者是异见分子。

伟大的作家往往是流浪者,很难用种族或者语言把他们归类。引人注意的是,尤其是近年来,如此之多的获奖者都有着模糊或者有疑议的国籍归属。贝克特是用法语写作的爱尔兰人。卡内蒂是犹太裔英国人,来自保加利亚,他的文学语言是德语。获得诺奖的布罗茨基不再用俄语的"约瑟夫"称呼自己,而改用英语,他是一位用双语写作的诗人。奈莉·萨克斯属于德语文学,却不属于德国,也不属于瑞典,尽管她在瑞典度过了一生中的大部分时光。辛格锁定意第绪语和英语进行写作,他对消逝了的东欧犹太文化所进行的想象重建,正需要以异国他乡的经验以及一个现代世俗社会所提供的距离感为前提。

2001 年奈保尔获得诺贝尔文学奖,英国外事人员最初拒绝承认奖项颁给了英国作家。贺信发至了特立尼达!但是奈保尔在特立尼达出生时,这个岛还是大英帝国的一部分,他也很早就移居到了英国,他从来都只是英国公民,最近他甚至还被英国女王封为了爵士。尽管如此,斯德哥尔摩的英国大使还是不情不愿、磨磨蹭蹭,最后才接纳这位极其英式的作家为同胞。

再回到获奖者名单的前面,我们发现上文提到的伊凡·蒲宁是一个没有国家的流亡者,持着南森护照[①]。我作为常务秘书深有体会:如果观察颁奖之后各界的反应,会发现带有敌意的评论往往是来自作家的祖国。伟大的作家是很惹人厌的。

文学的诞生

诺贝尔的遗嘱和诺贝尔基金会的章程都假定,"文学"这个词的含义是众所周知、毫无争议的。仅有的补充说明不见于遗嘱,而来自章程里的一个段落,声明这里的文学"不仅指纯文学,还应包括因其形式和风格而具有了文学价值的其他作品"。其中"纯文学"一词是由奥古斯特·威廉·施莱格尔发明的,描述一类出于艺术意图而非实用或理论目的所写出的作品。可见,诺贝尔奖评奖过程采用的是一种约有两百年之久的文学观念,在今天它似乎已通行于世界大部分地方,但在当时它才

① 南森护照是一种被国际承认的身份证,由国际联盟首推,当时是为无国籍的难民而设。

刚刚被欧洲文化圈之外的世界所了解、接受。尽管如此，这一文学观念并不是那么显而易见的，也并非真的那么古老。

“文学”较早的定义往往着眼于一类“符合高标准”的书面写作，亦即具有经典品质的文学纪念碑。这些文本具有典范性的内容和风格，并非是我们现在所理解的“想象性文学”。

按照这个问题的权威意见，阿拉伯语中的“文学”颇类似于18世纪法语中的“文学”：表示学问和良好的教养。当今日语中的文学概念产生于19世纪末20世纪初，当时，《源氏物语》这样的作品被提升到了伟大杰作的地位。日语中原有的“文学”一词产生更早，但具有另一种含义；在明治时代(1868—1912)，人们以德国“国民文学”(Nationalliteratur)概念为模型，重新理解了这一词汇。欧洲人认为属于种种文学类型的东西，原先在日本是与其他活动牢牢结合在一起的：书法、绘画、茶道、三味线[①]，等等，这些都属于日语中所说的“游艺”，是相对“武艺”而言的[②]。我们不应忘记类似的划分在西方世界也曾有过。比如，我想到克劳德·佩罗在《古今之相似》(1688)中对美术的讨论，其中有一个关于烟火制造的段落。曾几何时，我们是把艺术称作“人生的装饰”的。

直到约1700—1800年间，一种包含了散文体虚构作品的文学概念才在欧洲突破阻力出现。在世界其他地方，阻力更大，更占上风。汉语中的“文学”包括了诗歌和学者散文，与深思自省相关，被认为是建立在真实经历的基础之上。而虚构作品则属于一个较低的层次。在与西方文学长达一个世纪之久的交流之后，中国的作家们都能自豪地以小说家的身份展现自己了。

---

① 三味线，日本传统弦乐器。

② 日文的“游艺”(遊芸)一词意为闲暇时的艺术活动，与之相对地，“武艺”(武芸)意为武术、武功。

诺贝尔文学奖背后的标准

西方之外的种种文化，通常都以诗歌为理解文学的基础。然而在西方，亚里士多德的深远影响使得“模拟”(mimesis)成为理解何为文学的关键，致使诸如戏剧、叙事诗这样的类型也被纳入文学之中。西方的文学观念由19世纪初的德国浪漫主义文学家们最终塑造成形，诺贝尔文学奖基本上是以这种文学观念为准的。不过，有了章程中的那段补充文字，更古老的文学定义的遗风余韵还能在诺贝尔奖的规定中占据一席之地。关于如何理解文学的那句话被引申了五次，其中有两次是为了授奖给哲学家，三次是为了授奖给历史学家，柏格森和丘吉尔分别是其中最著名的代表。这种好古的倾向似乎颇有预示性，在当前的文化气候中，诗歌和虚构作品相对来说正在衰退，而报告文学、游记文学、目击者实录、自传和散文似乎正在文学领域内占据越来越重要的地位。

很难说阿尔弗雷德·诺贝尔当时觉得应该以怎样的标准来判定作品的文学价值，来作为诺贝尔奖的评奖依据。遗嘱中，他仅仅说奖项应该授予“在文学方面创作出具有理想主义倾向的最佳作品的人”。关于“理想主义倾向”，诺贝尔指的是什么，还没有人能够给出无可争议的解读。

当现代主义在西方文学或至少是在文学批评领域大获成功的时候，瑞典学院被指责维护过时的理想，对当代文学的真正创新视而不见。然而瑞典学院的院士们相信，如果获奖作家的作品不具有广泛的感染力，是不符合诺贝尔遗嘱的精神的。自1947年来，诺奖颁给了不少“现代主义的伟大先驱者”，例如纪德、T. S. 艾略特，还有福克纳，瑞典学院舍弃了原先对精英主义的抵触，向知识分子的见解靠近。在其后的获奖者名单中，你既能发现特立独行、只为少数幸运者写作的大师，也会看到享有世界声誉、拥有广泛读者群的作家。

迈向世界文学

当下对世界文学的探讨中,"中心"与"边缘"的概念起到了突出的作用。一般认为,诺贝尔奖体现了西方文化圈核心地带的文学取向。然而,与诺贝尔文学奖相关的工作使我们看到,文学系统绝非一个统一、集中的整体。每个国家都有自己的世界文学概念,没有所谓的中立区域,也不存在一种为所有人共享的跨国界的视野。要使全世界文学创作的潮流汇聚一处,形成一种统一的大文学,看起来是不可能的。

参与评选诺贝尔文学奖,促使我们形成另外一种世界文学的概念。这一概念并不指代全世界现有的全部文学作品,而意味着一种语境,我们希望把获奖的作品带入这个语境。世界文学意味着一个逐渐成形的共同体,翻译就是它的通用语言。全世界的各种民族文学将越来越紧密地联结在一起并相互影响。这一进程中,诺贝尔奖无疑是一种催化剂。

(武梦如　译)

目 录

局外人

[法国] 阿尔贝·加缪　著

第一部

1

今天，妈妈死了。也许是昨天，我不知道。我收到养老院的一封电报，说："母死。明日葬。专此通知。"这说明不了什么。可能是昨天死的。

养老院在马朗戈，离阿尔及尔八十公里。我乘两点钟的公共汽车，下午到，还赶得上守灵，明天晚上就能回来。我向老板请了两天假，有这样的理由，他不能拒绝。不过，他似乎不大高兴。我甚至跟他说："这可不是我的错儿。"他没有理我。我想我不该跟他说这句话。反正，我没有什么可请求原谅的，倒是他应该向我表示哀悼。不过，后天他看见我戴孝的时候，一定会安慰我的。现在有点像是妈妈还没有死似的，不过一下葬，那可就是一桩已经了结的事了，一切又该公事公办了。

我乘的是两点钟的汽车。天气很热。跟平时一样，我还是在赛莱斯特的饭馆里吃的饭。他们都为我难受，赛莱斯特还说："人只有一个母亲啊。"我走的时候，他们一直送我到门口。我有点儿烦，因为我还得到艾玛努埃尔那里去借黑领带和黑纱。他几个月前刚死了叔叔。

为了及时上路，我是跑着去的。这番急，这番跑，加上汽车颠簸，汽油味儿，还有道路和天空亮得晃眼，把我弄得昏昏沉沉的。我几乎睡了一路。

我醒来的时候，正歪在一个军人身上，他朝我笑笑，问我是不是从远地方来。我不想说话，只应了声“是”。

养老院离村子还有两公里，我走去了。我真想立刻见到妈妈。但门房说我得先见见院长。他正忙着，我等了一会儿。这当儿，门房说个不停，后来，我见了院长。他是在办公室里接待我的。那是个小老头，佩带着荣誉团勋章。他那双浅色的眼睛盯着我。随后，他握着我的手，老也不松开，我真不知道如何抽出来。他看了看档案，对我说：“默而索太太是三年前来此的，您是她唯一的赡养者。”我以为他是在责备我什么，就赶紧向他解释。但是他打断了我：“您无须解释，亲爱的孩子。我看过您母亲的档案。您无力负担她。她需要有人照料，您的薪水又很菲薄。总之，她在这里更快活些。”我说：“是的，院长先生。”他又说：“您知道，她有年纪相仿的人作朋友。他们对过去的一些事有共同的兴趣。您年轻，跟您在一起，她还会闷得慌呢。”

这是真的。妈妈在家的时候，一天到晚总是看着我，不说话。她刚进养老院时，常常哭。那是因为不习惯。几个月之后，如果再让她出来，她还会哭的。这又是因为不习惯。差不多为此，近一年来我就几乎没来看过她。当然，也是因为来看她就得占用星期天，还不算赶汽车、买车票、坐两小时的车所费的力气。

院长还在跟我说，可是我几乎不听了。最后，他说：“我想您愿意再看看您的母亲吧。”我站了起来，没说话，他领着我出去了。在楼梯上，他向我解释说：“我们把她抬到小停尸间里了。因为怕别的老人害怕。这里每逢有人死了，其他人总要有两三天工夫才能安定下来。这给服务带来很多困难。”我们穿过一个院子，院子里有不少老人，正三五成群地闲谈。我们经过的时候，他们都不作声了；我们一过去，他们就又说开了。真像一群鹦鹉在啾啾喳喳低声乱叫。走到一座小房子门前，院长与我告别：“请自便吧，默而索先生。有事到办公室找我。原则上，下葬定于明晨十点钟。我们是想让您能够守灵。还有，您的母亲似乎常向同伴们表示，希望按宗教的仪式安葬。这事我已经安排好了。只不过想告诉您一声。”我谢了他。妈妈并不是无神论者，可活着的时候也从未想到过宗教。

我进去了。屋子里很亮，玻璃天棚，四壁刷着白灰。有几把椅子，几个×形的架子。正中两个架子上，停着一口棺材，盖着盖。一些发亮的螺丝钉，刚拧进去个头儿，在刷成褐色的木板上看得清清楚楚。棺材旁边，有一个阿拉伯女护士，穿着白大褂，头上一方颜色鲜亮的围巾。

这时，门房来到我的身后。他大概是跑来着，说话有点儿结巴：“他们给盖上了，我得再打开，好让您看看她。”他走近棺材，我叫住了他。他问我：“您不想？”我回答说：“不想。”他站住了，我很难为情，因为我觉得我不该那样说。过了一会儿，他看了看我，问道：“为什么？”他并没有责备的意思，好像只是想问问。我说：“不知道。”于是，他拈着发白的小胡子，也不看我，说道：“我明白。”他的眼睛很漂亮，淡蓝色，脸上有些发红。他给我搬来一把椅子，自己坐在我后面。女护士站起来，朝门口走去。这时，门房对我说：“她长的是恶疮。”因为我不明白，就看了看那女护士，只见她眼睛下面绕头缠了一条绷带。在鼻子的那个地方，绷带是平的。在她的脸上，人们所能见到的，就是一条雪白的绷带。

她出去以后，门房说：“我不陪你了。”我不知道我做了个什么表示，他没有走，站在我后面。背后有一个人，使我很不自在。傍晚时分，屋子里仍然很亮。两只大胡蜂在玻璃天棚上嗡嗡地飞。我感到困劲儿上来了。我头也没回，对门房说：“您在这里很久了吗？”他立即回答道：“五年了，”好像就等着我问他似的。

接着，他滔滔不绝地说了起来。如果有人对他说他会在马朗戈养老院当一辈子门房，他一定会惊讶不止。他六十四岁，是巴黎人。说到这儿，我打断了他：“噢，您不是本地人？”我这才想起来，他在带我去见院长之前，跟我谈起过妈妈。他说要赶快下葬，因为平原天气热，特别是这个地方。就是那个时候，他告诉我他在巴黎住过，而且怎么也忘不了巴黎。在巴黎，死人在家里停放三天，有时四天。这里不行，时间太短，怎么也习惯不了才过这么短时间就要跟着柩车去下葬。这时，他老婆对他说："别说了，这些事是不能对先生说的。"老头子脸红了，连连道歉。我就说："没关系，没关系。"我觉得他说得对，很有意思。

在小停尸间里，他告诉我，他进养老院是因为穷。他觉得自己身体还结实，就自荐当了门房。我向他指出，无论如何，他还是养老院收留的人。他说不是。我先就觉得奇怪，他说到住养老院的人时（其中有几个并不比他大），总是说："他们"，"那些人"，有时也说"老人们"。当然，那不是一码事。他是门房，从某种程度上说，他还管着他们呢。

这时，那个女护士进来了。天一下子就黑了。浓重的夜色很快就压在玻璃天棚上。门房打开灯，突然的光亮使我眼花目眩。他请我到食堂去吃饭。但是我不饿。他于是建议端杯牛奶咖啡来。我喜欢牛奶咖啡，就接受了。过了一会儿，他端着一个托盘回来了。我喝了咖啡，想抽烟。可是我犹豫了，我不知道能不能在妈妈面前这样做。我想了想，认为这不要紧。我给了门房一支烟，我们抽了起来。

过了一会儿，他对我说："您知道，令堂的朋友们也要来守灵。这是习惯。我得去找些椅子，端点咖啡来。"我问他能不能关掉一盏灯。照在白墙上的灯光使我很难受。他说不行。灯就是那样装的：要么全开，要么全关。我后来没有怎么再注意他。他出去，进来，摆好椅子，在一把椅子上围着咖啡壶放了一些杯子。然后，他隔着妈妈的棺木在我对面坐下。女护士也坐在里边，背对着我。我看不见她在干什么。但从她胳膊的动作看，我认为她是在织毛线。屋子里暖洋洋的，咖啡使我发热，从开着的门中，飘进来一股夜晚和鲜花的气味。我觉得我打了个盹儿。

一阵窸窸窣窣的声音把我弄醒了。乍一睁开眼睛，屋子更显得白了。在我面前，没有一点儿阴影，每一样东西，每一个角落，每一条曲线，都清清楚楚，轮廓分明，很显眼。妈妈的朋友们就是这个时候进来的。一共有十来个，静悄悄地在这耀眼的灯光中挪动。他们坐下了，没有一把椅子响一声。我看见了他们，我看人从来没有这样清楚过，他们的面孔和衣着的任何一个细节都没有逃过我的眼睛。然而，我听不见他们的声音，我真难相信他们是真的在那里。几乎所有的女人都系着围裙，束腰的带子使她们的大肚子更突出了。我还从没有注意过老太太会有这样大的肚子。男人几乎都很瘦，拄着手杖。使我惊奇的是，我在他们的脸上看不见眼睛，只看见一堆皱纹中间闪动着一缕混浊的亮光。他们坐下的时候，大多数人都看了看我，不自然地点了点头，嘴唇都陷进了没有牙的嘴里，我也不知道他们是向我打招呼，还是脸上不由自主地抽动了一下。我还是相信他们是在跟我招呼。这时我才发觉他们都面对着我，摇晃着脑袋坐在门房的左右。有一阵，我有一种可笑的印象，觉得他们是审判我来了。

不多会儿，一个女人哭起来了。她坐在第二排，躲在一个同伴的后面，我看不清楚。她抽抽答答地哭着，我觉得她大概不会停的。其他人好像都没有听见。他们神情沮丧，满面愁容，一声不吭。他们看看棺材，看看手杖，或随便东张西望，他们只看这些东西。那个女人一直在哭。我很奇怪，因为我并不认识她。我真希望她别再哭了，可我不敢对她说。门房朝她弯下身，说了句话，可她摇摇头，嘟囔了句什么，依旧抽抽答答地哭着。于是，门房朝我走来，在我身边坐下。过了好一阵，他才眼睛望着别处告诉我："她跟令堂很要好。她说令堂是她在这儿唯一的朋友，现在她什么人也没有了。"

我们就这样坐了很久。那个女人的叹息声和呜咽声少了，但抽泣得很厉害，最后总算无声无息了。我不困了，但很累，腰酸背疼。现在，是这些人的沉默使我难受。我只是偶尔听见一种奇怪的声响，不知道是什么。时间长了，我终于猜出，原来是有几个老头子嘬腮帮子，发出了这种怪响。他们沉浸在冥想中，自己并不觉得。我甚至觉得，在他们眼里，躺在他们中间的死者算不了什么。但是现在我认为，那是一个错误的印象。

我们都喝了门房端来的咖啡。后来的事，我就不知道了。一夜过去了。我现在还记得，有时我睁开眼，看见老头们一个个缩成一团睡着了，只有一位，下巴颏压在拄着手杖的手背上，在盯着我看，好像他就等着我醒似的。随后，我又睡了。因为腰越来越疼，我又醒了。晨曦已经悄悄爬上玻璃窗。一会儿，一个老头儿醒了，使劲地咳嗽。他掏出一块方格大手帕，往里面吐痰，每一口痰都像使尽了全身的力气。其他人都被吵醒了，门房说他们该走了。他们站了起来。这样不舒服的一夜使他们个个面如死灰。出乎意料的是，他们出去时竟都同我握了手，好像过了彼此不说一句话的黑夜，我们的亲切感倒增加了。

我累了。门房把我带到他那里，我洗了把脸，我又喝了一杯牛奶咖啡，好极了。我出去时，天已大亮。马朗戈和大海之间的山岭上空，一片红光。从山上吹过的风带来了一股盐味。看来是一个好天。我很久没到乡下来了，要不是因为妈妈，这会儿去散散步该多好啊。

我在院子里一棵梧桐树下等着。我闻着湿润的泥土味儿，不想再睡了。我想到了办公室里的同事们。这个时辰，他们该起床上班去了，对我来说，这总是最难熬的时刻。我又想了一会儿，被房子里传来的铃声打断了。窗户后面一阵忙乱声，随后又安静下来。太阳在天上又升高了一些，开始晒得我两脚发热。门房穿过院子，说院长要见我。我到他办公室去。他让我在几张纸上签了字。我见他穿着黑衣服和带条纹的裤子。他拿起电话，问我："殡仪馆的人已来了一会儿了，我要让他们来盖棺。您想最后再见见您的母亲吗？"我说不。他对着电话低声命令说："费雅克，告诉那些人，他们可以去了。"

然后，他说他也要去送葬，我谢了他。他在写字台后面坐下，叉起两条小腿。他告诉我，送葬的只有我和他，还有值勤的女护士。原则上，院里的老人不许去送殡，只许参加守灵。他指出："这是个人道问题。"不过这一次，他允许妈妈的一个老朋友多玛·贝莱兹参加送葬。说到这儿，院长笑了笑。他对我说："您知道，这种感情有点孩子气。他和您的母亲几乎是形影不离。在院里，大家都拿他们打趣，他们对贝莱兹说：'她是您的未婚妻。'他只是笑。他们觉得开心。问题是默而索太太的死使他十分难过，我认为不应该拒绝他。但是，根据医生的建议，我昨天没有让他守灵。"

我们默默地坐了好一会儿。院长站起来，往窗外观望。他看了一会儿，说："马朗戈的神甫来了。他倒是提前了。"他告诉我至少要走三刻钟才能到教堂，教堂在村子里。我们下了楼。神甫和两个唱诗童子等在门前。其中一个手拿香炉，神甫弯下腰，调好香炉上银链子的长短。我们走到时，神甫已直起腰来。他叫我"儿子"，对我说了几句话。他走进屋里，我随他进去。

我一眼就看见螺钉已经旋进去了，屋子里站着四个穿黑衣服的人。同时，我听见院长说车子已经等在路上，神甫也开始祈祷了。从这时起，一切都进行得很快。那四个人走向棺材，把一条毯子蒙在上面。神甫、唱诗童子、院长和我，一齐走出去。门口，有一位太太，我不认识。"默而索先生，"院长介绍说。我没听见这位太太的姓名，只知道她是护士代表。她没有一丝笑容，向我低了低瘦骨嶙峋的长脸。然后，我们站成一排，让棺材过去。我们跟在抬棺材的人后面，走出养老院。送葬的车停在大门口，长方形，漆得发亮，像个铅笔盒。旁边站着葬礼司仪，他身材矮小，衣着滑稽，还有一个态度做作的老人，我明白了，他就是贝莱兹先生。他戴着一顶圆顶宽檐软毡帽（棺材经过的时候，他摘掉了帽子），裤脚堆在鞋上，大白领的衬衫太大，而黑领花又太小。鼻子上布满了黑点儿，嘴唇不住地抖动。满头的白发相当细软，两只耷拉耳，耳轮胡乱卷着，血红的颜色衬着苍白的面孔，给我留下了强烈的印象。司仪安排了我们的位置。神甫走在前面，然后是车子。旁边是四个抬棺材的。再后面，是院长和我，护士代表和贝莱兹先生断后。

天空中阳光灿烂，地上开始感到压力，炎热迅速增高。我不知道为什么要等这么久才走。我穿着一身深色衣服，觉得很热。小老头本来已戴上帽子，这时又摘下来了。院长跟我谈到他的时候，我歪过头，望着他。他对我说，我母亲和贝莱兹先生傍晚常由一个女护士陪着散步，有时一直走到村里。我望着周围的田野。一排排通往天边山岭的柏树，一片红绿相杂的土地，房子不多却错落有致，我理解母亲的心理。在这个地方，傍晚该是一段令人伤感的时刻啊。今天，火辣辣的太阳晒得这片地方直打颤，既冷酷无情，又令人疲惫不堪。

我们终于上路了。这时我才发觉贝莱兹有点儿瘸。车子渐渐走快了，老人落在后面。车子旁边也有一个人跟不上了，这时和我并排走着。我真奇怪，太阳怎么在天上升得那么快。我发现田野上早就充满了嗡嗡的虫鸣和簌簌的草响。我脸上流下汗来。我没戴帽子，只好拿手帕扇风。殡仪馆的那个伙计跟我说了句什么，我没听见。同时，他用右手掀了掀鸭舌帽檐，左手拿手帕擦着额头。我问他："怎么样？"他指了指天，连声说："晒得够呛。"我说："对。"过了一会儿，他问我："里边是您的母亲吗？"我又回了个"对"。"她年纪大吗？"我答道："还好，"因为我也不知道她究竟多少岁。然后，他就不说话了。我回了回头，看见老贝莱兹已经拉下五十多米远了。他一个人急忙往前赶，手上摇晃着帽子。我也看了看院长。他庄严地走着，没有一个多余的动作。他的额上渗出了汗珠，他也不擦。

我觉得一行人走得更快了。我周围仍然是一片被阳光照得发亮的田野。天空亮得让人受不了。有一阵，我们走过一段新修的公路。太阳晒得柏油爆裂，脚一踩就陷进去，留下一道亮晶晶的裂口。车顶上，车夫的熟皮帽子就像在这黑油泥里浸过似的。我有点迷迷糊糊，头上是青天白云，周围是单调的颜色，开裂的柏油是粘乎乎的黑，人们穿的衣服是死气沉沉的黑，车子是漆得发亮的黑。这一切，阳光、皮革味、马粪味、漆味、香炉味、一夜没睡觉的疲倦，使我两眼模糊，神志不清。我又回了回头，贝莱兹已远远地落在后面，被裹在一片蒸腾的水气中，后来干脆看不见了。我仔细寻找，才见他已经离开大路，从野地里斜穿过来。我注意到前面大路转了个弯。原来贝莱兹熟悉路径，正抄近路追我们呢。在大路拐弯的地方，他追上了我们。后来，我们又把他落下了。他仍然斜穿田野，这样一共好几次。而我，我感到血直往太阳穴上涌。

以后的一切都进行得如此迅速、准确、自然，我现在什么也记不得了。除了一件事，那就是在村口，护士代表跟我说了话。她的声音很怪，与她的面孔不协调，那是一种抑扬的、颤抖的声音。她对我说："走得太快，又要出汗，到了教堂就会着凉。"她说得对。进退两难，出路是没有的。我还保留着这一天的几个印象，比方说，贝莱兹最后在村口追上我们时的那张面孔。他又激动又难过，大滴的泪水流上面颊。但是，由于皱纹的关系，泪水竟流不动，散而复聚，在那张形容大变的脸上铺了一层水。还有教堂，路旁的村民，墓地坟上红色的天竺葵，贝莱兹的昏厥（真像一个散架的木偶），撒在妈妈棺材上血红色的土，杂在土中的雪白的树根，又是人群，说话声，村子，在一个咖啡馆门前的等待，马达不停的轰鸣声，以及当汽车开进万家灯火的阿尔及尔，我想到我要上床睡它十二个钟头时我所感到的喜悦。

2

醒来的时候，我明白了为什么我向老板请那两天假时他的脸色那么不高兴，因为今天是星期六。我可以说是忘了，起床的时候才想起来。老板自然是想到了，加上星期天我就等于有了四天假日，而这是不会叫他高兴的。但一方面，安葬妈妈是在昨天而不是在今天，这并不是我的错，另一方面，无论如何，星期六和星期天总还是我的。当然，这并不妨碍我理解老板的心情。

昨天一天我累得够呛，简直起不来。刮脸的时候，我一直在想今天干什么，我决定去游泳。我乘电车去海滨浴场。一到那儿，我就扎进水里。年轻人很多。我在水里看见了玛丽·卡多娜，我们从前在一个办公室工作，她是打字员，我那时曾想把她弄到手。我现在认为她也是这样想的。但她很快就走了，我们没来得及呀。我帮她爬上一个水鼓。在扶她的时候，我轻轻地碰着了她的乳房。她趴在水鼓上，我还在水里。她朝我转过身来，头发遮住了眼睛，她笑了。我也上了水鼓，挨在她身边。天气很好，我开玩笑似地仰起头，枕在她的肚子上。她没说什么，我就这样待着。我两眼望着天空，天空是蓝的，泛着金色。我感到头底下玛丽的肚子在轻轻地起伏。我们半睡半醒地在水鼓上待了很久。太阳变得太强烈了，她下了水，我也跟着下了水。我追上她，伸手抱住她的腰，我们一起游。她一直在笑。在岸上晒干的时候，她对我说："我晒得比您还黑。"我问她晚上愿意不愿意去看电影。她还是笑，说她想看一部费南代尔[①]的片子。穿好衣服以后，她看见我系了一条黑领带，显出很奇怪的样子，问我是不是在戴孝。我跟她说妈妈死了。她想知道是什么时候，我说："昨天。"她吓得倒退了一步，但没表示什么。我想对她说这不是我的错，但是我收住了口，因为我想起来我已经跟老板说过了。这是毫无意义的。反正，人总是有点什么过错。

晚上，玛丽把什么都忘了。片子有的地方挺滑稽，不过实在是很蠢。她的腿挨着我的腿。我抚摸她的乳房。电影快结束的时候，我吻了她，但吻得很笨。出来以后，她跟我到我的住处来了。

我醒来的时候，玛丽已经走了。她跟我说过她得到她婶婶家去。我想起来了，今天是星期天，这真烦人，因为我不喜欢星期天。于是，我翻了个身，在枕头上寻找玛丽的头发留下的盐味儿，一直睡到十点钟。我一根接一根地抽烟，一直躺着，直到中午。我不想跟平时那样去赛莱斯特的饭馆吃饭，因为他们肯定要问我，我可不喜欢这样。我煮了几个鸡蛋，就着盘子吃了，没吃面包，我没有了，也不愿意下楼去买。

吃过午饭，我有点闷得慌，就在房子里瞎转悠。妈妈在的时候，这套房子还挺合适，现在我一个人住就太大了，我不得不把饭厅的桌子搬到卧室里来。我只住这一间，屋里有几把当中的草已经有点塌陷的椅子，一个镜子发黄的柜子，一个梳妆台，一张铜床。其余的都不管了。后来，没事找事，我拿起一张旧报，读了起来。我把克鲁申盐业公司的广告剪下来，贴在一本旧簿子里。凡是报上让我开心的东西，我都剪下贴在里面。我洗了洗手，最后，上了阳台。

我的卧室外面是通往郊区的大街。午后天气晴朗。但是，马路很脏，行人稀少，却都很匆忙。首先是全家出来散步的人，两个穿海军服的小男孩，

① 费南代尔(1903—1971)，法国著名喜剧演员。

短裤长得过膝盖，笔挺的衣服使他们手足无措；一个小女孩，头上扎着一个粉红色的大花结，脚上穿着黑漆皮鞋。他们后面，是一位高大的母亲，穿着栗色的绸连衣裙；父亲是个相当瘦弱的矮个儿，我见过。他戴着一顶平顶窄檐的草帽，扎着蝴蝶结，手上一根手杖。看到他和他老婆在一起，我明白了为什么这一带的人都说他仪态不凡。过了一会儿，过来一群郊区的年轻人，头发油光光的，系着红领带，衣服腰身收得很紧，衣袋上绣着花儿，穿着方头皮鞋。我想他们是去城里看电影的，所以走得这样早，而且一边赶电车，一边高声说笑。

他们过去之后，路上渐渐没有人了。我想，各处的热闹都开始了。街上只剩下了一些店主和猫。从街道两旁的无花果树上空望去，天是晴的，但是不亮。对面人行道上，卖烟的搬出一把椅子，倒放在门前，双腿骑上，两只胳膊放在椅背上。刚才还是拥挤不堪的电车现在几乎全空了。烟店旁边那家叫“彼埃罗之家”的小咖啡馆里空无一人，侍者正在扫地。这的确是个星期天的样子。

我也把椅子倒转过来，像卖烟的那样放着，我觉得那样更舒服。我抽了两支烟，又进去拿了块巧克力，回到窗前吃起来。很快，天阴了。我以为要下暴雨，可是，天又渐渐放晴了。不过，刚才飘过一片乌云，像是要下雨，使街上更加阴暗了。我待在那儿望天，望了好久。

五点钟，电车轰隆隆地开过来了，车里挤满了从郊外体育场看比赛的人，有的就站在踏板上，有的扶着栏杆。后面几辆车里拉着的，我从他们的小手提箱认出是运动员。他们扯着嗓子喊叫，唱歌，说他们的俱乐部万古常青。好几个人跟我打招呼。其中有一个甚至对我喊：“我们赢了他们。”我点点头，大声说：“对。”从这时起，小汽车就多起来了。

天有点暗了。屋顶上空，天色发红，一入黄昏，街上也热闹起来。散步的人也渐渐往回走了。我在人群中认出了那位仪态不凡的先生。孩子在哭，让大人拖着走。这一带的电影院几乎也在这时把大批看客抛向街头。其中，年轻人的举动比平时更坚决，我想他们刚才看的是一部冒险片子。

从城里电影院回来的人到得稍微晚些。他们显得更庄重些。他们还在笑，却不时地显出疲倦和出神的样子。他们待在街上，在对面的人行道上走来走去。附近的姑娘们没戴帽子，挽着胳膊在街上走。小伙子们设法迎上她们，说句笑话，她们一边大笑，一边回过头来。其中我认识好几个，她们向我打了招呼。

这时，街灯一下子亮了，使夜晚空中初现的星星黯然失色。我望着满是行人和灯光的人行道，感到眼睛很累。电灯把潮湿的路面照得闪闪发光，间隔均匀的电车反射着灯光，照在发亮的头发、人的笑容或银手镯上。不一会儿，电车少了，树木和电灯上空变得漆黑一片，不知不觉中路上的人也走光了，直到第一只猫慢悠悠地穿过重新变得空无一人的马路。这时，我想该吃晚饭了。我在椅背上趴得太久了，脖子有点儿酸。我下楼买了面包和面片，自己做了做，站着吃了。我想在窗前抽支烟，可是空气凉了，我有点儿冷。我关上窗户，回来的时候，在镜子里看见桌子的一角上摆着酒精灯和面包块。我想星期天总是忙忙碌碌的，妈妈已经安葬了，我又该上班了，总之，没有任何变化。

3

今天，我在办公室干了很多活儿。老板很和气。他问我是不是太累了，他也想知道妈妈的年纪。为了不弄错，我说了个“六十来岁”，我不知道为什么他好像松了口气，认为这是了结了一桩大事。

我的桌子上堆了一大堆提单，我都得处理。在离开办公室去吃午饭之前，我洗了手。中午是我最喜欢的时刻。晚上，我就不那么高兴了，因为公用的转动毛巾用了一天，都湿透了。一天，我向老板提出了这件事。他回答说他对此感到遗憾，不过这毕竟是小事一桩。我下班晚了些，十二点半我才跟艾玛努埃尔一起出来，他在发货部门工作。办公室外面就是海，我们看了一会儿大太阳底下停在港里的船。这时，一辆卡车开过来，带着哗啦哗啦的铁链声和噼噼啪啪的爆炸声。艾玛努埃尔问我"去看看怎么样"，我就跑了起来。卡车超过了我们，我们追上去。我被包围在一片嘈杂声和灰尘之中，什么也看不见了，只感到这种混乱的冲动，拼命在绞车、机器、半空中晃动的桅杆和我们身边的轮船之间奔跑。我第一个抓住车，跳了上去。然后，我帮着艾玛努埃尔坐好。我们喘不过气来，汽车在尘土和阳光中，在码头上高低不平的路上颠簸着。艾玛努埃尔笑得上气不接下气。

我们来到赛莱斯特的饭馆，浑身是汗。他还是那样子，挺着大肚子，系着围裙，留着雪白的小胡子。他问我"总还好吧"，我说好，现在肚子饿了。我吃得很快，喝了咖啡，然后回家，睡了一会儿，因为我酒喝多了。醒来的时候，我想抽烟。时候不早了，我跑去赶电车。我干了一下午。办公室里很热，晚上下了班，我沿着码头慢步走回去，感到很快活。天是绿色的，我感到心满意足。尽管如此，我还是径直回家了，因为我想自己煮土豆。

楼梯黑乎乎的。我上楼时碰在老萨拉玛诺的身上，他是我同层的邻居。他牵着狗。八年来，人们看见他们总是厮守在一起。这条西班牙种猎犬生了一种皮肤病，我想是丹毒，毛都快掉光了，浑身是硬皮和褐色的痂。他们俩挤在一间小屋子里，久而久之，老萨拉玛诺都像它了。他的脸上长了些发红的硬痂，头上是稀疏的黄毛。那狗呢，也跟它的主人学了一种弯腰驼背的走相，撅着嘴，伸着脖子。他们好像是同类，却相互憎恨。每天两次，十一点和六点，老头儿带着狗散步。八年来，他们没有改变过路线。他们总是沿着里昂路走，狗拖着人，直到老萨拉玛诺打个趔趄，他于是就又打又骂。狗吓得趴在地上，让人拖着走。这时，该老头儿拽了。要是狗忘了，又拖起主人来，就又会挨打挨骂。于是，他们两个双双待在人行道上，你瞅着我，我瞪着你，狗是怕，人是恨。天天如此。碰到狗要撒尿，老头儿偏不给它时间，使劲拽它，狗就沥沥拉拉尿一道儿。如果狗偶尔尿在屋里，更要遭到毒打。这样的日子已经过了八年。赛莱斯特总是说"这真不幸"，实际上，谁也不能知道。我在楼梯上碰见萨拉玛诺的时候，他正在骂狗。他对它说：“混蛋！脏货！”狗直哼哼。我跟他说：“您好”，但老头儿还在骂。于是，我问狗怎么惹他了，他不答腔。他只是说：“混蛋！脏货！”我模模糊糊地看见他正弯着腰在狗的颈圈上摆弄什么。我提高了嗓门儿。他头也不回，憋着火儿回答我：“它老是那样。”说完，便拖着那条哼哼唧唧、不肯痛痛快快往前走的狗出去了。

正在这时，我那层的第二个邻居进来了。这一带的人都说他靠女人生活。但是，人要问他职业，他就说是“仓库管理员”。一般地说，大家都不大喜欢他。但是他常跟我说话，有时还到我那儿坐坐，因为我听他说话。再说，我没有任何理由不跟他说话。他叫莱蒙•散太斯。他长得相当矮，肩膀却很宽，长着一个拳击手的鼻子①。他总是穿得衣冠楚楚。说到萨拉玛诺，他也说：“真是不幸！”他问我对此是否感到讨厌，我回答说不。

我们上了楼，正要分手的时候，他对我说：“我那里有猪血香肠和葡萄酒，一块儿吃点怎么样？……”我想这样我不用做饭了，就接受了。他也只有一间房子，外带一间没有窗户的厨房。床的上方摆着一个白色和粉红色的仿大理石天使像，几张体育冠军的相片和两三张裸体女人画片。屋里很脏，床上乱七八糟。他先点上煤油灯，然后从口袋里掏出一卷肮脏的纱布，把右手缠了起来。我问他怎么了，他说他和一个跟他找碴儿的家伙打了一架。

“您知道，默而索先生，”他对我说，“并不是我坏，可我是火性子。那小子呢，他说：‘你要是个男子汉，从电车上下来。’我对他说：‘滚蛋，别找事儿。’他说我不是男子汉。于是，我下了电车，对他说：“够了，到此为止吧，不然我就教训教训你。’他说：‘你敢怎么样？’我就揍了他一顿。他倒在地上。我呢，我正要把他扶起来，他却躺在地上用脚踢我。我给了他一脚，又打了他两耳光。他满脸流血。我问他够不够。他说够了。”

说话的工夫，散太斯已缠好了绷带。我坐在床上。他说：“您看，不是我

① 即塌鼻子。

找他，是他对我不尊重。”的确如此，我承认。这时，他说，他正要就这件事跟我讨个主意，而我呢，是个男子汉，有生活经验，能帮助他，这样的话，他就是我的朋友了。我什么也没说，他又问我愿不愿意做他的朋友。我说怎么都行，他好像很满意。他拿出香肠，在锅里煮熟，又拿出酒杯、盘子、刀叉、两瓶酒。拿这些东西时，他没说话。我们坐下。一边吃，他一边讲他的故事。他先还迟疑了一下。“我认识一位太太……这么说吧，她是我的情妇。”跟他打架的那个人是这女人的兄弟。他对我说他供养着她。我没说话，但是他立刻补充说他知道这地方的人说他什么，不过他问心无愧，他是仓库管理员。

“至于我这件事，”他说，“我是发觉了她在欺骗我。”他给她的钱刚够维持生活。他为她付房租，每天给她二十法郎饭钱。“房租三百法郎，饭钱六百法郎，不时地送双袜子，一共一千法郎。人家还不工作。可她说那是合理的，我给的钱不够她生活。我跟她说：‘你为什么不找个半天的工作干干呢？这样就省得我再为这些零星花费操心了。这个月我给你买了一套衣服，每天给你二十法郎，替你付房租，可你呢，下午和你的女友们喝咖啡。你拿咖啡和糖请她们，出钱的却是我。我待你不薄，你却忘恩负义。’可她就是不工作，总是说钱不够。所以我才发觉其中一定有欺骗。”

于是，他告诉我他在她的手提包里发现了一张彩票，她不能解释是怎么买的。不久，他又在她那里发现一张当票，证明她当了两只镯子。他可一直不知道她有两只镯子。“我看得清清楚楚，她在欺骗我。我就不要她了。不过，我先揍了她一顿，然后才揭了她的老底。我对她说，她就是想拿我寻开心。您知道，默而索先生，我是这样说的：‘你看不到人家在嫉妒我给你带来的幸福。你以后就知道自己是有福不会享了。’”

他把她打得见血方休。以前，他不打她。“打是打，不过是轻轻碰碰而已。她叫唤。我就关上窗子，也就完了。这一回，我可是来真的了。对我来说，我惩罚得还不够呢。”

他解释说，就是为此，他才需要听听我的主意。他停下话头，调了调结了灯花的灯芯。我一直在听他说。我喝了将近一升的酒，觉得太阳穴发烫。我抽着莱蒙的烟，因为我的已经没有了。末班电车开过，把已很遥远的郊区的嘈杂声带走了。莱蒙在继续说话。使他烦恼的是，他对跟他睡觉的女人“还有感情”。但他还是想惩罚她。最初，他想把她带到一家旅馆去，叫来“风化警察”，造成一桩丑闻，让她在警察局备个案。后来，他又找过几个流氓帮里的朋友。他们也没有想出什么办法。正如莱蒙跟我说的那样，参加流氓帮还是值得的。他对他们说了，他们建议“破她的相”。不过，这不是他的意思。他要考虑考虑。在这之前，他想问问我的意见。在得到我的指点之前，他想知道我对这件事是怎么想的。我说我什么也没想，但是我觉得这很有意思。他问我是不是认为其中有欺骗，我觉得是有欺骗。他又问我是不是认为应该惩罚她，假使是我的话，我将怎么做，我说永远也不可能知道，但我理解他想惩罚她的心情。我又喝了点酒。他点了一支烟，说出了他的主意。他想给她写一封信，“信里狠狠地羞辱她一番，再给她点儿甜头让她后悔”。然后，等她来的时候，他就跟她睡觉，“正在要完事的时候”，他就吐她一脸唾沫，把她赶出去。我觉得这样的话，的确，她也就受到了惩罚。但是，莱蒙说他觉得自己写不好这封信，他想让我替他写。由于我没说什么，他就问我是不是马上写不方便，我说不。

他喝了一杯酒，站起来，把盘子和我们吃剩的冷香肠推开。他仔细地擦了擦铺在桌上的漆布。他从床头柜的抽屉里拿出一张方格纸，一个黄信封，一支红木杆的蘸水钢笔和一小方瓶紫墨水。他告诉我那女人的名字，我看出来是个摩尔人。我写好信。信写得有点儿随便，不过，我还是尽力让莱蒙满意，因为我没有理由不让他满意。然后，我高声念给他听。他一边抽烟一边听，连连点头。他请我再念一遍。他非常满意。他对我说：“我就知道你有生活经验。”起初，我还没发觉他已经用“你”来称呼我了。只是当他说“你现在是我的真正的朋友了”，这时我才感到惊奇。他又说了一遍，我说：“对。”做不做他的朋友，怎么都行，他可是好像真有这个意思。他封上信，我们把酒喝完。我们默默地抽了会儿烟。外面很安静，我们听见一辆小汽车开过去了。我说:“时候不早了。”莱蒙也这样想。他说时间过得很快。这从某种意义上说,的确是真的。我困了,可又站不起来。我的样子一定很疲倦,因为莱蒙对我说不该灰心丧气。开始,我没明白。他就解释说,他听说我妈妈死了,但这是早晚要有的事情。这也是我的看法。

我站起身来,莱蒙紧紧地握着我的手,说男人之间总是彼此理解的。我从他那里出来,关上门,在漆黑的楼梯口待了一会儿。楼里寂静无声,从楼梯洞的深处升上来一股隐约的、潮湿的气息。我只听见耳朵里血液一阵阵流动声。我站着不动。老萨拉玛诺的屋子里,狗还在低声哼哼。

4

这一星期,我工作得很好。莱蒙来过,说他把信寄走了。我跟艾玛努埃尔去了两次电影院。银幕上演的什么,他不是常能看懂,我得给他解释。昨天是星期六,玛丽来了,这是我们约好的。我见了她心里直痒痒,她穿了件红白条纹的漂亮连衣裙,脚上是皮凉鞋。一对结实的乳房隐约可见,阳光把她的脸晒成棕色,好像朵花。我们坐上公共汽车,到了离阿尔及尔几公里外的一处海滩,那儿两面夹山,岸上一溜芦苇。四点钟的太阳不太热了,但水还很温暖,层层细浪懒洋洋的。玛丽教给我一种游戏,就是游水的时候,迎着浪峰,喝一口水花含在嘴里,然后翻过身来,把水朝天上吐出去。这样,水就像一条泡沫的花边散在空中,或像一阵温雨落回到脸上。可是玩了一会儿,我的嘴就被盐水烧得发烫。玛丽这时游到我身边,贴在我身上。她把嘴对着我的嘴,伸出舌头舔我的嘴唇。我们就这样在水里滚了一阵。

我们在海滩穿好衣服,玛丽望着我,两眼闪闪发光。我吻了她。从这时起,我们再没有说话。我搂着她,急忙找到公共汽车,回到我那里就跳上了床。我没关窗户,我们感到夏夜在我们棕色的身体上流动,真舒服。

早晨,玛丽没有走,我跟她说我们一道吃午饭。我下楼去买肉。上楼的时候,我听见莱蒙的屋子里有女人的声音。过了一会儿,老萨拉玛诺骂起狗来,我们听见木头楼梯上响起了鞋底和爪子的声音,接着,在"混蛋!脏货!"的骂声中,他们上街了。我向玛丽讲了老头儿的故事,她大笑。她穿着我的睡衣,卷起了袖子。她笑的时候,我的心里又痒痒了。过了一会儿,她问我爱不爱她。我回答说这种话毫无意义,我好像不爱她。她好像很难过。可是在做饭的时候,她又无缘无故地笑了起来,笑得我又吻了她。就在这时,我们听见莱蒙屋里打起来了。

先是听见女人的尖嗓门儿,接着是莱蒙说:"你不尊重我,你不尊重我。我要教你怎么尊重我。"扑通扑通几声,那女人叫了起来,叫得那么凶,楼梯口立刻站满了人。玛丽和我也出去了。那女人一直在叫,莱蒙一直在打。玛丽说这真可怕,我没答腔。她要我去叫警察,我说我不喜欢警察。不过,住在三层的一个管子工叫来了一个。他敲了敲门,里面没有声音了。他又用力敲了敲,过了一会儿,女人哭起来,莱蒙开了门。他嘴上叼着一支烟,样子笑眯眯的。那女人从门里冲出来,对警察说莱蒙打了她。警察问:"你的名字。"莱蒙回答了。警察说:"跟我说话的时候,把烟从嘴上拿掉。"莱蒙犹豫了一下,看了看我,又抽了一口。说时迟,那时快,警察照准莱蒙的脸,重重地、结结实实地来了个耳光。香烟飞出去几米远。莱蒙变了脸,但他当时什么也没说,只是低声下气地问警察他能不能拾起他的烟头。警察说可以,但是告诉他:"下一次,你要知道警察可不是闹着玩儿的。"那女人一直在哭,不住地说:"他打了我。他是个乌龟。"莱蒙问:"警察先生,说一个男人是乌龟,这是合法的吗?"但警察命令他"闭嘴"。莱蒙于是转向那女人,对她说:"等着吧,小娘们儿,咱们还会见面的。"警察让他闭上嘴,叫那女人走,叫莱蒙待在屋里等着局里传讯。他还说,莱蒙醉了,哆嗦成这副样子,应该感到脸红。这时,莱蒙向他解释说:"警察先生,我没醉。只是我在这儿,在您面前,打哆嗦,我也没办法。"他关上门,人也都走了。玛丽和我做好午饭。但她不饿,几乎全让我吃了。她一点钟时走了,我又睡了一会儿。

快到三点钟的时候,有人敲门,进来的是莱蒙。我仍旧躺着。他坐在床沿上。他没说话,我问他事情的经过如何。他说他如愿以偿,但是她打了他一个耳光,他就打了她。剩下的,我都看到了。我对他说,我觉得她已受到惩罚,他该满意了。他也是这样想的。他还指出,警察帮忙也没用,反正是她挨揍了。他说他很了解警察,知道该如何对付他们。他还问我当时是不是等着他回敬警察一下子,我说我什么也不等,再说我不喜欢警察。莱蒙好像很满意。他问我愿意不愿意跟他一块儿出去。我下了床,梳了梳头。他说我得做他的证人。怎么都行,但我不知道应该说什么。照莱蒙的意思,只要说那女人对他不尊重就够了。我答应为他作证。

我们出去了,莱蒙请我喝了一杯白兰地。后来,他想打一盘弹子,我差点赢了。他还想逛妓院,我说不,因为我不喜欢那玩意儿。于是我们慢慢走回去,他说他惩罚了他的情妇心里高兴得不得了。我觉得他对我挺好,我想这个时候真舒服。

远远地,我看见老萨拉玛诺站在门口,神色不安。我们走近了,我看到他没牵着狗。他四下张望,左右乱转,使劲朝黑洞洞的走廊里看,嘴里念念有词,又睁着一双小红眼,仔细地在街上找。莱蒙问他怎么了,他没有立刻回答。我模模糊糊地听他嘟囔着:"混蛋!脏货!"心情仍旧不安。我问他狗哪儿去了。他生硬地回答说它走了。然后,他突然滔滔不绝地说起来:"我像平常一样,带它去练兵场。做买卖的棚子周围人很多。我停下来看《国王散心》。等我再走的时候,它不在那儿了。当然,我早想给它买一个小点儿的颈圈。可是我从来也没想到这个脏货能这样就走了。"

莱蒙跟他说狗可能迷了路,它就会回来的。他举了好几个例子,说狗能跑几十公里找到主人。尽管如此,老头儿的神色反而更不安了。"可您知道,他们会把它弄走的。要是还有人收养它就好了。但这不可能,它一身疮,谁见了谁恶心。警察会抓走它的,肯定。"我于是跟他说,应该去待领处看看,付点钱就可领回来。他问我钱是不是要很多。我不知道。于是,他发起火来:“为这个脏货花钱!啊!它还是死了吧!”他又开始骂起它来。莱蒙大笑,钻进楼里。我跟了上去,我们在楼梯口分了手。过了一会儿,我听见老头儿的脚步声,他敲敲我的门。我开开门,他在门槛上站了会儿,说:“对不起,对不起。”我请他进来,但他不肯。他望着他的鞋尖儿,长满硬痂的手哆嗦着。他没有看我,问道:“默而索先生,您说,他们不会把它抓走吧。他们会把它还给我的。不然的话,我可怎么活下去呢?”我对他说,送到待领处的狗保留三天,等待物主去领,然后就随意处置了。他默默地望着我。然后,他对我说:“晚安。”他关上门,我听见他在屋里走来走去。他的床咯吱咯吱响。我听见透过墙壁传来一阵奇怪的响声,原来他在哭呢。我不知道为什么忽然想起了妈妈。可是第二天早上我得早起。我不饿,没吃晚饭就上了床。

5

莱蒙往办公室给我打了个电话。他说他的一个朋友(他跟他说起过我)请我到他离阿尔及尔不远的海滨木屋去过星期天。我说我很愿意去,不过我已答应和一个女友一块儿过了。莱蒙立刻说他也请她。他朋友的妻子因为在一堆男人中间有了作伴的一定会很高兴。

我本想立刻挂掉电话,因为老板不喜欢人家从城里给我们打电话。但莱蒙要我等一等,他说他本来可以晚上转达这个邀请,但是他还有别的事情要告诉我。一帮阿拉伯人盯了他整整一天,内中有他过去的情妇的兄弟。“如果你晚上回去看见他们在我们的房子附近,你就告诉我一声。”我说一言为定。

过了一会儿,老板派人来叫我,我立刻不安起来,因为我想他一定又要说少打电话多干活儿了。其实,根本不是这么回事。他说他要跟我谈一个还很模糊的计划。他只是想听听我对这个问题的意见。他想在巴黎设一个办事处，直接在当地与一些大公司做买卖，他想知道我能否去那儿工作。这样，我就能在巴黎生活，一年中还可旅行旅行。“您年轻，我觉得这样的生活您会喜欢的。”我说对，但实际上怎么样都行。他于是问我是否对于改变生活不感兴趣。我回答说生活是无法改变的，什么样的生活都一样，我在这儿的生活并不使我不高兴。他好像不满意，说我答非所问，没有雄心大志，这对做买卖是很糟糕的。他说完，我就回去工作了。我并不愿意使他不快，但我看不出有什么理由改变我的生活。仔细想想，我并非不幸。我上大学的时候，有过不少这一类的雄心大志。但是当我不得不辍学的时候，我很快就明白了，这一切实际上并不重要。

晚上，玛丽来找我，问我愿意不愿意跟她结婚。我说怎么样都行，如果她愿意，我们可以结。于是，她想知道我是否爱她。我说我已经说过一次了，这种话毫无意义，如果一定要说的话，我大概是不爱她。她说：“那为什么又娶我呢？”我跟她说这无关紧要，如果她想，我们可以结婚。再说，是她要跟我结婚的，我只要说行就完了。她说结婚是件大事。我回答说：“不。”她沉默了一阵，一声不响地望着我。后来她说话了。她只是想知道，如果这个建议出自另外一个女人，我和她的关系跟我和玛丽的关系一样，我会不会接受。我说：“当然。”于是她心里想她是不是爱我，而我，关于这一点是一无所知。又沉默了一会儿，她低声说我是个怪人，她就是因为这一点才爱我，也许有一天她会出于同样的理由讨厌我。我一声不吭，没什么可说的。她微笑着挽起我的胳膊，说她愿意跟我结婚。我说她什么时候愿意就什么时候办。这时我跟她谈起老板的建议，玛丽说她很愿意认识认识巴黎。我告诉她我在那儿住过一阵，她问我巴黎怎么样。我说：“很脏。有鸽子，有黑乎乎的院子。人的皮肤是白的。”

后来，我们出去走了走，逛了城里的几条大街。女人们很漂亮，我问玛丽她是否注意到了。她说她注意到了，还说她对我了解了。有一会儿，我们没有说话。但我还是希望她和我在一起，我跟她说我们可以一块儿去赛莱斯特那儿吃晚饭。她很想去，不过她有事。我们已经走近了我住的地方，我跟她说再见。她看了看我说："你不想知道我有什么事吗？"我很想知道，但我没想到要问她，而就是为了这她有着那种要责备我的神气，看到我尴尬的样子，她又笑了，身子一挺把嘴唇凑上来。

我在赛莱斯特的饭馆里吃晚饭。我已开始吃起来，这时进来一个奇怪的小女人，她问我她是否可以坐在我的桌子旁边。她当然可以。她的动作僵硬，两眼闪闪发光，一张小脸像苹果一样圆。她脱下短外套，坐下，匆匆看了看菜谱。她招呼赛莱斯特，立刻点完她要的菜，语气准确而急迫。在等凉菜的时候，她打开手提包，拿出一小块纸和一支铅笔，事先算好钱，从小钱包里掏出来，外加小费，算得准确无误，摆在眼前。这时凉菜来了，她飞快地一扫而光。在等下一道菜时，她又从手提包里掏出一支蓝铅笔和一份本星期的广播节目杂志。她仔仔细细地把几乎所有的节目一个个勾出来。由于杂志有十几页，整整一顿饭的工夫，她都在细心地做这件事。我已经吃完，她还在专心致志地做这件事。她吃完站起来，用刚才自动机械一样准确的动作穿上外套，走了。我无事可干，也出去了，跟了她一阵子。她在人行道的边石上走，迅速而平稳，令人无法想象。她一往直前，头也不回。最后，我看不见她了，也就回去了。我想她是个怪人，但是我很快就把她忘了。

在门口，我看见了老萨拉玛诺。我让他进屋，他说他的狗丢了，因为它不在待领处。那里的人对他说，它也可能被轧死了。他问到警察局去搞清这件事是否是办不到的，人家跟他说这类事是没有记录的，因为每天都会发生。我对老萨拉玛诺说他可以再弄一条狗，可是他请我注意他已经习惯和这条狗在一起，这一点他说得对。

我蹲在床上，萨拉玛诺坐在桌前的一张椅子上。他面对着我，双手放在膝盖上。他还戴着他的旧毡帽。在发黄的小胡子下面，他嘴里含含糊糊不知在说什么。我有点讨厌他了，不过我无事可干，也没有一点睡意。没话找话，我就问起他的狗来。他说他是在他老婆死后有了那条狗。他结婚相当晚。年轻的时候，他曾经想演戏，所以当兵时，他在军队歌舞剧团里演戏。但最后，他进了铁路部门，他并不后悔，因为他现在有一小笔退休金。他和他老婆在一起并不幸福，但总的说来，他也习惯了。她死后，他感到十分孤独。于是他便跟一个工友要了一条狗，那时它还很小。他得拿奶瓶喂它。因为狗比人活得时间短，他们就一块儿老了。“它脾气很坏，”萨拉玛诺说，“我们俩常常吵架。不过，这总算还是一条好狗。”我说它是良种，萨拉玛诺好像很高兴。他说：“您还没在它生病以前见过它呢。它最漂亮的是那一身毛。”自从这狗得了这种皮肤病，萨拉玛诺每天早晚两次给它抹药。但是据他看，它真正的病是衰老，而衰老是治不好的。

这时，我打了个哈欠，老头儿说他要走了。我跟他说他可以再待一会儿，对他狗的事我很难过，他谢谢我。他说妈妈很喜欢他的狗。说到她，他称她作“您那可怜的母亲”。他猜想妈妈死后我该是很痛苦，我没有说话。这时，他很快地，不大自然地对我说，他知道这一带的人对我看法不好，因为我把母亲送进了养老院，但他了解我，他知道我很爱妈妈。我回答说，我还不知道为什么，我也不知道在这方面他们对我看法不好，但是我认为把母亲送进养老院是件很自然的事，因为我雇不起人照顾她。“再说，”我补充说，“很久以来她就和我无话可说，她一个人待着闷得慌。”他说：“是啊，在养老院里，她至少还有伴儿。”然后，他告辞了。他想睡觉。现在他的生活变了，他有些不知如何是好。他不好意思地伸过手来，这是自我认识他以来的第一次，我感到他手上有一块块硬皮。他微微一笑，在走出去之前又说：“我希望今天夜里狗不要叫。我老以为那是我的狗。”

6

今天是星期天，我总也睡不醒，玛丽叫我，推我，才把我弄起来。我们没吃饭，因为我们想早早去游泳。我感到腹内空空，头也有点儿疼。我的香烟有一股苦味。玛丽取笑我，说我“愁眉苦脸”。她穿了一件白色连衣裙，披散着头发。我说她很美，她高兴得直笑。

下楼时，我们敲了敲莱蒙的门。他说他就下去。由于我很疲倦，也因为我们没有打开百叶窗，不知道街上已是一片阳光，照在我的脸上，像是打了一记耳光。玛丽高兴得直跳，不住地说天气真好。我感觉好了些，觉得肚子饿了。我跟玛丽说了，她给我看看她的漆布手提包，里面放着我们的游泳衣和一条浴巾。我们就等莱蒙了，我们听见他关上了门。他穿一条蓝裤，短袖白衬衫，但是戴了一顶平顶草帽，引得玛丽大笑。袖子外的胳膊很白，长着黑毛。我看了有点不舒服。他吹着口哨下了楼，看样子很高兴。他朝着我说：“你好，伙计。”而对玛丽则称“小姐”。

前一天我们去警察局了，我证明那女人“不尊重”莱蒙。他只受到警告就没事了。他们没有调查我的证词。在门前，我们跟莱蒙说了说，然后我们决定去乘公共汽车。海滩并不很远，但乘车去更快些。莱蒙认为他的朋友看见我们去得早，一定很高兴。我们正要动身，莱蒙突然示意我看看对面。我看见一帮阿拉伯人正靠着烟店的橱窗站着。他们默默地望着我们，不过他们总是这样看我们的，正好像我们是些石头或枯树一样。莱蒙对我说，左边第二个就是他说的那小子。他好像心事重重，不过，他又说现在这件事已经了结。玛丽不大清楚，问我们是怎么回事。我跟她说这些阿拉伯人恨莱蒙。玛丽要我们立刻就走。莱蒙身子一挺，笑着说是该赶紧走了。

我们朝汽车站走去，汽车站还挺远，莱蒙对我说阿拉伯人没有跟着我们。我回头看了看，他们还在老地方，还是那么冷漠地望着我们刚刚离开的那地方。我们上了汽车。莱蒙似乎完全放了心，不断地跟玛丽开玩笑。我感到他喜欢她，可是她几乎不答理他。她不时望着他笑笑。

我们在阿尔及尔郊区下了车。海滩离公共汽车站不远。但是要走过一个俯临大海的小高地，然后就可下坡直到海滩。高地上满是发黄的石头和雪白的阿福花，衬着已经变得耀眼的蓝天。玛丽一边走，一边抡起她的漆布手提包打着花瓣玩儿。我们在一排排小别墅中间穿过，这些别墅的栅栏有的是绿色的，有的是白色的，其中有几幢有阳台，一起隐没在柽柳丛中，有几幢光秃秃的，周围一片石头。走到高地边上，就已能看见平静的大海了，更远些，还能看到一角地岬，睡意蒙胧地雄踞在清冽的海水中。一阵轻微的马达声在宁静的空气中传到我们耳边。远远地，我们看见一条小拖网渔船在耀眼的海面上驶来，慢得像不动似的。玛丽采了几朵蝴蝶花。从通往海边的斜坡上，我们看见有几个人已经在游泳了。

莱蒙的朋友住在海滩尽头的一座小木屋里，房子背靠峭壁，前面的木桩已经泡在水里。莱蒙给我们作了介绍。他的朋友叫马松。他高大，魁梧，肩膀很宽，而他的妻子却又矮又胖，和蔼可亲，一口巴黎腔。他立刻跟我们说不要客气，他做了炸鱼，鱼是他早上刚打的。我跟他说他的房子真漂亮。他告诉我他在这儿过星期六、星期天和所有的假日。他又说："跟我的妻子，大家会合得来的。"的确，他的妻子已经和玛丽又说又笑了。也许是第一次，我真想到我要结婚了。

马松想去游泳，可他妻子和莱蒙不想去。我们三个人出了木屋，玛丽立刻就跳进水里了。马松和我稍等了一会儿。他说话慢悠悠的，而且不管说什么，总要加一句"我甚至还要说"，其实，对他说的话，他根本没有进一步加以说明。谈到玛丽，他对我说："她真不错，我甚至还要说，真可爱。"后来，我就不再注意他这口头语，一心只去享受太阳晒在身上的舒服劲儿了。沙子开始烫脚了。我真想下水，可我又拖了一会儿，最后我跟马松说："下水吧？"就扎进水里。他慢慢走进水里，直到站不住了，才钻进去。他游蛙泳，游得相当坏，我只好撇下他去追玛丽。水是凉的，我游得很高兴。我和玛丽游远了，我们觉得，我们在动作上和愉快心情上都是协调一致的。

到了远处，我们改作仰游。我的脸朝着天，一层薄薄的水幕漫过，流进嘴里，就像带走了一片阳光。我们看见马松游回海滩，躺下晒太阳。远远地望去，他真是一个庞然大物。玛丽想和我一起游。我游到她后面，抱住她的腰，她在前面用胳膊划水，我在后面用脚打水。哗哗的打水声一直跟着我们，直到我觉得累了。于是，我放开玛丽，往回游了，我恢复了正常的姿势，呼吸也自如了。在海滩上，我趴在马松身边，把脸贴在沙子上。我跟他说“真舒服”，他同意。不一会儿，玛丽也来了。我翻过身子，看着她走过来。她浑身是水，头发甩在后面。她紧挨着我躺下，她身上的热气，太阳的热气，烤得我迷迷糊糊睡着了。

玛丽推了推我，说马松已经回去了，该吃午饭了。我立刻站起来，因为我饿了，可是玛丽跟我说一早上我还没吻过她呢。这是真的，不过我真想吻她。“到水里去，”她说。我们跑起来，迎着一片细浪扑进水里。我们划了几下，玛丽贴在我身上。我觉得她的腿夹着我的腿，我感到一阵冲动。

我们回来时，马松已经在喊我们了。我说我很饿，他立刻对他妻子说他喜欢我。面包很好，我狼吞虎咽地把我那份鱼吃光。接着上来的还有肉和炸土豆。我们吃着，没有人说话。马松老喝酒，还不断地给我倒。上咖啡的时候，我的头已经昏沉沉的了。我抽了很多烟。马松、莱蒙和我，我们三个计划八月份在海滩过，费用大家出。玛丽忽然说道：“你们知道几点了吗？才十一点半呀。”我们都很惊讶，可是马松说饭就是吃得早，这也很自然，肚子饿的时候，就是吃午饭的时候。我不知道为什么这竟使得玛丽笑起来。我认为她有点儿喝多了。马松问我愿意不愿意跟他一起去海滩上走走。“我老婆午饭后总要睡午觉。我嘛，我不喜欢这个。我得走走。我总跟她说这对健康有好处。不过，这是她的权利。”玛丽说她要留下帮助马松太太刷盘子。那个小巴黎女人说要干这些事，得把男人赶出去。我们三个人走了。

太阳几乎是直射在沙上，海面上闪着光，刺得人睁不开眼睛。海滩上一个人也没有。从建在高地边上、俯瞰着大海的木屋中，传来了杯盘刀叉的声音。石头的热气从地面反上来，热得人喘不过气来。开始，莱蒙和马松谈起一些我不知道的人和事。我这才知道他们认识已经很久了，甚至还一块儿住过一阵。我们朝海水走去，沿海边走着。有时候，海浪漫上来，打湿了我们的布鞋。我什么也不想，因为我没戴帽子，太阳晒得我昏昏欲睡。

这时，莱蒙跟马松说了句什么，我没听清楚。但就在这时，我看见在海滩尽头离我们很远的地方，有两个穿蓝色司炉工装的阿拉伯人朝我们这个方向走来。我看了看莱蒙，他说："就是他。"我们继续走着。马松问他们怎么会跟到这儿来。我想他们大概看见我们上了公共汽车，手里还拿着去海滩的提包，不过我什么也没说。

阿拉伯人走得很慢，但离我们已经近得多了。我们没有改换步伐，但莱蒙说了："如果要打架，你，马松，你对付第二个。我嘛，我来收拾我那个家伙。你，默而索，如果再来一个，就是你的。"我说："好。"马松把手放进口袋。我觉得晒得发热的沙子现在都烧红了。我们迈着均匀的步子冲阿拉伯人走去。我们之间的距离越来越小。当距离只有几步远的时候，阿拉伯人站住了。马松和我，我们放慢了步子。莱蒙直奔他那个家伙。我没听清楚他跟他说了句什么，只见那人摆出一副不买帐的样子。莱蒙上去就是一拳，同时招呼一声马松。马松冲向给他指定的那一个，奋力砸了两拳，把那人打进水里，脸朝下，好几秒钟没有动，头周围咕噜咕噜冒上一片水泡，随即破了。这时，莱蒙也在打，那个阿拉伯人满脸是血。莱蒙转身对我说："看着他的手要掏什么。"我朝他喊："小心，他有刀！"可是，莱蒙的胳膊已给划开了，嘴上也挨了一刀。

马松纵身向前一跳。那个阿拉伯人已从水里爬起来，站到了拿刀的那人身后。我们不敢动了。他们慢慢后退，不住地盯着我们，用刀逼住我们。当他们看到已退到相当远的时候，就飞快地跑了。我们待在太阳底下动不得，莱蒙用手摁住滴着血的胳膊。

马松说有一位来这儿过星期天的大夫，住在高地上。莱蒙想马上就去。但他一说话，嘴里就有血泡冒出来。我们扶着他，尽快地回到木屋。莱蒙说他只伤了点皮肉，可以到医生那里去。马松陪他去了，我留下把发生的事情讲给两个女人听。马松太太哭了，玛丽脸色发白。我呢，给她们讲这件事让我心烦。最后，我不说话了，望着大海抽起烟来。

快到一点半的时候，莱蒙和马松回来了。胳膊上缠着绷带，嘴角上贴着橡皮膏。医生说不要紧，但莱蒙的脸色很阴沉。马松想逗他笑，可是他始终不吭声。后来，他说他要到海滩上去，我问他到海滩上什么地方，他说随便走走喘口气。马松和我说要陪他一道去。于是，他发起火来，骂了我们一顿。马松说那就别惹他生气吧。不过，我还是跟了出去。

我们在海滩上走了很久。太阳现在酷热无比，晒在沙上和海上，散成金光点点。我觉得莱蒙知道去哪儿，但这肯定是个错误的印象。我们走到海滩尽头，那儿有一眼小泉，水在一块巨石后面的沙窝里流着。在那儿，我们看见了那两个阿拉伯人。他们躺着，穿着油腻的蓝色工装。他们似乎很平静，差不多也很高兴。我们来了，并未引起任何变化。用刀刺了莱蒙的那个人一声不吭地望着他。另一个吹着一截小芦苇管，一边用眼角瞄着我们，一边不断地重复着那东西发出的三个音。

这时候，周围只有阳光、寂静、泉水的轻微的流动声和那三个音了。莱蒙的手朝装着手枪的口袋里伸去，可是那个人没有动，他们一直彼此对视着。我注意到吹笛子的那个人的脚趾分得很开。莱蒙一边盯着他的对头，一边问我："我干掉他？"我想我如果说不，他一定会火冒三丈，非开枪不可。我只是说："他还没说话呢。这样就开枪不好。"在寂静和炎热之中，还听得见水声和笛声。莱蒙说："那么，我先骂他一顿，他一还口，我就干掉他。"我说："就这样吧。但是如果他不掏出刀子，你不能开枪。"莱蒙有点火了。那个人还在吹，他们俩注意着莱蒙的一举一动。我说："不，还是一个对一个，空手对空手吧。把枪给我。如果另一个上了，或是他掏出了刀子，我就干掉他。"

莱蒙把枪给我，太阳光在枪上一闪。不过，我们还是站着没动，好像周围的一切把我们裹住了似的。我们一直眼对眼地相互盯着，在大海、沙子和阳光之间，一切都停止了，笛音和水声都已消失。这时我想，可以开枪，也可以不开枪。突然间，那两个阿拉伯人倒退着溜到山岩后面。于是，莱蒙和我就往回走了。他显得好了些，还说起了回去的公共汽车。

我一直陪他走到木屋前。他一级一级登上木台阶，我在第一级前站住了，脑袋被太阳晒得嗡嗡直响，一想到要费力气爬台阶和还要跟那两个女人说话，就泄气了。可是天那么热，一动不动地待在一片从天而降的耀眼的光雨中，也是够难受的。待在那里，还是走开，其结果是一样的。过了一会儿，我朝海滩转过身去，迈步往前走了。

到处依然是一片火爆的阳光。大海憋得急速地喘气，把它细小的浪头吹到沙滩上。我慢慢地朝山岩走去，觉得太阳晒得额头膨胀起来。热气整个儿压在我身上，我简直迈不动腿。每逢我感到一阵热气扑到脸上，我就咬咬牙，握紧插在裤兜里的拳头，我全身都绷紧了，决意要战胜太阳，战胜它所引起的这种不可理解的醉意。从沙砾上、雪白的贝壳或一片碎玻璃上反射出来的光亮，像一把把利剑劈过来，剑光一闪，我的牙关就收紧一下。我走了很长时间。

远远地，我看见了那一堆黑色的岩石，阳光和海上的微尘在它周围罩上一圈炫目的光环。我想到了岩石后面的清凉的泉水。我想再听听淙淙的水声，想逃避太阳，不再使劲往前走，不再听女人的哭声，总之，我想找一片阴影休息一下。可是当我走近了，我看见莱蒙的对头又回来了。

他是一个人，仰面躺着，双手枕在脑后，头在岩石的阴影里，身子露在太阳底下。蓝色工装被晒得冒热气。我有点儿吃惊。对我来说，那件事已经完了，我来到这儿根本没想那件事。

他一看见我，就稍稍欠了欠身，把手插进口袋里。我呢，自然而然地握紧了口袋里莱蒙的那支手枪。他又朝后躺下了，但是并没有把手从口袋里抽出来。我离他还相当远，约有十几米吧。我隐隐约约地看见，在他半闭的眼皮底下目光不时地一闪。然而最经常的，却是他的面孔在我眼前一片燃烧的热气中晃动。海浪的声音更加有气无力，比中午的时候更加平静。还是那一个太阳，还是那一片光亮，还是那一片伸展到这里的沙滩。两个钟头了，白昼没有动；两个钟头了，它在这一片沸腾的金属的海洋中抛下了锚。天边驶过一艘小轮船，我是瞥见那个小黑点的，因为我始终盯着那个阿拉伯人。

我想我只要一转身，事情就完了。可是整个海滩在阳光中颤动，在我身后挤来挤去。我朝水泉走了几步，阿拉伯人没有动。不管怎么说，他离我还相当远。也许是因为他脸上的阴影吧，他好像在笑。我等着，太阳晒得我两颊发烫，我觉得汗珠聚在眉峰上。那太阳和我安葬妈妈那天的太阳一样，头也像那天一样难受，皮肤下面所有的血管都一齐跳动。我热得受不了，又往前走了一步。我知道这是愚蠢的，我走一步并逃不过太阳。但是我往前走了一步，仅仅一步。这一次，阿拉伯人没有起来，却抽出刀来，迎着阳光对准了我。刀锋闪闪发光，仿佛一把寒光四射的长剑刺中了我的头。就在这时，聚在眉峰的汗珠一下子流到了眼皮上，蒙上一幅温吞吞的，模模糊糊的水幕。这一泪水和盐水搀和在一起的水幕使我的眼睛什么也看不见。我只觉得铙钹似的太阳扣在我的头上，那把刀刺眼的刀锋总是隐隐约约地对着我。滚烫的刀尖穿过我的睫毛，挖着我的痛苦的眼睛。就在这时，一切都摇晃了。大海呼出一口沉闷而炽热的气息。我觉得天门洞开，向下倾泻着大火。我全身都绷紧了，手紧紧握住枪。枪机扳动了，我摸着了光滑的枪柄，就在那时，猛然一声震耳的巨响，一切都开始了。我甩了甩汗水和阳光。我知道我打破了这一天的平衡，打破了海滩上不寻常的寂静，而在那里我曾是幸福的。这时，我又对准那具尸体开了四枪，子弹打进去，也看不出什么来。然而，那却好像是我在苦难之门上短促地叩了四下。

第二部

1

我被捕之后，很快就被审讯了好几次。但讯问的都是身份之类，时间不长。第一次是在警察局，我的案子似乎谁都不感兴趣。八天之后，一位预审推事倒是好奇地看了看我。不过开始时，他也只是问问姓名、住址、职业、出生年月和地点。然后，他想知道我是否找了律师。我说没有，还问他是不是一定要有一个。“为什么这样问呢？”他说。我回答说我认为我的案子很简单。他微笑着说：“这是一种看法。不过，法律就是法律。如果您不找律师的话，我们将为您指定一个临时的。”我觉得法律还管这等小事，真是方便得很。我对他说了我的这一看法。他表示赞同，说法律制订得很好。

开始，我没有认真对待他。他是在一间挂着窗帘的房子里接待我的，他的桌子上只有一盏灯，照亮了他让我坐的那把椅子，而他自己却坐在黑暗中。我已经在书里读过类似的描写了，在我看来这一切都是一场游戏。谈话之后，我看清他了，我看到一个五官清秀的人，深蓝的眼睛，身材高大，长长的灰色小胡子，一头几乎全白的头发。我认为他是通情达理的，总之，是和蔼可亲的，虽然有时一种不由自主的抽搐扯动了他的嘴。出去的时候，我甚至想伸出手来跟他握手，幸亏我及时地想起来我杀过一个人。

第二天，一位律师到监狱里来看我。他又矮又胖，相当年轻，头发梳得服服帖帖。尽管天热(我穿着背心)，他却穿着一身深色衣服，硬领子，系着一条很怪的领带，上面有黑色和白色的粗大条纹。他把夹在胳膊下的皮包放在我的桌上，自我作了介绍，对我说他研究了我的材料。我的案子不好办，但是如果我信任他，胜诉是没有疑问的。我向他表示感谢，他说："咱们言归正传吧。"

他在我的床上坐下，对我说，他们已经了解了我的私生活。他们知道了我妈妈最近死在养老院里。他们到马朗戈去做过调查。预审推事们知道了我在妈妈下葬的那天"表现得麻木不仁"。我的律师对我说："您知道，我有点不好意思问您这些事。但这很重要。假使我无言以对的话，这将成为起诉的一条重要的根据。"他要我帮助他。他问我那一天是否感到难过，这个问题使我十分惊讶，我觉得要是我提这个问题的话，我会很为难的。不过，我回答他说我有点失去了回想的习惯，我很难向他提供情况。毫无疑问，我很爱妈妈，但是这不说明任何问题。所有健康的人都或多或少盼望过他们所爱的人死去。说到这儿，律师打断了我，显得激动不安。他要我保证不在庭上说这句话，也不在预审法官那儿说。不过，我对他说我有一种天性，就是肉体上的需要常常使我的感情混乱。安葬妈妈的那天，我很疲倦，也很困，我根本没体会到那天的事的意义。我能够肯定地说的，就是我更希望妈妈不死。但是我的律师没有显出高兴的样子。他对我说："这还不够。"

他想了想。他问我他是否可以说那一天我是控制住了我天生的感情。我对他说："不能，因为这是假话。"他以一种很怪的方式望了望我，仿佛我使他感到有些厌恶似的。他几乎是不怀好意地说，无论如何，养老院的院长和工作人员将会出庭作证，这将会使我"大吃其亏"。我请他注意这件事和我的案子没有关系，他只是说，明显的是，我和法院从来没有关系。

他很生气地走了。我真想叫住他，向他解释说我希望得到他的同情，不是为了得到更好的辩护，而是，如果我可以这样说的话，得到合乎人性的辩护。特别是我看到我使他很不痛快。他不理解我，他有点怨恨我。我想对他说，我和大家一样，绝对地和大家一样。可是，这一切实际上并没有多大用处，而且我也懒得去说。

不久之后，我又被带到预审推事面前。时间是午后两点钟，这一次，他的办公室里很亮，只有一层纱窗帘挡住阳光。天气很热。他让我坐下，他很客气地对我说，我的律师"因为不凑巧"没有能来。但是，我有权利不回答他的问题，等待我的律师来帮助我。我说我可以单独回答。他用指头按了按桌上的一个电钮。一个年轻的书记进来，几乎就在我的背后坐下了。

我们俩都舒舒服服地坐在椅子上。讯问开始。他首先说人家把我描绘成一个生性缄默孤僻的人，他想知道对此我有什么看法。我回答说："因为我没什么可说的，于是我就不说话。"他像第一次一样笑了笑，承认这是最好的理由，接着又补充了一句："再说，这无关紧要。"他不说话了，看了看我，然后相当突然地把身子一挺，很快地对我说："我感兴趣的，是您这个人。"我不大明白他说的是什么意思，没有回答。他又说："在您的举动中，有些事情我不大明白。我相信您将帮助我理解。"我说一切都很简单。他让我把那天的情形再讲一遍。我把对他讲过的东西又说了一遍：莱蒙、海滩、游泳、打架，又是海滩、小水泉、太阳和开了五枪。我每说一句，他都说："好，好。"当我说到直躺在地上的尸体时，他同意地说道："很好。"而我呢，翻来覆去地说一件事已经让我烦了，我觉得我从来没有说过这么多的话。

他停了一会儿，站起来，对我说他愿意帮助我，我使他感兴趣，如果上帝帮忙的话，他一定能为我做点什么。不过在此之前，他想问我几个问题。开门见山，他问我是不是爱妈妈。我说："爱，像大家一样。"一直有节奏地敲着打字机的书记一定是按错了键子，因为他很不自在，不得不往回退机器。推事又问我——表面上看不出有什么逻辑性——是不是连续开了五枪。我想了想，说先开了一枪，几秒钟之后，又开了四枪。于是他问："为什么您在第一枪和第二枪之间停了停？"这时，我又看见了那阳光火爆的海滩，我又感到了太阳炙烤着我的额头。但是这一次我什么也没说。在一片沉默中，推事好像坐立不安。他坐下来，抓了抓头发，把胳膊肘支在桌子上，微微朝我俯下身来，神情很奇特："为什么，为什么您还往一个死人身上开枪呢？"这个问题，我也不知道如何回答。推事把双手放在前额上，重复了他的问题，声音都有点儿变了："为什么？您得对我说。为什么？"我一直不说话。

突然，他站了起来，大步走到他的办公室一头的一个档案柜前，拉开一个抽屉。他拿出一个银十字架，一边摇晃着，一边朝我走来。他的声音完全变了，几乎是颤抖地大声问我："这件东西，您认得吗？"我说："认得，当然认得。"于是他很快地、热情洋溢地说他相信上帝，他的信念是任何一个人也不会罪孽深重到上帝不能饶恕的程度，但是他必须悔过，要变成孩子那样，灵魂是空的，什么都能接受。他整个身子都俯在桌子上，差不多就在我的头顶上摇晃着十字架。说真的，他的这番推理，我真跟不上，首先是因为我热，他的办公室里有几只大苍蝇，落在我的脸上，也因为我有点儿怕他。不过我认为这是可笑的，因为无论如何罪犯毕竟还是我。可是，他还在说。我差不多听明白了，据他看，在我的供词中只有一点不清楚，那就是等了一下才开第二枪这一事实。其余的都很明白，但这一点，他不懂。我正要跟他说他这样固执是没有道理的，因为这最后一点并不那么重要。但他打断了我，挺直了身子，劝告了我一番，问我是否信仰上帝。我回答说不。他愤怒地坐下了，说这是不可能的，所有的人都信仰上帝，甚至那些背弃上帝的人都信仰上帝。这是他的信念，如果他要怀疑这一点的话，他的生活就失去了意义。他叫道："您难道要使我的生活失去意义吗？"我认为，这与我无关，我跟他说了。但他已经隔着桌子把刻着基督受难像的十字架伸到我的眼皮底下，疯狂地大叫起来："我，我是基督徒。我要请求他饶恕你的罪过。你怎么能不相信他是为你而受难呢？"我清楚地注意到他用"你"来称呼我了，但我已厌倦了。屋子里越来越热。跟平时一样，当我想摆脱一个我不愿意听他说话的人时，我就作出赞同的样子。出乎我的意料，他竟真的以为是打胜了："你看，你看，"他说，"你是不是也信了？你是不是要把真话告诉他了？”当然，我又说了一次“不”。他一屁股坐在他的椅子上。

他好像很累，待了好久没说话，而打字机一直跟着我们的对话，还在打着最后的几句话。然后，他注视着我，有点儿伤心，轻声地说：“我从未见过您这样顽固的灵魂。来到我面前的罪犯看到这个受苦受难的形象，没有不痛哭流涕的。”我正要回答他这恰恰说的是罪犯，可是我想起来我也跟他们一样。这种想法我却总也不能习惯。这时，推事站了起来，好像告诉我审讯已经结束。他的样子还是那么厌倦，只问了问我对我的行动是否感到悔恨。我想了想，说与其说是真正的悔恨，不如说是某种厌烦。我觉得他不明白我的话。不过，那天发生的事情也就到此为止了。

后来，我经常见到这位预审推事。只是我每次都有律师陪着。他们只是让我对过去说过的东西的某些地方再明确一下，或者是推事和我的律师讨论控告的罪名。但实际上，这些时候他们根本就不管我了。反正是渐渐地，审讯的调子变了。好像推事对我已经不感兴趣了，他已经以某种方式把我的案子归档了。他不再跟我谈上帝了，我也再没有看见他像第一天那样激动过。结果，我们的谈话反而变得更亲切了。提几个问题，跟我的律师聊聊，审讯就结束了。用推事的话说，我的案子照常进行。有时候，如果谈的是一般性的问题，他们就把我也拉上。我开始喘过气来了。这时，人人对我都不坏。一切都是这样自然，解决得这样好，演得这样干净利落，竟至于我有了“和他们都是自家人”的可笑感觉。预审持续了十一个月，我可以说，我有点惊奇的是，有生以来最使我快活的竟是有那么不多的几次，推事把我送到他的办公室门口，拍着我的肩膀亲切地说：“今天就到此为止，反基督先生。”然后，他们再把我交到法警手里。

2

有些事情我是从来也不喜欢谈的。自从我进了监狱，没过几天我就知道，我将来是不喜欢谈论我这一段生活的。

不过，后来我也没发现反感有什么必要。实际上，头几天我并不是真的在坐牢，我在模模糊糊地等着什么新情况。直到第一次，也是唯一的一次，玛丽来看我之后，一切才开始。从我收到她的信那一天起(她说人家不允许她再来了，因为她不是我的妻子)，就是从那一天起，我才感到我住的地方是牢房，我的生活到此为止了。我被捕的那一天，他们先把我关在一间已经有好几个囚犯的牢房里，其中大部分是阿拉伯人。他们看见我都笑了。然后他们问我犯了什么事儿。我说我杀了一个阿拉伯人，他们就都不说话了。但过了一会儿，天就黑了。他们告诉我怎样铺睡觉的席子。把一头卷起来，就可以做成一个长枕头。整整的一夜，臭虫在我脸上爬。几天之后，我被关进一个单间，睡在一块木板上。我还有一个便桶和一个铁盆儿。监狱建在本城的高地上，透过一个小窗口，我可以看见大海。有一天，我正抓着铁栏杆，脸朝着有亮的地方，一个看守进来，说有人来看我。我想这是玛丽。果然是她。

要到接待室去，得穿过一条长走廊，上一段台阶，最后再穿过一条走廊。我走进去，那是一个明亮的大厅，光线是从一个大窗户里射进来的。两道大铁栅横着把大厅分成三部分。两道铁栅之间相距约八到十米，把探望的人和囚犯隔开。我看见玛丽在我面前，她穿着带条子的连衣裙，脸晒得黑黑的。跟我站在一起的有十几个囚犯，大部分是阿拉伯人。玛丽周围都是摩尔人，身旁的两个，一个是身材矮小的老太太，紧闭着嘴唇，穿着黑衣服，另一个是没戴帽子的胖女人，说话指手划脚，声音很高。由于铁栅间的距离，探望的人和囚犯都不得不高声叫嚷。我进去之后，吵吵嚷嚷的声音传到光秃秃的大墙上又折回来，明亮的阳光从天上泻到玻璃上射进大厅，使我感到头昏眼花。我的牢房又静又暗。我得有好几秒钟才能适应。但是，我最后还是看清了呈现在光亮中的每一张面孔。我注意到一个看守坐在铁栅间通道的尽头。大部分阿拉伯囚犯和他们的家人都面对面地蹲着。他们不大叫大嚷。尽管大厅里乱糟糟的，他们低声说话彼此倒还听得见。他们沉闷的低语声从下面升上来，在他们头上来往穿行的谈话声中，好像是一个持续不断的低音部。这一切，我都是在朝着玛丽走去时注意到的。她已经紧紧地贴在铁栏杆上，竭力朝着我笑。我觉得她很美，但我不知道怎样和她说这件事。

"怎么样？"她大声问道。

"就是这样。"

"身体好吗？需要的东西都有吗？"

"好，都有。"

我们都不说话了，玛丽一直在微笑。那个胖女人对着我身边的一个人大叫，那人无疑是她的丈夫，个子很高，金黄头发，目光坦率。我听到的是一段已经开始的谈话的下文。

"让娜不愿意要他。"她扯着嗓子大叫。

"哦，哦。"那男人说。

"我跟她说你出来后会再雇他的，她还是不愿意。"

玛丽也对我大声说莱蒙问我好，我说："谢谢。"但我的声音被我旁边那人给盖住了，他正问"他可好"。他老婆笑着回答道："他的身体从来没有这样好过。"我左面是个矮小的年轻人，手很纤细。他什么也不说。我注意到他对面是那位小老太太，两个人紧紧地相互望着。不过我没有时间再观察他们了，因为玛丽对我喊道不要失望。我说："对。"同时，我望着她，我真想隔着裙子搂住她的肩膀，我真想摸摸这细腻的布料，我不太清楚除此之外还应该盼望什么。但是这肯定就是玛丽刚才的意思，因为她一直在微笑。我只看到她发亮的牙齿和眼角上细细的皱纹。她又喊道："你会出来的，出来就结婚！"我回答道："你相信吗？"但主要是为了找点话说罢了。她于是很快地大声说她相信，我将被释放，我们还去游泳。但那个女人又吼起来，说她在书记室留了个篮子。她一样一样讲她放在里面的东西，要查对一下，因为这些东西很贵。我另一边的邻居和他母亲一直互相望着。地上蹲着的阿拉伯人在继续低声交谈。外面的光线好像越来越强，直射在窗户上。

我感到有些不舒服，真想走开。嘈杂声让我难受。但另一方面，我又想多看看玛丽。我不知道过了多少时间。玛丽跟我讲她的工作，她不住地微笑。低语声，喊叫声，谈话声交织成一片。唯有我身边那个矮小的年轻人和那个老太太之间是一个寂静的小孤岛，他们只是互相望着。渐渐地，阿拉伯人都被带走了。第一个人一走，几乎所有的人都不说话了。那个小老太太走近铁栏杆，这时，一个看守向她的儿子打了个手势。他说："再见，妈妈。"她把手从两根铁栏杆间伸出来，慢慢地，持续地摆了摆。

她一走，一个男人进来，手里拿着帽子，占了她留下的那块地方。这一边也有一个犯人被带了进来，他们热烈地谈了起来，但声音很小，因为大厅已经安静下来了。有人来叫我右边的那个人了，他老婆并没有放低声音，好像她没注意到已经不需要喊叫了："保重，小心。"然后就该我了。玛丽做出吻我的姿势。我在出去之前又回了回头。她站着不动，脸紧紧地贴在铁栅栏上，还带着为难的、不自然的微笑。

她的信是那以后不久写的。那些我从来也不喜欢讲的事情也是从这时候开始的。不管怎么说，不该有任何的夸大，这件事我做起来倒比别的事容易。在我被监禁的开始，最使我感到难以忍受的是，我还常有一些自由人的念头。例如，我想去海滩，朝大海走去。我想象着最先冲到我脚下的海浪的响声，身体跳进水里以及我所感到的解脱，这时我才一下子感到了牢房的四壁相距是多么的近。但这只持续了几个月。然后，我就只有囚徒的想法了。我等待着每日在院子里放风或我的律师来访。其余的时间，我也安排得很好。我常常想，如果让我住在一棵枯树干里，除了抬头看看天上的流云之外无事可干，久而久之，我也会习惯的。我会等待着鸟儿飞过或白云相会，就像我在这里等待着我的律师的奇特的领带，或者就像我在另一个世界里耐心等到星期六拥抱玛丽的肉体一样。何况，认真想想，我并不在一棵枯树干里。还有比我更不幸的人。不过，这是妈妈的一个想法，她常常说，到头来，人什么都能习惯。

况且，一般地说，我并没有到这种程度。开头几个月很苦。但是我不得不努力克制，也就过来了。例如，我老是想女人。这很自然，我还年轻嘛。我从不特别想到玛丽。我是想到女人，随便哪一个女人，所有我过去认识的女人，想到我爱过她们的各种各样的场合，想来想去，牢房里竟充满了一张张女人的面孔，到处只见我的性欲的冲动。从某种意义上说，这使我的精神失常，但从另一种意义上说，这却使我消磨了时间。我终于赢得了看守长的好感，他总是在开饭的时候跟厨房的伙计一道来。是他先跟我谈起了女人。他跟我说这也是其他人所抱怨的头一件大事。我对他说我跟他们一样，我认为这种待遇不公正。“可是，”他说，“正是为了这个才让您坐监狱呀。”

“什么？为了这个？”

“是啊，自由，就是这个呀。您被剥夺了自由。”

我从来没想到这一层。我同意他的看法，我说：“不错，不然的话，惩罚什么呢？”

“对，您明白事理。他们不懂。最后他们总是自己想办法。”看守说完就走了。

还有香烟也是个问题。我进监狱的时候，他们拿去了我的腰带，我的鞋带，我的领带，口袋里所有的东西，特别是我的香烟。一进牢房，我就要求他们还给我。但他们对我说这里禁止吸烟。头几天真难过。也许是这件事使我最为沮丧。我从床板上撕下几块木头来咂一咂。我整天想吐。我不明白，他们为什么不让我抽烟，抽烟并不损害任何人。后来我明白了，这也是惩罚的一部分，但这时候，我对不抽烟已经习惯了，这个惩罚对我已不成其为惩罚了。

除了这些烦恼外，我不算太不幸。全部的问题，我再说一遍，还是如何消磨时间。从我学会了回忆的那个时刻起，我就一点儿也不感到烦闷了。有时候，我想我从前住的房子，在想象中，我从一个角落开始走，再回到原处，心里数着一路上所看到的东西。开始，很快就数完了。但每一次重新开始，就变得稍微长了些。因为我想起了每一件家具，每一件家具上的每一件东西，每一件东西的全部细小的地方，而那些细小的地方本身，还有镶嵌着什么啦，一道裂缝啦，一条有缺口的边啦，还有颜色和木头的纹理啦。同时，我还试图让我这份清单不要断了线，试图把每一件东西都数全。结果，几个星期之后，单单数我房间里的东西，我就能过好几个钟头。这样，我越是想，想出来的原已忘记或根本认不出的东西就越多。于是我明白了，一个人哪怕只生活过一天，也可以毫无困难地在监狱里过上一百年。他会有足够的东西来回忆而不至感到烦闷。从某种意义上说，这也是一种好处。

还有睡觉。开始，我夜里睡不好，白天根本睡不着。渐渐地，夜里睡得好，白天也能睡着了。我可以说，在最后几个月里，我每天睡十六到十八个钟头。那么，我每天要消磨的时间就剩下六个钟头了，其中包括吃饭、大小便、回忆和捷克斯洛伐克人的故事。

在草褥子和床板之间，有一天我发现了一块旧报纸，几乎粘在布上，已经发黄透亮了。那上面有一则新闻，开头已经没有了，但看得出来事情是发生在捷克斯洛伐克。一个人离开捷克的一个农村，外出谋生。二十五年之后，他发了财，带着老婆和一个孩子回来了。他的母亲和他的妹妹在家乡开了个旅店。为了让她们吃一惊，他把老婆孩子放在另一个地方，自己到了他母亲的旅店里，他进去的时候，她没认出他来。他想开个玩笑，竟租了个房间，并亮出他的钱来。夜里，他母亲和他妹妹用大锤把他打死，偷了他的钱，把尸体扔进河里。第二天早晨，他妻子来了，无意中说出那旅客的姓名。母亲上吊，妹妹投了井。这段故事，我不知读了几千遍。一方面，这事不像真的，另一方面，却又很自然。无论如何，我觉得那个旅客有点自作自受，永远也不应该演戏。

这样，睡觉、回忆、读我的新闻，昼夜交替，时间也就过去了。我在书里读过，说在监狱里，人最后就失去了时间的概念。但是，对我来说，这并没有多大意义。我始终不理解，到什么程度人会感到日子是既长又短的。日子过起来长，这是没有疑问的，但它居然长到一天接一天。它们丧失了各自的名称。对我来说，唯一还有点意义的词是“昨天”和“明天”。

有一天，看守对我说我进来已经五个月了，我相信这点，但我又不理解。对我来说，我在牢房里过的总是同样的一天，做的也总是同样的事。那天，看守走了之后，我对着我的铁碗，看了看自己。我觉得，就是在我试图微笑的时候，我的样子还是很严肃。我晃了晃那铁碗。我微笑了，可碗里的神情还是那么严肃，忧愁。天黑了，这是我不愿意谈到的时刻，无以名之的时刻，监狱各层的牢房里响起了夜晚的嘈杂声，随之而来的是一片寂静。我走近小窗口，借着最后的光亮，我又端详了一番我的样子。还是那么严肃。这有什么奇怪的呢？那会儿，我就是那么严肃嘛。但就在那时，几个月来，我第一次清楚地听见了我自己说话的声音。我认出来了，这就是很久以来一直在我耳边回响的声音啊，我这才明白，这一段时间里我一直在一个人说话。于是，我想起了母亲下葬那天女护士说过的话。不，出路是没有的，没有人能想象监狱里的晚上是怎样的。

3

我可以说，一个夏天接着一个夏天，其实也快得很。我知道天气刚刚转热，我的事就要有新的动向。我的案子定于重罪法庭最后一次开庭时审理，这次开庭将于六月底结束。辩论的时候，外面太阳火辣辣的。我的律师告诉我辩论不会超过两天或三天。他还说：“再说，法庭忙着呢，您的案子并不是这次最重要的一件。在您之后，立刻就要办一件弑父案。”

早晨七点半，有人来提我，囚车把我送到法院。两名法警把我送进一间小里屋里。我们坐在门旁等着，隔着门，听见一片说话声、叫人的声音和挪动椅子的声音，吵吵嚷嚷地让我想到那些群众性的节日，音乐会之后，大家收拾场地准备跳舞。法警告诉我得等一会儿才开庭，其中一个还递给我一支烟，我拒绝了。过了一会儿，他问我“是不是感到害怕”，我说不害怕。甚至在某种意义上说，看一场官司，我觉得有趣，我有生以来还从没有机会看过呢。“的确，”第二个法警说，“不过看多了也累得慌。”

不一会儿，房子里一个小电铃响了。他们给我摘下手铐，打开门，让我走到被告席上去。大厅里人坐得满满的。尽管挂着窗帘，有些地方还是有阳光射进来，空气已经闷得不行。窗户都关上了。我坐下，两名法警一边一个。这时，我看见我面前有一排面孔，都在望着我，我明白了，这是陪审员。但我说不出来这些面孔彼此间有什么区别。我只有一个印象，仿佛我在电车上，对面一排座位上的旅客盯着新上来的人，想发现有什么可笑的地方。我知道这种想法很荒唐，因为这里他们要找的不是可笑之处，而是罪恶。不过，区别并不大，反正我是这样想的。

还有，门窗紧闭的大厅里这么多人也使我头昏脑涨。我又看了看法庭上，还是一张脸也看不清。我认为，首先是我没料到大家都急着想看看我。平时，谁也不注意我这个人。今天，我得费一番力气才明白我是这一片骚动的起因。我对法警说：“这么多人！”他回答我说这是因为报纸，他指给我坐在陪审员座位下面桌子旁边的一群人，说：“他们在那儿。”我问：“谁？”他说：“报馆的人呀。”他认识其中的一个记者，那人这时也看见了他，并朝我们走过来。这人年纪已经不小了，样子倒也和善，只是脸长得有点滑稽。他很亲热地握了握法警的手。我这时注意到大家都在握手，打招呼，谈话，好像在俱乐部里碰到同一个圈子里的人那样高兴。我明白了为什么我刚才会有那么奇怪的感觉，仿佛我是个多余的人，是个擅自闯入的家伙。但是，那个记者微笑着跟我说话了，希望我一切顺利。我谢了他，他又说：“您知道，我们有点儿夸大了您的案子。夏天，对报纸来说是个淡季。只有您的事和那宗弑父案还有点儿什么。”他接着指给我看他刚离开的那群人中的一个矮个子，那人像只肥胖的鼬，带着一副黑边大眼镜。他说那是巴黎一家报纸的特派记者：“不过，他不是为您来的。因为他来报道那宗弑父案，人家也就要他同时把您的案子一道发回去。”说到这儿，我又差点儿要感谢他。但我想这将是很可笑的。他举手向我亲切地摆了摆，离开了我们。我们又等了几分钟。

我的律师到了。他穿着法衣，周围还有许多同行。他朝记者们走去，跟他们握了握手。他们打趣，大笑，显得非常自如，直到法庭上铃响为止。大家各就各位。我的律师朝我走来，跟我握手，嘱咐我回答问题要简短，不要主动说话，剩下的就由他办了。

左边，我听见有挪椅子的声音，我看见一个身材细高的人，穿着红色法衣，戴着夹鼻眼镜，仔细地折起长袍坐下了。这是检察官。执达吏宣布开庭。同时，两个大电扇一齐嗡嗡地响起来。三个推事，两个着黑衣，一个着红衣，夹着卷宗进来，很快地朝俯视着大厅的高台走去。着红衣的那个人坐在中间的椅子上，把帽子放在身前，用手帕擦了擦小小的秃顶，宣布审讯开始。

记者们已经拿起了钢笔。他们都漠不关心，有点傻乎乎的样子。然而，其中有一个，年纪轻得多，穿一身灰法兰绒衣服，系着蓝色的领带。他把笔放在前面，望着我。在那张不大匀称的脸上，我只看见两只淡淡的眼睛，专心地端详着我，表情不可捉摸。而我有一种奇怪的印象，好像是我自己看着我自己。也许是因为这一点，当然也因为我不知道这种场合的规矩，我对后来发生的事都没怎么搞清楚，例如陪审员抽签，庭长向律师，向检察官和向陪审团提问（每一次，所有的陪审员的脑袋都同时转向法官），很快地念起诉书（我听出了一些地名和人名），然后再向我的律师提问。

庭长说应该传讯证人了。执达吏念了一些姓名，引起了我的注意。在这群我刚才没看清楚的人当中，我看见几个人一个个站起来，从旁门走出去，他们是养老院的院长和门房，老多玛·贝莱兹，莱蒙，马松，萨拉玛诺，玛丽。玛丽还焦虑不安地看了看我。我还在奇怪怎么没有早些看见他们，赛莱斯特最后听到他的名字，站了起来。在他身边，我认出了在饭馆见过的那个小女人，她还穿着那件短外套，一副坚定不移，一丝不苟的神气。她紧紧地盯着我。但是我没有时间多考虑，因为庭长讲话了。他说真正的辩论就要开始了，他相信无须再要求听众保持安静。据他说，他的职责是不偏不倚地引导有关一宗他要客观对待的案子的辩论。陪审团提出的判决将根据公正的精神作出，在任何情况下，如有哪怕最微不足道的捣乱的情况，他都要把听众逐出法庭。

大厅里越来越热，我看见推事们都拿报纸扇了起来，立刻响起一阵持续的哗啦哗啦的纸声。庭长示意，执达吏送来三把草蒲扇，三位推事马上使用起来。

审讯立刻开始。庭长心平气和地，我觉得甚至是带着一些亲切感地向我发问。不管我多么厌烦，他还是先让我自报家门，我想这也的确是相当自然的，万一把一个人当成另一个人，那可就太严重了。然后，庭长又开始叙述我做过的事情，每读三句话就问我一声："是这样吗？"每一次，我都根据律师的指示回答道："是，庭长先生。"这持续了很久，因为庭长叙述得很细。这时候，记者们一直在写。我感到了他们当中最年轻的那个和那个小自动机器的目光。电车板凳上的那一排人都面向着庭长。庭长咳嗽一声，翻翻材料，一边扇着扇子，一边转向我。

他说他现在要提出几个与我的案子表面上没有关系而实际上可能大有关系的问题。我知道他又要谈妈妈了，我感到我是多么厌烦。他问我为什么把妈妈送进养老院。我回答说我没有钱请人照看她，给她看病。他问我，就个人而言，这是否使我很难受，我回答说无论是妈妈，还是我，都不需要从对方得到什么，再说也不需要从任何人那里得到什么，我们俩都习惯了新的生活。于是，庭长说他并不想强调这一点，他问检察官是否有别的问题向我提出。

这一位半转过脊背对着我，并不看我，说如果庭长允许，他想知道我是不是怀着杀死阿拉伯人的意图独自回到水泉那里。“不是，” 我说。“那么，您为什么带着武器，又单单回到这个地方去呢？”我说这是偶然的。检察官以一种阴险的口吻说：“暂时就是这些。” 接下来的事就有点不清楚了，至少对我来说是如此。但是，经过一番秘密磋商之后，庭长宣布休庭，听取证词改在下午进行。

我没有时间思考。他们把我带走，装进囚车，送回监狱吃饭。很快，在我刚感到累时，就有人来提我了。一切又重来一遍，我被送到同一个大厅里，我面前还是那些面孔。只是大厅里更热了，仿佛奇迹一般，陪审员、检察官、我的律师和几个记者，人人手中都拿了一把蒲扇。那个年轻的记者和那个小女人还在那儿。但他们不扇扇子，默默地望着我。

我擦了擦脸上的汗，直到我听见传养老院院长，这才略微意识到了我所在的地方和我自己。他们问他妈妈是不是埋怨我，他说是的，不过院里的老人埋怨亲人差不多是一种通病。庭长让他明确妈妈是否怪我把她送进养老院，他又说是的。但这一次，他没有补充什么。对另一个问题，他回答说他对我在下葬那天所表现出的冷静感到惊讶。这时，院长看了看他的鞋尖儿，说我不想看看妈妈，没哭过一次，下葬后立刻就走，没有在她坟前默哀。还有一件使他惊讶的事，就是殡仪馆的一个人跟他说我不知道妈妈的年龄。大厅里一片寂静，庭长问他说的是否的确是我。院长没有听懂这个问题，说道：“这是法律。”然后，庭长问检察官有没有问题向证人提出，检察官大声说道：“噢！没有了，已经足够了。”他的声音这样响亮，他带着这样一种得意洋洋的目光望着我，使我多年来第一次产生了愚蠢的想哭的愿望，因为我感到这些人是多么地憎恨我。

问过陪审团和我的律师有没有问题之后，庭长听了门房的证词。门房和其他人一样，也重复了同样的仪式。他走到我跟前看了我一眼，就转过脸去了。他回答了他们提出的问题。他说我不想看看妈妈，却抽烟，睡觉，还喝了牛奶咖啡。这时，我感到有什么东西激怒了整个大厅里的人，我第一次认识到我是有罪的。他们又让门房把喝牛奶咖啡和抽烟的事情重复一遍。检察官看了看我，眼睛里闪着一种嘲讽的光亮。这时，我的律师问门房是否和我一道抽烟了。可是检察官猛地站起来，反对这个问题："这里究竟谁是罪犯？这种为了减弱证词的力量而反诬证人的作法究竟是什么作法？但是，证词并不因此而减少其不可抵抗的力量！"尽管如此，庭长还是让门房回答这个问题。老头子很难为情地说："我知道我也不对，但是我当时没敢拒绝先生给我的香烟。"最后，他们问我有没有什么要补充的。我说："没有，只是证人说得对。我的确给了他一支香烟。"这时，门房既有点儿惊奇又怀着某种感激的心情看了看我。他迟疑了一下，说牛奶咖啡是他请我喝的。我的律师得意地叫了起来，说陪审员们一定会重视这一点的。但是检察官在我们头上发出雷鸣般的声音，说道："对，陪审员先生们会重视的。而他们的结论将是，一个外人可以请喝咖啡，而一个儿子，面对着生了他的那个人的尸体，就应该拒绝。"门房回到他的座位上去。

轮到多玛•贝莱兹了，一个执达吏把他扶到证人席上。贝莱兹说他主要是认识我母亲，他只在下葬的那一天见过我一次。他们问他我那天干了些什么，他回答道："你们明白，我自己当时太难过了。所以，我什么也没看见。痛苦使我什么也看不见。因为对我来说，这是非常大的痛苦。我甚至都晕倒了。所以，我不能看见先生做了些什么。"检察官问他，是不是至少看见过我哭。贝莱兹说没看见。于是，检察官也说："陪审员先生们会重视这一点的。"但我的律师生气了。他用一种我觉得过火的口吻问贝莱兹，他是否看见我不哭。贝莱兹说："没看见。"一阵哄堂大笑。我的律师卷起一只袖子，以一种不容争辩的口吻说道："请看，这就是这场官司的形象。一切都是真的，又没有什么是真的！"检察官沉下脸来，居心叵测，用铅笔在档案材料的标题上戳着。

在审讯暂停的五分钟里，我的律师对我说一切都进行得再好不过，然后，他们听了赛莱斯特的辩护，他是由被告方面传来的。所谓被告，当然就是我了。赛莱斯特不时地朝我这边望望，手里摆弄着一顶巴拿马草帽。他穿着一身新衣服，那是他有几个星期天跟我一起去看赛马时穿的。但是我现在认为他那时没有戴硬领，因为他领口上只扣着一枚铜纽扣。他们问他我是不是他的顾客，他说："是，但也是一个朋友。"问到他对我的看法，他说我是个男子汉。问他这是什么意思，他说谁都知道那是什么意思。问他是否注意到我是个缄默孤僻的人，他只承认我不说废话。检察官问他我是不是按时付钱，他笑了，说："这是我们两个人之间的私事。"他们又问他对我的罪行有什么看法。这时，他把手放在栏杆上，看得出来他是有所准备的。他说："依我看，这是件不幸的事。谁都知道不幸是什么。这使你没法抗拒。因此，依我看，这是件不幸的事。"他还要继续说，但庭长说这很好，谢谢他。赛莱斯特有点儿愣了。但是他说他还有话。他们让他说得简短些。他又重复了一遍说这是件不幸的事。庭长说："是啊，这是当然。我们在这儿就是为了判断这一类的不幸。谢谢您。"仿佛他已尽其所能并表现了他的好意，他就朝我转过身来。我觉得他的眼睛发亮，嘴唇哆嗦着。他好像是问我他还能做些什么。我呢，我什么也没说，我没有任何表示，但是，我有生以来第一次想拥抱一个男人。庭长又一次请他离开辩护席。赛莱斯特这才回到旁听席上去。在剩下的时间里，他一直待在那里，身子稍稍前倾，两肘支在膝头上，手里拿着草帽，听着大家说话。玛丽进来了。她带着帽子，还是那么美。但是我喜欢她披散着头发。从我坐的地方，我可以感觉到她轻盈的乳房，看得出她的下嘴唇总是有点儿发肿。她好像很紧张。一上来，人家就问她从什么时起和我认识。她说是从她在我们公司做事的时候起。庭长想知道她和我是什么关系。她说她是我的朋友。在回答另一个问题时，她说她的确要和我结婚。检察官翻了翻一卷材料，突然问她是什么时候和我发生关系的。她说了个日子。检察官以一种漠不关心的神气指出，那似乎是妈妈死后的第二天。然后，他又颇含讥讽地说他不想强调一种微妙的处境，他很理解玛丽的顾虑，但是（说到这里，他的口气强硬了），他的职责使他不能不越过通常的礼仪。因此，他要求玛丽讲一讲我碰见她的那一天的情况。玛丽不愿意说，但在检察官的坚持下，她讲了我们游泳，看电影，然后回到我那里去。检察官说，根据玛丽在预审中所提供的情况，他查阅了那一天的电影片目。他要玛丽自己说那一天放的是什么电影。她的声音都变了，说那是一部费南代尔的片子。她说完，大厅里鸦雀无声。这时，检察官站起来，神情非常庄重，伸出手指着我，用一种我认为的确是很激动的声音，一个字一个字地慢慢说道："陪审员先生们，这个人在他母亲死去的第二天，就去游泳，就开始搞不正当的关系，就去看滑稽影片开怀大笑。至于别的，我就用不着多说了。"他坐下了，大厅里还是一片寂静。忽然，玛丽大哭起来，说情况不是这样，还有别的，刚才的话不是她心里想的，是人家逼她说的，她很了解我，我没做过任何坏事。但是执达吏在庭长的示意下把她拖了出去。审讯继续。

紧接着是马松说话，人们都不怎么听了，他说我是个正经人，他"甚至还要说，是个老实人"。至于萨拉玛诺，就更没有人听了。他说我对他的狗很好。当问到关于我母亲和我的时候，他说我跟妈妈无话可说，所以我才把妈妈送进养老院。他说："应该理解呀，应该理解呀。"可是似乎没有一个人理解。他被带了出去。

轮到莱蒙了，他是最后一个证人。莱蒙朝我点点头，立刻说道我是无罪的。但是，庭长说法庭要的不是判断而是证据。他要他先等着提问，然后再回答。他们要他明确他和被害人的关系。莱蒙趁此机会说被害人恨的是他，因为他羞辱了他姐姐。但庭长问他被害人是否就没有理由恨我。莱蒙说我到海滩上去完全是出于偶然。检察官问他作为悲剧的根源的那封信怎么会是我写的。莱蒙说那是出于偶然。检察官反驳说偶然在这宗案子里对人的良心所产生的坏作用已经不少了。他想知道，当莱蒙羞辱他的情妇时，我没有干涉，这是不是出于偶然；我到警察局去作证，是不是出于偶然；我在作证时说的话纯粹是献殷勤，是不是也出于偶然。最后，他问莱蒙靠什么生活，莱蒙说是"仓库管理员"。检察官朝着陪审员们说道，众所周知，证人干的是乌龟的行当。我是他的同谋和朋友。这是一个最下流的无耻事件，由于加进了一个道德上的魔鬼而变得更加严重。莱蒙要声辩，我的律师也提出抗议，但是人家要他们让检察官说完。他说:“我的话不多了。他是您的朋友吗?”他问莱蒙。莱蒙说:“是，他是我的朋友。”检察官又向我提出同一个问题，我看了看莱蒙，他也正看着我。我说:“是。”检察官于是转向陪审团，说道:“还是这个人，他在母亲死后的第二天就去干最荒淫无耻的勾当，为了了结一桩卑鄙的桃色事件就去随随便便地杀人!”

他坐下了。我的律师已经按捺不住，只见他举起胳膊，法衣的袖子都落了下来，露出了里面浆得雪白的衬衫，大声嚷道:“说来说去，他被控埋了母亲还是被控杀了人?”听众一阵大笑。但检察官又站了起来，披了披法衣，说道需要有这位可敬的辩护人那样的聪明才智才能不感到在这两件事之间有一种深刻的、感人的、本质的关系。他用力地喊道:“是的，我控告这个人怀着一颗杀人犯的心埋葬了一位母亲。”这句话似乎在听众里产生了很大的效果。我的律师耸了耸肩，擦了擦额上的汗水。但他本人似乎也受到了震动，我明白我的事情不妙了。

审讯结束。走出法院登上车子的时候，一刹那间，我又闻到了夏日傍晚的气息，看到了夏日傍晚的色彩。在这走动着的，昏暗的囚室里，我仿佛从疲倦的深渊里听到了这座我所热爱的城市的，某个我有时感到满意的时刻种种熟悉的声音。在已经轻松的空气中飘散着卖报人的吆喝声，滞留在街头公园里的鸟雀的叫声，卖夹心面包的小贩的喊叫声，电车在城里高处转弯时的呻吟声，港口上方黑夜降临前空中的嘈杂声，这一切又在我心中画出了一条我在入狱前非常熟悉的，在城里随意乱跑时的路线。是的，这是很久以前我感到满意的那个时刻。那时候，等待我的总是轻松的、连梦也不做的睡眠。然而，有些事情已经起了变化，因为我又回到了牢房，等待着第二天。仿佛画在夏日天空中的熟悉的道路既能通向牢房，也能通向安静的睡眠。

4

即便是坐在被告席上，听见大家谈论自己也总是很有意思的。在检察官和我的律师进行辩论的时候，我可以说，大家对我的谈论是很多的，也许谈我比谈我的罪行还要多。不过，这些辩护词果真有那么大的区别吗？律师举起胳膊，说我有罪，但有可以宽恕的地方。检察官伸出双手，宣告我的罪行，没有可以宽恕的地方。但是，有一件事使我模模糊糊地感到尴尬。尽管我心里不安，但有时我很想参加进去说几句，但这时我的律师就对我说："别说话，这对您更有利。"可以这么说，他们好像在处理这宗案子时把我撇在一边。一切都在没有我的干预下进行着。我的命运被决定，而根本不征求我的意见。我不时地真想打断他们，对他们说："可说来说去，究竟谁是被告？被告也是很重要的。我也有话要说呀。"但是三思之后，我也没有什么好说的。再说，我应该承认，一个人对别人所感到的兴趣持续的时间并不长。例如，检察官的控诉很快就使我厌烦了。只有那些和全局无关的片言只语，几个手势，或连珠炮般说出来的大段议论，还使我感到惊奇，或引起我的兴趣。

如果我没有理解错的话，他的思想实质是我杀人是有预谋的。至少，他试图证明这一点。正如他自己所说："先生们，我将提出证据，我将提出双重的证据。首先是光天化日之下的犯罪事实，然后是这个罪恶灵魂的心理向我提供的晦暗的启示。"他概述了妈妈死后的一系列事实。他提出我的冷漠，不知道妈妈的岁数，第二天跟一个女人去游泳，看电影，还是费南代尔的片子，最后同玛丽一起回去。那个时候，我是花了很长时间才明白他的话的，因为他说什么"他的情妇"，而对我来说，情妇原来就是玛丽。接着，他又谈到了莱蒙的事情。我发现他观察事物的方式倒不乏其清晰正确。他说的话还是可以接受的。我和莱蒙合谋写信把他的情妇引出来，然后让这个"道德可疑"的人去羞辱她。我在海滩上向莱蒙的仇人进行挑衅。

莱蒙受了伤。我向他要来了手枪。我为了使用武器又一个人回去。我预谋打死阿拉伯人。我又等了一会儿。“为了保证事情干得彻底”，我又沉着地、稳妥地、在某种程度上是经过深思熟虑地开了四枪。

“事情就是这样，先生们，”检察官说，“我把这一系列事情的线索给你们勾画出来，说明这个人如何在神志完全清醒的情况下杀了人。我强调这一点。因为这不是一宗普通的杀人案，不是一个未经思考的，你们可能认为可以用当时的情况加以减轻的行动。这个人，先生们，这个人是很聪明的。你们都听过他说话，不是吗？他知道如何回答问题。他熟悉用词的分量。人们不能说他行动时不知道自己干的是什么。”

我听着，我听见他们认为我聪明。但我不太明白，平常人身上的优点到了罪犯的身上，怎么就能变成沉重的罪名。至少，这使我感到惊讶，我不再听检察官说话了，直到我又听见他说：“难道他曾表示过悔恨么？从来没有，先生们。在整个预审的过程中，这个人从来没有一次对他这个卑劣的罪行表示过激动。”这时，他朝我转过身来，用指头指着我，继续对我横加责难，但事实上，我并不知道这是为什么。当然，我也不能不承认他说得有道理。对我的行动我并不怎么悔恨。但是他这样激烈却使我吃惊。我真想亲切地、甚至友爱地试着向他解释清楚，我从来不会对某件事真正感到悔恨。我总是为将要发生的事，为今天或明天操心。但是，当然啰，在我目前所处的境况中，我是不能以这种口吻向任何人说话的。我没有权利对人表示亲热，也没有权利有善良的愿望。我试图再听听，因为检察官说起我的灵魂来了。

他说，陪审员先生们，他曾仔细探索过我的灵魂，结果一无所获。他说实际上我根本就没有灵魂，对于人性，对于人们心中的道德原则，我都是一窍不通。他补充道：“当然，我们也不能责怪他。他不能得到的，我们也不能怪他没有。但是说到法院，宽容所具有的全然反面的作用应该转化为正义所具有的作用，这不那么容易，但是更为高尚，特别是当这个人的心已经空虚到人们所看到的这种程度，正在变成连整个社会也可能陷进去的深渊的时候。”这时，他又说到我对待妈妈的态度。他重复了他在辩论中说过的话。但是他的话要比谈到我的杀人罪时多得多，多到最后我只感到早晨的炎热了。最后，他停下了，沉默了一会儿，又用低沉的、坚信不疑的声音说道：“先生们，这个法庭明天将要审判一宗滔天罪行：杀死亲生父亲。”据他说，这种残忍的谋杀使人无法想象。他斗胆希望人类的正义要坚决予以惩罚而不能手软。但是，他敢说，这一罪行在他身上引起的憎恶比起我的冷漠使他感到的憎恶来，几乎是相形见绌的。他认为，一个在精神上杀死母亲的人，和一个杀死父亲的人，都是以同样的罪名自绝于人类社会。在任何一种情况下，前者都是为后者的行动作准备，以某种方式预示了这种行动，并且使之合法化。他提高了声音说：“先生们，我坚信，如果我说坐在这张凳子上的人也犯了这个法庭明天将要审判的那种谋杀罪，你们不会认为我这个想法过于大胆的。因此，他要受到相应的惩罚。”说到这里，检察官擦了擦因出汗而发亮的脸。最后，他说他的职责是痛苦的，但是他要坚决地完成它。他说我与一个我连最基本的法则都不承认的社会毫无干系，我不能对人类的心有什么指望，因为我对其基本的反应根本不知道。他说：“我向你们要这个人的脑袋，而在我这样请求时，我的心情是轻松的。在我这操之已久的生涯中，如果我有时请求处人以极刑的话，我却从未像今天这样感到我这艰巨的职责得到了补偿、平衡和启发，因为我已意识到某种神圣的、不可抗拒的命令，因为我在这张除残忍之外一无所见的人的脸上感到了憎恶。”

检察官坐下了，在相当长的一段时间里，大厅里一片寂静。我呢，我已经由于炎热和惊讶而昏头昏脑了。庭长咳嗽了几声，用很低的声音问我还有什么话要说。我站了起来。由于我很想说话，我就有点儿没头没脑地说我没有打死那个阿拉伯人的意图。庭长说这是肯定的，到现在为止，他还摸不清我的辩护方式，他说他很高兴在我的律师发言之前先让我说清楚我的行为的动机。我说得很快，有点儿语无伦次，我意识到了我很可笑，我说是因为太阳。大厅里有人笑了起来。我的律师耸了耸肩膀，马上，他们就让他发言了。但是他说时间不早了，他需要好几个钟头，他要改在下午。法庭同意了。

下午，巨大的电扇依旧搅动着大厅里沉浊的空气，陪审员们手里五颜六色的小扇子都朝着一个方向摇动。我觉得我的律师的辩护词大概说不完了。有一阵，我注意听了听，因为他说："的确，我是杀了人。"接着，他继续使用这种口吻，每次谈到我时他也总是以"我"相称。我很奇怪。我朝一个法警弯下身子，问他这是为什么。他叫我住嘴，过了一会儿，他跟我说："所有的律师都是这样。"我呢，我想这还是排斥我，把我化为乌有，从某种意义上说，他取代了我。不过，我已经和这个法庭距离很远了。再说，我也觉得我的律师很可笑。他很快以挑衅为理由进行辩护，然后也谈起我的灵魂。不过，我觉得他的才华大大不如检察官的。他说："我也仔细探索了这个灵魂，但是与检察院的这位杰出代表相反，我发现了一些东西，而且我还可以说，我看得一目了然。"他看到我是个正经人，一个正派的职员，不知疲倦，忠于雇主，受到大家的爱戴，同情他人的痛苦。在他看来，若论儿子，我是典范，我在力之所及范围内尽力供养母亲，最后，为了让她享受到我力所不及的舒适，这才把老太太送进养老院的。他说："先生们，我感到奇怪的是，大家对养老院议论纷纷。因为说到底，如果需要证明这些设施的用处和伟大，只须说是国家本身资助的就够了。"只是他没有提到下葬的问题，我感到这是他的辩护的漏洞。但是，由于这些长句，由于人们一小时又一小时、一天又一天地没完没了地谈论我的灵魂，使我产生了一种印象，仿佛一切都变成一片没有颜色的水，我看得头晕目眩。

最后，我只记得，正当我的律师继续发言时，一个卖冰的小贩吹响了喇叭，从街上穿过所有的大厅和法庭传到我的耳畔。对于某种生活的种种回忆突然涌上我的脑海，这种生活虽已不属于我，但我曾经在那里发现了我最可怜最深刻难忘的快乐：夏天的气味，我热爱的街区，某一种夜空，玛丽的笑容和裙子。在这里我所做的一切都毫无用处的想法涌上了心头，压得我喘不过气来，我只想赶紧让他们结束，赶紧回到牢房去睡觉。所以，最后我的律师大嚷大叫，我也几乎没有听见。他说陪审员们是不会把一个一时糊涂的正直劳动者打发到死亡那里去的，他要求考虑那些可减罪的情节，因为我已背上了杀人罪的重负，这是永远的悔恨，最可靠的刑罚。法庭中止辩论，我的律师精疲力竭地坐下了。他的同事们都过来同他握手。我听见他们说："棒极了，亲爱的。"其中一个甚至拉我来作证："嗯，您说怎么样？"他说。我表示同意，但是我的赞扬并不真心真意，因为我太累了。

然而，外面天色已晚，也不那么热了。从街上听到的一些声音，我可以猜想到傍晚时分的凉爽。我们都在那儿等着。其实，大家一道等着的事只跟我一人有关。我又看了看大厅。一切都和第一天一样。我碰到了那个穿灰上衣的记者和那个像自动机器一样的女人的目光。这使我想了起来，在整个审判过程中，我都没有朝玛丽那边看过一眼。我并没有忘记她，但我的事情太多了。我看见她坐在赛莱斯特和莱蒙之间。她朝我做了个小小的动作，仿佛是说："总算完了。"我看见她那有些焦虑的脸上泛起了微笑。但我觉得我的心已和外界隔绝，我甚至没有回答她的微笑。

法官们回来了。很快，有人把一连串的问题念给他们听。我听见什么"杀人犯"，"预谋"，"可减轻罪行的情节"等等。陪审员们出去了，我被带进我原来在里面等候的那间小屋子里。我的律师也来了。他口若悬河，话说得从来也没有像现在那样有信心，那样亲切，他认为一切顺利，我只须坐几年监狱或服几年苦役就完事。我问他如果判决不利，有没有上诉最高法院的机会。他说没有。他的策略是不提出当事人的意见，免得引起陪审团的不满。他对我解释说，不能无缘无故随便上诉。我觉得这是明摆着的事，便同意了他的看法。其实，冷静地看问题，这也是很自然的。否则，要费的公文状纸就太多了。我的律师说："无论如何，上诉是可以的。不过，我确信判决会有利的。"

我们等了很久，我想约有三刻钟。铃声响了。我的律师向我告别，说道："庭长要宣读对质询的答复了。您要到宣读判决的时候才能进去。"我听见一阵门响。一些人在楼梯上跑过，听不出远近。接着，我听见大厅中一个低沉的声音在读着什么。铃又响了，门开了，大厅里一片寂静，静极了，我注意到那个年轻的记者把眼睛转到别处，一种奇异的感觉油然而生。我没有朝玛丽那边看。我没有时间，因为庭长用一种奇怪的方式对我说要以法兰西人民的名义在一个广场上将我斩首示众。我这时才觉得认清了我在所有这些人脸上所看到的感情。我确信那是尊敬。法警对我也温和了。律师把手放在我的腕上。我什么也不想了。庭长问我还有什么话要说。我说："没有。"他们这才把我带走。

5

我拒绝接待指导神甫，这已经是第三次了。我跟他没有什么可说的，我不想说话，很快我又会见到他。我现在感兴趣的，是想逃避不可逆转的进程，是想知道不可避免的事情能不能有一条出路。我又换了牢房。在这个牢房里，我一躺下，就看得见天空，也只能看见天空。我整天整天地望着它的脸上那把白昼引向黑夜的逐渐减弱的天色。我躺着，把手放在脑后，等待着。我不知道想过多少次，是否曾有判了死刑的人逃过了那无情的，不可逆转的进程，法警的绳索断了，临刑前不翼而飞，于是，我就怪自己从前没有对描写死刑的作品给予足够的注意。对于这些问题，一定要经常关心。谁也不知道会有什么事情发生。像大家一样，我读过报纸上的报道。但是一定有专门著作，我却从来没有想到去看看。那里面，也许我会找到有关逃跑的叙述。那我就会知道，至少有那么一次，绞架的滑轮突然停住了，或是在一种不可遏止的预想中，仅仅有那么一回，偶然和运气改变了什么东西。仅仅一次！从某种意义上说，我认为这对我也就足够了，剩下的就由我的良心去管。报纸上常常谈论对社会欠下的债。依照他们的意思，欠了债就要还。不过，在想象中这就谈不上了。重要的，是逃跑的可能性，是一下子跳出那不可避免的仪式，是发疯般地跑，跑能够为希望提供各种机会。自然，所谓希望，就是在马路的一角，在奔跑中被一颗流弹打死。但是我想来想去，没有什么东西允许我有这种享受，一切都禁止我作这种非分之想，那不可逆转的进程又抓住了我。

尽管我有善良的愿望，我也不能接受这种咄咄逼人的确凿性。因为，说到底，在以这种确凿性为根据的判决和这一判决自宣布之时起所开始的不可动摇的进程之间，存在着一种可笑的不相称。判决是在二十点而不是在十七点宣布的，它完全可能是另一种结论，它是由一些换了衬衣的人作出的，它要取得法国人民的信任，而法国人(或德国人，或中国人)却是一个很不确切的概念，这一切使得这决定很不严肃。但是，我不得不承认，从作出这项决定的那一秒钟起，它的作用就和我的身体靠着的这堵墙的存在同样确实，同样可靠。

这时，我想起了妈妈讲的关于我父亲的一段往事。我没有见过我的父亲。关于这个人，我所知道的全部确切的事，可能就是妈妈告诉我的那些事。有一天，他去看处决一名杀人凶手。他一想到去看杀人，就感到不舒服。但是，他还是去了，回来后呕吐了一早上。我听了之后，觉得我的父亲有点儿叫我厌恶。现在我明白了，那是很自然的。我当时居然没有看出执行死刑是件最最重要的事，总之，是真正使一个人感兴趣的唯一的一件事!如果一旦我能从这座监狱里出去，我一定去观看所有的处决。我想，我错了，不该想到这种可能性。因为要是，有那么一天清晨我自由了，站在警察的绳子后面，可以这么说，站在另一边，作为看客来看热闹，回来后还要呕吐一番，我一想到这些，就有一阵恶毒的喜悦涌上心头。然而，这是不理智的。我不该让自己有这些想法，因为这样一想，我马上就感到冷得要命，在被窝里缩成一团，还禁不住把牙咬得格格响。

当然啰，谁也不能总是理智的。比方说，有几次，我就制订了一些法律草案。我改革了刑罚制度。我注意到最根本的是要给犯人一个机会。只要有千分之一的机会，就足以安排许多事情。这样，我觉得人可以去发明一种化学药物，服用之后可以有十分之九的机会杀死受刑者（是的，我想的是受刑者）。条件是要让他事先知道。因为我经过反复的考虑，冷静的权衡，发现断头刀的缺点就是没给任何机会，绝对地没有。一劳永逸，一句话，受刑者的死是确定无疑的了。那简直是一桩已经了结的公案，一种已经确定了的手段，一项已经谈妥的协议，再也没有重新考虑的可能了。如果万一头没有砍下来，那就得重来。因此，令人烦恼的是，受刑的人得希望机器运转可靠。我说这是它不完善的一面。从某方面说，事情确实如此。但从另一方面说，我也得承认，严密组织的全部秘密就在于此。总之，受刑者在精神上得对行刑有所准备，他所关心的就是不发生意外。

我也不能不看到，直至此时为止，我对于这些问题有着一些并非正确的想法。我曾经长时间地以为——我也不知道是为什么——上断头台，要一级一级地爬到架子上去。我认为这是由于一七八九年大革命的缘故，我的意思是说，关于这些问题人们教给我或让我看到的就是这样。但是有一天早晨，我想起了一次引起轰动的处决，报纸上曾经登过一张照片。实际上，杀人机器就放在平地上，再简单也没有了。它比我想象的要窄小得多。这一点我早没有觉察到，是相当奇怪的。照片上的机器看起来精密、完善、闪闪发光，使我大为叹服。一个人对他所不熟悉的东西总是有些夸大失实的想法。我应该看到，实际上一切都很简单：机器和朝它走过去的人都在平地上，人走到它跟前，就跟碰到另外一个人一样。这也很讨厌。登上断头台，仿佛升天一样，想象力是有了用武之地。而现在呢，不可逆转的进程压倒一切：一个人被处死，一点也没引起人的注意，这有点丢脸，然而却非常确切。

还有两件事是我耿耿于怀时常考虑的，那就是黎明和我的上诉。其实，我总给自己讲道理，试图不再去想它。我躺着，望着天空，努力对它发生兴趣。天空变成绿色，这是傍晚到了。我再加一把劲儿，转移转移思路。我听着我的心。我不能想象这种跟了我这么久的声音有朝一日会消失。我从未有过真正的想象力。但我还是试图想象出那样一个短暂的时刻，那时心的跳动不再传到脑子里了。但是没有用。黎明和上诉还在那儿。最后我对自己说，最通情达理的作法，是不要勉强自己。

我知道，他们总是黎明时分来的。因此，我夜里全神贯注，等待着黎明。我从来也不喜欢遇事措手不及。要有什么事发生，我更喜欢有所准备。这就是为什么我最后只在白天睡一睡，而整整一夜，我耐心地等待着日光把天窗照亮。最难熬的，是那个朦胧晦暗的时辰，我知道他们平常都是在那时候行动的。一过半夜，我就开始等待，开始窥伺。我的耳朵从没有听到过那么多的声音，分辨出那么细微的声响。我可以说，在整个这段时间里，我总还算有运气，因为我从未听见过脚步声。妈妈常说，一个人从来也不会是百分之百的痛苦。当天色发红，新的一天悄悄进入我的牢房时，我就觉得她说得实在有道理。况且也因为，我本是可以听到脚步声的，我的心也本是可以紧张得炸开的。甚至一点点窸窣的声音也使我扑向门口，甚至把耳朵贴在门板上，发狂似地等待着，直到听到自己的呼吸声，很粗，那么像狗的喘气，因而感到惊骇万状，但总的说，我的心并没有炸开，而我又赢得了二十四小时。

白天，我就考虑我的上诉。我认为我已抓住这一念头里最可贵之处。我估量我能获得的效果，我从我的思考中获得最大的收获。我总是想到最坏的一面，即我的上诉被驳回。“那么，我就去死。”不会有别的结果，这是显而易见的。但是，谁都知道，活着是不值得的。事实上我不是不知道三十岁死或七十岁死关系不大，当然喽，因为不论是哪种情况，别的男人和女人就这么活着，而且几千年都如此。总之，没有比这更清楚的了，反正总是我去死，现在也好，二十年后也好。此刻在我的推理中使我有些为难的，是我想到我还要活二十年时心中所产生的可怕的飞跃。不过，在设想我二十年后会有什么想法时(假如果真要到这一步的话)，我只把它压下去就是了。假如要死，怎么死，什么时候死，这都无关紧要。所以(困难的是念念不忘这个“所以”所代表的一切推理)，所以，我的上诉如被驳回，我也应该接受。

这时，只是这时，我才可以说有了权利，以某种方式允许自己去考虑第二种假设：我获得特赦。苦恼的是，这需要使我的血液和肉体的冲动不那么强烈，不因疯狂的快乐而使我双眼发花。我得竭力压制住喊叫，使自己变得理智。在这一假设中我还得表现得较为正常，这样才能使自己更能接受第一种假设。在我成功的时候，我就赢得一个钟头的安宁。这毕竟也是不简单的啊。

也是在一个这样的时刻，我又一次拒绝接待神甫。我正躺着，天空里某种金黄的色彩使人想到黄昏临近了。我刚刚放弃了我的上诉，并感到血液在周身正常地流动。我不需要见神甫。很久以来，我第一次想到了玛丽。她已经很多天没给我写信了。那天晚上，我反复思索，心想她给一名死囚当情妇可能已经当烦了。我也想到她也许病了或死了。这也是合乎情理的。既然在我们现已分开的肉体之外已没有任何东西联系着我们，已没有任何东西使我们彼此想念，我怎么能够知道呢？再说，就是从这个时候起，我对玛丽的回忆也变得无动于衷了。她死了，我也就不再关心她了。我认为这是正常的，因为我很清楚，我死了，别人也就把我忘了。他们跟我没有关系了。我甚至不能说这样想是冷酷无情的。

恰在这时，神甫进来了。我看见他之后，轻微地颤抖了一下。他看出来了，对我说不要害怕。我对他说，平时他都是在另外一个时候到来。他说这是一次完全友好的拜访，与我的上诉毫无关系，其实他根本不知道我的上诉是怎么回事。他坐在我的床上，请我坐在他旁边。我拒绝了。不过，我觉得他的态度还是很和善的。

他坐了一会，胳膊放在膝头，低着头，看着他的手。他的手细长有力，使我想到两头灵巧的野兽。他慢慢地搓着手。他就这样坐着，一直低着头，时间那么长，有一个时候我都觉得忘了他在那儿了。

但是，他突然抬起头来，眼睛盯着我，问道："您为什么拒绝接待我？"我回答说我不信上帝。他想知道我是不是对此确有把握，我说我用不着考虑，我觉得这个问题并不重要。他于是把身子朝后一仰，靠在墙上，两手贴在大腿上。他好像不是对着我说，说他注意到有时候一个人自以为确有把握，实际上，他并没有把握。我不吭声。他看了看我，问道："您以为如何？"我回答说那是可能的。无论如何，对于什么是我真正感兴趣的事情，我可能不是确有把握，但对于什么是我不感兴趣的事情，我是确有把握的。而他对我说的事情恰恰是我所不感兴趣的。

他不看我了，依旧站在那里，问我这样说话是不是因为极度的绝望。我对他解释说我并不绝望。我只是害怕，这是很自然的。他说："那么，上帝会帮助您的。我所见过的所有情况和您相同的人最后都归附了他。"我承认那是他们的权利。那也证明他们还有时间。至于我，我不愿意人家帮助我，我也恰恰没有时间去对我不感兴趣的事情再发生兴趣。

这时，他气得两手发抖，但是，他很快挺直了身子，顺了顺袍子上的褶皱。顺完了之后，他称我为"朋友"，对我说，他这样对我说话，并不是因为我是个被判死刑的人；他认为，我们大家都是被判了死刑的人。但是我打断了他，对他说这不是一码事，再说，无论如何，他的话也不能安慰我。他同意我的看法："当然了。不过，您今天不死，以后也是要死的。那时就会遇到同样的问题。您将怎样接受这个考验呢？"我回答说我接受它和现在接受它一模一样。

听到这句话，他站了起来，两眼直盯着我的眼睛。这套把戏我很熟悉。我常和艾玛努埃尔和赛莱斯特这样闹着玩，一般地说，他们最后都移开了目光。神甫也很熟悉这套把戏，我立刻就明白了，因为他的目光直盯着不动。他的声音也不发抖，对我说："您就不怀着希望了吗？您就这样一边活着一边想着您将整个儿地死去吗？"我回答道："是的。"

于是，他低下了头，又坐下了。他说他怜悯我。他认为一个人要真是这样的话，那是不能忍受的。而我，我只是感到他开始令我生厌了。我转过身去，走到小窗口底下。我用肩膀靠着墙。他又开始问我了，我有一搭没一搭地听着。他的声音不安而急迫。我知道他是动了感情了，就听得认真些了。

他说他确信我的上诉会被接受，但是我背负着一桩我应该摆脱的罪孽。据他说，人类的正义不算什么，上帝的正义才是一切。我说正是前者判了我死刑。他说它并未因此而洗刷掉我的罪孽。我对他说我不知道什么是罪孽。人家只告诉我我是个犯人。我是个犯人，我就付出代价，除此之外，不能再对我要求更多的东西了。这时，他又站了起来，我想在这间如此狭窄的囚室里，他要想活动活动，也只能如此，要么坐下去，要么站起来，实在没有别的办法。

我的眼睛盯着地。他朝我走了一步，站住，好像不敢再向前一样。“您错了，我的儿子，”他对我说，“我们可以向您要求更多的东西。我们将向您提出这样的要求，也许。”“要求什么？”“要求您看。”“看什么？”

教士四下里望了望，我突然发现他的声音疲惫不堪。他回答我说：“所有这些石头都显示出痛苦，这我知道。我没有一次看见它们而心里不充满了忧虑。但是，说句心里话，我知道你们当中最悲惨的人就从这些乌黑的石头中看见过一张神圣的面容浮现出来。我们要求您看的，就是这张面容。”

我有些激动了。我说我看着这些石墙已经好几个月了。对它们，我比世界上任何东西，任何人都更熟悉。也许，很久以前，我曾在那上面寻找过一张面容。但是那张面容有着太阳的色彩和欲望的火焰，那是玛丽的面容。我白费力气，没有找到。现在完了。反正，从这些水淋淋的石头里，我没看见有什么东西浮现出来。

神甫带着某种悲哀的神情看了看我。我现在全身靠在墙上了，阳光照着我的脸。他说了句什么，我没听见，然后很快地问我是否允许他拥抱我。我说：“不。”他转过身去，朝着墙走去，慢慢地把手放在墙上，轻声地说：“您就这么爱这个世界吗？”我没有理他。

他就这样背着我待了很久。他待在这里使我感到压抑，感到恼火。我正要让他走，让他别管我，他却突然转身对着我，大声说道：“不，我不能相信您的话。我确信您曾经盼望过另一种生活。”我回答说那是当然，但那并不比盼望成为富人，盼望游泳游得很快，或生一张更好看的嘴来得更为重要。那都是一码事。但是他拦住了我，他想知道我如何看那另一种生活。于是，我就朝他喊道："一种我可以回忆现在这种生活的生活！"然后，我跟他说我够了。他还想跟我谈谈上帝，但是我朝他走过去，试图跟他最后再解释一回我剩下的时间不多了。我不愿意把它浪费在上帝身上。他试图改变话题，问我为什么称他为"先生"而不是"我的父亲"。这可把我惹火了，我对他说他不是我的父亲，让他当别人的父亲去吧。

他把手放在我的肩膀上，说道："不，我的儿子，我是您的父亲。只是您不能明白，因为您的心是糊涂的。我为您祈祷。"

我也不知道是为什么，好像我身上有什么东西爆裂了似的，我扯着喉咙大叫，我骂他，我叫他不要为我祈祷。我揪住他的长袍的领子，把我内心深处的话，喜怒交迸的强烈冲动，劈头盖脸地朝他发泄出来。他的神气不是那样地确信无疑吗？然而，他的任何确信无疑，都抵不上一根女人的头发。他甚至连活着不活着都没有把握，因为他活着就如同死了一样。而我，我好像是两手空空。但是我对我自己有把握，对一切都有把握，比他有把握，对我的生命和那即将到来的死亡有把握。是的，我只有这么一点儿把握。但是至少，我抓住了这个真理，正如这个真理抓住了我一样。我从前有理，我现在还有理，我永远有理。我曾以某种方式生活过，我也可能以另一种方式生活。我做过这件事，没有做过那件事。我干了某一件事而没有干另一件事。而以后呢？仿佛我一直等着的就是这一分钟，就是这个我将被证明无罪的黎明。什么都不重要，我很知道为什么。他也知道为什么。在我所度过的整个这段荒诞的生活里，一种阴暗的气息穿越尚未到来的岁月，从遥远的未来向我扑来，这股气息所过之处，使别人向我建议的一切都变得毫无差别，未来的生活并不比我已往的生活更真实。他人的死，对母亲的爱，与我何干？既然只有一种命运选中了我，而成千上万的幸运的人却都同他一样自称是我的兄弟，那么，他所说的上帝，他们选择的生活，他们选中的命运，又都与我何干？他懂，他懂吗？大家都幸运，世上只有幸运的人。其他人也一样，有一天也要被判死刑。被控杀人，只因在母亲下葬时没有哭而被处决，这有什么关系呢？萨拉玛诺的狗和他的老婆具有同样的价值。那个自动机器般的小女人，马松娶的巴黎女人，或者想跟我结婚的玛丽，也都是有罪的。莱蒙是不是我的朋友，赛莱斯特是不是比他更好，又有什么关系？今天，玛丽把嘴唇伸向一个新的默而索，又有什么关系？他懂吗？这个判了死刑的人，从我的未来的深处……我喊出了这一切，喊得喘不过气来。但是已经有人把神甫从我的手里抢出去，看守们威胁我。而他却劝他们不要发火，默默地看了我一阵子。他的眼里充满了泪水。他转过身去，走了。

他走了之后，我平静下来。我累极了，一下子扑到床上。我认为我是睡着了，因为我醒来的时候，发现满天星斗照在我的脸上。田野上的声音一直传到我的耳畔。夜的气味，土地的气味，海盐的气味，使我的两鬓感到清凉。这沉睡的夏夜的奇妙安静，像潮水一般浸透我的全身。这时，长夜将尽，汽笛叫了起来。它宣告有些人踏上旅途，要去一个从此和我无关痛痒的世界。很久以来，我第一次想起了妈妈。我觉得我明白了为什么她要在晚年又找了个"未婚夫"，为什么她又玩起了"重新再来"的游戏。那边，那边也一样，在一个个生命将尽的养老院周围，夜晚如同一段令人伤感的时刻。妈妈已经离死亡那么近了，该是感到了解脱，准备把一切再重新过一遍。任何人，任何人也没有权利哭她。我也是，我也感到准备好把一切再过一遍。好像这巨大的愤怒清除了我精神上的痛苦，也使我失去希望。面对着充满信息和星斗的夜，我第一次向这个世界的动人的冷漠敞开了心扉。我体验到这个世界如此像我，如此友爱，我觉得我过去曾经是幸福的，我现在仍然是幸福的。为了把一切都做得完善，为了使我感到不那么孤独，我还希望处决我的那一天有很多人来观看，希望他们对我报以仇恨的喊叫声。

鼠　疫

[法国] 阿尔贝·加缪　著

用另一种囚禁生活来描绘某一种囚禁生活，
用虚构的故事来陈述真事，两者都可取。
——丹尼尔·笛福[①]

故事的题材取自四十年代的某一年在奥兰城发生的一些罕见的事情。以通常的眼光来看，这些不太寻常的事情发生得颇不是地方。乍看起来，奥兰只不过是一座平淡无奇的城市，只不过是法属阿尔及利亚沿海的一个省城而已。

城市本身相当丑陋，这一点是不得不承认的。它的外表很平静，但要看出它在各方面都不同于很多商业城市，那就必须花费一些时间才行。怎么能使人想象出一座既无鸽子，又无树木，更无花园的城市?怎么能使人想象在那里，既看不到飞鸟展翅，又听不到树叶的沙沙声，总之这是一个毫无特点的地方?在这个城市里，只有观察天空才能看出季节的变化。只有那清新的空气，小贩从郊区运来的一篮篮的鲜花才带来春天的信息，这里的春天是在市场上出售的。夏天，烈日烤炙着过分干燥的房屋，使墙壁蒙上了一层灰色的尘埃，人们如果不放下百叶窗就没法过日子。但到了秋天，却是大

---

① 丹尼尔·笛福（1660—1731），英国十八世纪名作家，著有《鲁滨孙飘流记》等。

雨滂沱，下得满城都是泥浆。直到冬天来临，才出现晴朗的天气。

要了解一个城市，比较方便的途径不外乎打听那里的人们怎么干活，怎么相爱，又怎么死去。在我们这座小城市中不知是否由于气候的缘故，这一切活动全都是用同样的狂热而又漫不经心的态度来进行的。这说明人们在那里感到厌烦，但同时又极力使自己习惯成自然。那里的市民很勤劳，但目的不过是为了发财。他们对于经商特别感兴趣，用他们的话来说，最要紧的事是做生意。当然，他们也有一般的生活乐趣和享受，例如：喜欢女人，爱看电影和到海滨去沐浴。但是他们很有分寸，把这些娱乐安排在星期六晚上或星期日，其他日子里则设法多赚些钱。下午下班后，他们按时在咖啡馆相聚，在同一条林阴大道上散步或者呆在阳台上。年轻人喜欢寻找一些短暂而强烈的刺激，至于那些年纪比较大的人的嗜好，则不外乎跑跑滚球俱乐部，参加联谊团体举行的宴会，或者上俱乐部去狂赌，碰碰牌运。

有人一定会说，这并不是我们这个城市特有的现象，我们的同时代人都是这样生活的。不错，在今天的社会里，我们看到人们从早到晚地工作，而后却把业余生活的时间浪费在赌牌、上咖啡馆和闲聊上，这种情况，看来是再自然不过的事。但是有些城市和地方的人们却不时地在考虑一些其他的生活内容。虽然一般来说，他们的生活并不因此而有所改变，可是能有这种考虑就比没有强。而奥兰却相反，它似乎是一座十足的现代城市，也就是说，那里的人们除了日常生活外是不考虑什么其他事情的。因此，没有必要确切地描绘我们这里的人们的恋爱方式。他们之间的男女关系不是短暂地纵欲狂欢一番，就是安于长期的夫妇生活。除这两个极端之外，很少有中间状态。这也不是他们所独创的。奥兰跟别处一样，由于缺少时间和思考，人们只能处于相爱而又不自觉的状态。

本城比较独特的地方是死亡的困难。不过困难二字用得并不好，还是说难受比较恰当。生病总是不舒适的，但是在有些城市和地方，你如生了病就会得到帮助，也就是说在某种程度上可以听其自然。一个病人需要人们的体贴，要有扶持，这是很自然的。但是在奥兰，为了适应严酷的气候、大量的生意经、枯燥无味的景色、短促的黄昏、娱乐的方式等等，需要有一个健康的身体。一个生病的人在哪里都感到孤寂，更何况是垂死的人。试想当全城的人都忙于在电话中或在咖啡馆里谈着票据呀、提货单呀、贴现呀等等的同时，一个关闭在被烈日烤得劈啪发响的重重墙头后面的垂死病人该是什么境况？人们可以想象，即使在现代生活的条件下，在一个干热的地方，当死神来临时将会带来何等难受的滋味！

这番情况介绍也许能使人对该城有一个清楚的概念。虽然如此，这一切毕竟不该过分予以夸张。值得提出的是该城的市容和生活一样平庸。但是一旦过惯了也不难打发日子。既然在这个城市里生活是不难习惯的，因此可以说一切都还过得去。当然，这样看来，这个城市的生活的确不太有情趣。不过，这里至少没有发生过什么混乱，本城居民的坦率、友好和勤劳常常赢得外来游客的理所当然的好评。这个没有景色、没有草木和没有灵魂的城市却给人们一种宁静的感觉，最后会把人带入梦乡。可是，应该说句公正话，该城四周风景之美倒是无与伦比的，它处在一个光秃秃的高原中间，周围是阳光照耀着的丘陵，前面是一个轮廓完美无缺的海湾。令人遗憾的只是城市是背着海湾建造的，因此如果不走上一段路是看不到海的。

知道了上述这些情况，就不难相信，这个城里的居民是根本不会预见到发生在那年春天的那些小事件——我们下面会看到——是此后一连串严重事件的先兆，而这一连串的事件也就是本书要报道的内容。这些事在有些人看来是不足为奇的，而另一些人则认为简直不可置信。但是无论如何，一个写报道的人是不能考虑这些矛盾的看法的。他的任务只是：当他知道某件事确已发生，而且这件事已关系到全体人民的生死，因而会有千千万万的见证人从内心深处证实他所说的话是真的，这时他就说：“这件事发生了。”

再者，这件事的叙述者——到时候读者就会对他有所了解——只是由于一种巧遇才使他有机会收集到一定数量的证词，而且当时的形势使他本人也卷入了他要叙述的事情中去，否则他是没有充分的理由来从事这项工作的。正是在这种情况下，他才有机会充当史学家的角色。不用说，一个史学家，即使是业余的，也总是拥有一定的资料的。因此这段历史的叙述者也有他自己的资料：首先是他自己的见证；其次是别人的见证，因为他的地位使他能收集这篇报道中所有人物向他倾诉的心里话；最后还有终于落入他手中的一些文字资料。他可以在自己认为需要时加以引证和按照自己认为最好的方式加以利用。而且他还可以……然而这段开场白和哗众取宠的话也许该到此为止了，还是言归正传吧。有关下述这件事的头几天的经过，还得说得详细些才行。

四月十六日早晨，贝尔纳·里厄医生从他的诊所里走出来时，在楼梯口中间踢着一只死老鼠。当时他只是踢开了这只小动物，并没有把它当一回事就下楼了。但是当他走到了街上，突然想起这只老鼠死得不是地方，于是再走回来把这事告诉了看门人。看门人米歇尔老头儿的反应，更使他感到这个发现不寻常。出现这只死老鼠，对他说来只是有点奇怪而已，但在看门人看来，简直是一件荒唐事。他断言这幢楼房里根本没有老鼠。医生对他说在二楼的楼梯口确实发现一只老鼠，而且可能是死老鼠。但这也白说，米歇尔丝毫不动摇：楼房里没有老鼠，这一只一定是人家从外面带进来的。总之，这是个恶作剧。

当晚，贝尔纳·里厄站在楼房的过道中掏钥匙打算上楼回家，忽然看见一只全身湿漉漉的大老鼠蹒跚地从过道的阴暗角落里走了出来。它停了一下，像是要稳住身子，然后向医生跑过来，接着又停下来在原地打转，同时又轻轻地叫了一声，最后半张着嘴，口吐鲜血，倒在地上。医生细看了一会儿就上楼了。

他当时想的并不是老鼠，只是这口鲜血勾起了他的心事。他那病了已有一年的妻子明天就要到山区疗养所去。他一回家就看见她按照他的吩咐在卧室里躺着，这是为了应付旅途劳顿，预先做的准备。她微笑着说："我觉得很好。"

医生在床头灯的亮光下注视着她转过来向着他的脸庞。尽管她已有三十岁了，又是带有病容，但在里厄看来，她的脸始终同她少女时一样。大概是这一微笑使其他不足之处都消失了。

"能睡就睡吧，护士十一点钟来，我陪你们上十二点钟的火车。"

说完，他吻了一下她那有点湿润的前额。她带着微笑，目送他到房门口。

第二天，也即四月十七日，八点钟，看门人在医生经过时拦住了他，责怪那些恶作剧者又在过道中放了三只死老鼠。这些老鼠大概是用大型诱捕器捕获的，因为它们浑身是血。看门人拎着死老鼠的脚，在门槛上已站了一些时候，想等有人来时说些挖苦话，从而使那些恶作剧者自我暴露。然而并无下文。

"好啊，这些坏家伙，"米歇尔说，"我终究会把他们抓住的！"

里厄觉得迷惑不解，他决定从城市的外围地区开始他的出诊，他最穷的病人都住在那里。在那些区里的垃圾清除工作要比别处晚得多，汽车沿着那里的尘土飞扬、笔直的道路行驶时，掠过一些放在人行道旁的废物箱。在一条街上医生数了一数，丢弃在菜皮和破布堆里的死老鼠大约有十二只。

第一个病人住在一间沿街的屋子中，吃饭睡觉都在这间房里。床上躺着病人。他是个面孔铁板、满是皱纹的西班牙老人。被子上有两满锅鹰嘴豆放在他面前。病人原来坐在床上，医生进来时，他把身子往后一仰，想喘口气，重又发出那老哮喘病人的尖声哮鸣。他老婆拿来一只面盆。

医生在为他打针时，他说："嗯，医生，它们出来了，您见到了吗？"

他老婆接口说："不错，隔壁人家捡到了三只。"

老头儿搓搓手又说:“它们走出来了,所有的垃圾桶里都有,是饿坏了哪!”

里厄接着注意到全区的居民都在谈论老鼠的事。出诊完毕,他就回家了。

米歇尔告诉他:“有您一份电报在楼上。”

医生问他有没有发现别的老鼠。

“噢,没有,”看门人回答说,“你知道,我守在这里,量这些畜生也不敢来。”

里厄从电报中得知,他母亲将于明天来到。她是因儿媳要离家养病,所以来为儿子照料家务的。医生走进屋子,护士已到了。里厄看见他的妻子站着,穿着一色的上衣和裙子,已经梳妆打扮过了。他微笑着对她说:

“这样好,很好。”

过了不久,他们到了车站,他把她安顿在卧铺车厢里。

她注视了一下车厢说:

“这对我们来说,太花费了,对吗?”

“需要这样。”里厄说。

“关于这些老鼠的事情,究竟是怎么一回事?”

“我也不知道。这事很奇怪,但是会过去的。”

他接着急速地对她说,请她原谅,他本该好好照顾她的,但却对她太不关心了。她摇摇头,好像叫他不要再往下说了。但是,他又说:

“你回来时,一切会变得更好。我们会有一个新的开端。”

她的眼睛闪着光,说道:“对,我们会有一个新的开端。”

过了一会儿,她转过身去看窗外。月台上人群熙熙攘攘,你推我搡。火车的排汽声传进了他们的耳朵。他叫了一下妻子的名字,她回过身来,他见到她脸上挂满了眼泪。

他轻声地说:“不要这样。”

她含着泪,重又露出笑容,但笑得有点儿勉强。她深深地透了口气说道：

“去吧，一切都会很顺利的。”

他紧紧地抱住了她。回到月台上，透过玻璃窗，他看到的只是她的微笑。

“得好好保重啊！”他说。

但是她已听不见了。

里厄走近月台的出口处，迎面碰到了预审推事奥东先生，手搀着他的小儿子。医生问他是否出门去。奥东先生是个高个儿，黑头发，相貌一半像过去所谓上流社会的人物，一半像一个阴郁的运尸人。他用和蔼的声音简短地答道：

“我在等我的夫人，她是专程去探望我家属的。”

火车鸣笛了。

推事说：“老鼠……”

里厄朝着火车行驶的方向注意了一下，但又回过头来向着出口处，说：

“老鼠吗？这不是什么大不了的事。”

这时候，唯一使他不能忘记的是一个铁路搬运工人打那儿经过，膀子下挟着一只装满死老鼠的箱子。

同一天下午，门诊一开始，里厄接见了一位青年人，据人家告诉他，这人是新闻记者，早上已经来过。他叫雷蒙·朗贝尔。这是一个身材不高，宽肩膀，神色果断，双目明亮而聪明的人。朗贝尔身穿运动衣式样的服装，看来生活宽裕。他直截了当地说明来意：他是受巴黎的一家著名报纸的委托来调查阿拉伯人的生活情况的，要找些关于他们卫生条件的资料。里厄告诉他，他们的卫生条件并不好。但是在进一步谈论之前，他想知道，记者是否能据实报道。

“当然。”对方说。

“我是说您能全面地对这种情况进行谴责吗？”

“全面?说实话,不能。不过我想这样的谴责可能是没有根据的。”

里厄不慌不忙地说,这样的谴责实际上可能是没有什么根据的。但是他提出这一问题的目的,只是想知道朗贝尔的见证是否能做到坦率而毫无保留。

“我只能接受无保留的见证,因此我不能提供资料支持您的见证。”

“您的话简直同圣茹斯特①如出一辙,”新闻记者微笑着说。

里厄继续用平静的语调说,他对圣茹斯特一无所知,他讲的是一个对世界感到厌倦的人的语言,但他喜爱他的同类,因此,就他本人来说,决不接受不公正的事物,也决不迁就。朗贝尔缩着脖子瞧着医生。

“我想我理解您的话,”最后他一边说着一边站了起来。

医生送他到门口说:

“谢谢您能这样看待问题。”

朗贝尔显得不耐烦地说:

“好,我懂得,请原谅我打扰您。”

医生同他握手,告诉他此刻市内发现大量死老鼠,关于这件事,可能有不寻常的报道可写。

“哦!”朗贝尔叫了起来,“这事我感兴趣。”

下午五时,医生正要为另一些病家出诊,在楼梯上同一个年纪还比较轻的人擦肩而过,此人外形厚实,肥头大耳,凹陷的脸上,横着两条浓密的眉毛。在住这幢楼房最高一层的那些西班牙舞蹈家的家里,他曾经见过这个人几次。这人名叫让•塔鲁,他站在梯级上,一本正经地吸着香烟,一边注视着脚旁一只快要死去的老鼠在作最后的抽搐。他抬起头来,灰色的眼睛冷静地盯住医生,向他打了一个招呼,接着说这些老鼠的出现是件奇怪的事情。

里厄说:“不错,可是这件事到头来会令人厌恶的。”

“不全是这种看法,医生,只是从某一个方面看是这样。我们不过是从

① 圣茹斯特(1767—1794),18世纪末法国资产阶级革命时期雅各宾派领袖之一。

未见过类似的事罢了。但是我对这事感兴趣，不错，实在感兴趣。”

塔鲁用手向后掠了掠头发，重新观察那只老鼠，这会儿，它已不动了。他向里厄笑道：

“总之，医生，这主要是看门人的事情。”

医生正好看见看门人在楼房前面，背靠着门口附近的墙上，他那平时充血的脸上显露出一副倦容。

里厄告诉看门人，又发现了死老鼠，老米歇尔说：“对，我知道，现在是三三两两地出现。不过在别的房子里情况也是这样。”

他神情沮丧，显得心事重重，漫不经心地用手擦着脖子。里厄问他身体怎样。当然，看门人不能说自己身体不好，他说只是觉得有些不舒服。根据他的看法，这是心理作用引起的。这些老鼠使他感到不安。要是不再看到老鼠，一切都会大大好转。

可是第二天早晨——那天是四月十八日，医生从车站接他母亲回来时发觉米歇尔的面颊下陷得更厉害了。从地窖到楼顶，楼梯上有十来只死老鼠。邻居们的垃圾桶里也装满了。医生的母亲知道了这事却不吃惊。她说：

“这类事情是有的。”

她身材矮小，一头银发，一双黑眼睛显得很和善。

她说：“贝尔纳，见到你我很高兴，这些老鼠一点也影响不了我的情绪。”

医生同意他母亲的话；真的，跟她在一起，什么事情总好像很容易解决似的。

但是，里厄仍然打了一个电话给市镇灭鼠所。他认识那里的所长，问他是否听到有大量老鼠死在露天这件事。梅西埃所长说他听说了，并且，在他那离开码头不远的所里就有人发现五十来只。不过，他不能肯定这情况是否严重。里厄也决定不了，但是他认为灭鼠所应该管一管。

梅西埃说：“对，有命令下来就行。如果你认为真值得这样做的话，我可以要求上级下命令。”

“值得一做。”里厄说。

刚才他的女佣告诉他，在她丈夫工作的大工厂中，已捡到了几百只死老鼠。

大致上就在这一时期，城里的人开始担心了。因为，从十八日起，从工厂和仓库中清除出了好几百只死老鼠。在有些情况下，人们不得不把临死抽搐时间过长的老鼠弄死。而且，从城市的外围地区到市中心，凡是里厄医生所经过的地方，凡是有人群聚居的地方，成堆的老鼠装在垃圾桶中，或者一连串地浮在下水道里有待清除。晚报自那天起抓住了这桩事情，责问市政府是否在准备行动，考虑采取什么紧急措施来对付这一令人厌恶的现象，以保障市民的健康。可是市政府根本没有打算，也根本没有考虑过什么措施，只是先开了一次会进行讨论。灭鼠所奉令每天一清早就收集死老鼠，收集后，由该所派两辆车子运往垃圾焚化厂烧毁。

然而此后几天中，情况严重起来了，捡到的死老鼠数目不断增加，每天早上收集到的也越来越多。第四天起，老鼠开始成批地出来死在外面。它们从隐匿的屋角里、地下室、地窖、阴沟等处成群地爬出来，摇摇晃晃地走到光亮处踌躇不前，在原地打上几个转，最后就死在人的脚旁。到了夜里，在过道中或巷子里都可以清晰地听到它们垂死挣扎的轻声惨叫。在郊区的早晨，人们见到它们躺在下水道里，尖嘴上带着一小块血迹。有些已肿胀腐烂，有些直挺挺地伸着四肢，须毛还直竖着。在市区可以在楼梯口或院子里见到一小堆一小堆的死老鼠。也有孤零零地死在市政大厅里，学校的风雨操场上，有时还死在咖啡馆的露天座位中间。使城里的人惊愕不止的是在市区最热闹的地方也能发现它们。武器广场、林荫大道、海滨马路，一处接着一处遭到污染。尽管人们一清早就把死老鼠打扫干净，但是它们在白天又越来越多地在市内出现。不少夜行者在人行道上行走时，脚下会踏到一只软绵绵的刚死不久的老鼠。就仿佛负载我们房屋的大地正在清洗它的体液，让直到现在为止在它内部作祟的疮疖和脓血，升到表面来发作。看一下我们这座小城市的惊愕心情吧！直到那时为止它还是安安静静的，几天之内就大乱起来，就像一个身体健壮的人，他那浓厚的鲜血突然沸腾，造起反来。

事态发展得愈来愈严重，朗斯多克情报资料局（搜集、提供各种题材的情报资料的机构）在义务广播消息中报道，仅仅在二十五日一天中收集和烧毁的老鼠就达六千二百三十一只。这个数字使人对市内每日在众目睽睽之下发生的事情有了一个清楚的概念，它更加剧了人们的慌乱。在这以前，人们的心情不过是对一件令人厌恶的偶然事件有所抱怨。如今却发觉这个尚不能确定其广度、又找不到其根源的现象具有某种威胁性了。只有那个患气喘病的西班牙老头儿仍旧搓着手重复地说："它们出来了，它们出来了。"他说话时露出一副老年人兴致勃勃的神情。

到了四月二十八日，当情报资料局宣布收集到八千只左右的死老鼠时，人们的忧虑达到了顶峰。有人要求采取彻底解决的办法，有人谴责当局，还有些在海滨拥有房屋的人已经在谈论躲到哪里去的打算。但到了第二天，当情报资料局宣称这个怪现象已突然停止，灭鼠所捡到的死老鼠数目微不足道时，全城才松了口气。

可是就在当天中午，里厄医生正在把汽车停靠在屋子前面的时候，发现看门人正从路的另一端吃力地走来，歪着脑袋，叉手叉脚地活像一具牵线木偶。老头儿挽着一位教士的胳膊。医生认识这位教士，和他见过几面。他是帕纳卢神甫，是一位博学和活跃的耶稣会教士，在市内威望很高，即使在那些对宗教抱着淡漠态度的人们中间也是如此。医生等着他们过来。老米歇尔两眼发光，呼吸很粗。他觉得不大舒服，需要换换空气。但是他的脖子、腋下和腹股沟痛得厉害，迫使他往回走，并要求帕纳卢神甫扶他一把。

"有几个肿块，"他对医生说，"可能是因为我用力过度了。"

医生将胳膊伸出车门外，用手指四面按按米歇尔伸过来的颈子底部，那里长着一种木头结节似的东西。

"去躺下休息，量一量体温，下午我再来看您。"

看门人走后，里厄问帕纳卢神甫对于老鼠事件的想法。

“哦！这该是一种瘟疫，”神甫说，在圆形眼镜后面的双目露出一丝笑意。

吃了午餐后，里厄正在重新看那份疗养所打来的通知他妻子到达的电报时，电话铃响了。这是他的一个老病人打来请他出诊的电话。他是市政府的一个职员，长期以来患主动脉瓣狭窄症。因为他穷，里厄不收他的诊费。

他在电话中说：“对，是我，您还记得我。但这次是别人。请赶快来，我邻居家出了事。”

他说话时声音很急促。里厄首先想到看门人，但决定晚一步去看他。过了几分钟，医生就来到了外围地区费代尔布街上的一幢矮房子前。进了门，在那又阴又臭的楼梯上他碰到了约瑟夫·格朗——就是那个职员，他下楼来迎接他。这是个五十来岁的人，黄色的短髭，高个儿，背有点驼，狭肩膀，四肢瘦长。

他一边走下来，一边对里厄说：“他现在好一点了，我本来认为他完了。”

说着，他擤了一下鼻涕。里厄在三楼，也是最高一层楼的左边门上看到了用红粉笔写的几个字：“请进来，我上吊了。”

他们进了门，看到一根绳子系在吊灯上笔直垂着，下面是一张翻倒在地上的椅子，桌子已被推到了角落里。绳子孤零零地挂着。

格朗说：“我及时把他解了下来。”他虽然用的是最普通的言语，但似乎老在斟酌字句。“正当我出去的时候，我听到有响声。我一见门上写的字——怎么跟你说呢？——我当时以为是开玩笑。但他发出一声奇怪甚至可以说是可怕的呻吟。”

他搔搔头又说：

“照我看，过程恐怕是痛苦的。当然，我进去了。”

他们推开了一扇门，站在门槛上，面前是一间明亮、但陈设简陋的房间。在一张铜床上躺着一个矮胖子。他吃力地呼吸着，一双充血的眼睛注视着他们。医生停步不前。在这个人呼吸的间歇中，他好像听到老鼠的吱吱声。但是在屋角里毫无动静。里厄走向床边。这人不是从太高的地方掉下来，跌得也不太突然，脊椎没有断，当然，有点窒息难受。需要进行一次 X 线摄影。医生给他注射了一针樟脑油，并且说过几天就没事了。

那人带着呼吸困难的声音说："谢谢您，医生。"

里厄问格朗是否已报告了警察分局。格朗显得有点尴尬。

"没有，"他说，"嗯，没有，我当时想最要紧的是……"

里厄打断了他的话说："当然，那么我去报告。"

可是就在这时，病人激动起来，一边从床上竖起身子，一边抗辩着说他已好了，没有必要去报告。

里厄说："安静些，这没有什么了不起，请您相信我，我有必要去报告一下。"

病人叫了一声："哦！"

接着他把身子往后一仰，开始啜泣起来。格朗捻弄着他的短髭已经有一会儿了，这时走过来对他说：

"科塔尔先生，您得明白，别人会归咎医生的。比如说您企图再干的话……"

科塔尔挂着眼泪说自己不会再搞了，又说这次不过是一时糊涂，他只要求人家让他安静些就行了。里厄开了一张药方并说：

"明白啦，这个咱们别谈了，过两三天我再来，但可别再做糊涂事了。"

里厄在楼梯口对格朗说他不得不去报告，但是他将要求警察分局局长过上两三天再来调查。

里厄又告诉格朗："今天晚上要看着点儿。他有亲人吗？"

"有没有亲人我倒不清楚，不过我会亲自当心他的。"

格朗摇着头又说：

"告诉您，我连他本人也谈不上认识，不管怎样，互相帮助总是应该的。”

里厄在过道中下意识地看了一下阴暗的屋角，问格朗在他这个区内老鼠是否已经绝迹。这位公务员对此一无所知。他听说有这么一回事，但对本地区的传闻没有十分在意。他说：

“我脑子里有别的事。”

在格朗说话时里厄已同他握别，因为急于想在写信给他的妻子之前去看望一下看门人。

叫卖晚报的在高声喊叫，告诉人们鼠患已经停止的消息。但里厄却发现他的病人半个身子翻出床外，一只手按在腹部上，另一只手围着脖子，大口大口地往脏物桶中呕吐浅红色的胆液。看门人上气不接下气地挣扎了好半晌才重新躺下。他的体温达 39.5℃，颈上的淋巴结和四肢都肿大，侧腹部位发现有两处浅黑色的斑点，正在扩大。他诉说他现在感到内脏难过。

病人说：“烧得厉害，这混帐东西在烧我。”

布满煤烟色口垢的嘴使他说话时结结巴巴，他将目光转向医生，剧烈的头痛痛得他一对圆滚滚的眼睛淌出泪水。他的老婆忧心忡忡地望着默不作声的里厄。

“医生，”她问道，“这是什么病？”

“什么病都有可能，现在一点也不能肯定。到今晚为止，按规定给食和服用清血药。要多喝水。”

看门人正渴得要命。

里厄一回家就打电话给他的同行里夏尔，后者是城里最有地位的医生之一。

里夏尔说：“没有，我没有发现特别情况。”

“没有人因为局部发炎而引起发烧的吗？”

“啊，这倒有的，有两例淋巴结异常肿胀。”

“肿得不正常吗？”

里夏尔说：“嗯，所谓正常，您也知道……”

晚上，看门人不停地讲胡话，抱怨那些老鼠，体温高达40℃。里厄试行固定性脓肿处理。在松节油的烧灼下，看门人嘶声嚎叫："啊！这些畜生！"

淋巴结已肿得更大了，摸上去像木块似地坚硬。看门人的妻子急疯了。

"夜里得守着他，"医生对她说，"有什么情况就来叫我。"

第二天，四月三十日，天空一片蔚蓝，已经微带暖意的和风送来了湿润的空气。随风而来的是一阵从远郊吹来的花香。早晨街头的人声好像比往常更加活跃，更加欢乐。在我们这个小城市里，全体居民从一星期来暗中担忧的心情中解放出来，这一天颇有大地回春的气息。里厄自己也由于接到了他妻子的回信而放了心，怀着轻松的心情下楼来到了看门人的家中。病人早上的体温已下降到38℃。他觉得浑身软弱无力，躺在床上微笑着。

他老婆对医生说："医生，他好点了，是吗？"

"等一下再看。"

但到了中午，体温一下子上升到40℃。病人呓语不断，又呕吐起来。颈上的淋巴结痛得不能碰，看门人好像拼命要把他的头伸出身子之外。他老婆坐在床脚边，双手放在被子上轻轻握住病人的两只脚，眼望着里厄。

里厄说："这样吧，把他隔离起来进行特殊治疗。我去给医院打电话叫辆救护车来把他送去。"

过了两小时，在救护车里，医生和看门人的老婆俯身望着病人。从他布满蕈状赘生物的嘴里断断续续地吐出几个字："老鼠！"他脸色铁青，嘴唇蜡黄，眼皮也呈铅青色，呼吸短促，身体被淋巴结肿胀折磨得像在撕裂开来，他蜷缩在小床里，好像想让床把自己裹起来似的，又仿佛地底下有什么声音在紧迫地召唤着他。看门人在某种无形的压力下呼吸停止了。他的老婆哭了起来。

"医生，难道没有希望了吗？"

"他死了。"里厄说。

我们可以这样说：看门人的死标志着一个充满使人茫然失措的迹象的时期已结束和另一个更为艰难的时期已开始。在这一时期里，原先的震惊正在逐渐转变为恐慌。市民们以前从未想到我们这座小城会成为一个老鼠倒毙在光天化日之下、看门人死于怪病的鬼地方。现在，他们开始意识到了这一点。他们过去的想法是错误的，现在不得不修正了。如果事态发展仅仅到此为止，那么人们久而久之无疑也就会习惯成自然了。但是，在市民中间不仅是看门人和穷汉，还有其他一些人也走上了米歇尔领头走的道路。就从这一时刻起，人们开始感到恐怖，开始思考。

在详细叙述新发生的事件之前，作者认为有必要提供另一位见证人对于刚才描述过的这一时期的看法。在本文的开头，我们曾提到过让•塔鲁，他是在几个星期以前来奥兰定居的，从那时起就住在市中心的一家大旅馆里。表面看来，他依靠自己的收入过活，生活相当舒适。城里的居民虽然渐渐地跟他熟悉起来，但谁都不知道他是从哪儿来的，也不明白他来到这里的目的。在所有的公共场所都碰得到他。从早春起，人们常在海滨见到他在欢畅地游泳。这位脸上常带笑容的好好先生好像对一切正当娱乐都很来劲，却不入迷。事实上，他唯一为人所知的习惯是同本城人数不少的西班牙籍舞蹈家和音乐家经常地往来。

他的那些笔记本里的记载，不管怎么说，也可算是这段困难时期的一种记事。但是这段记事很特别，似乎反映出一种偏重细小事物的成见。初看起来，人们可能以为塔鲁是一个着眼于琐碎细节的人。在这全城的大动乱中，他总是致力于记述这段历史的轶闻琐事。人们无疑地要为他这种成见感到惋惜，对他的铁石心肠表示怀疑。可是，正是这些笔记本能够对这一时期的记事提供大宗具有重大意义的次要细节，也正是这些细节的离奇古怪，使人们不至过早地对这位风趣人物作出判断。

让·塔鲁是从他到达奥兰之时开始写这些记录的。记录一开始就说他能住在这座那么丑陋的城市里，感到出奇地满意。对点缀市府的两座铜狮作了细致的描绘。对这里缺少树木、房屋简陋和城市布局荒谬等，都不苛求。塔鲁还在描述中夹杂了他在电车中和马路上听到的一些交谈，但不加评论，在稍微后面一点提到的一段有关一个名叫"康"的人的对话则属例外。塔鲁曾经亲耳听到两个电车售票员的交谈：

"康这个人，你很熟悉吧？"一个售票员说道。

"康?那个高个子，黑胡子的是吗？"

"就是他，过去在铁路上扳道岔的。"

"对，一点也不错。"

"可是，他死了。"

"啊！什么时候死的呢？"

"在老鼠事件之后。"

"哟！他到底生的什么病？"

"不清楚，他当时发烧。不过，他的身体本来就不好。在腋下长了脓肿，没有能顶住。"

"可是看上去他的健康情况和别人没有两样啊！"

“不，他的肺部比较弱，还参加市军乐队，一直吹短号，这玩意儿是伤身体的。”

“啊！”另一个最后说，“一个有病的人就不该再吹短号了。”

塔鲁写了这些环节后提出了疑问：康明知参加市军乐队对自己有害处，但为什么仍然参加了？又有什么深奥的理由使他冒着生命的危险去参加星期日的游行演奏？

接下去是记述塔鲁所看到的窗户对面的阳台上时常出现的情况，对此他似乎很有好感。原来他的房间朝向一条小小的横街，那里的墙影下经常睡着几只猫儿。每天吃完午饭，全城正在炎热的天气里打瞌睡的时候，马路对面的阳台上就出现一个矮老头，他长着一头梳得整整齐齐的白发，穿着军人式的服装，显得笔挺而庄重。他用并不亲切但柔和的“咪咪”声，呼唤那些猫儿。猫儿张一张睡眼，还是一动不动。那人在小街的上空将一张张小纸撕碎，散落下去的白纸蝶儿吸引住这些畜生，它们走到街心，犹豫地把爪子伸向那些最后还在飘落的纸屑。矮老头就对准猫儿使劲地吐唾沫。假如有一口吐中了，他就会笑起来。

最后，塔鲁好像还是被这座城市的商业魅力所吸引住了，那里的市容、繁华、甚至娱乐都像是受做生意的需要所支配似的。这个特点(笔记本里是这样写的)获得塔鲁的赞赏，甚至在他某一段颂扬的文字里用上这样的感叹作为结束语：“总算不虚此行！”在这位旅客的这一时期的笔记里，只有这些地方似乎才是出于他本人的真情。不过要看出这些笔记的意义和严肃性那是困难的。另外一段笔记的内容也是如此，在记述一个旅馆出纳员由于发现一只死老鼠而记错了账目后，塔鲁比平时较为潦草地加上了这些话：“问题：要不浪费时间，怎么办？答案：到漫长的时间里去体验。方法：在牙医生的候诊室里，坐在不舒服的椅子上，过上几整天；在自己家的阳台上度过星期日的下午；去听别人用听不懂的语言做报告；选定一条路程最远又最不方便的铁路线去旅行，当然还得站着；去剧院售票处前排队而没买到票等等。”但是紧跟这些不着边际的语言和思想之后，笔记里又开始详细记叙起城里的电车来，说它的模样像条舢板，它的颜色模糊不清，它的车厢永远肮脏，末了用一句不知所云的“真了不起”来作结束。

现在且看塔鲁在老鼠一事上所作的记载：

“今天，对面的矮老头失了常态。猫儿都不见了。由于街上发现大量死老鼠，猫儿也就失踪了。依我看来，这并非是猫儿去吃死老鼠了。我记得我的一些猫儿就是厌恶死老鼠的。可能它们钻到地窖里去乱跑，而矮老头就不知所措了。他的头发也梳得不那么整齐，人也不那么精神了。看上去他有心事。过一会他进去了。但在进屋前他还毫无目标地吐了一下口水。

“今天城里有一辆电车中途停驶，因为里面发现一只死老鼠，不知它是怎么来的。两三个妇女下了车。丢掉了死老鼠，电车就重新开走了。

“旅馆里，值夜的——这是个诚实可靠的人——对我说这些老鼠是灾难的先兆。‘当老鼠离开轮船的时候……’我回答他说，就轮船来说，确实是这样，但是在城市里还从未有人证实过这种先兆。然而他却断定不疑。我就问他，依他看来，可能发生什么灾难。他也说不上来，因为在他看来，灾难是不可能预见的。反正如果发生地震，他也不会感到意外。我认为这是可能的，他又问我这是否会使我担心。

“我对他说：‘我只考虑一件事，就是求得内心宁静。’

“他完全理解我的意思。

“在旅馆的饭厅里，有一家人很有趣。父亲是个瘦高个儿，穿着黑色衣服，硬领子。在他秃顶的左右两边，有两撮灰白的头发。他有一双圆而冷酷的小眼睛，削尖的鼻子，横阔的嘴，活像一头驯服的猫头鹰。他总是第一个到饭厅门口，然后侧身让他的妻子走进来——他的妻子小得像只黑鼠，后面又跟着进来两个小孩，一男一女，打扮得像两只训练有素的小狗。他走到餐桌旁，等妻子坐下，然后自己入座，最后轮到两只小狗爬上椅子。他称呼妻子和孩子都用‘您’字，但对妻子讲的常是彬彬有礼的刻毒话，对孩子用的则是权威的口吻：

“‘尼科尔，您真是讨厌极了！’

“小姑娘几乎要哭出来。这也是必然的。

“今天早晨，男孩对老鼠事件很起劲，想在吃饭时讲一讲。

“‘吃饭不要讲老鼠，菲利普。我不许您以后再提这个词儿。’

“‘您爸爸说得对，’小黑鼠说。

“两只小狗埋头到狗食盘中去了。猫头鹰就点了点头，表示谢意，其实这也是多余的。

“即使有着老先生的这番训诫，城里还是大谈其老鼠事件，报纸也介入了。本市新闻栏里通常登载的东西是多种多样的，现在却整栏都是攻击市政当局的内容：‘我们的市政官员们是否注意到这些腐烂的死老鼠会引起的恶果？’旅馆经理讲来讲去的也是这件事，其原因是他正在恼火：在一家体面的旅馆的电梯里发现老鼠，在他看来，这是不可思议的。我为了安慰他，对他说：‘但这是大家都碰到的嘛！’

“‘正是因为这样，’他回答我说，‘我们现在也和大家一样了。’

“是他对我讲起这种奇怪的高烧症最早的一些病例，现在这种病已使大家开始担忧了。他的收拾房间的女佣中，已有一人得了这种病。

“‘但是可以肯定，这是不会传染的。’他赶紧加以说明。

“我对他说这对我是无所谓的。

“‘啊，我知道，先生您跟我一样，是位宿命论者。’

“我根本没有这样的高见，反正我也不是宿命论者。我对他说……”

就从这时起，塔鲁的笔记开始比较详细地记述这种莫名其妙的、大家都已在担心的高烧症。塔鲁记下了那个矮老头终于在老鼠不再出现后重新见到了他的猫儿，以及他耐心地校正自己吐唾沫的位置的情况。接着他又记载了有人已能举出十几起这样的高烧病例，其中大多数是不治之症。

最后可以把塔鲁对里厄医生的刻划转述一下作为资料。据笔者的判断，他描绘得相当逼真：

“看来有三十五岁，中等身材，宽肩膀，近乎长方的脸儿，深褐色的眼睛，目光正直，但是下颌突出。鼻子高而挺，黑色的头发剪得很短，嘴角微翘，嘴唇厚实，而且几乎总是紧闭着。他的皮肤黝黑，汗毛也呈黑色，他总是穿着深色的服装，但很合适。他的外表有点像西西里的农民。

“他走路敏捷。跨下人行道也不改变步伐，但是过了马路踏上对面人行道时，大半是轻轻一跳。他驾驶汽车，常常心不在焉。指示方向的箭头也常不放下，即使车子转了弯也是这样。头上从来不戴帽子。一副胸有成竹的样子。”

塔鲁记载的数字是正确的。里厄医生也掌握了一些情况。看门人的尸体运走后，他曾打电话给里夏尔，询问关于腹股沟淋巴结炎的情况。

“我在这方面一点也不懂，”里夏尔说，“两人丧命，一个是两天，另一个是三天内死去的。那天早晨，我离开后者的时候，他的病情从各方面看来似乎都已好转。”

“如有别的病例，请通知我，”里厄说。

他又问了几个医生。调查结果是在几天里同样的病例有二十来起，几乎都是致命的。于是他向奥兰医师公会主席里夏尔提出要求：把新发现的病人隔离开来。

“我可办不到，”里夏尔说，“这应由省政府采取措施。再说，谁告诉您这有传染危险的？”

“没人跟我说过，可是这些症状是令人担忧的。”

然而里夏尔认为他自己“没有权”办这件事。他唯一能做的就是向省长汇报。

正在谈论时，天气却变坏了。在看门人死后的第二天，大雾漫天。骤急的倾盆大雨冲击全市；骤雨后就是暴热。海水失去了它的深蓝色，在雾天之下，只见一片银灰色的刺眼的反光。这又热又潮湿的春天还不如夏天的盛暑舒服。在这座像蜗牛那样隆起在高原上的几乎全面背海的城市里，笼罩着一片忧郁阴沉的气氛。在这些粗涂灰泥的长墙之间，两旁尽是积满尘垢的玻璃橱窗的街道中，以及肮脏发黄的电车里，到处都觉得有点被天气困住似的。只有里厄的那个年老病人哮喘没有发作，因而感到这种天气是一种享受。

“热得难熬，”他说，“但这对支气管倒挺不错。”

热得的确难熬，其程度正如发烧一样。整个城市在发烧，这至少是里厄医生当时的印象。那天早上他去费代尔布街，参加科塔尔自杀未遂事件的调查。但是他觉得自己这种感觉毫无根据。所以产生这种印象，他认为原因在于焦躁的情绪和大量的心事在纠缠着他，因此他觉得必须快点使自己的头脑镇定下来。

他抵达那儿的时候，警官还没有到。格朗在楼梯口等着，他们决定先到格朗家去，把门开着。这位市府职员住两间房，陈设很简单。令人注目的只有一只白木书架，上面放着两三本字典，还有一块黑板，上面写着虽已拭去一半但还能认得出来的“植花的小径”等字样。据格朗说，科塔尔昨晚睡得很好。但早上醒来，头部痛得不能动弹。格朗显得疲倦和心烦，不住在房里踱来踱去，把桌上一只装满稿纸的大文件夹，打开了又合起来。

他告诉医生，他对科塔尔不太熟悉，只是认为他有点小积蓄。科塔尔是个古怪的人。他们之间长时期来只有楼梯上相遇时打个招呼的关系。

“我只跟他谈过两次话。几天以前，我在楼梯口打翻了一盒带回家来的粉笔，有红色的也有蓝色的。这时，科塔尔走到楼梯口，帮我拾起来。他还问我，要这些不同颜色的粉笔作什么用。”

格朗于是向他解释：他想重新学点拉丁文。自从离开中学后，他已经忘记得差不多了。

“对呀！”他对医生说，“有人向我保证：这对更好地掌握法语的词义是有益的。”

他就把拉丁文的单词写在黑板上，用蓝粉笔再抄一遍词尾的变化——性、数、格的变化和变位，又用红粉笔抄写那不变的部分。

“我不知道科塔尔是否懂得，但是他对这表示感兴趣，并向我要了一支红粉笔。我当时感到有点奇怪，但这毕竟……当然我没想到他会用它来完成他的计划。”

里厄正在问他第二次谈话的内容是什么，但是警官带着秘书来到了。他首先要听听格朗的陈述。医生发觉格朗在谈到科塔尔时，总是称他为“绝望者”。他甚至一度用上“致命的决定”这种词儿。他们讨论了自杀的原因，格朗却显得咬文嚼字。最后大家同意选用“内心痛苦”一词。警官问从科塔尔的态度上是否事先一点也看不出他的所谓“决定”。

“昨天他来敲我的门，”格朗说，“问我要火柴。我就把自己的一盒给了他。他一边表示歉意，一边对我说邻居之间……然后他向我保证一定把火柴还来。我叫他留着。”

警官又问这位职员，科塔尔有没有异常的表现。

“我觉得他奇怪的地方，就是他好像要跟我谈话。但是我正有事。”

格朗转向里厄，有点尴尬地说下去：

“一件私人的事情。”

警官于是要去看看病人。但是里厄认为最好让科塔尔在访问前有个准备。当里厄走进科塔尔的房间时，他只穿了一件灰色法兰绒衣服，在床上竖起身子，带着不安的神情，转身向门口望着。

“是警察局吧？”

“不错，”里厄说，“且别激动。完成两三项手续后，就没您的事了。”

但是科塔尔回答说这毫无用处，再说他是不喜欢警察局的。里厄不耐烦了，说：

“我也对他们并无好感。如要一次就完事，必须对他们的问话回答得快、回答得正确。”

科塔尔不吭声了，医生转身向门口走去，但这个矮胖子叫住他，并在他走近床边时拉住了他的手：

“他们不会伤害病人，一个上吊过的人，您说对吗，医生？”

里厄看了他一会，然后向他保证从来也没有发生过这种事，而且自己也是为了保护病人，才来到这里的。病人似乎松了口气，里厄就叫警官进来。

他向科塔尔宣读了格朗的证词，并且问他能否清楚地说明他这行动的种种动机。他两眼不望警官，只是回答说，“内心痛苦”，当时正是这个动机。警官追问他是否还要再犯。科塔尔激动起来，回答说不想再干了，只想人家不要来烦他。

警官气愤地说：“我要提醒您，现在是您在找别人的麻烦。”

里厄当即做了个手势，这对话也就到此为止。

警官走了出去，叹了口气，说：“您想吧，自从大家议论这个高烧的事儿以来，我们要做的事可真不少呢……”

他问医生高烧的事儿是否严重，里厄说他完全不知道。

“这全是天气关系，没有别的原因，”警官下了这个结论。

的确，这是天气关系。就在这一天里，各种东西变得愈来愈粘手，而里厄每出诊一次，他的担忧也就增加一分。当天下午，郊区那个老病人的邻居，双手紧压着腹股沟，边说呓语，边在呕吐。淋巴结比看门人的要大得多。其中一个开始流脓，很快就溃烂得像只烂水果。里厄一回到家，就打电话给省里的药物仓库。他那天的工作记录上写着：“他们答复说没有”。而别处又有人来叫他去处理同样的病情。显而易见，必须打开这些脓肿。用手术刀划上个十字，淋巴结就溢出带血的脓水。病人流着血，四肢叉开，腹部腿部出现斑点。有的淋巴结停止出脓，继而重新肿大。大多数情况就是病人在难闻的奇臭中死去。

报纸只在老鼠事件上大事渲染，对这些情况却只字不提，这是因为老鼠死在路上，人却死在屋里，而报纸只管路上的事情。但是省政府和市政府开始商议起来。在每个医生只掌握两三个病例的情况下，当然没有人会想到采取行动。其实只要有人想到把这些数字加一加，就会发觉总数是惊人的。不到几天工夫，死亡病例大大增加。谁要是关心这种怪病的话，都能肯定这是真正的瘟疫。里厄的一位同行、年龄比他大得多的卡斯特尔，就选中这个时候前来找他。

他对里厄说："里厄，您当然知道这是怎么回事？"

"我在等待化验结果。"

"我知道的，我倒用不着化验。我曾在中国做过一段时期医生，约在二十年前在巴黎也见过这样的病例。只不过是在疾病发作的当儿没有人敢直说出它的名字罢了。舆论不可惊动：不能慌乱，切不能慌乱。而且就像一个同行说的：'这是不可能的，大家都知道这种病在西方已经绝迹了。'不错，大家都知道，除非是死人。得啦，里厄，这究竟是怎么回事，您跟我一样明白。"

里厄思忖着。他从诊所的窗口眺望那远处遮住海湾的峭壁悬崖。天空虽然一片蔚蓝，但色彩暗淡，随着夜幕的降临而逐渐消逝。

里厄说："对！卡斯特尔。这是难以相信的。但是看样子，这很像是鼠疫。"

卡斯特尔站了起来，朝着门口走去。

这位老医生说："您知道人家会怎样回答我们：它在温带地区已经绝迹'多年'了。"

里厄耸了耸肩膀说："绝迹?这怎么理解呢？"

"对，而且不要忘记：约在二十年前巴黎还发生过。"

"好吧。但愿这次的情况不比过去更严重。不过这简直难以叫人相信是真的。"

“鼠疫”这个词第一次被提出来了。写到这里,暂时不提留在窗后的贝尔纳•里厄,让笔者谈一下医生心里产生疑虑和感到惊异的道理,因为这也是大多数市民的反应,虽然程度各有不同。本来,天灾人祸是人间常事,然而一旦落到头上,人们就难以相信是真的。世上有过鼠疫的次数和发生战争的次数不相上下,而在鼠疫和战争面前,人们总是同样的不知所措。里厄医生也和我们这些市民一样,一点也没有准备,因此,我们应该理解为什么他会犹豫不定,也应该理解为什么他会有这种既是担忧又有信心的矛盾心理。战争刚爆发的时候,人们说:“仗是打不长的,真是太愚蠢了。”毫无疑问,战争确是太愚蠢了,但却也不会因此而很快结束。蠢事总是不会绝迹的,假如人们能不专为自己着想,那就会明白的。在这个问题上,市民们和大家一样,他们专为自己着想,也就是说他们都是人道主义者:不相信天灾的。天灾是由不得人的,所以有人认为它不是现实,而是一场即将消失的噩梦。然而噩梦并不一定消失,在噩梦接连的过程里,倒是人自己消失了,而且最先消失的是那些人道主义者,因为他们未曾采取必要的措施。这里的市民所犯的过错，并不比别处的人更多些，只不过是他们忘了应该虚心一些罢了，他们以为自己对付任何事情都有办法，这就意味着他们以为天灾不可能发生。他们依然干自己的行当，做出门的准备和发表议论。他们怎么会想到那使前途毁灭、往来断绝和议论停止的鼠疫呢？他们满以为可以自由自在，但是一旦祸从天降，那就谁也不得自由了。

不久以前，一些散居各处的病人，没有什么预兆而死于鼠疫。里厄医生甚至在他的朋友面前确认这些情况后，还不认为真有危险。只是因为做了医生，对于病痛有他自己的认识，想象也就丰富一些。医生从窗口眺望这座尚未变样的城市，面对令人疑虑的未来，他所感到的还仅仅是一阵轻微的不安。他竭力回忆自己关于这种疾病所知的情况。数字从他的脑海里浮现了出来，他心想，在历史上已知的三十来次大鼠疫中，竟死了将近一亿人。可是一亿人死亡又算得了什么？对打过仗的人来说，死人这件事已不怎么令人在意了。再说一个人的死亡只是在有旁人在场的情况下才会得到重视，因此一亿具尸体分散在漫长的历史里，仅是想象中的一缕青烟而已。医生想起在君士坦丁堡的鼠疫中，据普罗科匹厄斯①的记载，一天之内死去一万人。一万个死者相当于一座大型电影院观众人数的五倍，这是完全比拟得当的。把走出五座电影院的观众集合在一起，带领到市里的广场上，让他们成堆地死去，这就能看得更清楚些。在这无名死尸堆上，至少可以安上几个熟识的面孔，当然，这是不可能实现的事，况且谁认得一万张面孔呢？其实像普罗科匹厄斯那样的人是不会计数的，这是大家都知道的。七十年前于广州，在疫情蔓及居民以前，就有四万只老鼠死于鼠疫。不过在1871年人们尚无计算老鼠的方法，只是个大概的数字，显然会有误算的地方。然而一只老鼠如果身长三十公分，四万只老鼠一只只连接起来，就能形成……

医生这时已感到不耐烦。这样漫无边际地想下去是不行的。只有几个病例还不能称作瘟疫，做些预防工作就可以了。要注意已掌握的情

① 普罗科匹厄斯（约499—565），东罗马帝国历史学家。

况：昏睡和衰竭、眼睛发红、口腔污秽、头痛、腹股沟腺炎、极度口渴、谵语、身上有斑点、体内有撕裂感，出现了这些症状后……想到这里，里厄医生回忆起一句话，就是他在手册里罗列症状后，写下的一句话："脉搏变得细弱，身子稍微一动就突然断气了。"不错，出现了这些症状后，人的性命如同悬丝，而四分之三的病人——这个数字一点没错——都耐不住要做这难以观察的动作，结果一命呜呼。

医生一直在凭窗眺望。窗外春光明媚，而室内还回荡着"鼠疫"两字的声音。这一个词不但具有科学的含义，而且带有一连串特别的景象，它们和这里的情调很不谐调：这座灰黄色的城市，这时还不太热闹，只能说是嘈杂，还算不上喧哗；它的气氛既欢乐，又忧郁——如果这二者可以并存的话，但总的来说，则是欢乐的。那样安宁无争的平静环境颇容易使人忘却以往的灾情旧景：雅典受鼠疫袭击时连鸟儿都飞得无影无踪；中国受灾的城市里尽是默不作声的垂死的病人；马赛的苦役犯把血淋淋的尸体堆入洞穴里；普罗旺斯省为了阻挡鼠疫的狂飙而筑起了高墙；雅法[①]城里丑恶的乞丐；君士坦丁堡的医院里，硬泥地上潮湿而腐烂的床铺；用钩子把病人拖出来的景象；黑死病猖獗时到处都是戴口罩的医生，就像过着狂欢节一样；米兰墓地里成堆的尚未断气的人；惊恐的伦敦城里一车车的死尸，以及日日夜夜、四处不停地传来的呼号声。不，这一切还不足以打破这一天的宁静。窗外忽然传来一辆瞧不见的电车的丁当声，一刹那驱走了残忍和痛苦的想象。只有在星罗棋布的简陋屋子那边的大海，才是世界上骚动不安、永无宁日的见证。里厄医生一边望着海湾，一边想起卢克莱修[②]所描述的、雅典人染上疫病后准备焚尸而在海边架起的柴堆。晚上运来了尸体，但是柴堆上的位置已经不够，为了争夺安放自己亲人的尸体的位置，活人举起火把，相互厮打，宁愿头破血流，也不肯抛掉亲人的尸体。这种情景可以想象：燃烧着的柴堆在死气沉沉的水边发出熊熊的火光，在火把的搏斗中火星四溅，

① 今以色列港口。

② 卢克莱修：即 Titus Lucretius Carus，古罗马拉丁诗人。

恶臭的浓烟冉冉升向黑夜的长空。人们就怕……

但是，理智驱走了这种荒诞的想象。不错，“鼠疫”两字已被提出来了；不错，就在这个时刻里，疫病已使一两个人罹难。可是没有关系，有办法可以制止疫病蔓延。必须要做的，就是该认清的事情要认请，然后驱除无用的疑虑，采取适当的措施。这样鼠疫就会停止蔓延，因为这种疫病并不是凭想象就会发生的，或者说，人们对它的想象是不正确的。如果鼠疫停止蔓延——这极有可能——那当然最好，否则的话，我们也能知道它是怎么回事，以及是否能找出办法来制伏它。

医生打开窗户，外面的声音一下子传了进来。隔壁工厂里的锯木机发出老是不变的急促的呼啸声。里厄振作起精神来。日常工作才是可靠的，而其他一切都不过是系于毫发之上，一个难以察觉的动作就能断送掉它们。不能纠缠在这些上面。要紧的是把本位工作做好。

里厄医生正想到这里，有人告诉他约瑟夫·格朗来了。这位市府职员虽然担任很多职务，但他经常定期被叫到统计部门，去管户口。因此他就有机会统计死亡数字。他为人殷勤，答应过里厄将统计报告的一份抄本亲自送来给他。

医生看见格朗和他的邻居科塔尔一同进来。格朗举起一张单子，告诉里厄说：

“医生，数字在上升：两天里死去十一人。”

里厄向科塔尔打了个招呼，并问他近来觉得怎样。格朗解释说科塔尔定要前来向医生致谢并对给医生带来的麻烦表示歉意。但是里厄却注视着统计表。

里厄说：“看来，或许有必要下决心肯定这种疾病的名称了。直到目前，我们还犹豫不决。随我来吧，我要去化验室。”

“对，对，”格朗说着，跟随医生走下楼梯，“是什么东西，就该叫它什么东西。不过，这个叫什么？”

“我不能告诉您，反正这对您也没用。”

“您瞧，”职员微笑着说，“这并不那么容易吧。”

他们向阅兵场走去。科塔尔一直不吭声。街道上的行人开始多了起来。这里短暂的黄昏已近尾声，夜幕即将来临，星星开始出现于昼光未尽的天际。街头的路灯不久就亮了起来，天色显得暗了下去，而谈话的声音倒好似提高了音调。

在阅兵场的角落里，格朗说：“对不起，我要去乘电车了。我晚上的时间是神圣不可侵犯的。正如我们家乡人所说的：‘今天该做的事绝不可以搁到明天……’”

里厄已经注意到出生在蒙特利马尔的格朗的癖好，他爱用那里的成语，再会加上几句没有出处的平庸的陈词滥调，诸如“梦幻的时刻”或“仙境般的灯火”等等。

科塔尔说：“啊，的确不错。晚饭以后可休想把他从家里拖出来。”

里厄问格朗他的活儿是否为市府做的。格朗回答说不，他是为自己做的。

“啊！”里厄随口问了一句，“那么进行得如何？”

“我在这上面花了好些年工夫，必然有些收获。但也可以说并无多大进展。”

“大致上是关于哪一方面的事？”里厄停下来问道。

格朗整了整他两只大耳朵上的圆帽，不清不楚地说了一番。里厄模模糊糊地听出似乎是有关个性发展方面的事。这时格朗却已离开他们，迈着碎步在无花果树下顺着马恩大街走去了。他俩到了化验室门口，科塔尔对医生说很想找他谈谈，请教些问题。里厄正在摸弄口袋里的统计表，就叫他到诊所里谈，后来又改变了主意，说自己明天正好要到科塔尔的地区去，顺便在傍晚时分去看他。

医生离开科塔尔时却发现自己在想格朗，设想他遇上了一次鼠疫，这可并非是像这一次那样微不足道的鼠疫，而是一次历史性的大鼠疫。“这种人倒可幸免于难。”他记得在书本上读到过：鼠疫往往放过体质孱弱的人，而特别损害身强力壮的人。想着，想着，医生忽然发现这位公务员似乎有点神秘莫测。

初看上去，约瑟夫·格朗确实是个恰如其分的市府小职员，他的外貌和风度充分说明他的身份。他的身材又长又瘦，穿的衣服晃晃荡荡，他总是存心要尺寸特别宽大的，以为这样可以穿得长久些。他的下牙床还有着大部分牙齿，但是上面的牙齿却全掉光了。微笑起来，掀起的主要是上唇，因而口腔显得黑洞洞的。如果再加上修士般的走路姿态，贴着墙根悄悄进门的习惯，以及他身上的一股烟酒气味和毫无气派的神情，那么只能设想这是一个趴在办公桌上的人物，一心一意核对着城里浴室的收费标准，或为编制税收的年轻工作人员，收集清除垃圾的新税率的参考资料。连一个一无成见的人也可看出，他好像生来就是当一名市府临时辅助工的人，每天收入六十二个法郎三十分，干着那些默默无闻而又必不可少的工作。

在他的就业登记表“擅长”栏里，就是这么填写的。他在二十二年前考上学士学位后，因为经济拮据，只能辍学，接受了这个工作。据说当时人们曾经给予他很快“转入正式录用”的希望。这当然要经过一段时间的考核，证明确有能力处理我们城里的一些行政上的棘手问题。随后人家又向他保证能获得一个生活可以过得比较宽裕的科员职位。当然，约瑟夫·格朗做事并非出于飞黄腾达的欲望，这在他的苦笑中可以得到证实。但是能够依靠正当手段，换取稳定的物质生活，从而问心无愧地从事自己心爱的工作，这样的远景非常使他向往。所以他接受这个差使，自有光明正大的动机，也可以说是出乎对自己理想的忠实不渝。

经过好多年，他这个临时性的工作一直没有改变，这期间生活开销却大幅度上涨。格朗的工资虽有几次一般性的增加，可是小得可怜。他在里厄面前也曾吐过怨言，但似乎谁也没理会这件事。格朗的古怪之处，或者至少可以说他的特点之一就在这里。他本来可以提出要求，即使不给他应享的权利——该享什么权利他也没有把握——至少也应履行过去许下的诺言。但是当初雇用他的领导已死了多年,而他本人却又回忆不起以前的诺言到底是怎样讲的,归根结底,还是约瑟夫•格朗缺乏适当的言词。

正是这最后的特点最能刻划出我们这位同胞的形象,这一点里厄也能看得出来。也正是这个原因使他一直写不出一份他盘算已久的申请书,或伺机进行必要的活动。据他说,"应得的权利"一词特别难以出口,他对此也并不坚持;也不宜使用"许下的诺言"这个词,因为这就指明要许诺人承担义务,不免显得太放肆,和自己低微的职务不太相称。另一方面,他又拒用诸如"照顾"、"请求"、"感激"等词,因为他感到这样用词有失个人尊严。正是因为没有找到恰当的字眼,我们这位同胞才继续把这个庸庸碌碌的差事干下去,直到如今上了年纪。再者,正如他经常对里厄医生说的,经历一段时间习惯以后,他发觉自己的物质生活总算有了保障,只须做到量入为出就行了。市长——我们城里的一位工业巨头——曾经有句名言,格朗认为说得很对,那就是:到头来(市长特别强调这个词,因为全部道理都在这个词上),到头来,从未见到过有人饿死。总之,格朗的生活虽然艰苦得近似苦行修士的生活,"到头来"倒也使他从这一方面的忧虑中解脱出来。他在继续推敲他的用词。

他的生活作风,从某种角度来说,可称值得人们学习。他一贯勇于坚持正确的思想,这样的人在我们城里或其他地方都是不多见的。从他吐露的有关自己的只言片语中就可看出他的善良和富于感情,在现在这个时代里,人们是不敢承认有这些品质的。他毫无愧色地承认热爱他的外甥们和自己的姐姐,这是他仅有的亲人,他每隔两年要回法国去探望一次。他的父母早在他幼年时即已去世,一想起他们,他就觉得伤心,这个事实他也并不否认。他直言不讳最爱听每天下午五点传来的他那个区里的柔和动人的钟声。虽然感触是那么单纯,可是一个字眼得费多少力气!表达乏术,实是他最大的忧虑。每次碰到里厄,总是跟他说:"唉!医生,我还得好好学习如何才能表达我的衷情。"

那天晚上,医生目送这位公务员离去,突然想出了格朗要说的话来:

原来他在写一本书或类似的东西。里厄边想边走，一直走到化验室，一路上这种想法使他感到放心。他明知这样的印象是愚蠢的，但他怎么也不会相信，有了那么简朴奉公、连癖好也是无可指责的公务员，这座城市竟会遭到鼠疫横祸。说实在话，他无法想象这样一些癖好竟然会出现在鼠疫横行的环境中，所以他认为鼠疫实际上不会在我们的居民中蔓延开去。

第二天，里厄提出被大家认为是不合时宜的坚决要求，终于使省府同意召开卫生委员会会议。

里夏尔表示："百姓果真担心不安，但流言蜚语也在肆意夸大事实。省长对我说：'你们愿意的话可以迅速行动起来，但是不要声张。'他又认为肯定这不过是场虚惊。"

贝尔纳·里厄带了卡斯特尔同车前往省府。

卡斯特尔对他说："您可知道省里没有血清吗？"

"知道，我已经打过电话给储存处，那里的主管正急得不知如何是好。这东西得从巴黎运来哪！"

"希望不要太慢才好。"

"我已打电报去了。"里厄答道。

省长待人很和气，但很容易激动。

他说："开会吧，先生们，要我把情况简单地介绍一下吗？"

里夏尔认为不必要，这些医生对情况都很了解。问题倒在于该采取什么相应的措施。

老卡斯特尔粗声粗气地说:“问题在于要弄清楚这究竟是不是鼠疫。”

有两三位医生惊叫了起来。其他的人似乎在犹豫。省长陡地一震,下意识地掉过头来望着门口,仿佛要看看这扇门是否已挡住了这桩骇人听闻的事,不让它传到通道中去。里夏尔表示,依他看来不必惊慌,现在能够确认无误的只不过是一种伴有腹股沟淋巴结肿大并发症的高烧而已,而任何一种假定,不论在科学上或生活上,都是危险的。老卡斯特尔一边安详地咀嚼着他那上唇的发黄的短髭,一边抬起头来,目光炯炯,看了里厄一眼,然后善意地环顾了一下其他的人,告诉大家他心里十分明白这确是一场鼠疫。不过,如果公开承认这件事的话,那肯定得采取一些无情的措施。他也知道使得他的同事们裹足不前的,归根结底就是这个原因,因此为了使他们安心,他心甘情愿地接受这不是鼠疫的说法。省长激动起来,他宣称,不管怎样,这种考虑问题的方式不妥当。

卡斯特尔说:“问题不在于这种方式妥当不妥当,重要的是它能叫人开动脑筋。”

大家见里厄一言不发,于是征求他的意见。他说:“这是一种伤寒性的寒热,但是伴有腹股沟腺炎和呕吐。我做过腹股沟肿块切开手术,并送化验室去进行过化验。化验室认为已找到鼠疫特有的粗短形杆菌。不过我要补充说明,细菌的某些特异变化不符合通常对其形态的描述。”

里夏尔强调指出在这种情况下还可以斟酌一下不马上作出结论,有一批化验已进行了几天,至少要等结果出来了再说。

沉默片刻后,里厄说道:“可是当一种细菌能在三天内使脾脏肿大四倍,使肠系膜神经节增大到像桔子般大小,并具有像糊状物那样的质地,这就不容许我们继续斟酌下去了。传染源正在不断扩大,如果听任疾病按照这个速度蔓延开去而不加制止,那要不了两个月,城内居民就有可能死去一半。因此你们管它叫鼠疫也罢,发育热也罢,关系不大,重要的倒是你们得设法不要让疫病引起城中一半居民的死亡。”

里夏尔的意见是决不能把情况说得太严重，何况疾病是否传染尚未证实，因为病人的亲属都还安然无恙。

“但是其他人中间也有死的，”里厄提醒大家说，“当然，疫病的传染性从来也不是绝对的，否则的话，那就会出现死亡数字无限增长，人口会突然迅速减少的现象了。这不是把情况说得太严重的问题，而是有必要采取预防措施罢了。”

然而，里夏尔认为要把问题归纳一下，他提醒大家说，如果疫病不自行停止蔓延的话，那就有必要采取法律规定的严厉的预防措施，才能制止。但要做到这点，又必须正式承认这是一场鼠疫，而这事至今还不能绝对肯定，因此需要考虑。

里厄则坚持说：“不用考虑法律规定的这些措施是否严厉，要考虑的倒是为了使城里半数居民免于死亡，这些措施是否必要。余下的是行政方面的事情，而正好我们的制度规定要有一位省长专门来解决此类问题。”

“那当然，”省长说，“不过我需要你们正式确认这是一场鼠疫。”

“即使我们不确认这是鼠疫的话，它照样会夺去半数居民的生命。”里厄说。

里夏尔激动地插嘴说：

“事实是我们这位同行相信这是鼠疫，他有关征候群的描述证实了这一点。”

里厄回答说他并没有描述过征候群，他不过叙述了他所看到的情况。他所看到的，就是腹股沟腺炎、斑点、带谵语的高烧，和四十八小时内死亡。他问道：“里夏尔先生是否能担保即使不采取严厉的预防措施，这场瘟疫也会停止蔓延呢？”

里夏尔踌躇不决，注视着里厄说：

“请您老实告诉我您的看法，您肯定这是一场鼠疫？”

“您这个问题提得不对头。现在的问题不是推敲字眼，而是争取时间。”

省长说:“您的见解大概是,即使这不是鼠疫,也要采取规定在鼠疫发生时适用的防疫措施吧。”

“如果一定要我有个看法,那么这就是我的看法。”

医生们商量了一会儿,最后里夏尔说:

“我们必须担负起责任来,就当作鼠疫来处理吧。”

他的这种说法博得大家热烈的赞同。

“我亲爱的同行,这也是您的意见,是吗?”里夏尔问。

“词句如何,关系不大,”里厄说,“我们要讲的只是,我们不应当根据半城人命决不会遭殃这样的假定来决定我们的行动,因为如果这样做,到头来半城的人命就恐怕真的会送掉。”

里厄在惶惶不安的气氛中离开了会场。过了一些时候,里厄到了那散发着油煎食物香味和便溺臭味的郊区,一个垂死的妇人在惨叫,胯间血淋淋的,她回过头来望着他。

第二天，高烧症又有了些发展，甚至见了报，不过，报道的方式轻描淡写，对此事只作了些暗示。又过了一天，里厄在城内最不显眼的角落里看到省府匆忙地叫人张贴的小小白色布告。从这种布告中很难看出当局正视事实的态度，采取的措施也并不严厉，看来是为了迎合有人不想惊动舆论的愿望。省府决定的开场白宣称在奥兰地区发现了几例危险的高烧症，是否会传染还不能确定。这些病例的特征尚未达到令人真正担忧的程度，相信市民是会保持镇静的。尽管如此，为了谨慎起见——大家都能理解这点——省长采取了一些预防措施。这些措施纯为防止任何瘟疫的威胁，市民应予理解和照办。省长完全相信能得到市民的通力合作。

布告接着开列采取的全部措施，其中包括在下水道中喷射毒气进行科学灭鼠，以及对用水进行严格的检查等。布告要求居民们保持最大限度的清洁卫生，还要求身上有跳蚤的人到市医务所去。此外，规定病人家属必须申报医生的诊断结果，并同意把病人送医院特设病房进行隔离。这些病房具有特殊设备，能在最短的时间内取得最大的疗效。另有几条补充条例规定病人房间和运输车辆必须进行消毒等事项。布告最后要求患者家属接受卫生检查。

里厄医生猛然一转身离开布告处，往诊所走去。正在等着他的约瑟夫•格朗一见到他便又举起了双手。

里厄说:“是,我知道,数字上升了。”

前一天晚上,市内有十来个病人死去。医生对格朗说他可能在晚上和他见面,因为他要去访问科塔尔。

“您做得对,”格朗说,“您这样对他会有好处的,因为我发觉他变了。”

“怎么了?”

“他变得彬彬有礼起来。”

“以前他不这样吗?”

格朗犹豫起来。他不能说科塔尔以前没有礼貌，这样讲法可能不正确。这是个不开朗、沉默寡言的人,他的姿态有些像头野猪。呆在自己屋子里,在一个小饭馆里进餐,外出时行踪诡秘,这就是科塔尔的全部生活情况。他的公开身份是推销各种酒的代理商。每隔一段时间总是有两三个人来看他,大概是他的顾客。晚上,他有时也到他家对面的电影院去看电影。这位公务员甚至注意到科塔尔似乎比较爱看强盗片。在任何情况下,这个代理商都表现得性情孤僻而多疑。

根据格朗的看法,这一切都大有改变,他说:

“不知怎么说好,反正我的印象是,不知对不对,他在设法与人随和相处,想同大家厮混在一起。他现在常常同我说话,常邀我一起出去,我不好意思老是拒绝他。再说他也引起我的关心,总之,我救过他的命。”

自从自杀事件发生以来,就再也没有人来看过科塔尔。不论在路上或在他的供应商那里,他到处博取人们的好感。他从未用过那么和气的口吻同食品杂货店老板聊天,也从未有过那么大的兴趣去听一个女烟商讲话。

格朗说:“这个女烟商是一条十足的毒蛇。我曾告诉过科塔尔,但是他却说我错了,应当看到人家也有好的方面。”

也有这么两三回，科塔尔请格朗到城中高级饭店和咖啡馆去，他已开始涉足那些场所。

“那儿挺不错的，”他说，“而且在那里，周围的人都不坏。”

格朗注意到那些地方的服务人员都对这位代理商招待得特别周到，当他发现科塔尔在给小费方面显得特别大方时，他懂得了其中道理。科塔尔对于人家回报他的殷勤显得十分领情。有一天，餐厅服务员领班送他到门口并且帮助他穿上大衣时，他曾对格朗说：

“这是一个好伙计，他可以证明。”

“证明什么？”

科塔尔犹豫了一下说：

“这个……证明我不是一个坏人。”

此外，他有时会脾气突变。有一天，食品杂货店老板稍稍怠慢了他一点，他回家时异乎寻常地火冒三丈，反复谩骂：

“这个混蛋，他跟别人一样都得了小费！”

“别人是哪些人？”

“所有其他的人。”

格朗还在女烟商那里见到一幕奇怪的场面。当时大家正起劲地谈着话，那妇人谈到新近轰动阿尔及尔的一个罪犯落网的消息。这是一件涉及一个年轻的商店职员在海滩上杀死一名阿拉伯人的案件。妇人说：

“要把这些败类都关起来，才能让好人松口气。”

可是她的话不得不突然中断，因为科塔尔突然神色大变，连招呼也不打，就冲出了店门。格朗和女烟商看着他跑掉，不知如何是好。

后来，格朗又向里厄描述科塔尔其他方面的性情变化。科塔尔的思想过去一向带有非常浓厚的自由主义色彩，他最喜欢说的一句话“大鱼总是吃小鱼的”就是很好的佐证。但是最近一个时期以来，他只买奥兰正统派思想的报纸，而且就在公共场所堂而皇之地阅读，人们简直会说他是有点故意做给人看的。还有一次，在他病愈起床后没几天，当格朗要上邮局去的时候，科塔尔请他代劳给他一位关系疏远的姐姐汇去一百法郎的月规钱。但是当格朗要走的时候，他又关照说：

“给她汇上二百法郎吧，这样可以叫她喜出望外。她认为我从来不想到她，而事实上我是十分惦记她的。”

他同格朗还有过一段奇特的对话。他对格朗每晚从事的一点工作感到好奇，问过格朗，想要知道底细，格朗不得不告诉他。

“好啊，您在写书。”科塔尔说。

“也可以这样说，但是这比写书更复杂些！”

“啊！”科塔尔惊叹了一声，又说，“我真想能像您一样。”

格朗露出惊异的神情，于是科塔尔结结巴巴地说，当上一个艺术家可以解决许多问题。

“何以见得？”格朗问道。

“因为一个艺术家比别人有更多的权利。这是大家都知道的事。在许多地方人家都会让他三分。”

看布告的那天早上，里厄对格朗说：“我看他也不过是和别人一样，已被老鼠事件搞得晕头转向罢了。再不然就是，他可能也害怕得高烧症。”

格朗答道：“我却不信，医生，假使您愿意知道我的看法……”

外面灭鼠的车子在窗下经过，排气声大得吓人。里厄沉默不语，直到对方能听到他的话时才漫不经心地问那位公务员的看法。格朗则以严肃的眼光看着他说：

“这是个心有内疚的人。”

医生耸耸肩膀。正像警察分局局长所说的那样，还有别的更要紧的事要做。

午后，里厄和卡斯特尔作了一次交谈。血清仍未运到。

里厄问道：“不过这种血清是否管用？这种杆菌有些古怪。”

“哦！”卡斯特尔说，“我倒不同意您的看法。这些生物的样子总是有些独特，但终究都是一样的东西。”

“这不过是您的假定。事实上，我们对于这一切都一无所知。”

“当然，这是我的假定。不过大家都这样认为。”

在这一天中间，每当医生想起鼠疫，就会感到脑袋微微发胀，而且这种感觉越来越厉害。他终于不得不承认他也害怕起来了。他两次走进顾客很多的咖啡馆，他也跟科塔尔一样需要人们的热情。里厄知道这样做是可笑的，但是这倒能提醒他曾答应过去看这个代理商的事。

傍晚，医生看到科塔尔坐在饭厅的桌子前。他进去的时候，看到在桌上放着一本翻开着的侦探小说，但是天色已经很暗，看来，在夜色朦胧中很难看书。比较可能的是，科塔尔在一分钟前坐在昏暗中沉思。里厄问他身体可好。科塔尔一边坐下，一边唠唠叨叨地说他身体不坏，不过要是能保证没有人来打扰他，身体还会更好些。里厄劝告他说，一个人不能老是孤独地生活。

“哦！我不是这个意思。我说的是那些专门找你麻烦的人。”

里厄没作声。

“请注意，我讲的不是我自己。我刚才正在看这本小说，里面叙述一个倒霉的家伙在一个早上突然被捕。人家一直留心他，而他却蒙在鼓里。大家在办公室里谈论他，把他的名字写入档案。您认为这是公正的吗？您认为他们有权这样对待一个人吗？”

“这倒不能一概而论，”里厄说，“不错，从某一方面说来，他们完全没有权利，但这一切都是次要的。您不应长期与世隔绝，该出去走走。”

科塔尔好像恼火了，说他是经常出去走动的，有必要的话，整个区的人都能为他证明。甚至在本区外，认识他的人也不少。

“您认识建筑师里戈先生吗？他是我的朋友。”

室内光线越来越暗。郊区街道渐渐热闹起来。路灯一亮，外面传来一阵低低的、轻松的欢呼声。里厄走上阳台，科塔尔也跟了出来。跟城里寻常的夜晚一样，阵阵微风从周围各区吹来，传来了喃喃低语，送来了烤肉的香味，吵吵嚷嚷的年轻人拥到了街上，渐渐地街上到处都是由于感到自由轻松而欢乐的人们的嘈杂声，这声音随风飘来，夹杂着一股芬芳的气息。黑夜中，瞧不见的轮船发出响亮的鸣笛声，从海面和熙熙攘攘的人群中传来了喧闹声，这是里厄往日非常熟悉和喜爱的时刻，今天由于他所获知的一切情况的影响，这时刻却似乎使他感到压抑。

他对科塔尔说："可以开灯了吧？"

灯光一亮，这个小矮个儿眨巴着眼，瞧着里厄。

"请告诉我，医生，假使我得了病，您是否将收我进医院到您的科里治疗？"

"为什么不呢？"

科塔尔又问是否有过在诊所里或医院里逮捕人的情况。里厄回答说有过这种事例，但是这一切要根据病人的病情而定。

科塔尔说："我呀，我对您是信任的。"

接着他问医生是否可以让他搭他的车子到市里去。

在市中心区，街上的行人已较稀少，灯光也寥若晨星，孩子们还在门口玩耍。医生在科塔尔的要求下，把车子停在一伙孩子的面前。他们在玩跳房子游戏，边玩边大声叫嚷。其中一个黑色的头发梳得很平伏、头路笔直、但面孔却很脏的孩子用带着威胁性的炯炯的目光瞅着里厄。医生不去看他。科塔尔站在人行道上同医生握手道别。他讲话嗓音嘶哑，发音困难，他一连回头向身后望了两三次，说：

"大家都在谈论鼠疫，是否真有此事，医生？"

"人们一直在讲，这并不奇怪。"里厄说。

"您说得对。一旦有十来个人丧命，那就末日来临了。这恐怕不是我们所希望的吧。"

发动机已开动，里厄的手已搭在变速操纵杆上准备开车。他又重新看看一直以严肃而平静的目光打量着他的孩子。孩子忽然向他咧嘴一笑。

"那么我们希望些什么呢？"里厄问，一边朝着孩子微笑着。

突然，科塔尔一把抓着车门，用带着呜咽而狂怒的声音呼喊："希望来一次地震，一次真正的地震！”说罢，掉头就跑掉了。

地震没有发生。第二天，里厄整天满城奔走，忙着跟病人家属交谈或直接找病人谈话。里厄自行医以来，从未感到他的职业对他有过这样大的压力。直到现在，病人们很配合他的工作，他们完全信任他。可是现在医生第一次发现他们不愿讲真话，并且带着惊恐、不信任的神色，对他们的病情真相讳莫如深。这是一场他还不习惯对付的斗争。晚上十点光景，里厄驱车到最后一个病人——老气喘病患者的门前时，他已累得难以从车座中爬起身来，就停留了一下，望望昏暗的街头和漆黑的天空中忽隐忽现的星星。

老气喘病患者坐在床上，气好像顺了一点，正在数着鹰嘴豆，从一只锅中拿出来，放到另一只锅里。看见医生进来，高兴地招呼。

“怎么啦，医生，”他说，“是霍乱吗？”

“从哪里听说的？”

“在报纸上看到，无线电广播也这样说。”

“不，不是霍乱。”

“不管怎么讲，”老头十分激动地说，“那些头头们太会夸张了，嗯？”

“不要听人家瞎说。”医生说。

他看过了老头儿的病，就在这间寒酸的饭厅当中坐了一会儿。不错，他害怕，他知道明天一早市郊有十来个患腹股沟腺炎、蜷缩着身子的病人在等他。经施行腹股沟腺切开手术，仅有两三例可以有所好转，大多数得送医院，而他明白医院对穷人说来意味着什么。有一个病人的妻子对他说过：“我不要他给他们当试验品。”他不会给他们当试验品，只不过一死了事罢了。十分清楚，采取的措施是不够的。至于“特别配备”的病房是什么模样，医生也心中有数：这是两座把别的病人仓促地搬走后空出来的楼房，窗门缝隙已经堵塞，楼房四周用防疫警戒线加以隔离。如果瘟疫不自行停止蔓延，行政当局所设想的这些办法看来是难以奏效的。

然而，晚上发表的官方公报仍很乐观。第二天，朗斯多克情报资料局声称，省府的措施已被接受，群众情绪平静，并且已有三十来个病人申报了病情。卡斯特尔打了个电话给里厄：

“特别病房里有几张病床？”

“八十张。”

“市内肯定不止三十个病人吧？”

“有些人是胆小，还有其他更多的人来不及申报。”

“埋葬尸体有人监督吗？”

“没有，我已经打电话给里夏尔，告诉他应该采取完善措施，而不是专讲空话，还应该对瘟疫建立起切实的防止蔓延的壁垒，否则干脆什么也不要做。”

“他怎么说？”

“他对我说，他无能为力。我看数字还会上升。”

三天内，两座楼房就住满了。里夏尔听说快要把一所学校出空，以筹办一所辅助性医院。里厄在等待防疫疫苗，并为病人开刀排脓。卡斯特尔则长时间呆在图书馆里，从古书堆中找资料。他的结论是：

“老鼠现在是死于鼠疫或死于一种同鼠疫十分相象的疫病。这些老鼠散播了成千上万只跳蚤。如果不及时防止，这些跳蚤传播疫病的速度将会以几何级数增加。”

里厄默然。

这时候天气像是稳定下来了。最近几次大雨后的积水逐渐被太阳晒干。蔚蓝的天际迸射出一道金黄色的阳光，刚开始出现的热浪中传来了隆隆的飞机声，这季节的一切都引人进入宁静的境界。然而在四天中，高烧症有过四次触目惊心的跃进。四天时间，死亡的人数从十六人、二十四人、二十八人一直增加到三十二人。到了第四天，一所幼儿园被宣布改为辅助病房。市民们以前还在用相互开玩笑的办法来继续掩盖内心的忧虑，但现在他们走在街上已显得沮丧和沉默了。

里厄决定给省长打个电话，他说：

“这些措施是不够的。”

省长说："我已看到数字，果真是令人担心的。"

"这些数字已不只是令人担心的了，它们已说明了问题。"

"我即将向殖民地政府报告，等候命令。"

里厄在卡斯特尔面前把电话挂了，说：

"命令！恐怕还得想象一番才行！"

"血清呢？"

"本星期内可以运到。"

省府通过里夏尔请里厄打一个报告向殖民地首府要求发布命令。里厄还写了病人情况，加上数字。当天，有四十个人死亡。据省长说，他要亲自负责自第二天起加强原来的措施。强制申报和隔离措施仍按原计划执行，患者住房必须封闭并加以消毒，患者亲属须进行安全性检疫，病人死亡后的埋葬事宜由市政当局组织安排，具体办法看情况决定。过了一天，飞机运来了血清。这些血清足够供正在治疗中的病人应用，但如疫情有所发展那就不够了。里厄接得回电说血清的应急储备已经提尽，现在已开始制备新的。

这时候，近郊把春意送到了市场。沿着人行道成千上万朵玫瑰花正在卖花人的篮子里萎谢，浓郁的玫瑰花香飘浮全城。表面上一切如常：电车在高峰时间总是挤得满满的，其他的时间则乘客稀少，车子肮脏不堪；塔鲁依旧观察那个矮老头，后者仍然在吐口沫；格朗每晚照旧回家去干他的神秘的工作；科塔尔还在到处乱转；预审推事奥东先生还是带领他那几只动物来来往往；患气喘病的老头儿照样在搬弄鹰嘴豆。人们依然有时会遇到新闻记者朗贝尔，他态度安详，但只关心自己；到了晚上，街上依旧人群熙攘，电影院门前排着长队。至于疫情，倒好像缓和下来了，几天中只死了十来个人。但不多久，疫情一下子恶化，死亡人数重又直线上升。在死亡记录重新达到三十人左右的那天，贝尔纳·里厄读着省长交给他的官方拍来的电报，一边说："他们害怕了！"电报上写着："正式宣布发生鼠疫。封闭城市。"

从这时起，鼠疫可说已与我们人人有关了。在此以前，尽管这些不平常的事件使本城居民感到意外和忧虑，但每个人都能够各就各位照常办理自己的事情，而且看样子这种情况一定会持续下去。但是一旦城市封闭，他们就发觉大家、包括作者在内，都是一锅煮，只有想法适应这种环境。情况就是这样，一种与心上人离别那样的个人感情就在开始几个星期中一变而为全城人共有的感情，而且还夹杂着一种恐怖之感，这就成了这种长期流放的生活所带来的最大的痛苦。

封城的最突出的后果之一，是人们突然面临事先毫无思想准备的分离。有些母子、有些夫妇和情侣在几天前分手时还只作了暂时离别的打算，他们在车站的月台上说了两三句叮咛的话后拥抱道别，满怀着人类愚蠢的信心，以为过几天、或至多过几个星期肯定又能见面，亲人的别离对他们的日常事务几乎没有什么影响，可是突然一下子，他们发现自己已陷于远离亲人、无依无靠、既不能重逢又不能通信的绝境。因为在省府禁令发布之前几小时，实际上封城已经开始，而且任何特殊情况均不在考虑之列。我们可以说，疫病无情袭击的第一个结果是迫使市民们要像没有个人感情一样地行事。在法令实施那天的头几个钟头里，要求解决问题的人群拥向省府，有的打电话，有的亲自去向官员们申诉情况。情况都同样地值得关心，但又都同样地不可能考虑。说真的，需要经过许多天我们才意识到我们是处在毫无协商余地的情况中。“通融”、“照顾”、“破格”等词都已失去了意义。

甚至连通信这样能使人稍感安慰的事也不许可。因为一方面，城市与外界的一切正常交通联系已全部断绝；另一方面当局又下令禁止同外界通信，以免信件传带病菌。开始时还有些幸运者向城门把关的守卫人员说情，征得他们的同意后把信件传递了出去。这还是在正式宣布发生鼠疫后的开始几天，那时守卫人员被同情心所打动也是自然的事。但是，过了一段时间，这些守卫充分认识到了事态的严重性，不肯再承担这种谁也无法估量其后果的责任。最初还允许同别的城市用长途电话通讯，但结果公用电话处拥挤得水泄不通，所有线路全部忙得不可开交，以致有几天全部停止通话。而后又严格加以限制，只有在诸如死亡、出生和结婚等所谓紧急情况下才可通话。剩下的唯一途径是电报。向来以心灵、感情和肉体联系着的亲人和情侣，现在只能从一封用大写字母书写的十来个字的电报里去重温旧梦。然而由于事实上电报中所能运用的字眼很快被用尽了，人们长时期的共同生活或悲怆的情绪只能匆促简短地概括在定期交换的几句现成的套语里，例如：“我好，想你。疼你。”等等。

我们中间还有一些人仍然不死心地继续写信，不断想出些办法，希望能与外界保持联系，但到头来终于是一场空。我们所设想的办法有些可能奏效，但是谁也无法判断，因为没有收到对方的回音。一连几星期之久，我们只能重复地写同样的信，发出同样的呼吁，这样过了一阵，原先出自肺腑的心声都变成空洞的字眼。我们还是机械地重复同样的内容，试图通过这些毫无生气的字句来表示我们艰难的生活。这番固执而又毫无结果的独白，这种和墙壁进行的枯燥对话，结果看来还不及电报的规格化的用语顶用。

又过了几天，人们终于清楚地看到没有人能出得了城，于是提出要求：是否可以让鼠疫发作前出去的人回来。省政府经过几天的考虑后同意了这个要求，但是规定回来的人不论什么理由都不得再次离城。只能进，不能出。这一来，也有些家庭——但为数不多——一心只想与亲人相见，不经慎重考虑就草率地作出决定去请他们利用这个时机回来。然而那些困于鼠疫的人们很快地明白过来，他们这样做无异把亲人驱入虎口，于是宁愿忍受别离之苦。在疫病最严重的时期，只出现过一个例子，说明人的感情胜过了对惨死的恐惧。但出乎人们意料，这次事例并不涉及一对狂热的爱情凌驾痛苦之上的情侣，而是发生在结婚多年的老夫妇卡斯特尔医生和他的老伴身上。卡斯特尔太太是在发现鼠疫前几天到邻城去的。他们的家庭也并不是值得人们学习的模范家庭，作者甚至敢说直到如今，还不能肯定这对夫妇对于他们的结合是否感到满意。但是这次无情而又持续的隔离使他们深切地体会到彼此分处两地无法生活，而一旦他们意识到这一点，鼠疫也就算不了一回事。

上述情况是一桩例外。对大多数人来说，离别显然要持续到鼠疫被扑灭为止。就我们大家而言，我们自以为很熟悉的生活中的思想感情（上文已提到过，奥兰人的感情是简单的）现在却已改变了面貌。平时最放心对方的丈夫或情人发现自己变得嫉妒多疑。那些自己承认在爱情问题上轻浮风流的男子也变得忠贞不渝起来。平时对住在一起的母亲不加关心的儿子发觉如今脑际经常萦绕着母亲面上的一道皱纹，在那上面集中了他全部的忧思和懊悔。这种无情的、彻底的、前途茫茫的分离把我们推入了心烦意乱的境地，使我们成天魂梦萦绕于那离别不久却如隔世的人影而一筹莫展。我们实际上受到的痛苦是双重的：首先是自身所受的痛苦，其次是想象在外面的亲人、儿子、妻子或情人所受的痛苦。

如果换一种环境，我们这些市民会在寻欢作乐、忙忙碌碌之中去寻找排遣。但是此时此刻，鼠疫却使他们无事可做，只好在这阴沉沉的城市里兜来转去，日复一日地沉湎在使人沮丧的回忆中，因为当他们漫无目的地在这小城中闲步时，走来走去总是那么几条街道，而且大部分还是前一时期同现已不在身边的亲人一齐走过的街道。

这样，鼠疫给市民们带来的第一个影响是流放之感。作者在这里可以肯定他所写的东西也能代表大家的感受，因为这是作者同许多市民在同一时间中的共同感受。我们心灵深处始终存在的空虚感确是一种流放之感，一种明确清晰的情绪，一种焦心的回忆之箭，一种荒诞不经的妄想，不是妄想年光倒流就是相反地妄想时间飞逝。有时候我们让自己陶醉于幻想境界，设想自己在愉快地等候亲人回来的门铃声或楼梯上熟悉的脚步声，再不然便是故意把火车不通的事忘掉，在平时乘傍晚快车来的旅客应该到家的时刻，赶回家中等候亲人。当然，这些游戏是不能持久的，清醒地知道火车不通的时刻总是会到来，这时我们明白，我们同亲人的两地分离注定要持续下去，而且我们必须设法安排自己的一切来度过这段时光。总之，从此我们重又陷入被囚禁状态，我们只有怀念过去。即使我们中有几个人寄希望于未来，但当他们受到了相信幻想的人最终所受到的创伤，他们也就很快地、尽力放弃了这种奢望。

特别是，全体市民很快就克制住以前养成的推算他们还要分离多久的习惯，即使在公开场合也是如此。这是为什么呢？原因是有一些最悲观的人把这一分离的时间推断为六个月，于是他们对这一段时期事先作好含辛茹苦的思想准备，鼓足勇气接受考验，并竭尽全力来熬过这漫长而痛苦的岁月；可是当他们偶尔遇到一个朋友，或见到报上一则消息，或者头脑中闪过某种臆测，再不然便是突然变得有远见起来，这时他们就意识到没有理由不相信疫病会持续到半年以上，可能是一年，甚或超过一年。

这时他们的勇气、意志和耐心一下子都垮了，垮得这么突然，以致使他们感到好像再也爬不起来。因此他们强制自己不再去想解放的日期，不再去展望未来，或者可以说强制自己一直垂着脑袋过日子。但是这种小心谨慎、回避痛苦和高挂免战牌的做法效果当然不大，他们竭力避免这种绝对不希望发生的精神崩溃，结果连把鼠疫暂且置于脑后、幻想日后与亲人团聚的情景——这种幻想，总的说来，是常有的——也给冲掉了。他们陷身于峰顶与深渊的中间，上不上，下不下。不是在那里过日子，而是在不住地浮沉，被遗弃在没有定向的日子里和毫无结果的回忆之中，就像一群漂泊不定的幽灵，除非甘愿生根于痛苦的境地，否则便无立足之地。

他们体验了一切囚徒和流放者的悲惨遭遇，那就是生存于无益的回忆之中。他们无时无刻不在留恋着过去，而感觉到的不过是惆怅。他们真想把同现在所盼望着的亲人以前在一起时能做而未做的事情都补进过去的回忆中去。同时，在他们的囚禁生活中，脑海里无时无刻不印上在外地亲人的影儿，即使在比较愉快的情况下也如此，因为他们当时的实际处境不能使他们得到满足。对眼前他们感到心焦，对过去他们感到憎恨，对未来他们感到绝望。他们活像受到人世间的法律制裁或仇恨报复而度着铁窗生涯的人。到末了，逃避这种难以忍受的空虚感的唯一方法是再次让火车在幻想中通车，让时光在幻想中充满响个不停的门铃声——然而这门铃却顽固地保持沉默！

如果说这是一种流放，那么大多数的情况是放逐在自己家中。虽然作者比较熟悉的是一般群众的流放生涯，却也不能不提一提像记者朗贝尔这样一些人的处境。这些人是在旅途中意外地被鼠疫关在城里的，他们既不能见到他们的亲人，又远离故乡，因而倍增了他们的别离之愁。在所有感到被流放的人中，他们的感受是最深的，因为虽说在时间引起的烦恼方面，他们也和大家的感受一样，但是他们更多一层空间引起的烦恼——思乡之情。他们时时碰撞在一堵高墙上，它把他们所在的疫区和远在天涯海角的家乡隔离了开来。这些人白天整天地在灰尘飞扬的城内徘徊，默默地呼唤着只有他们知道的家乡的薄暮和清晨，一些无足轻重的浮光掠影和令人心烦意乱的迹象都能增加他们的苦恼：长空的燕影，黄昏的露珠，或者僻静街道中的一线阳光异彩。这个能为人们排解一切烦恼的外部世界，他们闭上双目不去观望，却沉湎于他们那些过于逼真的幻想，竭力集中思想于一片土地上：在那里两三座小丘，喜爱的树木，几张妇女的脸盘，沐浴于一片光芒之中，构成了一种对他们来说是世上独一无二的境界。

最后我们来专门谈谈最耐人寻味的情侣情况。这恐怕也是作者最有资格谈论的问题。这些人受到不少其他烦恼的困扰，其中必须一提的是悔恨情绪。他们目前的处境倒能让他们用一种既激动又客观的眼光来思考他们的情感。在这种环境中，他们本身的缺陷很少会不明显地显露出来。首先，他们发觉对于在外地的亲人的事迹和动作姿态已不能准确地想象出来。他们抱怨自己完全不知道在外地的情侣的时间安排，他们责怪自己太轻率，没有去了解这一点，反而装腔作势地认为，对一个在恋爱中的人说来，知道对方的时间安排也不见得就是快乐的源泉。从这时开始，他们就很容易去追溯过去的爱情，并察觉它的美中不足之处。平时我们大家都自觉或不自觉地知道任何爱情都可变得更完美，尽管我们往往毫不赧颜地甘愿让自己的爱情停留在平庸的水平上。但在回忆之中我们对自己的要求就比较高了。这个打击我们全城的飞来横祸不仅带来令人抱怨叫屈的苦难，而且还必然引起我们自己造成的痛苦，使我们甘心忍受。这就是疫病转移人们的注意力以及把事情搞得复杂化的情形之一。

这样，每个人必须接受独自面对着苍天过一天算一天的生活。这种普遍的得过且过的生活久而久之也许能磨炼人的性格，但目前却已开始使人变得斤斤计较小事的得失。比如说，我们城里的某些人已成了另一种事物的俘虏，他们受晴天雨天的支配。看他们的样子仿佛他们出生第一遭直接受到天气好坏的影响。只要金色的阳光一露头，他们就显得喜形于色，而一碰到下雨天，那么他们的脸上和精神上就像蒙上一层阴沉的幕帘。仅在几星期前，他们还没有这种脆弱和不合情理的听天由命的心理，因为他们在人前并不是孤独的，在某种程度上，同他们在一起生活过的人在他们的宇宙中还占有一个位置。但从现在起，他们则显然听凭老天爷摆布，就是说他们毫无道理地受着苦，又毫无根据地抱着希望。

在这种极端孤单的情况下，终于没有人再指望邻居来帮助自己，各人都是心事重重地独处一隅。假如我们中间有一个人偶尔试图在人前谈上几句心里话，流露出一些情绪，那么不管对方回答些什么，其结果十之八九都反而会刺伤他的心。他会发觉他和谈话对象之间没有共同的语言。一个讲的确实是他整整几天来思念和痛苦所凝成的语言，他想表达的是长期受到等待和激情煎熬的形象，而另一个却认为他发的只是些老生常谈的牢骚，谈的是那种比比皆是的苦闷，人人都有的伤感。不管回答是善意还是恶意，总和讲话者的意愿相违，因此还是闷声不响为妙。有些人耐不住沉默寡言的苦闷，但又不能和别人推心置腹，于是只得人云亦云，讲些老生常谈的话，聊聊一般的人情来往，社会动态，无非是每天的新闻而已。把最真实的痛苦通过庸俗的套语来表达，这已习以为常了。鼠疫的俘虏们只能以这种代价来换取他们的看门人的同情或引起听他们讲话的人的兴趣。

但是最重要的一点还是，不管这些流放者的苦恼多么难忍，不管他们那颗空虚的心感到多么沉重，在发生鼠疫的初期，他们却仍可说是一群幸运儿。因为正当全城开始感到恐慌的时候，他们的心事却都集中在期待中的人儿身上。在全城陷于绝境的时候，爱情的自私心理却保全了他们。他们想到鼠疫，只因为它有把生离变成死别的危险。因此在疫病发作得最厉害的时候，他们却显出一副心不在焉的神态，这倒也是好事，而且简直可以被当作是一种泰然自若的气概。绝望的心理使他们不感到恐慌，真是塞翁失马，安知非福。比如说，即使他们中间有人被死神攫走，事情也总是发生在他毫不提防的时候：正当他在思想深处和一个影子不绝地喁喁细语时，突然被揪了出来，不经过任何过渡阶段，就一下子被抛到黄泉之下，悠然长眠。他根本没有时间顾及其他。

在市民们想方设法适应这突然来临的放逐生涯的同时，鼠疫已使城门旁有了守卫，使前来奥兰的船舶改道他往。封城以来，连一辆车子也没进过城。从封城那天开始，汽车仿佛都在原地打转。从林阴大道高处俯瞰，港口也呈现出一片异常景色：在整个海岸线上这里是最大的港口之一，但现在喧闹繁华一下子销声匿迹。几艘接受检疫的船还泊在那里，但在码头上，闲着的大吊车，车斗斜倾在一边的翻斗车，孤零零的成堆的酒桶和袋子，这一切都说明贸易也被鼠疫夺走了生命。

尽管眼前有着这一幅幅不寻常的景象，可是看来我们城里的人还弄不明白究竟是怎么一回事。当然，大家都感到恐惧，或是感到别离之苦，但是各人仍然把自己的私事放在首位，没有一个人真正承认疫病的来临。对大部分人说来，他们主要感到的还是习惯遭到破坏，利益受到损害。他们感到恼火、生气，但不能光用这样的情绪来对抗鼠疫。他们首先的反应便是责怪当局。报刊反映了群众的批评（《究竟能不能考虑放宽一些目前采取的措施呢？》），省长的答复却相当出人意料：迄今为止，报纸和朗斯多克情报资料局还没有收到过官方送来的有关疫病的统计数字，现在省长却逐日把数字送给该局，并要求它每周公布一次。

然而公众对此也不是立即就作出反应的。因为公布在发生鼠疫的第三周中共计有三百零二人死亡，这样的消息并未引起公众的猜想。首先，这三百零二个人可能并非都死于鼠疫；其次，城中没有一个人知道在通常情况下每周死亡的人数是多少。本城居民总数是二十万人，大家不知道上述死亡的比例是否正常。虽然这一类精确数字具有明显的意义，然而平时从来也没有人去过问。可以说，公众缺乏比较的依据。要等日子久了，发现死亡人数有所增加，公众方始意识到事实的真相。第五周的死亡人数是三百二十一人，而第六周已达三百四十五人。数字的增加至少已很具有说服力了，但力量还不够强，仍不足以改变市民们的看法，他们在一片愁云密布之下，依然认为这只是一次令人不快的事故，终究是不会拖得太长的。

他们照旧在街上来来往往，或在咖啡馆的露天座上闲坐。一般说来，他们还称不上懦夫，谈笑风生的时刻多于唉声叹气，对这显然是暂时的不便仍能笑脸相迎。因此城市的体面算是保持住了。可是到了月底左右，几乎就在下面还要谈及的祈祷周里，更为严重的新情况使城市的面貌起了变化。首先，省长对车辆往来和粮食供应采取了一些措施：粮食受到限制，汽油实行配给，甚至还规定节约用电。只有生活必需品可通过陆运和空运运入奥兰。这一来市内交通车辆逐步减少，直至几乎完全停止交通，卖奢侈品的商店很快便停止营业，另一些商店的橱窗里出现了“无货”的字牌，而购货者则在店门口排着长队。

奥兰呈现出一派奇怪景象：行人增多了，即使不是高峰时刻也一样，因为商店和某些办事处关了门，闲着没事干的人群挤满了街头和咖啡馆。暂时他们还不是失业者，只能说是放了假。下午三点，在明朗的天空之下的奥兰简直给人以一种节日中的城市的虚假形象：停止了交通，关上了店门，以便让群众性的庆祝活动得以开展，市民拥上街头共享节日的欢乐。

不用说，电影院是不会放过这种公共假日的，它们趁机大做其生意。

但是省里影片的正常轮流放映已经中断，因此经过两周的放映后，各电影院不得不相互交换影片，又过了一段时期，电影院终于只得将同样的几部片子放了又放。可是它们的收入却也不见减少。

最后再来谈谈咖啡馆的情况。在一座葡萄酒和烧酒贸易居于首位的城市中，这类商品的库存总是可观的，因此咖啡馆倒是能满足顾客的需求的。说实在的，酒喝得可真是不少。有一家咖啡馆贴出了“醇酒具有杀菌效能”的广告，群众本来就自然而然地相信酒精有防止传染病的作用，这一来舆论就表示对此坚信不疑。每逢到了半夜两点，街头上到处可见相当数量被逐出酒店的醉汉，乐观的言论也到处可闻。

但所有这些变化，从某种意义上说来，显得异乎寻常，又出现得突如其来，因此很难说这是正常和会持久的现象。最后，个人情绪还是在大家的头脑中占据了主要的位置。

在封城后两天，里厄医生从医院出来遇见科塔尔，他得意地迎向里厄。里厄说他的面色很好。

那矮子说：“不错，我身体完全好了。医生，请告诉我，这该死的鼠疫，嗯！严重起来了吧？”

医生承认情况确是如此，而科塔尔却以一种异常轻松的口吻发表意见：

“现在它没有理由停止蔓延。一切都将被它搞得乱七八糟。”

他们两人一起走了一段路。科塔尔讲到他区里的一个食品杂货店大老板囤积居奇，以图厚利。当人家来送他去医院时，发现床底下藏着罐头食品。“他死在医院里，鼠疫是不会给钱的。”科塔尔有着一肚子这种真真假假的有关鼠疫的传闻。譬如有人说在市中心区，一天早上，一个带有鼠疫症状的男子在高烧中精神错乱，奔出屋外，向遇到的第一个女人扑去，把她紧紧搂住，大喊他已得了鼠疫。

“好吧！”科塔尔用一种同他语气不相容的和悦的语调说道，“我们大家都将发疯，这是肯定的。”

同一天下午，约瑟夫·格朗终于向里厄医生倾吐了他的秘密。他见到放在书桌上里厄夫人的相片，回过头来向里厄望望。里厄回答他说他的妻子正在外地疗养。“在某种意义上说，”格朗说道，“这还是运气。”医生回答说这的确是运气，只要她的病能好起来。

“啊！我懂您的意思。”格朗说。

自从里厄第一次认识格朗以来，他还是第一次话说得那么多。尽管他说话时依然咬文嚼字，但是几乎总是能找到适当的字眼，好像他对当时要讲的话，早已思考过了似的。

格朗很早就结婚，对象是邻居家的一个贫穷的年轻姑娘。他就是为了结婚才辍学就业的。让娜和他都从未到他们那个区以外的地方去过。他是到她家去看她的，让娜的父母看见那位沉默寡言、举止笨拙的追求者感到有点好笑。她父亲是个铁路工人，休息时间常常见他坐在靠窗的角落里，一双粗大的手平放在腿上，沉思地注视着街景。她母亲则终日忙于家务。让娜帮着她。她身材长得那么纤细，使格朗每次见她过马路时总是要为她担上几分心：所有车辆一到她面前都成了庞然大物。有一天两人在卖圣诞节礼物的店铺面前走过，她朝着橱窗里陈列的东西看得出了神，把身子往后一仰靠住他说：“太美了！”他紧握着她的手腕。这样他们就订了终身。

往后的事，照格朗说，十分平凡，正如一般人一样：他们结了婚，还有点相爱，两人都工作，工作一忙，爱情也就淡了。由于办公室主任食言，让娜也只得工作了。读者读到这里，应该用些想象力才能了解格朗的话。劳累的工作助长他随波逐流、得过且过的思想，他越来越少说话，他也没有能够继续满足他妻子的希望：仍得到他的爱。一个忙于工作的人，生活在贫穷中，前途逐渐渺茫，每晚在晚餐桌上默默无言，在这样的环境中哪里还谈得上爱情？让娜也许已感到痛苦了，但当时她忍着没离开他；人们长期饮着苦酒而不自知的情况也是有的。这样一年一年地过去，到后来，她走了。当然她不是一个人走的。“我爱过你，但现在我厌倦了……我并不因这次出走而感到幸福，但是并不一定为了幸福才找新的开端。”这就是她信中的大意。

现在轮到约瑟夫·格朗开始难受了。他也可以有新的开端，正像里厄提醒他的话那样，但他却失去了信心。

他就是经常地想着她。他本来想写一封信给她为自己辩解。“但是，”他说，“这有困难。对此我已想了好久了。在我们相爱时，我们无需说什么话就彼此了解。然而双方的爱情不是永久不变的，有一个时期，我本来可以找些话来留住她，但我没有做到。”格朗用一块方格子的手绢擤鼻涕，再擦擦他的胡髭。里厄瞧着他。

“医生，”格朗老头说，“请原谅，但是我怎么说呢？……我信任您。在您面前，我能说话，说了使我感到激动。”

显然，格朗离关心鼠疫还有十万八千里。

晚上，里厄发了一份电报给他的妻子，告诉她说，城已封了，他身体健康，要她继续当心自己的身体，他惦念着她。

封城后过了三个星期，里厄从医院里出来的时候，看到一位年轻人在等他。

那人说：“我想您认识我吧。”

里厄觉得好像曾见到过他，但思索着不敢肯定。

“我曾在事件发生前，为了了解阿拉伯人的生活情况而来讨教过你，”那人说，“我叫雷蒙·朗贝尔。”

“啊，对了！现在您大有文章可做了。”里厄说。

对方显得有些烦躁，他说他来不是为了这件事，他是来请里厄医生帮忙的。

他接着说：“原谅我的冒昧，但是在这城中我没有熟识的人，我们报馆的通讯员不幸是个笨蛋。”

里厄邀他陪自己步行到中心区的一家诊疗所去一次，因为他有事要吩咐。他们就顺着黑人居住区的小街走去。天色逐渐朦胧，但是过去一到这个时刻就很吵闹的城市，现在却变得出奇的安静，从余辉未尽的天际传来的几声军号声，只能说明军人们还作出像在执行任务的样子。他俩沿着坡度很大的街道往下走，两旁是阿拉伯式房屋的蓝色、赭石色和紫色的墙头。朗贝尔谈着，情绪十分激动。他把妻子丢在巴黎，说真的，这也不是他的妻子，但同妻子没有多大区别。封城开始后他曾给她打过一份电报。起初他认为事情长不了，他只想设法同她通信联系。他在奥兰的同行们告诉他，他们对此无能为力；邮局把他拒之门外；省府一位女秘书对他的要求则嗤之以鼻。他最后只好去排了两个钟头的长队，获准打了一份仅仅只有"一切均好，不久再会"几个字的电报。

但是今天早晨起床时，他忽然想到毕竟他不能预计事态会持续多久，决定离开奥兰。由于他是经人介绍过的(他的职业有这种便利)，所以他能够见到省府办公室主任，他向主任说明原委：他与奥兰市无关，没有必要留在这里，他是偶然来此的，因此按理应让他离去，即使出去后要接受检疫隔离也在所不惜。主任对他说他对此十分理解，但就是不能作例外处理。主任又说他将再研究一下，但总的说来情况是严重的，不能作出任何决定。

朗贝尔说："但我毕竟是外地人。"

"这没有疑问，但总而言之，还是希望这次疫病不要拖得太久。"

为了结束谈话，他试图安慰朗贝尔，提醒他能在奥兰找到很好的报道资料，如果仔细考虑一下，任何事件都有可取的一面。朗贝尔只能耸耸肩膀。这时他们已走到市区的中心。

"真是糊涂话，医生，您是明白的。我不是生来就是为着写报道的。也许我是生来为着同一个女人一起过活的，这难道不是天经地义的事吗？"

里厄说，这种说法不管怎样，看来还是合情合理的。

在中心区的大街上，见到的已不是平时的人群了。几个行人急急忙忙地向远处住所走去，没有一个人面带笑容。里厄想，这是那天朗斯多克情报资料局的通报造成的。一般情况下，市民们本来在事后二十四小时就会恢复信心，但是在当天，人们对数字仍然记忆犹新。

朗贝尔突然说道："这是因为她和我，我们相识不久，但十分投机。"

里厄不说什么。

朗贝尔又说:“我打扰您了。我只想要求您为我出一张证明,说明我没有患上这种倒霉的疾病。我想这也许对我有用。”

里厄点头答应。这时一个小男孩撞在他的腿上跌倒在地,他轻轻地把他扶起,然后两人再起步走到阅兵场。蒙着一层灰色尘土的无花果树和棕榈树的树枝一动不动地下垂着,树丛中有一座满是尘土的、肮脏的、象征共和国的雕像。他们在像前停步,里厄把两只满是白灰的脚先后在地上蹬了蹬。他朝朗贝尔看看,这位记者的呢帽戴在后脑勺上,系着领带的衬衫领子的纽扣解开着,胡髭也没有好好剃过,脸上一副负气不服的神情。

里厄最后说:“我理解您的心情,这点您不用怀疑。但是您的想法是有问题的。我不能为您出证明,因为事实上我并不知道您是否患有这种病,即使您现在没有病,我也不能证明您在离开我直到走进省政府的一段时间内不会传染上。况且,即使……”

“况且,即使什么?”朗贝尔问。

“况且,即使我给了您证明,对您也无济于事。”

“那为什么?”

“因为城中像您这种情况的人有好几千,然而没有放走过一个。”

“但假使他们本人都没有染上鼠疫呢?”

“这个理由还不够。我也明白这是笑话,但是事关大家安全,也只有这样做。”

“但是我不是这里的人嘛!”

“从现在起,唉,您同大家一样,也算是这里的人了。”

朗贝尔激动起来,他说:

“这是个人道问题,我向您发誓。也许您不体会一对情投意合的人两相分开的滋味。”

里厄并不立即回答。过了一会,他说他认为自己是能体会这一点的。他衷心希望朗贝尔同他的爱人重逢,希望一切相爱的人们再度相会,但是碍于法令,碍于鼠疫,他的任务是该怎么做就怎么做。

“不，”朗贝尔痛苦地说，“您不会体会，您是在讲大道理，您生活在抽象观念中。”

医生抬头望着象征共和国的雕像说，他不知道他是否在讲大道理，不过他讲的是明摆着的事实，这两者不一定是一回事。记者整了整领带说：

“那么照您说我只好另想别法了？但是，”他接着以不服气的口吻说，“我会离开这个城市的。”

医生说他是理解他的想法的，但是这事情与他无关。

朗贝尔突然发作了，大声说：“不，这事与您有关。我来找您就是因为人家告诉过我，在这次决定中有您很大的份儿。当时我想过，您这个参加系铃的人至少可以解一次铃。但是您却无动于衷，您根本不顾任何人。您没有为分居两地的人着想。”

里厄承认，在某种意义上，这话不错，他确是不想考虑这方面的情况。

“啊！我明白了，”朗贝尔说，“您就要讲些为了公众利益之类的话了，但是公众利益也要以个人幸福为基础的！”

里厄仿佛从分心的状态中醒了过来。“得了，”他说，“不光是有这一面，还有另一面，不要就下断语。但是您发火总是不对的。假使能解决您的问题，那我当然高兴之至。但问题就是我的职责所在，不能徇情。”

朗贝尔忍不住大摇其头。

“不错，发火是我错。而且我这样也浪费掉您不少时间。”

里厄要求朗贝尔随时把进行的结果告诉他，并且请这位记者不要对他耿耿于怀。他又表示以后肯定会有一项计划让他们走到一起来的。朗贝尔突然显得困惑不安起来，他沉默了一阵之后说：

“这我相信，不管我怎么想法，也不管您方才和我说些什么，我相信这点。”

接着他又犹豫起来说：

“不过我不能赞同您的看法。”

他把呢帽往前额一压，快步走开了，里厄目送他走进让·塔鲁住的旅馆。

过了一会儿，医生摇了摇头，当然记者盼望重获幸福的着急心情是有道理的，但责怪他"生活在抽象观念中"是否正确呢？鼠疫蔓延得更快了，使医院中每周的牺牲者高达五百来人，而他在医院中过的这些日子难道也是抽象的吗？的确，这场灾祸中也有抽象或不现实之处，但当这种抽象观念涉及到人的生死问题时，那就必须认真对待，不能掉以轻心了。里厄只知道这不是最容易办的事。比如说，他所负责的那所辅助医院（像这种医院现在已有三所）就不很容易管。他叫人把那间面对门诊室的房间修改了一下，供接收病人之用。那间房间的地上挖了一个水池，水中加了臭药水，池中央有一个砖砌的小平台。病人抬到平台上，迅速地脱去衣服，丢入池中。病人洗过身，擦干后，披上医院里的粗布衬衫，送到里厄那里，然后进入病房。现在不得已只好把学校的风雨操场用来收容病人，总共放了五百张病床，但几乎全部都有病人了。早上里厄亲自主持病人的入院、防疫、腹股沟肿块切开等工作后，还要查核统计数字，午后回去看门诊，最后到了晚上再去出诊，直到深夜回家。前一天晚上，他母亲把媳妇的电报递给他的时候，注意到他的双手打着哆嗦。

"是在抖，"他说，"但只要坚持下去，我就不会这样紧张了。"

他体格健壮，能顶得住，而且事实上他并未感到疲劳。倒是这些出诊中的情况使他感到受不了。一旦断定是瘟疫，就得立刻把病人运走。于是又得开始讲抽象的大道理，困难的场面也开始出现，因为病人家属知道，只有这个病人痊愈了或是死了才能再见到。"可怜可怜吧！医生！"洛雷太太说，她是在塔鲁所住的旅馆中工作的女佣的母亲。但这有什么用呢？当然他心里是可怜她的。但是这对任何人都没有一点好处，他必须打电话。一会儿传来了救护车的警钟声。起初，邻居们推窗望望，后来就抢着把窗关上。接下来便是挣扎、啼哭、劝说，总之是些抽象的观念。在这些被发烧和恐慌搞得乱哄哄的寓所里，出现了一幕幕疯狂的场面，但是病人还是被带走了，最后里厄自己也可以走了。

开始几次，里厄打了电话不等救护车来就赶去看别的病人。但是后来病家却关上了大门，宁愿同鼠疫病人相聚在一起而不愿与他作别，因为这一别结局如何，他们心中明白。先是喊叫、命令，继之以警察的干预，最后是出动军队，把病人强行抢走。头几个星期，里厄只好等到救护车来了才走。到后来，当每位医生都在一个志愿便衣警察陪同下去出诊时，里厄才能一家一家地赶。但在起初一段时间里，每天晚上的情况都像那晚在洛雷太太那小公寓中的一样：当他走进墙上装饰着扇子和假花的屋子时，病人的母亲欲笑不笑地来迎接他说：

"我想这不会是大家所说的那种发烧吧？"

他掀开了毯子和衬衣，默默地观察着病人腹部和大腿上的红斑，肿胀的淋巴结。那母亲看着女儿的腿间，再也控制不住自己，惊叫起来。每天晚上都是这样，母亲们在露出的腹部所显示的致命的症状前号哭，脸上带着茫茫然不知所措的神情；每天晚上，里厄的胳膊被她们紧紧抓住，无济于事的话、许诺、哭泣，一片混乱；每天晚上，救护车的警钟声引起了无济于事的、情绪激动和痛苦的场面，晚上出诊时间长，而且遇到的情况千篇一律，最后里厄感到，除了这种相同的场面不断地重复出现外，再也盼不到出现任何别的了。不错，鼠疫跟抽象的道理一样地一成不变，只有一样东西也许是在起着变化，那就是里厄自己。那晚他在象征共和国的雕像前深深感觉到了这点：他两眼盯着朗贝尔的身影消失在那里的那家旅馆大门，觉察到那难忍的麻木不仁之感已侵袭到他整个心灵。

几个星期的令人筋疲力尽的生活过去了，每晚暮色降临后全城的人照旧拥上街头在原地转圈，这时，里厄已懂得不必再花力气去克制同情心。当人们觉得同情也无补于事后，对它也就厌倦了。在那压得他透不过气来的日子里，唯一能使里厄感到轻松的却是心肠慢慢变硬起来的感觉。他明白这样反而可以便于完成任务，因而借以自慰。他的母亲每当深夜两点见到里厄回家时茫然的目光，感到难受，同时也因里厄将他唯一能得到的母爱的温暖漠然置之而深为痛心。要同抽象观念作斗争，就不得不像他一样。但这又怎样能使朗贝尔明白这一点呢?对朗贝尔说来,抽象观念就是一切和他的幸福背道而驰的东西。说真的,里厄也知道这位记者在某种意义上是对的。但是他也知道有时候抽象观念比幸福更要紧,而在这种情况下,也只是在这种情况下就必须重视前者。这就是朗贝尔将要遇到的情况,里厄将在朗贝尔日后向他说的一番推心置腹的话中了解到详情。这样,每人的个人幸福和与鼠疫有关的那些抽象观念之间的阴沉险恶的斗争,在新的局面下展开,构成本城在这一冗长时期中的整个活动。而里厄则自始至终参与了这场斗争。

然而有的人看到的是抽象的观念，有的人看到的却是事实。鼠疫发生后一个月，情势变得令人沮丧，首先是由于疫情再次猖獗，其次是因为帕纳卢神甫作了一次措辞激烈的讲道。这位神甫就是在米歇尔老头儿初发病时帮助过他的那位耶稣会教士。帕纳卢神甫由于为奥兰地理协会的杂志经常写文章而声誉卓著，在碑铭的复原工作方面是个权威。他曾在现代个人主义问题上作过一系列的报告，拥有的听众比这方面的专家所拥有的还要众多。他在讲演时热烈捍卫严格的天主教教义，对现代的放浪主义和过去几世纪的愚昧主义同样不妥协，毫无保留地向听众灌输严酷的大道理，由此而享有盛誉。

在鼠疫流行将近一个月的时候，城内的教会当局决定采用他们自己的方法与鼠疫作斗争：组织一个星期的集体祈祷。这种群众性的表示虔诚的宗教活动的结尾是星期日一次庄严的弥撒：向为照料疫病患者而献身的圣人——圣罗克——祈祷。借这一机会，人们要求帕纳卢神甫讲话。这位神甫为此在半个月前已从关于圣奥古斯坦和非洲教会的研究工作中抽身出来，在这方面他在所属修会中具有特殊的声望。这位天性激烈而热情的神甫答应了人们的要求，毅然担当了这一任务。在这次讲道之前，全市很早就已谈开了。这次讲道也可算是这一时期中的一件大事。

参加这一星期活动的群众很多。这倒不是因为奥兰的居民平时对宗教特别虔诚，比如说在星期日早上海滨浴场就一向是同教堂中的弥撒唱对台戏的，这也不是因为他们的灵魂突然受到感召而皈依宗教，而是一方面由于封城，港口封锁，不可能再到海滨去游泳，另一方面，他们处于一种十分特殊的心境之中，他们的灵魂深处虽然尚未真正意识到那些使他们遭受打击的意外事件的真实性，但是他们显然感到事情是有点不同往常了。有不少人却总在希望着瘟疫即将过去，他们和他们的家属都能安然无恙。所以他们还不觉得有什么非做不可的事。对他们来讲，鼠疫不过是一个讨厌的不速之客，既来了也总有一天会走的。他们虽然害怕，但并未绝望。把鼠疫看作他们的生活方式，忘却在发生这场瘟疫前的生活，这样的时刻尚未到来。总而言之，他们处于期待中。对待宗教的态度，也同对待许多其他问题一样，鼠疫使他们的思想处于一种独特的状态，既不是无所谓，也不太热情。用“客观”一词来形容是较为恰当的。参加祈祷周的大多数人的想法，就像一个忠实信徒对里厄医生所说的那样：“不管怎样，反正这没有坏处。”塔鲁也在笔记中写着：中国人在类似情况下将敲锣打鼓赶瘟神。但他指出：事实上敲锣打鼓究竟是否比防疫措施更有效是根本无法知道的。接下来他只是加上了这么两句话：为了解决问题，首先应该弄清楚是否存在瘟神。这点不弄清楚，谈论其他任何想法都是徒劳无益的。

不管怎么说，城里的教堂在整整一星期中几乎挤满了善男信女。头几天，不少居民还停留在门廊前栽着棕榈树和石榴树的园子里，倾听着一直传到街头、波涛般起伏的祈求和祷告声。不久，这些旁听者在别人的榜样鼓舞下，也渐渐地进入教堂，他们胆怯的声音混杂在教堂内的祈祷声中。到了星期日，大群的人拥进教堂正殿，连教堂大门前的广场上和台阶的最后几级上也挤满了人。前一天开始，天色阴沉，大雨倾盆，那些站在外面的人撑着雨伞，教堂里飘浮着一股炉香和湿衣服的气味，这时，帕纳卢神甫登上了讲道台。

他中等身材，相当粗壮，当他靠着讲道台的栏杆，两只粗大的手紧握木栏的时候，人们只见一个厚实的乌黑身形，上面是两块红得发亮的面颊和一副钢丝边眼镜。他的声音宏亮，激动，传送得很远。他面对望弥撒的信徒，开始讲了一句激烈的、一字一顿的话："我的弟兄们，你们在受苦，我的弟兄们，你们是罪有应得。"从教堂内直到广场上，信徒们立即一阵骚动。

神甫接下来讲的话，在逻辑上，似乎和这个扣人心弦的开场白不相衔接。然而正是听了这段话市民们方才明白，神甫像猛击了一棍似的，用巧妙的演讲技巧一下子就突出了他整个讲道的主题思想。帕纳卢紧接着他的第一句话，诵读了《圣经》的《出埃及记》中关于埃及发生瘟疫的原文，接下去说："在历史上第一次出现这种灾难是为了打击天主的敌人。法老[①]违反天意而瘟疫就使他屈膝。天主降灾，使狂妄自大和盲目无知的人不得不屈服于他的脚下，有史以来一直如此，这点你们要细想一番。跪下吧。"

外面的雨越下越大，这最后一句话讲出口时，全场鸦雀无声，暴雨打在玻璃窗上的声音更增加了教堂内肃静的气氛，话音显得分外嘹亮，有几个听道的人，经过片刻的犹豫，从他们的座位上滑下，跪倒在跪凳上。其他人认为也应该效法，渐渐地在一片椅子的嘎嘎声中，全体听道的人都跪了下来。这时帕纳卢重新直起身来，深深地吸了一口气，以越来越重的语气接着说："如果说今天鼠疫降到了你们头上，那是因为你们考虑问题的时刻到了。好人不用怕它，坏人则应该发抖。在人间这座巨大无边的粮仓里，毫不容情的灾难打着人类的麦子直到麦粒从麦秆脱下为止。麦秆总是比麦粒多，受上天召唤的人总是多于得救者，这种不幸并不是天主的意志。很久以来，这个世界已经成为罪恶的渊薮，很久以来，它一直依靠天主的宽容而存在。人们以为只要能忏悔，什么罪过都可以犯。有了忏悔，每个人都有恃无恐，到时候，肯定会起忏悔心，那就行了。从现在起到那时的一段时间里，最

① 古埃及君王称号。

容易做的就是因循下去，得过且过，余下的事，仁慈的天主自会安排。好吧，这种状态不能再继续下去了。天主在这样长的时间里以慈悲的目光俯视着这城市里的人们，已不耐烦再等了，在他永久的期待中已失去了信心，他已掉转脸去了。失去了天主的灵光，我们只落得长期陷在鼠疫的黑暗中。”

教堂里有一个人像一匹不耐烦的马似的长吁了一口气。神甫略一停顿，继续说下去，语气比较低沉了：“在《金色的传说》[①]中说，在翁伯托国王时期，意大利北部伦巴第地区受到一场鼠疫的浩劫，活着的人几乎不够埋葬死者。这次鼠疫在罗马和帕维亚地区尤其猖獗。当时有一位善神显圣，命令一个手拿打猎用长矛的恶神对着房屋挥打，他在一所房屋上打多少下，这所屋子里就得死多少人。”

帕纳卢朝着教堂前广场的方向伸开两条短短的胳臂，好像指着飘摇的雨幕后的什么东西似的，他有力地说：“弟兄们，现在就是那场致人死命的追猎在我们的街道上进行着。请看，这位像魔王一样神气、凶神一样威武的瘟神，站在你们屋顶的上空，右手举着红色打猎用长矛，左手指着你们的一所房屋。也许就在此刻，他正指向你们的门口，那长矛敲在房屋的木板上砰然作响。就在此刻，鼠疫走进你们的家，坐在你们的房间里等着你们回家。它在那里，不慌不忙，全神贯注，不怕你们跑掉，就像世间的因果报应一样万无一失。它只要向你们一伸手，那么世界上任何力量，你们要明白，甚至徒劳无功的人类科学也不能使你们免受其难。结果你们在那痛苦的血淋淋的打谷场上受到了敲打，和麦秆一起被扔掉。”

讲到这里，神甫更进一步详述这场灾难的悲哀景象。他描绘那根巨大的长矛在城市上空挥舞，随心所欲地打击一下，重又鲜血淋漓地举起，然后把鲜血和人类的痛苦一起散播下去，“作为来日收获真理的种子”。

帕纳卢神甫讲完了这一长段话，停顿了一下，他的头发披在额前，浑身颤抖着，扶着讲道台的双手使讲道台也抖动起来。接着他用低哑的嗓音带着谴责的语气说：“不错，思考的时候到了。你们以为每星期日来朝拜一

---

① 意大利圣徒传记作家雅克·德沃拉季内于公元1260年左右所著的圣徒传。

次天主就够了，其余日子可以自由自在了。你们想，做些跪拜动作就可以抵消你们罪恶的无所谓态度了。但是天主是需要热情对待的，这种一曝十寒的态度是不足以报答他无边的深情的。他要更经常地见到你们，这是他爱你们的方式，说真的，这是爱的唯一方式。现在他已等得失去耐心，而让灾难降临在你们的头上，像降在有史以来一切有罪的城市头上那样。现在你们领略到什么是罪恶，正像该隐①父子、大洪水前的人们、所多玛和蛾摩拉②、法老和约伯③以及一切受诅咒的人们所经历过的那样。自从这个城市把你们和灾难一起团团围困起来那天起，你们像上述所有的人一样对生灵和事物有了新的看法。你们现在明白了，终于要回到根本问题上来了。”

一股潮湿的风刮进教堂正殿，大蜡烛的火焰被吹歪，发出劈劈啪啪的声音。帕纳卢在浓烈的蜡烛味、咳嗽声和打喷嚏声中用一种非常高明而巧妙的技巧继续发表他的高论。他以平静的音调说：“我知道你们当中有不少人正在揣测我的讲话究竟是什么用意。我要把你们引向真理，尽管我说了刚才那一番话，我却要告诉你们应当感到欣慰。现在已不再是用一些劝告，用一只友爱的手来劝人从善的时候。今天真理就是命令，而得救的道路就是红色长矛向你们指出的和把你们向那边推过去的那条路。弟兄们，上天的仁慈就在这里显示无遗，他在一切事物上都安排好两个方面，既有善，也有恶，既有愤怒，也有怜悯，既有鼠疫，也有得救。这场鼠疫，它既能把你们置于死地，也能超度你们，向你们指明道路。

“很久以前，阿比西尼亚④的教友们把鼠疫看作一种上天所赐的获得永生的有效方法。那些没有得病的人用鼠疫病人用过的被单裹在身上以求必死。当然，这种要求得救的过激做法并不值得推荐。这是一种令人遗憾的操之过急的行为，非常近乎傲慢。我们不应当比天主更性急，一切企图加速天主早已安排好、不可动摇的命令的行为都会导致走向异端。但是这一事

① 《圣经》中的人物，亚当之子，曾杀死他的兄弟。
② 巴勒斯坦古城。据《圣经》传说，因人民犯罪而焚于天火。
③ 《圣经》中受上帝考验的人。
④ 即埃塞俄比亚。

例至少也有它的教育意义：它使我们更有远见，能察觉到隐藏在痛苦深处的这道美妙的永生之光。这道光照亮了通向解脱的昏暗的道路。它显示了万无一失、能变恶为善的上天意志。今天这道光又一次通过这条充满着死亡、恐慌、号叫的道路把我们引向真正的宁静和一切生命的本源。弟兄们，我今天给你们带来了无限的安慰，希望你们从这里得到的不仅是谴责你们的话，而且还有使你们心境平静的福音。”

讲到这里，人们听出帕纳卢的话已结束。外面的雨也停了，从露出太阳但尚有雨意的天空，一道淡淡的阳光泻到了广场上。街上传来了嘈杂的人声，辘辘的车轮声，城市已苏醒过来，各种喧闹声又传入耳中。听道者们在一片悄悄的骚动声中轻轻地收起他们的用品。这时神甫重又发言，他说，在阐明了鼠疫的天意根源和这一灾难的惩罚性质后，他的话已经讲完。他不想在这么悲惨的问题上不合时宜地用漂亮的词句来修饰他的结论。他认为一切问题都已对大家讲得一清二楚。他只提醒人们说，在马赛发生大鼠疫时，历史学者马蒂厄·马雷曾抱怨当时陷身于既无助又无望的地狱之中。然而马蒂厄·马雷是瞎了眼！恰恰相反，帕纳卢神甫认为他在任何时候都没有比今天更体会到天主赐予大家的帮助和希望。他唯一的希望是，这个城市的人不要管这些日子的景象多么可怖，垂死者的悲号多么凄惨，都向上天发出虔诚教徒的心声，倾诉爱慕之情。其余的事，天主自会作出安排。

这次布道对我们这里的人是否有作用，还很难说。预审推事奥东对里厄医生宣称，帕纳卢神甫的演讲是“绝对驳不倒的”。但大家的意见并不都是如此肯定的。然而这次布道使某些人在至今还是模糊的概念上稍为清楚了一些，使他们感觉到他们是因犯了不知什么罪恶而被判处一种无法想象的监禁。有些人仍继续他们的平凡生活，设法适应这种禁闭生涯；另一些人则截然不同，一心只想逃出这个灾难的牢狱。

开始时，人们对同外界隔绝一事还能忍受，就像他们忍受任何暂时性的麻烦一样，反正只是打乱了他们某些生活习惯而已。但是突然间他们发觉这是一种非法监禁的生活：置身于苍穹之下，开始承受夏日的闷热。这时，他们模糊地感到这种囚禁的生活已威胁到他们的生命。有时一到傍晚，凉爽的空气使他们精力恢复，这时，他们往往会干出绝望的事来。

最初，不知是否由于巧合，就是从这个星期日起，城中的恐惧心理的普遍和深刻的程度，足以使人能猜想到这个城里的人开始真正意识到了他们的处境。从这一角度看来，我们城市的气氛有点变了。但是说真的，究竟是气氛变了还是心理变了，这倒是个问题。

布道后没几天，里厄同格朗在一起走向市郊的路上谈论着这一事件。里厄在黑夜中撞到一个在路上摇摇摆摆、不往前走的汉子身上。这时，城中亮得越来越迟的路灯突然大放光明。他们身后的路灯一下子照亮了这个人，他闭着眼睛，无声地笑着，因此而绷得紧紧的苍白脸庞上流着大滴的汗珠。他们绕了过去。

"这是个疯子。"格朗说。

里厄刚挽住他的手臂，发觉这位职员神经紧张，浑身打着哆嗦。

"要不了多久，这座城中就只有一些疯子了。"里厄说。

他已累得嗓子冒烟了。

"喝点东西吧。"

他们走进了一家小咖啡馆，那里只有柜台上的一盏灯亮着，人们在昏暗的淡红色光线下轻声地交谈着，这个样子讲话也不知是什么原因。里厄惊异地看到格朗向柜台上要了一杯酒，一饮而尽，并且说这杯酒很凶。过后他就想走了。到了外面，里厄好像听到黑夜中到处都是呻吟声。在路灯上面，从黑暗的夜空某处传来了一阵低沉的呼啸声，使他联想起那无形的瘟神正在一刻不停地搅动着炎热的空气。

"还好，还好。"格朗说。

里厄想知道他要说什么。

"还好，"他说，"我有我的工作。"

"不错，"里厄说，"这是您的一个有利条件。"

里厄决定不去听那呼啸声，问格朗对他的工作是否满意。

"反正我认为我搞得很顺当。"

"还要搞很长时间吗？"

格朗显得很兴奋，酒意已出现在他的话音里。

"我也不知道。但问题不在这儿，医生，这不是问题，不是问题。"

里厄在黑暗里猜到他正在挥舞着手臂，好像他准备好的什么话突然来到了嘴边，滔滔不绝地讲了出来：

"您知道，医生，我希望的是有朝一日当我的手稿送到出版者手中的时候，他看后站起身来向他的助手们说：'先生们，脱帽致敬！'"

这突如其来的说明使里厄感到意外，他好像看到他这位朋友把手举到头上，接着又把手臂一挥，做出脱帽的动作。上空传来的奇怪的呼啸声似乎越来越响了。

"对，"格朗说道，"应该做到十全十美为止。"

里厄虽然对文学界的习惯知道得不多，但根据他的印象，事情做起来不会那么简单，而且出版者在办公室里大概是不会戴帽的。但是，事情也很难说，里厄认为还是不说为妙。他不由自主地又倾听起鼠疫的神秘呼啸声来。这时他们已走近格朗所住的区里，因那里的地势比较高，一阵微风吹来，身上感到凉快，同时也吹走了城中所有的喧闹声。格朗还在不断地讲，但里厄并没有完全听见这位老好人在说些什么，只明白他所说的那本书页数已写了不少，然而这位作者为了使作品达到完善的地步，真是绞尽了脑汁。"为了一个字，往往整晚整晚，整个星期整个星期的时间花上去……有时只是为了一个连接词。"讲到这里，格朗停下来抓住医生大衣上的一颗纽扣，一连串的话音从他那张缺了牙的嘴中含糊不清地吐了出来。

"医生，您总知道，必要的话，要在'然而'和'而且'之间作出选择，这还不算太难。要在'而且'和'接着'之间进行挑选，这已比较不容易了。如果要从'接着'和'随后'之间决定用哪一个，那就更难了。但是确实还有比这更难的，就是'而且'该用不该用的问题。"

"不错，"里厄说，"我明白。"

他说罢又往前走。另一个显得不好意思，又追了上来。

"请您原谅，"他嗫嚅着说，"今晚我也不知怎么搞的。"

里厄轻轻地拍拍格朗的肩膀，说愿意帮助他，并说对他所讲的很感兴趣。对方的情绪略略平静了一些，在走到他家门前时，他犹豫了一下后就邀请里厄上他家去坐一坐。里厄接受了邀请。

格朗请里厄坐在餐室的一张桌子前，桌上摆满着稿纸，稿纸上字迹写得很小，还划着一道道涂改的杠子。

“对，就是这个，”格朗冲着里厄探询的目光回答说。“你要喝些东西吗?我这里有点酒。”

里厄谢绝了。他看看稿纸。

“请别看了，”格朗说，“这是我的初稿，它使我头痛，头痛得要命。”

他自己也在注视所有这些稿纸。他的手似乎无法抗拒地被其中一张所吸引住，把它拿了起来，隔着没有罩子的灯泡照着。纸在他手中颤动着。里厄注意到职员的额上湿漉漉的。

“坐下吧，”里厄说，“请念给我听。”

那职员向里厄看了一眼，微笑着，显出非常领情的样子。

“好，”他说，“我也确实很想这样做。”

他一直看着稿纸，略等一会儿，然后坐下。同时，里厄在注意聆听城中传来的模糊的嗡嗡声，好像是在回答鼠疫的呼啸。就在这个时候，里厄对展现在他脚下的城市，对被这个城市禁闭的人们以及黑夜里压抑住的恐怖的嚎叫声都有一种特别敏锐的感觉。格朗提高了他低沉的嗓门念道：“在五月份的一个美丽的清晨，一位英姿飒爽的女骑士跨着一匹富丽的枣骝①牝马，驰骋在布洛涅树林的花径上。”格朗念完这一句后，两人都不作声，这时他们又听到了这苦难城市的模糊不清的嘈杂声。格朗放下了稿纸，继续对它凝视着。过了一会，他抬头问里厄：

“您觉得怎么样?”

里厄说这个开头使他渴望知道下文，而对方却兴奋地说这个观点不对头。他用手掌拍拍他的稿纸说：

“这里只能写出个大概。如果我能把我所想象的情景完美无缺地描绘

---

① 原文为“栗色”。下文中，格朗因未解“栗色”的词义，误以为“栗色牝马”系马的一个品种，因而在修改句子时，将“富丽”改为“黑色”，闹了笑话。故此处模拟作者的用词，改译为“枣骝”，使译文与下文配合。

出来，如果我的句子能和这个骑马小跑的节奏‘一、二、三，一、二、三’合拍，那么，其余部分就更顺利了，特别是一开始想象力就非常丰富，这样就有可能使他们说：‘脱帽致敬’。”

但是要做到这点，他的工作还着实不少。他决不同意就这样去付印，因为尽管这个句子有时令他感到满意，他也明白它还不能完全同实际情况相吻合，在某种程度上，这个句子流利的笔调使它或多或少近于陈词滥调。这至少是格朗所要表达的意思。讲到这里，窗外传来人们奔跑的脚步声。里厄离座站起身来。

“您将会看到我搞出些名堂来，”格朗说着，把脸掉过来望着窗口，又加上一句，“当这一切完工的时候。”

急促的奔跑声又传来了，里厄已下楼走到街上，有两个人从他面前跑过。看来，他们是在向城门口奔去。我们这个城里有些人被炎热的天气和鼠疫搞得晕头转向，失去理智，打算硬来，试图蒙混过关，逃出城去。

还有像朗贝尔那样的一些人也想逃离这个新出现的恐慌的气氛，不过他们比较固执、比较巧妙，但并不更得手些。朗贝尔先是不断通过官方渠道进行活动。据他所说，他一直认为坚持到底就是胜利，而从某种观点看来，他的职业要求他会周旋，善应付。他走访过很多官员和其他的人，这些人的资望向来是人所公认的。但是这一次，情况特殊，这种资望却毫无用处。这些人中大部分对银行、出口、柑桔，还有酒类生意等方面有精辟而专门的见解，他们在诉讼或保险问题上拥有毋庸置疑的知识，更不必说他们的过得硬的文凭和显而易见的乐于助人的态度。在所有这些人身上最突出的一点也就是乐于助人。但在鼠疫问题上，他们的知识几乎等于零。

朗贝尔在他们每个人面前，一有机会就申诉自己的理由。他的基本论据不外是：他是外乡人，因此他的情况应该得到特殊对待。一般地说，这位记者的对话者们都非常同意他的观点，但是他们总是向他指出，这也是好多别的人的遭遇，所以他的情况并不像他所想象的那样特殊。朗贝尔回答说这对他的论据丝毫无损。对方则说这对行政当局却会带来困难，他们极不愿给予例外照顾，怕的是造成一种非常令人厌恶的情况：开了先例。这样讲话的人，根据朗贝尔向里厄医生所讲的分类方法，可归入形式主义者这一类。此外，还有些会说话的人，告诉来访者局面是长不了的，并不惜以大量好话劝说求助者，他们安慰朗贝尔说，目前的情况不过是一种暂时性的麻烦而已。也有一些"要人"要求来访者留一张条子，简要说明情况，并告诉他，以后会作出决定；那些轻浮的人趁机向他推销住房证券或推荐经济的膳宿公寓；那些照章办事的人让他填写卡片，然后分类归档了事；忙得不可开交的人，就不耐烦地把两臂高高举起；嫌麻烦的索性掉过脸去不睬；更多得多的是一批沾有旧习气的办事者，他们叫朗贝尔到另一个机关去联系，或指点他另行接洽的方法。

这位记者就这样一处接着一处地走访，搞得筋疲力尽。由于他经常在漆布长凳上坐等，面对着劝人购买免税国库证券和动员人们参加殖民地远征军的大幅招贴，又由于他经常走进办公室，里面有哪几张面孔，有些什么文件夹和档案架，不用看，一猜就着，因此什么是市政府，什么是省政府，他已一清二楚。正像朗贝尔带些辛酸味告诉里厄的那样，这一切也有好处，那就是使他看不到真实的情况，感觉不到鼠疫的蔓延。何况这样还可以使日子打发得快些，而对今日全城每个人来说，只要不死，过一天就是朝这场考验的终点走近一天。里厄没法否认这一事实，但觉得这未免过于概括了一点。

有过这么一次，朗贝尔曾产生过希望。他接到过省府发下的一份情况调查表，要求他据实填写，内容有身份、家庭情况、过去和现在的生活来源以及个人经历之类。这给他的印象是对一些可能被送回原地的人们的一次调查。从某个办公室得到的一些含糊的消息证实了这种印象。但是经过几次明确的探询后，终于找到了寄报表的单位，他们这才对他说，收集这些资料的目的是"以备不时之需"。

"以备什么需要？"朗贝尔问。

他们就向他明确指出，这是准备在他得了鼠疫而死亡时，一方面便于通知他的家属，另一方面可研究是否应由市府负担医疗费用，还是等待死者亲属来付清账目。当然，这证明他与期待着与他重逢的人并没有完全隔离，社会还在关心他们。不过，这并不带来任何安慰。更值得注意的事——朗贝尔当然也注意到了——倒是一个单位在灾情最严重的情况下能以什么方式继续服务，并且不是出于最高当局的指示，而是主动为了未来的工作才这样做，其唯一的理由就是这是它的职责所在。

接下来的一个时期，对朗贝尔来说，既是最容易过的又是最难过的。这是一个麻木不仁的时期。他跑过所有机关，进行过各种方式的交涉，到处碰壁。他从这个咖啡馆溜达到那个咖啡馆。早上他坐在咖啡馆前的露天座上，面前放着一杯没有冰冻过的啤酒，拿起报纸希望看到一些有关疫病即将结束的迹象；他注意过路人的表情，看到了几张愁眉苦脸，就不快地掉过头去；他朝着对面店家的招牌和已经过时的一些著名开胃酒的广告，看了第一百次后，便起身在城中黄色的马路上漫无目的地走去。就这样，从僻静的散步场所走到咖啡馆，又从咖啡馆走到饭馆，直到晚上为止。有一个晚上，里厄正好看见记者在一家咖啡馆的门口想进去又不想进去。结果他似乎决定了，走进去坐在屋子的深处。就是在这个时间里，上级命令咖啡馆尽量推迟开灯的时间。暮色像一股灰沉沉的流水漫入室内，玫瑰色的夕阳余辉反射在玻璃窗上，大理石的桌面在薄暮中映出微弱的反光。在这没有别的顾客的大厅中，朗贝尔宛若一个被遗弃的幽灵，独坐一隅。里厄暗忖：这该是他体验遗弃之感的时刻。不过，这也是本城所有的被禁闭的人们体验流放之感的时刻，应该做些工作使他们早点得到解放了。于是里厄就掉头走开了。

朗贝尔有时还在火车站里呆上很长的时间。车站的月台是不准进去的，但与外边相通的候车室则敞开着，逢到大热天乞丐有时就会到这里来，因为这儿阴凉。朗贝尔到这里来看看原先的行车时刻表、禁止吐痰的标语牌和铁路警局的条例，然后坐在一个角落里。大厅很阴暗，一只有好几个月没有生过火的旧生铁火炉还在那里，周围地上满是过去洒成 8 字形的水渍。墙上有几张宣传到邦多尔或戛纳去度自由幸福的假期生活的广告。朗贝尔在那里体验到了处于绝境中的人在看到了外面的自由时所产生的憎恶之感。他曾告诉过里厄，使他看了最难忍受的是巴黎的景色：古石和流水，故宫的鸽子，北火车站，先贤祠附近人烟稀少的地区，以及一个过去他还没有意识到这样使他欣赏的这座城市中的一些其他去处。这些景象这时都在他脑海中逐一出现，使他什么事也不想做。里厄认为这不过是他把这些景象同他的爱情联系起来的缘故。后来有一天，朗贝尔告诉医生，说他喜欢一早四点钟醒来思念他的家乡，医生不难从他本身的经验理解为他那时是在思念他那留在外边的女人，因为这是在思想上真正占有她的最好的时刻。凌晨四点的时候通常人们什么都不做，在睡大觉，即使度过了一个不忠实于爱情的夜晚后也是这样。不错，这个时候人们在睡觉，这时的思念能令人心安，因为一颗不落实的心渴望永远占有他心爱的人儿，而在心上人不在的时候，就渴望能使她进入无梦的酣睡中，直到团圆之日才醒来。

布道后不久，天气转热，已是六月底了。在布道的星期日下了那场迟来的大雨后，第二天，炎夏天气突然出现在天际和屋舍上空。先是热风吹了一整天，把墙壁都吹干了。烈日当空，城市整天在持续的热浪和骄阳之下烤炙。除了拱廊马路和屋子里边，全城似乎没有一处不受刺目的阳光的烤炙。太阳到处盯住城里的人不放，他们一停下，就晒得更厉害。由于这几天的暴热正好和直线上升到每周近七百人的死亡数字同时出现，沮丧的情绪席卷全城。在郊区的平坦的马路和带有平台的房屋之间，热闹的市声逐渐减少。在这一地区，原来人们习惯在门口活动，现在所有的门户都关上了，百叶窗也紧闭着，谁也说不上来这究竟是为了躲避鼠疫还是抵挡热气。但是，从一些屋子里则传来阵阵呻吟声。过去遇到这种情况就会有好事者聚在街中倾听，如今经过长时期的惊恐，心肠好像变硬了，大家虽然听到了呻吟声，却照常行走或生活，把它当作人的自然的语言而等闲视之。

在关卡附近时常发生冲突，警察不得不使用武器，引起暗中发生的骚动。肯定有人受伤，城中还传说有人死亡，反正在这酷热和恐怖影响下的城市中，任何事情都会被夸大。不管怎样，不满情绪的确在不断增强，而当局已准备应付更严重的情况发生，正在认真地考虑万一这些受到灾难驱使的居民造起反来，应当采取什么措施。报纸公布重申不准出城的禁令，并且威胁说违令者要受监禁处分。巡逻队在市内巡回。往往在寂静无人和晒得发烫的路上，先听到踩在路面上的马蹄声，然后见到一些马队在一排排紧闭着的窗户之间行进。巡逻队过去了，一种不安的寂静重又笼罩着这座受威胁的城市。时而也能听到几下枪声：一些特地组织起来的小队最近奉命杀死可能传播跳蚤的狗和猫，这种短促的枪声也为城市增添了警戒气氛。

周围一片寂静，热气蒸腾。在已经是惊弓之鸟的市民的眼里，任何事情都变得格外引人注意。季节变换时出现的天空的颜色和土地的气味也第一次受到大家关注。人人带着恐惧的心情，因为大家理解暑气会助长瘟疫，同时人人又都感到夏天确实已经来临。晚上城市上空传来的雨燕的啁啾声变得清越起来。苍茫的暮色使六月的天空变得异常开阔，雨燕的鸣声已显得和这种景色不大协调。市场上的鲜花，含苞未放的已看不到，都是盛开的，早市以后，花瓣散落在尘埃遍地的人行道上，人们清楚地看到春意迟暮。曾几何时，春之神花枝招展地巡游在万紫千红之中，而现在已在鼠疫和炎热双重压力下慢慢地香消玉殒了。在全城的人看来，这夏日的长空，这在尘埃和沮丧情绪之下变得灰白色的街道，同每天使全城的人感到心情沉重的成百的死亡者具有同样的威胁性。烈日不停地逞威，正是引人思睡和度假的时刻，但却不再像从前那样诱人入水嬉戏或是恣情纵欲，相反，这时刻在城门紧闭、一片沉寂的环境里只能给人以空虚之感。过去在这个季节里，人们古铜色的肤色在欢乐的气氛中闪烁发光，现在这种景象已看不到了。烈日和鼠疫扑灭了一切色彩，赶走了一切欢乐。

这是由疫病引起的一种重大变化。平时这个城里的人总是以欢欣鼓舞的心情来迎接夏天的到来。那时全城向大海打开了大门，年轻人纷纷拥向海滩。今夏完全不同了，离城较近的海滨划为禁区，肉体不再有享乐的权利。在这种情况下干什么好呢？还是塔鲁对我们当时的生活作了最忠实的描述。当然，他经常注意鼠疫蔓延的总的情况，而且记下了疫情的一个转折点：无线电台报告的不再是什么每星期死亡几百人而是有时每天死亡九十二人，有时一百零七人，有时高达一百二十人。“报纸和当局在报告鼠疫情况时已极尽其婉转之能事。他们认为这样可以把鼠疫的可怕形象减轻些，因为每天一百三十人的数字比每周九百十个人要小一些。”他还描述了瘟疫的一些悲惨动人和惊心动魄的场面。例如一次当他经过一个冷冷清清、家家百叶窗紧闭的居住区，他抬头看见一个女人突然打开一扇窗，发出两声尖厉的叫声，然后放下叶板重又遮闭住她那昏暗的房间。而另一方面他还记下了这种情况：药房里的薄荷药糖被抢购一空，因为许多人嘴里都含着这种糖来预防传染。

他还继续对他特别看中的那些人物进行观察。他告诉我们，那个玩猫的矮老头儿也活得够凄凉的。原来一天早晨，正像塔鲁所写的那样，几下枪声，发出几颗铅弹就打死了大部分的猫，其余的惊惶地逃离了街道。同一天，矮老头儿在惯常的时刻来到阳台上，他显得有些惊讶，俯身向街道的尽头张望，耐心地等待着，他的手轻轻地一下一下敲打着阳台的铁栏杆。他又等待了一会儿，撕了一些小纸片，回进去了又出来，过了些时候，他怒气冲冲地关上落地窗，突然不见了影子。此后几天中，同样的场面重复出现了几次，但是从矮老头儿的神色上可以看出他越来越愁闷和越来越失望的情绪。一个星期以后，塔鲁白白地等待这个每天都应该出现的人，窗户关得牢牢的，里面的人的苦闷可想而知。“鼠疫期间，禁止向猫儿吐唾沫”，这是笔记本的结束语。

另一方面，当塔鲁晚上回去的时候，他总是肯定能见到那位巡夜者沉着脸，在大厅里踱来踱去。这位老人不断地向每个遇到的人提醒一句：他曾经预见到现在发生的事情。塔鲁承认曾经听到过他预言要发生一场灾难，但提醒他当初说的是要发生一次地震。这位巡夜老人则说：“啊！要是这是一次地震倒好了！一场剧烈的震动后，人们也就不谈了……点一下多少人死了，多少人活着，事情就完了。但是这个该死的瘟疫，就是还没有得病的人心头也摆脱不了它！”

旅馆经理也不比别人好过。起初，旅客们因封城不能离去，只好留在旅馆里。但是慢慢地，由于瘟疫持续不断，许多旅客宁可搬到朋友家去住了。过去因有瘟疫而使旅馆房间客满，后来又因同样理由使房间从此空关着，因为再也没有新的旅客到城里来了。塔鲁是余下的仅有几个房客之一，经理从不放过机会向他表示，如果他不是出于想讨好最后一些顾客这样的动机，他的旅馆早已关门大吉了。他还常常要塔鲁估计瘟疫大概还要拖延多久，塔鲁说：“据说寒冷会止住这种疫病的。”经理跳了起来：“此地没有真正的冷天的，先生，即使有也还得要好几个月……”他还肯定地说，瘟疫结束后也还得过很长的时间，旅客才会光顾这个城市。这次鼠疫摧毁了旅游业。

在饭馆里暂时不见的猫头鹰奥东先生再次露面了，但只跟着他那两条训练有素的小狗。据了解，他的妻子曾照料过她自己的母亲，接着又参加了她的葬礼，她本人目前正处于检疫隔离期中。

“这种做法，我不赞成，”经理说，“隔离也罢，不隔离也罢，她当然是可疑的，可是这一家的人也免不了。”

塔鲁告诉他，要是从这个观点来看，谁都值得怀疑。但是经理却是斩钉截铁，在这问题上毫不动摇：

“不，先生，您和我都不可疑，而他们却是的。”

但是奥东先生一点也没有因此改样，这一次，瘟神在他身上算是白费了力气。他以同样的方式走进餐厅，比他的孩子先一步坐下，还是以高雅而又带有恶意的老一套对他们说话。只是那男孩变了样子，像姐姐一样穿了一身黑衣服，有些佝偻着身子，活像他父亲的缩小了的影子。巡夜的老头不喜欢奥东先生，他对塔鲁说：

“啊！那个人，他可以穿得整整齐齐地送命去，像这个样子，也用不着殡仪馆化妆，直接去好了。”

帕纳卢的布道，塔鲁也写到了，但附有如下的评论：“我理解这种给人好感的热情。在灾难开始和结束的时候，人们总要讲些漂亮话。在第一种情况下，这种习气尚未消失。在第二种情况下，这种习气又已恢复了。只是在灾难真正临头的时刻人们才习惯于现实。也就是说：习惯于沉默。等着瞧吧。”

塔鲁最后写到他曾与里厄医生有过一次长谈，他只提到这次谈话很投机，还顺便说起里厄老太太一双明亮的栗色的眼睛。他奇怪地断言，对他来说，饱含善意的眼光总是要比鼠疫有力量得多。他最后花了相当长的篇幅叙述那位受到里厄治疗的老气喘病患者。

他同医生晤谈后就一起去看这个病人。老头儿以嘲弄的口吻搓着手接待塔鲁。他坐在床上，背靠着枕头，面前放着两只盛着鹰嘴豆的锅子，他看到了塔鲁就说：“啊，又来一个。现在是颠倒的世界，医生比病人多。人死得太快些了，对吗？神甫的话没错，这是罪有应得哪！”第二天，塔鲁事先不通知就又走来了。

根据他的笔记的叙述，老气喘病人本是开针线铺的，到了五十岁时，他认为这行业干得差不多了，从此一躺下就没有再起来过，尽管站着对他的气喘病更合适。他有一笔数目微小的年金使他能活到七十五岁，而且活得相当轻松。他看到表就觉得讨厌，整个屋子里确实连一只表也没有。他说：“搞一个表既花钱又愚蠢。”他的时间，特别是他所唯一关心的吃饭时间是用他那两只锅子来计算的，其中一只在他睡醒的时候盛满了鹰嘴豆，他以小心翼翼的和时间均匀的动作把它们一粒粒装入另一只锅子，就这样通过一天要装满多少锅的方法找到了计时的标准。“每十五锅，”他说，“就得吃饭了，这很简单。”

据他妻子说，他在年纪很轻的时候就已表现出他将来一生命运的某些征兆。他从不对任何东西发生兴趣：工作、朋友、咖啡馆、音乐、女人、逛马路，他都不感兴趣。他从不出城，只有一次为了家庭事务不得不到阿尔及尔去，但他在离奥兰最近的一个车站就停了下来，不可能再走得更远了，于是他搭上第一列开来的火车又回家了。

塔鲁对他那离群索居的生活表示惊讶，老头儿的解释大致是：根据宗教的说法，人的上半生是走上坡路，下半生是走下坡路，在走下坡路时日子已不是由他主宰的了，它们随时可以被夺走，而他在这些日子里根本无事可做，因此最好的办法就是根本不去管它。再说，他也不怕矛盾百出，因为他后来又告诉塔鲁说，天主肯定不存在，因为天主存在的话，神甫们就没有用处了。接下去又听了他一番议论后，塔鲁懂得了，这种哲理原来同教堂频繁地向他募捐引起他的不满是有紧密联系的。有关这位老人的形象的最后一点却似乎意义深长：他一再向他的对话者表示他的一个愿望，那就是他希望死得越晚越好。

"这是个圣人吗？"塔鲁问自己。他又回答自己说："不错，假如圣德是全部习惯的总和。"

塔鲁同时把疫城中度过的一天作了一番详细的描述，借此可以使人对这个城里的人今夏的工作和生活有一个正确的概念。他说："除了醉汉外没有一个人在笑，而这些醉汉也笑得太过分了。"接着他开始写道：

"清早，阵阵微风轻拂着行人稀少的城市。这个时刻正是死神肆虐的黑夜和垂死呻吟的白昼这二者的间隙，此时鼠疫好像暂时歇息，喘上一口气。所有店家都关着门，但有几家门口挂着'鼠疫期间暂停营业'的牌子，说明等一会儿它们不会跟其他店家一起开门。卖报的睡眼惺忪，还没有开始叫喊当天消息，身子靠在路角上，活像个梦游病患者，他们的姿态好像是在向路灯兜售报纸。再过一会，他们将被头班出场的电车闹醒，伸开拿着报纸的手臂，奔向全城各处。报纸上印着醒目的字样：'鼠疫'。'是否会有一个鼠疫横行的秋天？B……教授的回答：不会的。''一百二十四人死亡，这就是鼠疫第九十四天的总结。'

"尽管纸张供应日益紧张，使有些期刊被迫减少篇幅，但仍有一种新的报纸《瘟疫通讯》问世，自称它的任务是：'以充分客观的精神向市民报道疫情的发展或减退；向他们提供对瘟疫未来情况最有权威的证据；开辟专栏以支持决心与灾难进行搏斗的一切知名或不知名的人士；振作人民的精神状态，传达当局的指示，简言之，聚集一切有良好意愿的人有效地同侵袭我们的病害作斗争。’事实上，这家报纸很快地转变为专事登载一些对预防鼠疫效果良好的新产品的广告。

“早上六点钟左右，所有报纸在离商店开门还有一个多小时以前便在店门口排长队的人群中销售，而后在到达郊区的挤满着人的电车上叫卖。电车已成为唯一的交通工具，行驶十分艰难，踏脚板和栏杆处都挤满了乘客。但是有件怪事，所有乘客都尽量背向着人以免互相传染。到站时电车中的男女乘客一拥而下，他们急急忙忙地互相远离，各自独处。常常因为心情不好而发生一些吵闹；情绪恶劣，这已是人们的慢性病了。

“头几班电车开过后，城市渐渐苏醒了，几家啤酒店首先开门，柜台上放着‘咖啡无货’、‘请自备白糖’等牌子。接着商店也开门了，街上热闹起来。与此同时，太阳也逐渐升起，一阵阵的热气慢慢在七月的天空蒙上一层铅灰色。这正是那些无所事事的人在街头闲荡的时候。大多数的人似乎想借助摆阔气的方式来制止住鼠疫。在几条主要街道上，每天十一点左右，有一些年轻男女招摇过市，在他们身上可以感觉到在大难之中生活的欲望越来越强烈。假如瘟疫蔓延的话，道德观念也会逐渐淡薄。我们将又会看到像古罗马时代米兰人在坟墓边上恣意狂欢那样的情景。

“中午，饭馆里一瞬间就客满了。很快地在饭馆门口三五成群聚集着没找到座位的顾客。天空的光线由于天气太热而减弱了亮度，等空位子吃饭的人们呆在被烈日晒得火烫的街道旁大遮阳布底下。饭馆之所以这样拥挤，是由于它们可以大大简化人们的食品供应紧张问题，但是却丝毫不能减少人们对疾病传染的恐惧：顾客们不厌其烦地花许多时间把餐具擦了又擦。不久前某些饭馆张贴出这样的通告：‘本馆餐具经沸水消毒’。但是它们逐渐地也不再做什么广告了，反正顾客不得不来。再说顾客也不在乎花钱。上等酒或号称上等酒的饮料、价钱最贵的加菜，大家拼命地抢着又吃又喝。在一家饭馆里，似乎也出现过惊慌失措的场面，原因是有一个顾客觉得不舒服，面色发白，起身离座，踉踉跄跄地急速走出门去。

“两点左右，城中逐渐变得空荡荡的，这是宁静、尘埃、阳光和鼠疫在街上会集的时刻。沿着一幢幢灰色大房子的整条街上，热浪还是不断地涌来，漫长的囚禁时间要到火热的夜晚压到了这座人群熙攘、声音嘈杂的城上时才告结束。天气开始转热的头几天，不知道为什么缘故，晚间有时见不到人群。但是现在凉意初返，给人们带来了不说是一种希望，也是一种轻松的感觉。大家走上街头，忘乎所以地互诉衷肠，互相争吵，彼此羡慕。在七月的漫天晚霞的映照下，充满一对一对情侣和热闹的喧嚣声的城市，投入微风阵阵的夏夜的怀抱。每晚在林阴道上有一个戴着毡帽、打着大领结的悟道的老人穿过人群空费唇舌地反复喊道：‘天主是伟大的，皈依他吧！’而大家却相反地热衷于他们搞不清楚的事物或者比天主更紧要的东西。开始时大家认为这场疫病不过是一般的疾病，因此宗教仍不失其原有的地位；如今他们看到这事的严重性，他们就想到寻欢作乐上来了。白昼刻划在他们脸上的苦闷，一到热气腾腾、尘土飞扬的黄昏就一变而为疯狂的兴奋和笨拙的放荡，使全体市民头脑发热起来。

“我也同他们一样。对我这样的人说来，死又算得了什么？反正要死，人们这样做也没有什么错。”

那次同里厄的会面是塔鲁要求的，他的笔记本中有这段记载。那天晚上，里厄在饭厅里等着他，两眼注视着他的母亲，她安静地坐在饭厅角落里的一只椅子里。每当家务完毕，她便在这里消磨时间。她现在双手合在膝上等待着。里厄甚至不能肯定她是否在等待他。但是当他一出现，母亲的脸上就起了变化。平时勤劳的生活给她面部带来的默默然的表情这时好像活跃起来。过一会儿，她重又静默下来。那晚，她眺望着那时已经冷清清的街道，路灯已减少了三分之二，相隔很远的地方，一盏光线很弱的路灯略微冲破一些城市的黑暗。

“在整个鼠疫期间，路灯照明一直要这样减少吗？”里厄老太太问。

“大概是这样。”

“但愿这不要拖到冬天，要不然未免太凄凉了。”

“是呀。”里厄说。

他看到他母亲的眼光注视着他的前额。他明白这是由于这些日子来的担忧和过度疲劳使他面容消瘦了不少。

“今天情况不太好吧?”里厄老太太问。

“噢,跟平时一样。”

跟平时一样!就是说从巴黎运来的新血清,看来效力比第一批还差,统计数字又在上升。除了患者家属以外不可能在其他人身上进行预防接种;要普遍进行接种必须大量生产才行。大多数腹股沟肿块似乎已到了硬化季节,始终不见溃破,在这种情况下,病人痛苦异常。自前一天起,又发现了两例新类型的瘟疫,鼠疫杆菌感染了肺部。当天,在一次会议上,筋疲力尽的医生们向不知所措的省长提出采取新的措施来防止肺鼠疫的口对口的传染。要求得到了批准,但跟平时一样,人们对结果还是一无所知。

他端详了一下他的母亲,她那栗色美丽的眼睛使他想起了多年的温柔深情。

“母亲,你怕吗?”

“像我这般年纪已没有什么可怕的了。”

“白天的时间是够长的了,而我以后又经常不在这里。”

“只要我知道你是要回来的,等着你也无所谓。你不在的时候,我就想你在干些什么。她有什么消息吗?”

“有,一切都好,如果我相信最近的一份电报所讲的话。但是我看她讲这话是为了使我放心。”

门铃响了,医生向母亲微笑一下,走过去开门。塔鲁在阴暗的楼梯平台上样子好像一只穿着灰衣的大狗熊。里厄请客人在他的书桌前面坐下,自己站在他的安乐椅后面。他们之间隔着书桌上的一盏室内唯一亮着的电灯。

“我想,”塔鲁开门见山地说,“我可以直截了当地同您谈话。”

里厄一言不发表示同意。

“在十五天或一个月后,您在这里将无能为力,事态的发展将使您无法应付。”

“说得对。”里厄说。

“卫生防疫工作组织得不好，你们缺少人手和时间。”

里厄又承认这是事实。

“据我了解，省府在考虑一种群众服务组织，所有身强力壮的男子必须一律参加救护工作。”

“您的消息倒很灵通，但是这件事已引起人们强烈不满，省长在犹豫。”

“为什么不征求志愿人员？”

“征求过了，但结果很差。”

“这是通过官方途径搞的，而且缺乏信心。他们的想象力不够，他们从来没有跟上灾情发展的步伐，他们所设想的办法对付感冒还差不多。假使我们听任他们去搞，他们就会完蛋，我们也跟着他们一起完蛋。”

“可能是这样，”里厄说，“我该告诉您，他们甚至考虑用犯人来做所谓的粗活。”

“我认为还是用有自由的人比较好。”

“我也这么想，但是为什么呢？”

“我看见那些判死刑的觉得受不了。”

里厄看了一下塔鲁说：“那么，怎么办呢？”

“我有一个组织志愿防疫队的计划。请准许我去搞，且把政府搁在一边。再说他们也忙不过来。我几乎到处都有朋友，他们可以组成第一批骨干，当然我本人也参加。”

“当然，”里厄说，“您一定猜到我是乐于接受的。我们需要助手，特别是干这一行。我负责去使省府接受这个主意。再说他们也没有选择余地。但是……”

里厄思考了一下说：

“但是这项工作可能有生命危险的，这点您很清楚。不管怎样，我还是得向您讲明白。您好好考虑过没有？”

塔鲁用他灰色的眼睛望着他说：

“您对帕纳卢的布道有什么想法，医生？”

问题提得自然，里厄也回答得自然：

“我在医院里生活的时间太长了，实在难以接受集体惩罚的说法。但是，您要知道，天主教徒有时就是这么说，但从来也不真的这样想。他们的为人实际上比他们给人们的印象来得好。”

“那么您也同帕纳卢一样认为鼠疫有它好的一面，它能叫人睁开眼睛，它能迫使人们思考！”

医生不耐烦地摇摇头。

“鼠疫像世界上别的疾病一样，适用于这世界上的一切疾病的道理也适用于鼠疫。它也许可以使有些人思想得到提高，然而，看到它给我们带来的苦难，只有疯子、瞎子或懦夫才会向鼠疫屈膝。”

里厄刚一提高嗓门，塔鲁就打了一个手势，好像是要他平静下来。他还微微地笑了一笑。

“对，”里厄耸耸肩膀说道，“不过您还未回答我的问题，您想过了没有？”

塔鲁在安乐椅里挪动了一下身子，使自己坐得舒服些，并让脑袋显露在灯光下。

“您相信天主吗，医生？”

问题仍旧提得自然，但这一次，里厄倒犹豫起来。

“不相信，但是这说明什么呢？我是处在黑夜里，我试图在黑暗中看得清楚些。好久以来我就已不再觉得这有什么与众不同了。”

“这不就是您同帕纳卢分歧的地方么？”

“我不这么想。帕纳卢是个研究学问的人，他对别人的死亡见得不多，所以他是代表一种真理在讲话。但是，任何一个地位低微的乡村教士，只要他为他管辖的教区里的教徒施行圣事，听见过垂死者的呼吸声，那他就会和我有相同的想法。他首先会去照顾受苦的人，然后才会想证明苦难是一件好事。”

里厄站了起来，这时他的脸处于阴暗中。他说：

“这且不谈吧，既然您不愿回答。”

塔鲁微微地笑笑，仍坐在椅中不动。

“我能以问题来回答吗？”

这次轮到医生微微地笑了，他说：

“您喜欢神秘，那么请吧。”

“好！”塔鲁说，“既然您不相信天主，您自己又为什么表现得这么富有牺牲精神？您的回答恐怕也可以帮助我回答您的问题。”

医生仍留在暗影里没动，他说已经回答过了，假如他相信天主是万能的，他将不再去看病，让天主去管好了。但是世界上没有一个人会相信这样的一种天主，是的，没有一个人会相信，就是自以为有这种信仰的帕纳卢也不会相信，因为没有一个人肯如此死心塌地地委身于天主。至少在这点上，里厄认为他是走在真理的道路上：同客观事物作斗争。

“啊！”塔鲁说，“这就是您对自己的职业的看法吗？”

“差不多是这样。”里厄说着又回到灯光下。

塔鲁轻轻地吹出了一声口哨，医生看看他。

“不错，”里厄说，“您一定会想这未免太自大了吧。请相信我，我只有这应有的骄傲，我并不知道会有什么结果，也不知道在这些事情过去后将来会怎样。眼前摆着的是病人，应该治愈他们的病。过后再让他们去思考问题，我自己也要考虑。但是当前最要紧的是把他们治愈。我尽我所能保护他们，再没有别的了。”

“对付谁呢？”

里厄转身向着窗口，推测着远处墨黑的天空之下的大海。他感到的只是疲乏，同时又在抗拒一个突如其来而又无法理解的念头：想跟这个古怪而又给他亲切之感的人一诉肺腑之言。

“我完全不知道，塔鲁，我可以发誓，我完全不知道。当我开始行医时，我干这一行有点迷迷糊糊，因为我需要干它，也因为这同其他行业一样，是年轻人所企求的行业之一。或许也因为，对像我这样一个工人的儿子来说，这是一个特别困难的行业。还有，得经常看着人死去。您知道有人就是不肯死吗？您听见过一个女人临死时喊叫‘我不要死’吗？而我却见到听到了。对着这种情景，我发觉自己无法习惯。那时我还年轻，我甚至对自然规律抱有厌恶的情绪。从此，我变得比较谦逊了，理由不过是我总不习惯于看人死去，此外我一无所知。但毕竟……”

里厄中断了他的话，重新坐下，他觉得舌敝唇焦。

“毕竟什么？”塔鲁慢腾腾地问。

“毕竟……”医生继续说，但又犹豫起来，一边注视着塔鲁，“这是一件像你这样的人能够理解的事情，对吗？既然自然规律规定最终是死亡，天主也许宁愿人们不去相信他，宁可让人们尽力与死亡作斗争而不必双眼望着听不到天主声音的青天。”

“对，”塔鲁表示赞同，“我能理解。不过您的胜利总不过是暂时的罢了。”

里厄的面色阴沉下来，说道：

“总是暂时的，我也明白。但这不是停止斗争的理由。”

“对，这不是一个理由。不过，我在想，这次鼠疫对您说来意味着什么。”

“不错，”里厄说，“是一连串没完没了的失败。”

塔鲁对医生凝视了一会，而后起身以沉重的脚步走向门口。里厄也随后跟着走去。当他走近塔鲁时，后者好像低着头注视着自己的脚，一面说：

“这一切是谁教您的，医生？”

他立刻得到的回答是：

“贫困。”

里厄把书房的门打开，在过道上向塔鲁说他也要下楼，去看望在郊区的一个病人。塔鲁建议陪他一同前去，医生答应了。在过道的尽头，他们遇见了里厄老太太。里厄把塔鲁介绍给她。

"一位朋友。"他说。

"噢!"里厄老太太说,"我很高兴认识您。"

当她走开时,塔鲁还转身看着她。在楼梯平台上,医生想按亮定时开关的照明灯,但灯不亮,楼梯一片漆黑。医生想这是否又是新的节约措施的结果,然而他又无从证实。若干时间以来,房屋里的情况和城市里的一切都乱糟糟。这也许是由于看门的和我们一般市民什么事都不再关心的缘故。但是医生没有时间作进一步的思索,因为身后的塔鲁又说话了:

"还有一句话,医生,即使您听了感到可笑也罢:您完全正确。"

里厄在黑暗里对自己耸了耸肩膀说:

"老实说,我一无所知。您呢,您有什么想法?"

"噢!"另一个平静地说,"我要懂得的东西不多。"

医生站住脚,塔鲁在他后面的梯级上,脚滑了一下。他一把抓住了里厄的肩膀站稳了。

"您认为对生活都懂了吗?"里厄问道。

黑暗中传来了回答,声音同刚才一样平静:

"是的。"

当他们走到街上时,发觉时间已经很晚。恐怕已十一点了。城中静悄悄的,只听到一些轻微的窸窣声,遥远的地方传来救护车的丁当声。他们跨进汽车,里厄发动了引擎。

他说:"明天您得上医院来打防疫针。在着手干这个活儿之前,最后一句话是:您得考虑一下,您只有三分之一的生还机会。"

"这种估计是没有意义的,医生,这您也同我一样明白。一百年以前,波斯的一座城市里的所有居民全部死于鼠疫,恰恰只有一个洗死尸的人活了下来,而他自始至终没有停止过他的工作。"

"这不过是他保住了他那三分之一的机会而已,"里厄以一种突然低沉下来的声音说,"但是对于这一问题我们的确还要全部从头学起。"

这时他们已到了郊区,路灯照亮了冷清清的街道。他们停了车。站在汽车前，里厄问塔鲁是否愿意进去，对方说好。天空的反光照亮了他们的脸庞。里厄突然发出一阵友好的笑声，说：

“您说说看，塔鲁，什么东西驱使您想干这事的？”

“我不清楚。也许是我的道德观念。”

“什么道德观念？”

“理解。”

塔鲁转身向房子走去，直到他们走进老气喘病患者家里为止，里厄没有再看到塔鲁的脸。

第二天起，塔鲁就着手干了起来，他组织起第一支队伍。以后又有许多小队纷纷成立。

作者无意过分强调这些卫生防疫组织的重要性。的确，我们城里的许多人如果处在作者的地位，今天免不了要倾向于夸大它们的作用。但作者则趋向于这样的看法：如果对高尚的行为过于夸张，最后会变成对罪恶的间接而有力的歌颂，因为这样做会使人设想，高尚的行为之所以可贵只是因为它们是罕见的，而恶毒和冷漠却是人们行动中常见得多的动力，这就是作者不能同意的地方。世上的罪恶差不多总是由愚昧无知造成的。没有见识的善良愿望会同罪恶带来同样多的损害。人总是好的比坏的多，实际问题并不在这里。但人的无知程度却有高低的差别，这就是所谓美德和邪恶的分野，而最无可救药的邪恶是这样的一种愚昧无知：自认为什么都知道，于是乎就认为有权杀人。杀人凶犯的灵魂是盲目的，如果没有真知灼见，也就没有真正的善良和崇高的仁爱。

正因为如此，对塔鲁所建立的卫生防疫组织应该给予一个充分符合客观的评价。也正因为如此,作者不愿大事歌颂良好意愿,而对英雄主义也仅仅给予恰当的重视。但他仍愿充当历史见证人的角色,记载下当时由于鼠疫造成的全体市民的痛苦和迫切的心情。

那些献身于卫生防疫组织的人们并不见得有什么了不起的功勋,因为他们明白这是唯一非做不可的事,而在这种时候不作出这样的决定是不可想象的。这些组织有助于我们城里的人对鼠疫有更深刻的认识,并在一定范围内使他们确信,鼠疫既已发生,那就应该进行必要的斗争。由于抗疫已成为某几个人的任务,它的实质也就摆在大家的面前,就是说,这是大家的事。

这当然很好。但是教师该受到赞扬的不是因为他教人二加二等于四,而也许是因为他选择了这个高尚的职业。我们说,塔鲁和其他一些人选择了证明二加二等于四的道路而不是与此相反,这当然值得赞许,但我们也要说,就这个良好愿望而言,他们跟教师一样,跟一切与教师同有此心的人们一样。这是人类的光荣,因为这些人的数量要比人们想象的还要多,至少作者是这样相信。作者也十分清楚地看到有人要提出不同的意见,说这些人冒有生命的危险。然而在历史上总会出现这样的时刻:如果有人敢说二加二等于四就会被处死。教师也明白这一点。但问题不是要知道坚持这一道理的后果是得到奖励还是惩罚,而是要知道二加二是否等于四。对于那时我们城中那些冒生命危险的人来说,他们要确定的是:他们是否已被卷入鼠疫,以及应不应该同鼠疫作斗争。

我们城中许多新的伦理学家当时说,做任何事都不会有什么用,还是屈膝投降为佳。而塔鲁和里厄以及他们的朋友们可能作过这样或那样的回答,但是结论总是他们所看清楚的东西:必须作这样或那样的斗争而不该屈膝投降。整个问题是设法使尽可能多的人不死,尽可能多的人不致诀别。对此只有一个办法:与鼠疫作战。这个真理并不值得大书特书,它只不过是理所当然而已。

正因为这样,老卡斯特尔满怀信心,使出全部力量,就地取材制造血清，这是很自然的事。里厄同他都希望搞一种从横行全城的细菌中培养出来的血清，它可能比外地运来的血清具有更直接的疗效，因为当地的细菌同通常确定的鼠疫杆菌的形态略有不同。卡斯特尔期望很快获得他的第一批血清。

正因为这样，那个丝毫称不上英雄的格朗现在担当起卫生防疫组织的秘书工作也是很自然的事。塔鲁所组织的一部分卫生防疫队专门在居民稠密地区从事预防保健工作。他们试图在那里采取必要的卫生措施，统计那些未经消毒的气楼和地窖。另一部分卫生防疫队跟随医生出诊，负责鼠疫患者的运输工作，甚至有时由于缺少专职人员，他们就充当运送病人和尸体的汽车驾驶员。这一切都必须做登记和统计工作，格朗已接下了这项任务。

从这一点看来，笔者认为格朗比里厄或塔鲁更具有代表性，他埋着头默默地工作的美德推动整个卫生防疫组织的工作。他怀着他那特有的善良愿望不假思索地用“我干”来回答一切。他只要求做些小事情出点力，其他的事，对他说来，年事太大，胜任不了。他每晚能把六到八点两个小时的时间贡献出来。当里厄向他热烈致谢时，他感到惊异：“这又不是最困难的事。有鼠疫嘛，应该自卫，这是明摆着的。啊！要是一切都像这么简单就好了。”说罢他又弹起他的老调来了。有些晚上，登记卡工作完毕后，里厄就同格朗聊起来，最后塔鲁也参加进来了。格朗以越来越明显的喜悦心情向他们两人倾诉自己的心事，而他们两人也兴致勃勃地注意着格朗在鼠疫中还不断干着的耐心细致的工作，他们自己也终于在其中找到一种精神放松的感觉。

塔鲁常常会问：“女骑士怎么啦？”格朗则老是这样回答：“她骑着马在小跑，在小跑。”他说时露出勉强的微笑。一天晚上，格朗说他已决定不用“英姿飒爽”这个形容词而从此改用“苗条”这个词来形容他的女骑士。他又加上一句：“这比较具体些。”又有一次，他向他的两位听众宣读经过如下修改的第一句：“在五月的一个美丽的清晨，一位苗条的女骑士，跨着一匹富丽的枣骝牝马，驰骋在布洛涅树林的花径上。”

“这样更好些，对吗？”格朗说，“我觉得改为‘在五月的一个清晨’比较好，因为‘五月份’中的这个‘份’字把小跑的节奏拉得太长了些。”

其次他表示他正在为“富丽”这一形容词动脑筋。在他看来，这个词没有表现力，他正在寻找能够一下子就形象地描绘出他所想象的那匹豪华的牝马的词。“肥壮”不行，虽然具体，但有些贬义。“辉煌”这个词他曾考虑采用，但音韵不够谐和。一天晚上，他隆重地宣布找到了：“一匹黑色的枣骝牝马。”照他的说法，黑色含蓄地表示漂亮。

“这不行。”里厄说。

“为什么？”

“枣骝这个词不说明马的品种而是指毛色。”

“什么颜色？”

“嗯……反正不是黑色。”

格朗显得十分尴尬。他说：

“谢谢，幸亏有您在这里，但您瞧，这是多么困难。”

“‘华丽的’，您觉得怎样？”塔鲁说。格朗注视着他，一边沉思着说：

“对，对！”

他渐渐露出了笑容。

过了些时候，他又承认“花”这个字使他伤脑筋。由于他除了奥兰和蒙特利马尔之外，别处都没到过，所以有时向他的朋友了解关于布洛涅树林小径上的花草情况。老实说，这些小径在里厄或塔鲁的印象中不像有过什么花，但是职员坚信不疑的态度倒使他们动摇起来了。他对他们的疑惑感到奇怪。“只有艺术家才懂得观察。”但是医生有一次看到他十分兴奋，他把“花径”二字改为“开满了花的狭窄的道路”[①]。他搓着手说：“这样一来啊，既看得到，又闻得着了。脱帽致敬，先生们！”他眉飞色舞地念着：“在五月的一

---

① 此处由于格朗推敲字眼，更换用词，因而在他所写的句子中，语法结构发生变化，译成中文，不易理解，故将译文略作改动。下文还有类似情况，不再另注。

个美丽的清晨，一位苗条的女骑士，跨着一匹华丽的枣骝牝马，驰骋在布洛涅树林的开满了花的狭窄的道路上。”但是，由于朗读的缘故，句子末了一连三个“的”字听起来很不顺耳，格朗嗫嚅着坐了下来，神情沮丧。接着他向医生告别，他需要再去考虑考虑。

事后人们获悉，就在那一时期里，他在办公室里表现得心不在焉，而那时正是市政府人手短缺、事务繁忙的当儿，因此这种态度引起了人们的非议，他的工作受到了影响，为此，办公室的负责人对他进行了严厉的指责，提醒他说，他拿了工资就要完成他的工作，而他恰恰没有很好完成。负责人说：“听说您业余时间在卫生防疫组织里干义务劳动，这我不管，但我所要管的是您的工作；而在这困难的时刻，您要贡献您自己的一份力量，首先就应该做好您的本位工作。要不然的话，其余的工作都毫无用处。”

“他说得对。”格朗对里厄说。

“不错，他说得对。”医生表示赞同。

“不过，我实在心不在焉，我不知道怎么解决那句子结尾的问题。”

他想把结尾改为“在开满了花的树林中的小径上”，将“布洛涅”几个字删掉，认为反正这是大家都知道的。但是这样一来，“开满了花”的不一定是“小径”，也可能是“树林”了。他又考虑有没有改为“开满了花的树林小径”的可能性。然而他任意地把“树林”这个词夹在“开满了花的”和“小径”的中间，也不妥帖，这对他真是个肉中之刺，不胜其苦。有几个晚上，他的确好像比里厄还疲劳。

不错，这种推敲耗费了他全部精力，使他疲劳不堪，但是卫生防疫组织所需要的累计数据和统计数据的工作他还是继续完成。每晚他耐心地把卡片整理清楚，并加上曲线，慢慢地设法把情况说明得尽量精确。他经常到医院去找里厄，请医生为他在一个办公室或医务室里找一张桌子，他摆好文件，就好像在市政府的办公桌上一样地工作起来。在医院里飘浮着的浓烈的消毒剂气味和由疾病本身产生的气味中，他挥动着纸张使墨迹干燥。他那时一本正经地再不去想他的女骑士，专心致志地做他应该做的事情。

不错，假如人们真的坚持要树立一些他们所称的英雄的榜样或模范，假如一定要在这篇故事中树立一个英雄形象的话，那么作者就得推荐这位无足轻重和甘居人后的人物。此人有的只是一点好心和一个看来有点可笑的理想。这将使真理恢复其本来面目，使二加二等于四，把英雄主义正好置于追求幸福的高尚要求之后而绝不是之前的次要地位，这还将赋予这篇故事以特点，这个特点就是用真实的感情进行叙述，而真实的感情既不是赤裸裸的邪恶，也不是像戏剧里矫揉造作的慷慨激昂。

这至少就是里厄医生在报上看到或广播里听到关于外界对这座疫城所发出的呼吁和鼓励时的感想。外界通过空运和陆运送来了支援物资，同时，每晚通过电波和报纸大量表示同情和赞扬的评论拥到了我们的孤城中来。但是每当听到这种歌功颂德的语调或词句高雅的演讲时，医生就觉得不耐烦。当然他知道这种关怀不是装出来的，但表示这种关心时用的只是人们试图表达人与人之间休戚相关的套语，而这种言语就不能适用于例如格朗每日所贡献的一份小小力量，也不能说明在鼠疫环境中格朗的表现。

有时到了深夜，人迹稀少，万籁俱寂，当医生要上床开始他非常短暂的睡眠时，他打开了收音机。从千万里外的天涯海角传来陌生而友好的声音，笨拙地试图说出他们四海之内皆兄弟的感情。说是说了，但同时又证实任何人都不能真正分担他所看不见的痛苦，处于这种无能为力的境地确是可怕的。“奥兰！奥兰！”声音徒然从海外传来。里厄也徒然聚精会神地听着。一会儿，高谈阔论开始了，这使格朗同讲话者漠不相干的鸿沟越来越深。“奥兰吗？奥兰！”“别喊啦！”医生想，“爱在一起或死在一起，舍此别无他途。他们太远了。”

瘟神此时正蓄足全力，准备扑向孤城，使其落入自己的掌握之中，在这鼠疫即将到达高峰的前夕，余下尚待叙述的就是那些像朗贝尔那样的最后几个人了。他们为了重新找到失去的幸福，从瘟神口边夺回他们严加保卫、不使受损的身家性命的一部分，长期来，不顾形式单调，拼命地进行活动，他们就是用这种方式来拒绝接受威胁着自己的奴役。虽然表面上这种方式不见得比其他方式有效，但依笔者看来，确也有它的意义，而且，虽然怀有自炫的心情，甚至自相矛盾，它确能显示当时我们每个人心中的自豪感。

朗贝尔为了不让鼠疫的魔爪攫住自己，正在进行着斗争。当事实证明通过合法手段出城已无希望，他就告诉里厄，决定另找出路。记者首先从咖啡馆的服务员身上打主意，因为一个咖啡馆的服务员对什么都熟悉。但是他最初问讯的几个对象告诉他的，只是这类举动将会受到极其严厉的刑事处分。有一次他甚至差一点被人当成煽动出城者。后来还是在里厄家碰到了科塔尔，事情才算有了一些眉目。那一天，里厄同他谈到了记者在行政部门碰壁的事情。几天后，科塔尔在路上遇到朗贝尔，前者以自己近来在社交活动中所采取的无拘无束的态度来接待朗贝尔。他说：

“一直毫无进展吗?”

“对，毫无进展。”

“不能指望机关，他们是不会理解人的。”

“的确如此，我在另找门路，但这并不容易。”

“啊!”科塔尔说，“我懂。”

他知道一整套办法，向朗贝尔介绍了一番，使后者听了感到惊奇。他告诉朗贝尔，很久以来，奥兰所有的咖啡馆他都经常去，那里有他的朋友，他了解到有一个组织专干这一行。原来科塔尔近来花费很大，入不敷出，于是也从事配给商品的走私活动。他正在贩卖香烟和劣酒，这些商品价格不断上涨，使他发了点小财。

“这种事您有把握吗?”朗贝尔问。

“有，因为有人已向我建议过。”

“那么您自己为什么不利用?”

“您用不着不放心，”科塔尔露出一副老实人的神情说，“我没利用，因为我不想走。我有我的道理。”

沉默一会后，他接着说：

“您不想知道我的道理吗?”

朗贝尔说：“我认为这跟我无关。”

“在某种意义上，这的确跟您无关，然而在另一种……只有一桩事是明确无误的，这就是自从发生鼠疫以来，我在这儿感到好过了许多。”

朗贝尔打断了他的话，问：

“怎么能同这个组织取得联系呢?”

“啊!”科塔尔说，“这可不容易。跟我来。”

这时是下午四点光景，天气沉闷，全城变得越来越热了，所有的店铺都放下了遮阳布，路上已没有行人往来了。科塔尔和朗贝尔走在有拱廊的马路上，走了好久大家一言不发。这是鼠疫隐形遁迹的时刻：天地静止，万物失色，周围一片沉寂，可以说是盛夏特色，也可以说是发生鼠疫的情景。这使人昏昏然的空气，说不上来是由于灾情的威胁还是由于灰尘和燠热所致。必须留心观察和思索一番才能联系到鼠疫上去，因为它只有通过反面的迹象才显露出来。譬如说，那位同鼠疫密切相关的科塔尔，提醒朗贝尔注意狗已绝迹了，在平时，它们此时该侧卧在过道的出口处，喘着气，想凉快凉快而办不到。

他们走上棕榈大街，穿过阅兵场，向海军区走去。靠左首出现一家漆成绿色的咖啡馆，外面斜张着黄色粗帆布遮阳。科塔尔和朗贝尔一边揩着前额，一边走了进去。他们在一张绿色铅皮桌子前的轻便折椅上坐下。店堂里空无一人，苍蝇嗡嗡地到处乱飞，摆不稳的柜台上放着一只黄色的鸟笼，里面有一只鹦鹉，全身羽毛下垂，垂头丧气地停在架子上。墙上挂着几幅陈旧的战争画，上面布满积垢和厚厚的蜘蛛网。所有铅皮桌子上，全都有不知从哪里来的已有点儿干的鸡粪，在朗贝尔面前的桌子也不例外。直到从黑暗的角落里发生一阵小小的骚动，跳出一只美丽的公鸡，这时他们才明白究竟。

这时气温好像还在上升。科塔尔脱去上衣，在铅皮上敲敲。一个缩在蓝色工作长围裙里的矮个儿从屋子深处走了出来，远远地一看见科塔尔就向他打招呼，一边走过来一边向公鸡猛踢一脚把它赶跑，在咯咯的鸡叫声中问两位顾客要些什么。科塔尔要了白葡萄酒，并打听一个叫加西亚的人。据矮子说已有好几天没见他来咖啡馆了。

“您看他今天晚上会来吗？”

“嘿！”那人说，“我又不是他肚里的蛔虫。您不是知道他的时间的吗？”

“是的，但没有什么要紧的事，我不过有个朋友要介绍给他。”

服务员在他的围裙上揩揩潮湿的手。

“啊！这位先生也想干一下吗？”

“是。”科塔尔说。

矮子使劲儿吸了一下鼻子说：

“那么，今晚再来，我派孩子找他去。”

出去时，朗贝尔问这是什么名堂。

“当然是走私的事。他们把东西从城门口搞进来，高价出卖。”

“原来是这样，”朗贝尔说，“他们有同党？”

“对。”

晚上，遮阳布已卷起，鹦鹉在笼中学舌，铅皮桌前坐满了只穿衬衫的人们。其中有一个，草帽戴在后脑勺上，穿着一件白衬衣，露出焦土色的胸脯。他见到科塔尔进来就站了起来。被阳光晒黑的脸上五官匀称，一双黑色的小眼睛，一口洁白的牙齿，手上戴着两三只戒指，看样子有三十来岁。

“你们好，”他说，“咱们到柜台上喝酒去。”

三杯下了肚，还没人吭声。

于是加西亚开腔了：

“出去走走好吗？”

他们朝港口方向走去，加西亚问他们找他有什么事。科塔尔对他说，他把朗贝尔介绍给他不完全是为了买卖，而是为了他所谓的“出去一趟”。加西亚在科塔尔的前面，笔直向前走着，一边吸着烟。他提了些问题，谈到朗贝尔时称“他”，做出一副好像没有看见他在场的样子。

“为什么要这样做？”他说。

“他的老婆在法国。”

“噢！”

过了一会又问：

“他干的是哪一行？”

“记者。”

“干这一行的人话很多。”

朗贝尔默不作声。

科塔尔说：“这是一位朋友。”

他们默默地向前走着，走到了码头，入口处有大栅栏挡着。他们向一家供应油炸沙丁鱼的小酒店走去，炸鱼的气味已扑鼻而来。

“总之，”加西亚总结说，“这事不归我管，而是拉乌尔的事，我得去找到他，这事还不太好办呢。”

“啊！”科塔尔激动地问道，“他藏起来了？”

加西亚没有回答。走近小酒店时，他停下来第一次转向朗贝尔说道：

“后天，十一点钟，城内高地，海关营房的角上。”

他摆出一副要走的架势，然而又转向他们两人说：

“这是要花钱的。”

这是一种征求对方同意的表示。

朗贝尔答应说：“那当然。”

过一会儿，记者向科塔尔致谢，后者轻松地说：

“噢，不必，为您服务我觉得高兴。况且您是个记者，有朝一日您会还我的情的嘛！”

过了两天，朗贝尔和科塔尔登上通向城内高地的没有树荫的街道。海关营房的一部分房屋已改成了诊疗所，大门前聚着一些人。他们抱着探望一次病人的希望，当然这是不会获准的；他们或者想打听一些消息，而这些消息一个钟头以后就会过时了。这一群人在那里熙熙攘攘的，很热闹，加西亚和朗贝尔所以会约好在这儿见面，看来和这种环境不无关系。

“真奇怪，”科塔尔说，“您执意要走。总的来讲，这里发生的事情还是相当有意思的。”

“对我来说并不是这样。”朗贝尔答道。

“噢！那当然，在这里要担些风险。不过，就是在鼠疫发生前，要通过热闹的十字路口不是也要冒同样大的风险么？”

正在这时，里厄的汽车在他们的近旁停了下来。塔鲁在开车，里厄处于半睡眠状态。

他醒后，就为他们作介绍。

“我们认识的,”塔鲁说,“我们住在同一家旅馆里。”

他请朗贝尔搭他们的车到市区去。

“不必了,我们在这里有约会。”

里厄看看朗贝尔。

“对。”后者说。

“啊!”科塔尔吃惊地说,“医生也知情吗?”

“预审推事来了。”塔鲁看着科塔尔,一面关照他说。

科塔尔的脸色变了。果然,奥东先生顺着街以有力而规则的步伐向他们走来,走到这一小堆人面前时,脱帽招呼。

“您好,推事先生!”塔鲁说。

推事也向这两位坐车来的人问好,又朝站在他们后面的科塔尔和朗贝尔看看,庄严地向他们点头示意。塔鲁把领取年金的人和记者向他介绍了一下。推事仰头朝天看了一看,叹了一口气说,这真是一个苦闷的时期。

“有人对我说,塔鲁先生,您在搞预防措施的实施工作,我不敢完全赞同。医生,您看这病还会蔓延吗?”

里厄回答说应该希望它不会如此,推事也重复说必须永远抱有希望,因为上天的意图是无法窥测的。塔鲁问他当前的事件是否为他带来了额外的工作。

“正相反,我们称为普通法的这方面的案件减少了,我干的只是严重违反新规定的案件的预审工作。人们从来没有像现在那样遵守老的法律。”

“这是由于相比之下,这些老法律显得好一些,这是必然的事。”塔鲁说。

推事一变原先双眼凝望着天空好像在寻思的样子,而以一种冷漠的神色看着塔鲁说:

“这又有什么关系?法律是无所谓的,重要的是判决。我们对此也无能为力。”

推事走了,科塔尔说:“那个家伙啊,他是头号敌人!”

汽车起动了。

过了一会，朗贝尔和科塔尔看见加西亚来了。他走过来并不向他们做出任何表示，只说了一句“还得等一等”来代替打招呼。

在他们周围有一大群人，其中大多数是妇女，鸦雀无声地等待着。她们手中几乎都拎着篮，妄想着这些东西能送到她们生病的亲人手中，更荒唐地希望她们的亲人能享用这些食品。门口由武装哨兵把守着。从大门和营房之间的院子里不时传出一声怪叫，这时在场的一些人都转过神色不安的脸向诊疗所望去。

正当三个人观看着这一情景时，身后一声清楚而低沉的“你们好”的声音使他们回过头去。虽然天很热，拉乌尔仍穿得规规矩矩的。他身材高大而健壮，穿着一身深色双排扣子的服装，头戴一顶卷边的呢帽，面色相当苍白，一双棕色的眼睛，嘴巴经常紧闭着。拉乌尔说话急速而明确：

“我们到城里去吧。加西亚，你可以离开我们了。”

加西亚点了一支香烟，让他们三人离去了。他们随着夹在中间的拉乌尔的步伐快速地走去。

“加西亚对我说明白了。事情可以办得到，不管怎样，这件事要花您一万法郎。”拉乌尔说。

朗贝尔回答说他可以答应。

“明天到海军区的西班牙饭店里同我一起吃午饭。”

朗贝尔说一言为定，拉乌尔同他握手，第一次露出笑容。他走开后，科塔尔请朗贝尔原谅他第二天不能来，因为有事，反正朗贝尔也用不着他了。

第二天，当朗贝尔走进西班牙饭店时，里面的人都掉过头来瞧着他。这个阴暗的地下室处在一条已被太阳晒干的黄色小街的低处，去那里吃饭的全是男人，大多数外表像西班牙人。坐在店堂尽头的一张桌旁的拉乌尔对记者打了一个手势，朗贝尔朝他走去，这时，瞧着朗贝尔的这些人面上好奇的神色顿时消失，重新各自进餐。与拉乌尔同桌的有一个瘦瘦的高个儿，胡髭没有剃净，肩膀宽得异乎寻常，头发稀少，脸长得像马面，从卷起的衬衫袖口中，露出一双长着黑毛的细长手臂。当朗贝尔被介绍给他的时候，他点了三下头。拉乌尔没有提到他的名字，讲到他时只是说：“我们的朋友。”

“我们的朋友相信能够帮助您，他将让您……”

这时女服务员走过来问朗贝尔要吃什么，打断了拉乌尔的话。

“他将让您同我们的两个朋友取得联系，再由他们把您介绍给和我们合伙的几个守卫人员。但到那时事情还未全部解决，还要等到那些守卫人员认为有机可乘时才行。最简单的办法是在他们中的一个人家里住上几夜，他家离关卡不远。但事先必须由我们的朋友替您作必要的联系，当一切安排妥当，也由他同您结算费用。”

这位朋友再一次点点他的马头，一边不断地把甜椒和西红柿做成的拌凉菜捣碎，然后大口大口地往里吞。过一会儿他开腔了，稍微带一点西班牙口音。他建议朗贝尔第三天早上八点在教堂的门廊底下碰头。

“还要等两天。”朗贝尔着重地提了一下。

“这是由于这事不容易办，”拉乌尔说，“要找人嘛。”

这匹马再次点一下头，朗贝尔不太热情地表示同意。在余下的午餐时间里，大家寻找别的话题。等朗贝尔发现这匹马是个足球运动员后，时间就很容易打发了。他自己在这项运动中也有不少经验。他们谈到法国全国锦标赛，英国职业球队的才能以及 W 形的战术。午餐结束时，这匹马变得活跃非凡，他不用“您”而用“你”来称呼朗贝尔，并要他相信足球队的最佳位置是踢中卫。他说：“你知道，中卫是支配全局的，而支配全局，这才叫踢足球。”朗贝尔同意这种说法，虽然他是踢中锋的。不过他们的谈论被电台的广播打断了。收音机轻声地反复播送情意缠绵的乐曲后，开始报道说前一天死于鼠疫的人数为一百三十七人。在场的人全无反应。马面人耸耸肩膀站了起来，拉乌尔和朗贝尔也跟着起身。

分手时，这位中卫有力地同朗贝尔握手说：

“我叫贡扎莱斯。”

这两天时间在朗贝尔的感觉中简直长得没完没了。他到里厄那里把全部行动详情告诉了他，然后陪着医生到一家病人家去出诊。走到一个等待着里厄、病情可疑的病人家门口，朗贝尔向医生告别。这时从过道里，传来一阵奔跑声和人声：他们在奔告家人医生来了。

“希望塔鲁不要耽搁。”里厄低声说道。

他样子看来很疲倦。

“疫情发展太快了吗？”朗贝尔问。

里厄说倒不是这点，统计表上的曲线甚至上升得慢了点，只是对付鼠疫的办法还不够多。

“我们缺少物力，”他说，“在世界上所有军队中，一般都用人力来补救物力的不足，但是我们连人力也不够。”

“外地不是来了医生和卫生人员么？”

“是的，”里厄说，“十位医生和一百来个人，看起来不算少了。按照目前疫情，还勉强能对付，如疫情再发展就不够了。”

里厄注意听着屋内的声音，然后向朗贝尔笑笑，说道：

“对，您应该快点把您的事办成。”

朗贝尔的脸上掠过一片阴影，低沉地说：

“您知道，我不是为了这个才走的。”

里厄回答说他知道这一点，但朗贝尔继续往下说：

“我相信我不是个懦夫。至少大多数情况下是如此，这方面我经受过考验。只是当我想到某些情况时，我就感到受不了。”

医生直望着他的脸：

“您会和她见面的。”

“也许会，但是我一想到这种情况还要持续下去，她在这段时间内会老起来，就不能忍受。三十岁的人要开始老了，必须抓紧一切机会。我不知道您是否能理解。”

里厄低声说他相信能理解。这时，塔鲁来了，很兴奋的样子。

“我刚才去请帕纳卢来参加我们的工作。”

"结果怎样?"医生问道。

"他思考过后,答应了。"

"我感到高兴," 医生说,"我高兴的是了解到他本人比他的布道要好。"

"大家都一样,"塔鲁说,"就是要给他们机会。"

他微笑着,向里厄眨眨眼睛。

"给人创造机会,这是我一辈子要做的工作。"

"请你们原谅,"朗贝尔说,"我要走了。"

朗贝尔在约好的星期四那天来到教堂的门廊下,离开八点还有五分钟。空气还相当清新,在天空中飘浮着即将被上升的热气流一下子就吞没的圆圆的小朵白云。草坪虽然干燥,仍旧可以闻到从那里散发出来的一阵淡淡的潮气。东面屋后的太阳只晒热了装饰着广场的圣女贞德全身镀金的塑像的帽盔。一只大钟敲了八下。朗贝尔在无人的门廊下走了几步。从教堂内传来一阵模糊不清的诵读圣诗声,同时又涌来一股地窖和焚香混合的气味。突然,诵诗声停了,十来个矮小的黑色人影从教堂中出来,跨着急促的步子向城中走去。朗贝尔开始不耐烦了。又有一些黑色人影登上大石级向门廊走来。他点了一支烟,接着忽然想起这地方恐怕是不准抽烟的。

到八点一刻,教堂里的管风琴低沉地奏了起来。朗贝尔走到了阴暗的拱顶底下。过了一会,在正殿中他看到那些在他面前经过的黑色的身影。他们都聚在一个角落里,前面有一座临时祭台,上面有刚刚布置好的一个由城内一家工场赶制出来的圣罗克像。这些身影跪在那里,似乎已蜷缩成一团,隐没在烟雾缭绕之中,就像一些凝固不动的影子,这里一堆,那里一堆,其颜色不比那灰蒙蒙的雾气深多少。在他们上面,管风琴无休止地变换着曲调。

当朗贝尔出来时,贡扎莱斯已从石级上走下来向城市方向走去。

"我想您已经走掉了,"他对记者说,"这不足为怪。"

他解释说,他在离此不远的地方等待约好在七点五十分会面的几个朋友。但是他白白等了二十分钟。

“这肯定遇到了什么问题了，干我们这一行总不会一帆风顺的。”

他另订约会，定于第二天同一时间在阵亡将士纪念碑前会面。朗贝尔叹了口气，把呢帽向后一推。

“没关系，”贡扎莱斯笑着说，“你要想一想：在球赛中需要有各种配合，进入对方阵地，传球，这一大套做完后才能射入一球。”

“不错，”朗贝尔说，“但一场足球赛只要一个半小时。”

奥兰阵亡将士纪念碑的所在地是唯一能看到大海的地方。这是一个不太长的散步场所，一边靠着俯瞰港口的峭壁。第二天，朗贝尔先一步到达约会地点，仔细地读着阵亡将士的名单。几分钟后，有两个人走过来，向他不动声色地望了一眼，然后走到散步处的栏杆边凭栏眺望，好像全神贯注地俯视着空无一人的港口。他们两人一样身材，都穿着一样的蓝裤子，一样的短袖子海军蓝色毛线衣。记者稍稍走远一些，去坐在一张长凳上以便从容地打量他们。他看出他们肯定不会超过二十岁。那时，他看到贡扎莱斯走了过来，并向他道歉。

他说：“那就是我们的朋友。”说罢带他到两个青年那边，介绍两人的名字：一个叫马塞尔，一个叫路易。从正面看去，他们两人非常相像，朗贝尔估计他们是兄弟俩。

“好吧，”贡扎莱斯说，“现在你们认识了，应该言归正传了。”

不知是马塞尔还是路易说，还要等两天才轮到他们值班守岗，为期一周，必须看准一个最方便的日子行事。把守西门的共有四个人，另外两个是职业军人。谈不到把他们也拉进来。他们是靠不住的，何况这样还要增加费用，但是有些晚上他们这两个同事会到一家熟悉的酒吧间的后间里去消磨一部分时间。马塞尔——也可能是路易——建议朗贝尔上他们在关卡附近的家里去住，等待通知。这样，出城的事将毫无困难，但是必须抓紧时间，因为近来有人传说在城市的外围要设立双重岗哨了。

朗贝尔表示同意，并从他剩下的香烟中拿了几支请他们抽。两人中那个还没有开过腔的就问贡扎莱斯费用有没有谈妥，是否可以预付一些钱。

“不，”贡扎莱斯说，“用不着这样做，这是自己人。费用到走时再结算。”

他们又订了一个约会，贡扎莱斯建议再过两天到西班牙饭店吃晚饭，然后他们从那里到这两位守卫的家里去。

他告诉朗贝尔：“第一夜我陪你。”

又过了一天，朗贝尔上楼回到他房间里去的时候，在旅馆的楼梯上同塔鲁对面遇上了。

“我去找里厄，”后者说，“您愿意一起去吗？”

“我总怕打扰他，”朗贝尔犹豫了一下子说。

“我想不会，他跟我谈起您的许多事。”

记者想了一会说：

“我说，假如你们晚饭后有空的话，就是晚一点也不妨，你们俩都到旅馆酒吧间来。”

“那得看他和疫情而定。”塔鲁说。

里厄和塔鲁还是在晚上十一点来到了这又小又狭窄的酒吧间。三十来个人挤在那里高声交谈。这两位刚脱离疫城的寂静环境的来客停了下来，有些不知所措。当他们看到这里还可以买酒来喝时，就明白人们兴奋的原因了。朗贝尔在柜台的尽头，他坐在高凳上向他们打招呼，他们就走到他的身边。塔鲁不动声色地把旁边一个在喧嚷的人推远些。

“你忌酒吗？”

“不，”塔鲁说，“正相反。”

里厄嗅一嗅他玻璃杯中酒的苦草味儿。在这种喧闹声中讲话是困难的，而朗贝尔好像除了喝酒之外无暇他顾。医生还无法断定他是否已喝醉了。这狭小的屋子里除了他们喝酒的柜台外，剩下的地方只有两张桌子，其中一张座位上有一个海军军官，左右膀子各挽着一个女人，他正在对一个红脸的胖子讲述在开罗发生的一次斑疹伤寒的情况。他说：“有着集中营哪！这些集中营是为当地人设立的，搭了些帐篷来收容病人，但周围布满岗哨，如果病人家属企图把土方药偷偷地送进去的话，就会遭到枪杀。这是毫不讲人情的，但是做得对。”另一张桌子被几个装束入时的年轻人占着，谈话内容听不懂，声音湮没在放在高处的电唱机播放出来的《圣詹姆斯医院》的旋律中。

“还满意吗？”里厄提高了嗓门说。

“这事快了，”朗贝尔说，“也许就在这星期里。”

“可惜！”塔鲁叫道。

“为什么？”

塔鲁瞧着里厄。

“噢！”里厄说，“塔鲁说这句话，是因为他想您如果能呆在这里，您可以帮我们忙。而我倒非常了解您为什么要走。”

塔鲁又请大家饮了一杯酒。朗贝尔从他那张高凳上下来，第一次正面看着他：

“我能帮你们什么忙？”

“这个，”塔鲁说，一边不慌不忙地把手伸向他的杯子，“可以到我们的卫生防疫组织里来。”

朗贝尔又显出他那经常出现的带着一副倔强的神情思考问题的样子，重新坐到他的高凳上。

“难道您认为这些组织没有用处吗？”塔鲁喝了一口酒说，他留神地看着朗贝尔。

“十分有用。”记者说着，喝了一口酒。

里厄注意到朗贝尔的手在发抖。他想，不错，这位记者肯定完全醉了。

第二天，朗贝尔第二次走进西班牙饭店，他从一小伙人中间穿过，这些人把椅子搬到了门口，正在领略热气已稍退、绿树成荫、晚霞满天的黄昏景色。他们抽着一种味道辛辣的烟草。饭店内部几乎没有什么人。朗贝尔走到摆在屋子深处的桌子前坐下，他同贡扎莱斯第一次相遇就在这个地方。他告诉女服务员他要等人。那时是七点半，人们渐渐回到店堂里就座。开始上菜了，在低拱顶的餐厅里充满着餐具碰撞声和低低的谈话声。八点了，朗贝尔一直等待着，灯亮了，后来的顾客坐到了他的桌边。他点了菜。到八点半，晚餐吃完还不见贡扎莱斯和那两个年轻人前来。他抽了几支烟。店堂里的人渐渐少了。外面夜幕降下得非常快，从海面吹过来的一阵暖风微微拂动落地窗的窗帘。到了九点，朗贝尔发觉店堂里的人已走光了，女服务员惶惑不解地注意着他。他付了账走了。饭店对面的咖啡馆开着，朗贝尔进去坐在柜台边，留心看着饭馆的入口处。到九点半钟，他起身回旅馆，一路上白费心思地想着如何再找到不知住处的贡扎莱斯，一想到这一整套接洽步骤得从头开始，感到不知所措。

正像他后来告诉里厄的那样，就是在这个时候，在救护车疾驶的夜里，他觉得在整个这段时间里可以说把他的妻子丢到了脑后，专心致志地思索如何在把他和她隔开的墙上打开一个缺口。但是也就是在这一切途径再次被切断的时刻，在他欲望的中心又出现了她的形象，一阵突然爆发的痛苦使他不禁拔脚向旅馆奔去，想逃避这种难以忍受的内心的煎熬，但它却始终紧追着他不放，使他头痛欲裂。

次日一清早他就来找里厄，问他怎样才能找到科塔尔：

“我现在唯一能做的事，就是一步步地从头做起。”

“您明晚来，”里厄说，“塔鲁要我去邀请科塔尔，我不知为什么。他十点来这里，您十点半来好了。”

下一天，当科塔尔来到里厄家时，塔鲁和里厄正谈论着在里厄那里出现了一个意想不到的治愈病例。

“十个中间只有一个，那是这个人运气。”塔鲁说。

“啊！有这回事，”科塔尔说，“这不是鼠疫吧。”

他们告诉他说这一点没错，确是鼠疫。

“既然这个人治好了，那就不可能是鼠疫。你们跟我都知道，鼠疫是不会放过一个人的。”

里厄说：“一般情况是这样，但使上一股牛劲，有时也会出现意想不到的情况。”

科塔尔笑了。

“看来不像。你们听到了今晚的数字没有?”

塔鲁善意地看着这位领年金者说他知道数字,情况是严重的,但这又说明什么呢?这只是说明还要采取更为特殊的措施。

“呀!你们不是已在做了吗?”

“不错,但是必须做到每个人都把这当作自己的事。”

科塔尔瞧着塔鲁,没有听懂他的意思。塔鲁说没有行动起来的人太多了,又说瘟疫是大家的事,人人有责。志愿组织的大门是向每个人敞开着的。

“这个主意不错,”科塔尔说,“但这一点用处也没有:鼠疫太厉害了。”

塔鲁耐心地说:“等到一切办法全都试过以后,我们才能做出结论。”

在他们讲话时,里厄在他的书桌上誊录卡片。塔鲁则一直打量着在椅子里焦躁不安的年金享受者。

“您为什么不愿过来同我们一起干呢,科塔尔先生?”

科塔尔好像受到冒犯似地站了起来,拿起他的那顶圆帽,说:“这不是我干的事。”

然后他以顶撞的口气说道:

“再说,我呀,我在鼠疫中间也过得不坏,我看不出我为什么要参加进来去制止它。”

塔鲁拍拍自己的前额,恍然大悟:

“啊!对了,我倒忘了,没有它您已被捕了。”

科塔尔陡地跳了起来,急忙抓住椅子就像要跌倒似的。里厄搁下了笔,既严肃又关切地注视着他。

“这是谁告诉您的?”靠年金吃饭的人叫道。

塔鲁露出诧异的神色说道:

“是您自己嘛!至少医生和我是这样理解的。”

科塔尔一下子变得怒不可遏，说话语无伦次起来。于是塔鲁接下去说：

“请您不要激动，医生和我都不会揭发您的。您的事同我们毫不相干。再说，警察局，我们从未对它有过好感。好了，请坐下吧。”

科塔尔看看椅子，犹豫了一下坐了下来。过了一会，他叹了一口气。

“这已是过去的事了，”他承认了，“而他们偏要旧事重提，我本来以为人们已忘记了，但是有一个人讲了出来。他们把我叫去，并告诉我在调查未结束前要随传随到。我知道他们总有一天会把我抓去。”

“事情严重吗？”塔鲁问。

“这要看您怎么说了。反正这不是一件血案。”

“监禁还是苦役？”

科塔尔显得十分沮丧。

“监禁，那算我运气……”

但过了一会儿，他用激烈的语气重又说道：

“这是一个错误。任何人都难免有错误。但是我一想到因此要被带走，与家庭隔离，与习惯断绝，与我所有的友好分开，我就觉得不能忍受。”

“啊，”塔鲁问，“就是为了这个，您才想到寻短见的吗？”

“对，这是一件荒唐的事，毫无疑问。”

里厄第一次开了口，他对科塔尔说他理解他的担心，但这一切或许会解决的。

“噢，就眼前说，我知道一点也用不着担心。”

“我明白了，”塔鲁说，“您是不会参加到我们的组织里来的。”

科塔尔手里转动着他的帽子，抬头对塔鲁投以疑虑的眼光：

“请不要怪我。”

“当然不，但至少不要去故意散布病菌。”塔鲁微笑着说。

科塔尔辩解说，并不是他要鼠疫来的，它要来就来了，目前鼠疫叫他财运亨通，这也并不是他的过错。那时朗贝尔刚来到门口，听到拿年金者正使劲地说：

“何况，根据我的看法，你们不过是白费力气罢了。”

朗贝尔获悉科塔尔不知道贡扎莱斯的住址。但是再到小咖啡馆去候他总是可行的。他们约定第二天去。由于里厄表示想知道经过情况，朗贝尔就请他和塔鲁在周末晚上到他的房间里来找他，任何时候都行。

早上，科塔尔和朗贝尔到了小咖啡馆，叫人传话给加西亚约好晚上见面，如有不便，顺延至第二天相见。他们白等了一个晚上。第二天，加西亚到了，他静听着朗贝尔叙述经过。加西亚对情况不了解，不过他获悉为了核查户口，有些地区曾禁止通行二十四小时。可能贡扎莱斯和那两个青年无法通过警戒线。至于他力所能及的，就是使他们重新同拉乌尔取得联系，当然这不可能在两天以内办妥。

“我明白了，”朗贝尔说，“就是说一切都得重起炉灶。”

两天后，拉乌尔在路角上证实了加西亚的说法：城市外围地区曾禁止通行。必须同贡扎莱斯再度取得联系。两天后朗贝尔同那个足球运动员一起进午餐。

“我们真笨，”贡扎莱斯说，“我们早就该考虑好碰头的办法。”

朗贝尔完全有同感。

“明天早晨，我们到那两个小家伙家里去，把一切都安排好。”

次日，两个年轻人不在家。他们只好留下一个约会的时间，定在第二天中午国立中学广场见面。朗贝尔下午回家时遇到塔鲁，他的面部表情引起了塔鲁的注意。

“怎么，事情不成吗？”塔鲁问他。

“重起炉灶搞累了。”朗贝尔说。

他又再次提出邀请：

“今晚请过来。”

当晚两个人走进朗贝尔的房间时，他躺在床上。他起来在预先准备好的杯子里斟了酒。里厄拿起了他的酒杯问他事情是否正在顺利地进行。记者说他把全部环节从头至尾又干了一遍，现在已到达前一次同样的程度，他即将去赴最后一次约会。他喝了一口酒又说：

“当然罗，他们还是不会来的。”

“不要把这看成是一种规律嘛。”塔鲁说。

“你们还没有懂得。”朗贝尔耸耸肩膀说。

“没懂什么呢？”

“鼠疫。”

“啊！”里厄叫起来。

“不，你们没有懂得，就是这个要叫人重起炉灶。”

朗贝尔走到他房间的一个角落里，打开一台小型留声机。

“这是什么唱片？”塔鲁问，“听上去怪熟的。”

朗贝尔回答说是《圣詹姆斯医院》。

在唱片放到一半的时候，远处传来两声枪响。

“不是一条狗便是一个逃犯。”塔鲁说。

过了一会，唱片放完了，可以听到一阵救护车的呼啸声，声音越来越大，在旅馆房间窗口下面经过，渐渐微弱，直至最后完全消失。

“这张唱片听了使人怪难过的，”朗贝尔说，“我今天已足足听了十遍了。”

“您那么喜欢它？”

“不，但我只有这一张。”

过了一会儿，朗贝尔又说：

“我对你们说还得重起炉灶哪！”

他问里厄卫生防疫队工作进行得怎样。里厄回答说有五个队在工作，希望再组织一些。记者坐在床边，好像一心专注在他的指甲上。里厄打量着他蜷曲在床边的粗矮壮健的身形。忽然他发现朗贝尔在注视着他。朗贝尔说：

“您知道，医生，我对你们的组织考虑得很多。我没有和你们一起工作，有我的理由。还有，我认为自己还是个不怕冒生命危险的人。我参加过西班牙战争。”

“是在哪一边？”塔鲁问道。

“失败者的一边，但从那时起，我思考了一些问题。”

“思考什么？”塔鲁问。

“勇气。现在我明白人是能够做出伟大的行动的。但是如果他不具有一种崇高的感情的话，那就引不起我的兴趣。”

“我的印象是，人是任何事情都能干的。”塔鲁说。

“不见得，他不能长期受苦或长期感到幸福，因此他做不出任何有价值的事来。”

他看了他们一眼又说：

“您说说，塔鲁，您能为爱情而死吗？”

“我不知道，但目前看来不会。”

“对啦，但您能为理想而死，这是有目共睹的事。为理想而死的人我是看够了。我并不相信英雄主义，我知道这并不难，而且我已懂得这是要死人的事。使我感兴趣的是为所爱之物而生，为所爱之物而死。”

里厄一直留神倾听着记者的话，始终望着他。这时他和颜悦色地说：

“人不是一种概念，朗贝尔。”

对方一下子从床上跳起来，激动得脸色通红。

“人是一种概念，不过，一旦脱离了爱情，人就成为一种为时极短的概念。而现在正好我们不能再爱了，那么，医生，让我们安心忍耐吧。让我们等着能爱的时刻到来；如果真的没有可能，那就等待大家都得到自由的时候，不必去装什么英雄。我嘛，只有这点想法。”

里厄站了起来，好像突然感到厌倦起来。

“您说得对，朗贝尔，说得完全对，我丝毫没有叫您放弃您想干的事情的意图，您的事我认为是正确的，是好的。然而我又必须向您说明：这一切不是为了搞英雄主义，而是实事求是。这种想法可能令人发笑，但是同鼠疫作斗争的唯一办法就是实事求是。”

“实事求是是指什么?”朗贝尔突然严肃起来问道。

“我不知道它的普遍意义。但是就我而言,我知道它的意思是做好我的本分工作。”

“啊!”朗贝尔怒气冲冲地说,“我不知道我的本分工作是什么。我选择了爱情,也许这事儿做错了?”

里厄面对着他,有力地说道:

“不,您没有做错。”

朗贝尔若有所思地看着他们。

“你们二位,我看你们在这一切活动中,一点也不会失去什么:在正路上走嘛,总是容易的。”

里厄端起酒杯一饮而尽,说:

“走吧,我们还有事呢。”

他走了出去。

塔鲁跟在他后面,但刚走出去又改变了主意,回过头来对记者说:

“您知道吗,里厄的妻子在离这里几百公里之外的一个疗养所里?”

朗贝尔做了一个表示惊异的动作,但塔鲁已走开了。

第二天一大早,朗贝尔打了个电话给里厄:

“在我找到离开这座城市的办法之前,您能同意我跟你们一块儿干一阵子么?”

对方在电话里沉默了一会儿,接下来说:

“行,朗贝尔。谢谢您。”

由于鼠疫而受到囚禁的人们就这样在整整一周中不断地努力挣扎着。其中也有一些像朗贝尔之辈的人，显然还存在着幻想，自以为仍是自由的人，可以自行作出抉择。但事实上可以说，到了八月中旬，瘟神的黑影已笼罩住一切。个人命运已不存在了，有的只是集体的遭遇，一边是鼠疫，一边是众人共同的感受。各种感受中最严酷的是分处两地和放逐之感，以及随之而来的恐惧和反抗情绪。在这热浪和疫潮双双达到顶峰时期，笔者认为有必要把总的情况叙述一下，并举些具体例子，谈谈活人的激烈行动，死者的埋葬经过和情人们两地相思之苦。

那一年，六月刚过就刮起风来，一连几天疫城上空风势不衰。奥兰居民向来特别怕风，因为城市建在高原上，毫无天然屏障，因此大风能长驱直入，横扫街巷而威力不减。数月来，城里没下过一滴雨，到处罩上一层灰色外衣，被风一刮，纷纷脱落，尘土与废纸齐飞，不断打在越来越少的散步者的腿上。经常可以看到这些人用手帕或手捂住嘴，俯着身子在街上快步疾行。过去到了晚上，人们总是成群地聚在一起，尽力把日子拖得越长越好，因为大家都知道每一天都可能是自己的末日，现在则不然，人们遇到的是三三两两地急急忙忙想赶回家去或到咖啡馆去的行人。几天来黄昏来得更早，街上行人绝迹，只听到不断的凄厉的风声。从那白浪滔天而从城里又见不到它的大海里吹上来一股夹着盐和海藻的气味。这座荒无人踪的城市，尘埃遍地，海水的味儿扑鼻，狂风呼啸之声不绝，宛若一座孤零零的岛屿在低声哀鸣。

迄今为止，鼠疫造成的死亡在居民拥挤、条件较差的外围地区远远多于中心区。但它似乎骤然挨近市中心，侵入了商业区。居民们归咎于大风把病菌吹了进来。“它把事情搞复杂了，”医院院长说。不管怎样，当中心区的居民听到黑夜里越来越频繁的救护车铃声在他们的窗前经过，响起了瘟神阴沉无情的召唤时，就意识到轮到自己的时刻到了。

在城里，人们又把某些鼠疫特别猖獗的区同其他各区隔离开来，除了工作上绝对需要以外，任何人不得离开。住在这些隔离区里的居民当然要认为这项措施是专门要使他们难堪，不管怎样，对比之下，他们倒把其他各区的人，看成是自由的人了。反过来，后者一想到别人比他们更不自由时，在困难重重的时刻里便会感到某种安慰：“还有比自己关得更严的人呢！”这句话总结了当时唯一可能有的希望。

大约就在这一段时期里，火灾次数有所增加，特别在西城门那里的娱乐中心地区。据调查，有些检疫隔离完毕回家的人，由于遭到飞来横祸，亲人死亡，因而精神失常，纵火烧屋，幻想烧死瘟神。大家费了九牛二虎之力去制止这种行动，因为这种纵火不断发生，加上狂风助威，使一些地区经常处于危险之中。人们尽管提出证据说明当局采取的房屋消毒措施已足够消除感染危险，但依旧无效，于是不得不颁布极为严厉的刑法来对付那些无辜的纵火犯。可是，毫无疑问，使这些不幸的人望而生畏的并不是徒刑本身，而是因为全体居民没有一个不知道判处徒刑等于判处死刑，理由是根据统计，市监狱中的死亡率非常之高。这种想法当然不是没有根据的，理由很明显，瘟神打击得最凶的对象似乎就是那些一向过着集体生活的人：士兵、修道士和囚犯。在监狱中，尽管其中有些在押犯是单独监禁的，但仍不失为一个集体生活单位，明显的证据就是在市监狱中无论看守人员或犯人都同样有被瘟神攫走生命的。在瘟神的傲慢的眼里，任何人，上至典狱长，下至最卑微的在押犯一概被判了刑。全监上下绝对公平，这也许还是第一次。

在各种身份平等化的现象面前，当局试图推行一种等级制度，设想出一套颁发勋章给执行任务期间死亡的看守人员的办法，但仍解决不了问题。鉴于戒严令已经颁布，从某个角度看来，可以把监狱看守人员看作是动员入伍的军人，因此对这些死去的人员追发军功勋章。当然犯人对此不会提出任何抗议，但军界却不能同意，而且很有理由地指出，这样做法可能会遗憾地使公众思想产生混乱。他们提出的要求得到了同意，大家认为最简单的办法就是给死去的看守人员改发抗疫勋章。可是对以前死去的看守人员已经错授了军功勋章，也就不能再要回来，而军界方面对此却仍保持他们原来的看法；另一方面，抗疫勋章有它的弱点，起不到军功勋章能起的精神方面的作用，因为在疫病流行期间，取得一枚这种性质的勋章实在是不足为奇的。结果是大家都不满意。

另外，管理监狱不能像管理修道院那样，更不能像管理军队那样。城中仅有的两处修道院里的修道士已暂时分散居住到虔诚的教徒家中去了。与此相仿，每当情况许可，一连一连的士兵便离开营房去驻在学校或公共建筑里。这样，表面上疫病迫使市民处于一种被围困者紧密团结的状态中，但同时却把传统的团体搞得四分五裂，使其中成员重又进入孤立状态，这些都造成恐慌。

在这种情况下，再加上大风劲吹，可想而知，必然也在某些人心头引起熊熊大火。深夜中城门又数度遭到袭击，但这次冲杀的是手持武器的小组。双方相互射击，伤了几个，逃出城去几个。守卫加强了，动乱很快平息，但已足够在城里引起一股暴动之风，出现了一些暴力的场面。一些出于防疫原因而被焚或被封的房屋遭到了抢劫。当然很难断定这些行为是否出于预谋。在大部分情况下，往往是一种突然出现的机会促使一些素来令人尊敬的人做出一些应受谴责的举动，而且旁人立即群起效尤。比如：一所房子起火了，一些发狂的家伙会当着痛苦得发呆的房主的面，冲进那熊熊烈火还在燃烧的房子中去。看到房主没有反应，许多围观者也会学样。于是在被火光映红的阴暗街道上，只见许多黑影四处奔逃，这些影子在行将熄灭的火光映照下，肩上扛着各种物件和家具，一个个都变得奇形怪状。由于发生这类事故，当局被迫把出现鼠疫的状态当作戒严状态来处理，并采用一切与此有关的法律。两个盗窃犯被枪决，但这在人们心中是否产生效果颇令人怀疑，死人的事已司空见惯，处决两个人只是大海中的一滴水，根本不会被注意到。说实在的，此类趁火打劫的场面经常重复出现，而当局似乎视而不见。唯一能使全体居民感到震动的措施是宵禁。从十一点开始，全城一片漆黑，成了一座毫无生气的石头城。

月光下，它的灰白色的墙和笔直的街道排列得整整齐齐，看不到什么树影夹杂其间，听不到行人脚步声或犬吠声。在这种情景下，这座庞大的静悄悄的城市只是一些死气沉沉、厚实的方形建筑物的聚合，在它的行列之间，竖立着一些默不作声的人像，那是被遗忘的行善之人，或是过去的大人物，如今封闭在青铜之中。唯有这些石质或金属雕像的模拟的人脸还在试图使人想起这里曾有过人类，虽然形象已暗淡了。在愁云密布的天空下，在死一般沉寂的十字街口，这些平庸的偶像，粗野无情的雕塑，摆出一副不可一世的气概，象征着我们已进入了那九泉之下的幽冥王国，至少是象征这王国最后的命令，指示人们进入墓窟，那里鼠疫之神，沉沉的石块和漫漫的长夜将使一切声音消失。

长夜同时也已笼罩了人们的心灵，市民们在听到有关埋葬事宜的传奇式的报道后增加了不安。埋葬的情况不得不讲述一下，笔者对此感到非常抱歉。他也知道免不了因此要受到人们的指责，他唯一能为自己辩解的理由就是在整个这段时期里埋葬的事儿是不少的，而且从某个方面来看，笔者也和所有同城的人一样不得不关心埋葬的事。这在任何情况下都不等于说他对此等仪式发生兴趣，正相反，他更感兴趣的是活人的社会，比如说，海滨浴场。但是海滨浴场已被封掉，活人的社会整天胆战心惊地害怕不得不在死人的天地面前让步，这是明摆着的事实。当然人们总可以想方设法不去看这个事实，把眼睛捂住，拒不承认，然而明摆着的事实却具有雷霆万钧之势，最终将席卷一切。有朝一日，当您的那些亲人需要安葬时，试问您有什么办法拒绝让他们入土？

一开始，葬礼就有一个特点：快速！一切手续悉行简化，殡殓仪式一概取消。病人死时亲属都不在身边，守尸礼节又被禁止，因此晚间死去的人只能独自过夜，白昼死去的人则立即安葬。当然死者家属是得到通知的，可是在绝大多数情况下，家属是来不了的，因为如果他们曾在病人身旁呆过，则现在正接受检疫隔离，如果不是和死者住在一起的，那也只能按规定的时间前来，所谓规定时间，那就是出发前往公墓的时间，那时尸体早已擦洗干净，被放入棺材。

我们假定这项过程发生在里厄医生领导的辅助医院中吧。这所由学校改成的医院的主楼后面，有一个出口。通向过道的一间很大的平时堆放杂物的屋子里，停放着许多棺木。在过道中死者家属可以看到一具灵柩，已盖了棺。于是立即进行最重要的手续：请家长在文件上签字。然后把棺木抬上汽车，可能是一辆真正的灵柩车，也可能是一辆经过改装的大救护车。死者家属上了一辆出租汽车——那时出租汽车还准许驶行，车辆沿着外围地区的马路风驰电掣一般开向公墓。到了城门口，守卫拦住了车队，在官方通行证上盖上一个戳子——没有这个戳子就无法获得市民们称之为“最后归宿地”的墓穴——然后闪过一边，让出通路，车辆就开到一方冢地边上，那里有许多墓穴等着人去填满。一位神甫在那里候着尸体，因为教堂里的宗教追思仪式已被取消。棺材在祈祷声中抬出车外，用绳子捆好，拖了过来，滑下穴去，碰到了穴底，神甫才挥了几下洒圣水器，第一铲土就已投在棺盖上，土屑乱迸。救护车已先一些时候开走，以便浇洒消毒水。当一铲铲土投在棺木上的声音越来越低沉时，死者家属已钻进出租汽车，一刻钟以后又回到了家里。

这样全部过程确是以最大的速度来完成而且把危险性也减到了最低限度。毫无疑问，至少在最初阶段，这种做法显然使家属心中感到难受，但在鼠疫期间，这也就无法考虑了：为了效率，一切都得牺牲。开始时，上述办法使居民精神上受到一定打击，因为希望葬礼举行得隆重得体的愿望是很普遍的，超过人们的想象。幸好不久食品供应问题变得棘手起来，于是居民的注意力就被转移到更迫切的问题上来了。如要吃饭，就必须排队，交涉，办手续，忙于此事后，就无暇顾及周围的人们是在什么情况下死的，以及自己有朝一日又将怎么样离开世界。所以，这些物质上的困难本应是坏事，后来却变成了好事。正如前面已看到的，如果鼠疫已停止蔓延，情况本当不坏。

由于棺木渐渐少了，裹尸用的布和公墓中的穴位都不够用了，必须开动脑筋。看来，最简单的办法，而且还是从效率出发，就是埋葬仪式一组一组地进行，必要时救护车在医院和公墓之间多开上几个来回。在里厄工作的医院里，现存棺木只有五具。一等全部装满了，救护车就来运走。到了公墓，从棺中取出铁青色的尸体，装在担架上放在特设的棚中等着。棺材浇过灭菌溶剂后，又再运回医院；同样的操作重新开始，次数按照需要而定。这项工作组织得不错，省长颇为得意，他甚至向里厄表示，总的看来，这比历史上有关鼠疫的记载中所说的由黑人拉运尸车的情况要好些。

“不错，”里厄说，“埋葬是同样的，但我们现在还做登记卡，这个进步是抹杀不了的。”

尽管当局取得这点成就，可是目前履行的手续使人感到不快，因此省府不得不禁止死者亲友走近现场，只允许他们走到公墓门口，而且这还不是公开允准的，因为最后一项埋葬仪式已经有所变动。在公墓的尽头，在一块除了乳香黄连木，其他一无所有的空地上刨了两个大坑，一个埋男尸，一个埋女尸。从这点看来，当局还是尊重礼仪的，只是过了很久以后，迫于形势，方才连这最后一点廉耻之心也丢了：不分男女乱七八糟地往里堆，什么体统也不顾了。幸而这种后来发生的混乱现象出现在瘟疫已近尾声的时候。我们现在报道的还是男女分坑时期的情况,那时省府对这一点还很重视。在两个坑的底部堆着厚厚的一层生石灰,沸腾着,热气直冒。坑边上生石灰堆得像座小山,无数气泡就在流通的空气中噗噗破裂。救护车运输完毕,担架排成行列抬了过来,让赤裸的、微微弯曲的尸体滑到坑底,大致上还是一具接着一具排整齐。这时先覆盖上一层石灰,然后掩土。泥土只覆盖到一定高度为止,以便留下地方接待“新客”。第二天,家属被叫来在登记册上签字,这标志着人和其他动物,例如狗,这两者是不同的:凭此日后还可核查。

要完成所有这些工作,这是需要人手的,可是人手看来随时就要不足。这些护士和埋尸人员开始是公家雇佣的,后来是临时凑起来的,其中许多人也死于鼠疫:不管免疫措施多么严密,总有一天会传染上。可是仔细想一下,最使人感到奇怪的是在发生瘟疫的整个时期中,干这一行的人始终没有缺少过。最危急的时期是在疫情达到最高峰之前不久的那些日子,里厄医生那时确实不能不担忧了,因为无论是办事人员或他称之为干粗活的人,都感到缺乏人手。可是等到鼠疫真正席卷全城时,那过度的危害反而带来了方便,因为疫病破坏了全部经济活动,造成了大量的失业者。一般情况下,无法从这些人中招募到办事人员,但对干粗活的人手却不必担心。从那时开始,贫困的力量超过了恐怖心理,尤其因为劳动报酬与危险程度成正比的缘故。卫生机构手头就有一连串的申请工作者的名单,一等有了缺额,就马上通知名单上开头的几个人,这些人除非在等待期间本人也成了缺额,否则是决不会不应召的。许久以来,省长一直犹豫着是否要动用判过有期或无期徒刑的囚犯来执行这项工作。但现在这一来,就可不必采取这个极端的办法,因此只要失业者一日不断,他就同意继续采用目前这种办法,以后再说。

直到八月份为止,市民们总算能凑合着被带到他们的最后归宿地,虽然不一定诸事如仪,至少还不致乱不成章,而行政当局也因能尽到责任而心安理得。不过现在我们得把事件的后面一部分提前叙述一下，以便把最后所采取的步骤作一报道。从八月开始，疫情进入一个相对稳定时期，死者的数字大大超过那小小的公墓所能容纳的数量。墓地的一部分围墙被拆掉，为死者打开一个缺口进入到邻近的土地上去，但仍无济于事，还得赶快另想别法。先是决定埋葬工作在夜间进行，可以一下子免去某些规矩仪式：在救护车里的死尸可以越堆越多。有些越轨的夜行者在宵禁时间开始后还逗留在外围地区(或是因工作关系而到那里去的)，他们往往会遇到那些长长的白色救护车，飞也似地疾驰，暗淡无光的铃儿的当当声在深夜空荡荡的街上发出回响。尸体被急急忙忙地抛入坑中，晃动尚未停止，一铲铲的石灰便已压到了他们的脸上，然后黄土一掩，便把他们连同姓名一起埋葬完毕，而那些坑儿也越挖越深了。

过不多久，人们不得不另作打算，扩充地盘。省府一纸公文征用了永久出租墓地，将挖出的尸体全部送往火葬场焚化。不久，死于鼠疫的人的尸体也不得不送去烧掉了事。为此，城外东郊的旧焚尸炉又得利用起来。站岗的守卫线又往外挪了些，有一位市府职员提了一个意见，建议使用过去沿着海滩峭壁旁的道路行驶的电车来运尸——这些电车当时已被搁置一旁，停止行驶。这一来大大方便了行政当局的工作。于是便把电车的机车和拖车内的座位全部拆掉，把路线改道，通向焚尸炉，这样焚尸炉便成了电车路线的终点站。

在夏季末尾以及连绵的秋雨时期，每天到了子夜，就能见到这些没有乘客的奇怪的电车沿着海滩峭壁摇摇晃晃地驶过。居民们终于弄清楚了这是怎么回事。尽管巡逻队禁止人们走近陡坡，还是时常有人三三两两地钻进俯瞰海滩的岩石丛中，在电车经过时把鲜花扔进拖车车厢中去。夏日夜晚，一直可以听到这些载着鲜花和尸体的车辆颠簸行驶的声音。

开始几天，曙光初现时，一股奇臭的浓烟弥漫在东区上空。根据所有的医生的判断，这种散发出来的气体虽不好闻，却对任何人都无害处。但该区居民却坚信这样一来鼠疫便会自天而降，纷纷扬言要离开居住地区，于是当局被迫设计出一套结构复杂的管道使烟雾绕道改向，居民方始安定下来。只有在刮大风的日子里，从东面吹来一阵难以形容的味道时，人们才想起周围环境不同往常，鼠疫的火焰每晚吞噬着它的牺牲品。

这就是瘟疫带来的最严重的后果。不过幸而疫情后来没有变得更为严重，因为人们已开始怀疑机关的创造性，省府的手段，甚至焚尸炉的容量，是否已经应付不了形势。里厄获悉当局已考虑过一些绝望中的解决办法，譬如说将死尸抛入大海，他的脑海中很自然地浮现出一幅蓝色的海面上漂浮着可怕的残骸的景象。他也明白如果统计数字继续上升的话将会出现什么局面：那时效率再高的组织机构都将束手无策；尸体堆积如山，就在街上腐烂起来，而省府对此一筹莫展；在市里的公共场所，可以看到垂死者怀着一种完全可以理解的仇恨和毫无意义的希望死命地缠住活人。

总之，就是这些明显的事实和担心害怕的心情使我们的市民经常处于流放和分离的感觉之中。关于这方面，笔者深感遗憾没有什么真正引人注目的事可报道，如某个鼓舞人心的英雄人物或某个惊天动地的壮举，就像老故事中屡见不鲜的例子那样。这是因为没有比一场灾难更缺乏戏剧性的东西了，而且大的灾祸，由于时间拖得很久，往往是非常单调的。根据亲身经历过的人们的回忆，鼠疫的可怖的日子并不像烧个不尽的残忍的大火，而却像一种永不停止的践踏，其势所至，一切都被踩得粉碎。

不，鼠疫和在瘟疫开始时期久久盘踞在里厄医生头脑中的惊心动魄的形象毫无共同之处。一开始，鼠疫是通过一套谨慎小心、运行有效、无可指摘的行政措施表现出来的。顺便加上一句：笔者为了不歪曲任何事实也不违背他个人的想法，尽力做到客观。他不愿通过艺术加工使任何东西失去真实，除了不得已为了使故事有些连贯性时才这样做。正是出于客观的要求，他才说：这段时期中最普遍、最深重的痛苦固然是别离，而且完全有必要把鼠疫的这一阶段的情况实事求是地重新描绘一遍，可是也得承认这种痛苦本身已失去了它的悲怆性。

市民们，或是退一步说，那些被相思之苦纠缠得最深的人能否适应他们的处境呢?说他们能够适应,那大概是不完全正确的。恐怕更确切的说法是,他们在精神和肉体两方面正在尝"魂销形瘦"之苦。鼠疫开始发生时,他们清晰地回忆得起失去的人儿,苦苦思念。然而尽管对对方的音容笑貌记忆犹新,尽管对心上人幸福高兴的某一时日丝毫不忘,他们却想象不出就在他们思念的此时此刻,远方的人儿究竟在做些什么。总之,记忆有余,想象不足。到了鼠疫的第二阶段,连记忆也已消失。并不是说他们忘了心上人的脸容,而是——其实结果也差不多——失去了心上人的肉体,他们在自己身体内部感觉不到心上人的存在。在最初几个星期中,令他们怨恨的是怀中与之温存的人只是个影儿,接下来的感觉是这个影儿愈来愈没有血肉了,连记忆中的一丝颜色也已褪个干净。待到分别时间长了以后,他们已无法想象过去亲身体验过的卿卿我我的生活,甚至连过去曾有过一个生活在一起、随时可用手触摸到的人儿这一回事也感到不可思议起来。

从这一点上来说,他们已进入鼠疫的境界,这境界越是平淡无奇,对他们的影响也越大。没有一个人还有什么崇高的情感,大家的情感都同样平凡单调。"该是收场的时候了。"市民们都这样说。这样说的原因,一方面是疫病横行时盼望共同的苦难快点结束是很正常的事,另一方面是事实上他们也真是这样盼望着的。但讲这句话时,初期的冲动和怨气已没有了,只是脑筋还算清楚,但已脆弱无力。开始几周内的野性十足的冲动已为一种沮丧情绪所代替,这种状态如果当作是逆来顺受当然不对,但也不能说不是一种暂时的认可。

我们的市民们已不再违抗,他们像人们所说的,已适应环境,因为除此以外,别无他法。当然他们带着一副痛苦不幸的姿态,但已感觉不到它的煎熬。也有人,如里厄医生,就认为这才是真正的不幸,习惯于绝望的处境比绝望的处境本身还要糟。以往这些别离者还不能算真正的不幸,他们的痛苦中还存在一线光明,现在连这一线光明也已消失。他们待在路角上,咖啡馆中,或是朋友家里,静悄悄的,心不在焉,眼里带着如此厌倦的神情,以致整座城市有了这样一群人在里面就像一间候车室。有工作的人干起活来也和鼠疫的步态一样：小心翼翼而又不露声色。每个人都变得不骄不躁。别离者谈到不在眼前的人儿时，第一次不再怏怏不乐。他们用的是相同的语言，用对待有关疫情统计数字的态度来对待他们的别离情况。在这以前，他们绝不同意将他们的苦恼和全城人共同的不幸混为一谈，现在也接受把它们掺在一起了。失去了对过去的回忆，失去了对未来的希望，他们已置身于当前的现实之中。说实在的，在他们看来，一切都成了眼前的事。必须说上一句：鼠疫从大家身上带走了爱情，甚至友谊，因为爱情总得有一些未来的含义，但这时对大家来说，除了当下此刻，其余一无所有。

当然，这一切都不是绝对的，虽然所有的别离者确实都会走上这条路，但到底是有早有晚的，而且即使到了这种地步，还会有瞬间的旧梦，短暂的回忆，霎时的清醒，为这些患相思病的人带来更痛苦、更敏感的旧创复发。有这么一些时刻，为了消闲解闷，他们会计划一番鼠疫结束后的生活。有时他们触景生情，会料想不到地受到一种莫名的嫉妒心理的刺伤。另一些人在一星期的某些日子里会突然振奋起来，摆脱了麻木不仁的状态，例如星期天或星期六下午，因为当亲人尚在身边时，这两天就是他们习惯地进行某些活动的日子。有时到了傍晚，一阵伤感攫住了心灵，向他们预示：往事又要在脑海里重现——当然也不一定准会如此。这傍晚时分对宗教信徒说来是反省的时候，但对囚徒和流放者说来，却是难受的当儿，因为他们除了空虚感之外别无可反省的内容。在这个时刻里，他们只觉得心里空荡荡的，但不一会儿，又回到精神麻痹的境地，重新置身于鼠疫的囹圄之中。

他们已懂得，在这种境界中，就得放弃更切身的私事。这和鼠疫刚出现时不同：那时，萦回脑际的尽是个人琐事，一点一滴也放不下，别人的生死则与己无关，他们的生活经验仅限于个人；现在，他们也开始急人之所急，你我不分了，他们头脑中出现的是大家一样的想法，他们的爱情也成了最抽象的概念。他们已完全听凭瘟神摆布，即使有时也希望些什么，但这只是在睡梦之中，甚至当头脑中出现这样的想法："这些腹股沟淋巴的事儿啊，快快过去吧！”这时，他们自己也会感到奇怪。事实上他们都已进入梦乡，整整这一段时期不过是一场黄粱大梦。城中居民都是些白日做梦的人，只有很少这么几次，在深夜中，表面上已愈合的伤口突然开裂，这时他们才算真正清醒一下。惊醒过来后，迷迷糊糊地触摸一下又痒又痛的伤口边缘，旧创突然带着一股新的力量复发，随之而来的是爱人的悲哀的面容。晨光一现，他们重又面临灾祸，也就是说返回机械的生活中去。

人们也许要问，这些别离者的模样究竟像什么？很简单，他们什么都不像，或者可以说，他们像所有的人，一副大家都具有的模样。他们分担着城市的沉寂和孩子气的骚动。他们失去了议论是非的习惯，换上了泰然自若的神情。比如说，他们之中有一些最聪明的人也装模作样地像别人一样看报听广播，寻找些根据以说明鼠疫即将过去，似乎抱有一些不切实际的希望，再不然读了某个无聊到叫人直打呵欠的新闻记者信手拈来的一篇述评，便毫无根据地恐慌一番。剩下的人中，不是喝喝啤酒，便是照料病人，不是没精打采，便是筋疲力尽，不是把卡片归归档，便是听听唱片，大家都是彼此彼此。换句话说，他们已不再挑这拣那了。鼠疫将辨别优劣的能力一扫而尽。这点可以清楚地看出来：没有人在购买衣服和食物时再计较质量，来者不拒，一概接受。

最后，可以说那些与亲人分处两地的人也已失去了瘟疫发生时起到保护作用的奇怪的特权，爱情的自私心理已消逝，由此得到的好处也随之化为乌有。至少现在看来，情况已明，疫病已成为与大家有关的事。城门口枪声密集，一下下盖的戳印有节奏地敲出了我们的生和死，一场场火灾，一张张档案卡片，一片恐怖的气氛，一项项礼仪手续伴随着经过登记的不体面的死亡，可怖的浓烟，冷酷无情的救护车铃声：我们就生活在这一片喧嚣之中，啃着流放犯的囚粮，心中无限期地等待着那将轰动全城的共同重逢和共同安心的日子。我们的爱情无疑还存在，但它发挥不了作用，变得沉重难忍，毫无生气，就像犯了罪、判了刑那样的无所作为。爱情已变为无尽头的忍耐，执拗的期待。就此看来，某些市民的态度使人联想到各处食品店门口排着的长队。同样的坚韧不拔，同样的逆来顺受，出头无期，不抱幻想。不过这样的精神状态应该加强一千倍才符合与亲人分离的人的情况，这是另一种的饥馑之感，它能把一切都吞噬下去。

不管什么情况，如要对城中那些与亲人分离的人的心绪有一个正确的概念，那就有必要再一次回顾那满天残照和遍地尘埃的永远不变的傍晚，当暮色降临到这座缺树少荫的小城中时，男男女女都走出户外，拥上街头。这时从沐浴在晚霞中的露天座上能听到的，已不再是城市中通常都有的、那种由车声辚辚、机器隆隆组成的市声，而是乱哄哄的、低沉的脚步声和说话声，在闷热的天空中，瘟疫的呼啸声为那成千上万的人痛苦地移动着的脚步声打着节拍，永无尽期、沉闷难忍的街头踯躅声逐渐充满全城，一晚又一晚，这种声音无比阴沉地也无比忠实地体现了一种盲目的顽固情绪，它终于取代了我们心中的爱情。

到了九月和十月，鼠疫已经使奥兰成了一座与世隔绝的孤城。由于疫病势焰不减，几十万居民也只得一个星期一个星期没完没了地在城里团团转。在天空中，浓雾、热潮和阵雨相继而来。一群群来自南方的鸫鸟和椋鸟无声无息地掠过苍穹，绕城而过，好像帕纳卢神甫所描述的瘟神在屋顶上空正把那根古怪的长矛挥舞得呼呼作响，吓得它们不敢飞近。十月初，滂沱大雨把街道冲洗得一干二净。在这段时间里，笼罩着一切的就是这种疫病势焰不减的严重局面。

里厄和他的朋友们都感到疲惫不堪。事实上，卫生防疫人员已经再也忍受不住这种劳累了。里厄医生意识到这一点，是在觉察到自己和朋友们身上滋长着一种满不在乎的奇怪心理的时候。比如，这些人在这以前，对一切有关鼠疫的消息一直都十分关切，然而现在他们却置若罔闻。朗贝尔是主管一个隔离病房的临时负责人，那个病房是不久前才设在他旅馆里的，他对在他那里隔离观察的人数了如指掌。他对自己制定的那套制度的细则十分熟悉：一旦发现瘟疫迹象，必须立即将病员转移至医院医治。另外，这些用在隔离病人身上的血清所产生的效验数据，他都能历历如数家珍。但是，他说不出每周死于鼠疫的人数有多少。他确实不知道疫情是愈来愈猖獗还是在逐渐缓和。而且，不管情况如何，他仍然希望不久能逃出城外。

至于其他人员，由于夜以继日、专心致志地忙于工作，他们既不看报，也不听广播。如果有人告诉他们一个医疗效果，他们作出很感兴趣的样子，但实际上他们是漫不经心地姑妄听之，使人感到，他们好像大战时那些因构筑工事累得筋疲力竭的士兵一样，只致力于使他们的日常工作不出差错，而对决战或者停战再也不抱什么指望。

格朗虽然在继续进行有关鼠疫的必要计算，但是可以肯定，他统计不出总的结果。他与塔鲁、朗贝尔和里厄不一样，不像他们看上去就是不容易累倒的人；他的身体一向不很好，但却同时担任几件工作：市政府助理，里厄的秘书，还有他自己在夜间的工作。人们可以看到他经常处于一种筋疲力竭的状态。他常用这么两三个决定好的打算来振奋自己的精神，比如：在鼠疫扑灭以后，要彻底休息一段时间，至少一个星期，以便认认真真地把他目前正在着手进行的使人“脱帽致敬”的工作做完。有时，他也会突然变得情不自禁起来，遇到这种情况，他往往会自动地向里厄谈到让娜，思念她此时此刻可能在哪里，以及她看到报上的消息会不会想到他。有一天，里厄用十分平淡的语气同他谈起自己妻子的事，这使里厄自己都感到奇怪，因为在这以前他从来没有这样谈过。他妻子打来的电报总是说她很好，并请他安心，但他有点放心不下，于是就决定给他妻子住的那个疗养院发一个电报去问问主任医师。结果，对方回电说他妻子病势加重，但院方保证采取一切必要措施来控制病情不让它恶化。他一直把这一消息压在心里，现在他自己也无法解释，怎么会把这件事告诉格朗的，除非是因为过分疲劳的缘故。原来这位公务员先是对他谈到让娜，然后问起他的妻子，于是里厄才回答的。“您知道的，”格朗说道，“现在这种毛病会很快治好的。”里厄表示同意，并且很坦率地说，他开始感到与妻子分离的时间太长了一点，并说，要不是在这种情况下，他或许早已帮助妻子战胜病魔，可是现在看来，她准会感到十分孤独。后来他就不说下去了，只是含含糊糊地回答了格朗提的问题。

其他人的情况也是一样。塔鲁比较能顶得住一些，不过从他的笔记本中可以看到他爱东探西问的习惯，如果按深度来说并没有丢掉的话，那么从广度来看已经没有以前那么多样化了。其实，在整个这段时期中，看来他似乎只关心科塔尔。自从旅馆改成隔离病房以来，他已搬到里厄家里去住。他不大爱听格朗或者里厄平时晚上谈论抗疫的情况。他往往没听上几句，就立刻把话题转到他通常关心的奥兰日常生活的琐事上去。

至于卡斯特尔，他有一天跑来通知里厄医生血清已准备就绪，两人决定要在奥东先生的男孩——就是那个刚送进医院，在里厄看来似乎已经没有希望的孩子——身上作首次试验。医生在把最近的统计数字告诉他那老朋友时，发现对方已经在安乐椅上睡得很沉了。平时卡斯特尔的脸上总是露出一股温文尔雅而又带有讥讽的神色，显示出无限的青春活力，而这时映入他眼帘的却是一张突然变得毫无生气的脸，只见半开的嘴边挂着一丝唾液，显露出他的精力衰竭和年迈苍老。面对着这张脸，里厄禁不住一阵心酸，喉咙哽塞。

每当感情脆弱时，里厄就意识到自己确是疲劳了。他控制不住，感情外露。平时，他大多能控制住自己，显得心肠很硬，不动感情，但偶尔也会感情爆发，有时甚至一发而不可收拾。他唯一的抵御方法就是躲藏在这铁石心肠的外表之下，把他心中用以控制感情的绳索上的结紧紧扯住。他深知这是他能继续干下去的好办法。至于其他方面，他没有什么更多的幻想了，即使他还保持了一些，但现在也都被疲劳所磨灭了，因为，他知道，在这看不到尽头的时期里，他的职责不再是给人治病，而是诊断。发现，观察，描述，登记，然后就断定病人患了不治之症，这就是他的任务。病人的妻子往往拉住他的手腕嚎叫："医生，救救他的命吧！"但是他在那儿并不是为了救人性命，而是为了下令隔离。他从那些人的脸上看出人们憎恨他，但是憎恨又怎么样呢？有一天，人家对他说："您没有心肝！"怎么会没有呢？他有。就是这颗心使他能坚持每天工作二十小时，目送那些本该活着的人离开尘世。就是这颗心使他能日复一日地工作下去。今后，他的心只够使他做到这一步。这样的心，怎么能足以救人的命呢？

不！他整天给人的不是援救，而是提供情况。当然，干那种事不能叫做是真正的职业。但是，在这群惶惶不可终日和面临瘟疫浩劫的人们中间，究竟谁还有这闲心思从事真正的职业呢？疲劳还真有点好处。如果里厄头脑清醒一点的话，这种到处都在散发出来的死人气息一定会使他触景生情，无限感慨。但是，每天忙得只有四小时睡眠的人是不会多愁善感的。对待事物就是公事公办，就是说要按照公正的原则，一种丑恶的嘲弄人的公正原则办事。至于别人，就是那些病入膏肓的人，他们也体会到这一点。在鼠疫发生以前，人们把这位医生当作救星，三粒药丸和一个针筒就解决问题，而且人们常常挽着他的胳膊，顺着走廊一路送他出来。这样虽然有传染上疾病的危险，但毕竟是使人感到愉快的。现在是截然相反了，他到人家家里去要带上几个士兵，必须用枪托砸门，人家才会出来开门，就好像他们是要把这一家人送上死亡的道路，把全人类送上死亡的道路。唉！这倒是真的，人不能离群索居，他也和这些不幸的人一样感到空虚，他也同样应该得到别人的怜悯，因为每当他离开这些不幸的人的时候，这种怜悯的心情就会在他的心里油然而生。

在这些没完没了的日子里，这至少是里厄医生的一些想法，而且在这些想法里还交织着与亲人分离的孤独情绪。这些想法也同样在他朋友们的脸上反映出来。所有那些坚持不懈地进行抗疫斗争的人都渐渐感到支撑不住，可是这种疲乏所引起的最危险的后果，还不是他们对外界动态以及对别人的喜怒哀乐漠不关心，而是在于他们对自己那种放任自流、漫不经心的态度，因为他们有这么一种倾向：凡是不是绝对必要的事，凡是在他们看来是自己力所不及的事，他们都懒得去做。因此，这些人就越来越忽视他们自己所制订的卫生规则，对于他们自身应该进行消毒的许多规定，其中有一些，他们也忘了遵守，有时甚至顾不上采取预防传染的措施，就赶到肺部受鼠疫侵袭的病人那里去，因为他们都是临时被叫到感染者家里去的，他们感到已无此精力再到某处去为自己滴注必要的防疫药物。这倒是真正的危险，因为正是这场同鼠疫进行的斗争使他们成了最易受感染的对象。总之他们是在碰运气，而运气又不是人人都能碰得到的。

可是，城里却有一个人看上去既没有疲劳不堪，也没有灰心丧气，仍然露出一副洋洋得意的神色。这就是科塔尔。他对别人继续采取不即不离的态度，但却选中了塔鲁，只要后者有空，便去看他。一方面是因为塔鲁对他的情况很了解；另一方面是因为塔鲁总是诚心诚意地接待这位靠年金生活的小矮个儿，从不怠慢。这真是一个连续不断的奇迹：不管工作得多么劳累，塔鲁总是那么和蔼可亲，关心备至。甚至有几个晚上他累垮了，但第二天照旧精神抖擞。科塔尔曾经对朗贝尔说："我跟塔鲁很谈得来，因为他很通人情。他总是很体谅别人。"

所以，在那段时期里，塔鲁的日记内容就逐渐集中到科塔尔的身上。塔鲁曾试图在日记中如实地、或者按照自己的理解反映出科塔尔告诉他的种种想法和对事物的看法。这篇题为"关于科塔尔和鼠疫的关系"的记录占了笔记本好几页纸，笔者认为有必要在这里介绍一下它的要点。塔鲁对这位靠年金生活的小矮个儿的总印象可以归纳为一句话："这是一个形象正在高大起来的人物。"至少从表面上看来，他的心情显得越来越愉快。他对事态的发展并无不满，在塔鲁面前，他有时会用这类话来表达他思想深处的想法："当然，情况仍不见好转，不过至少大家是同舟共济的。"

"当然，"塔鲁补充着写道，"他同别人一样，受到鼠疫的威胁，但好就好在他是和大家共患难的。其次，我可以肯定，他并不真的相信他自己会染上鼠疫。他似乎是靠着这样一种想法在过日子的，从另一个角度看，这倒是一种并不愚蠢的想法：当一个人遭到某种严重疾病或者某种深重的忧虑折磨时，他就不会再有任何其他的疾病或忧虑。他曾对我说过：'您可曾注意到，一个人是不会同时害上所有的病的。假设您患有重病或者某种不治之症：严重的癌症或肺结核，您就决不会被鼠疫或斑疹伤寒所侵袭，决不可能。而且这方面的效果比上述的还要大得多，因为您决不会看到过一个癌症患者死于车祸。'这种想法，暂且不问正确与否，倒使得科塔尔感到心情舒畅，他唯一担心的事，就是怕把他跟别人隔离开来。他宁可和大家一起被围困起来，而不愿做单身囚徒。鼠疫一来，什么秘密调查啊，档案啊，卡片啊，密令啊，迫在眉睫的逮捕啊，全都谈不上了。说得确切些，那就是警察局也罢，旧的或新的罪行也罢，罪犯也罢，全都化为乌有了，只有被鼠疫'判了刑'的人在等待着它的完全独断独行的恩赦，而在这些人中间就有警务人员。"因此，根据塔鲁的解释，科塔尔有充分的理由可以用这种宽容、体贴而又满意的态度去看待市民们忧虑和惊慌失措的表现，他那副神情仿佛在说："你们尽管讲吧，反正这种事我比你们领教得早。"

"我曾经告诉他——但也是白说——要使自己不脱离群众的唯一途径，归根结底，就是要做到问心无愧。他带着恶意看了我一眼，对我说：'那么，照您这么说，人与人就决不能相处啰。'他接着又说：'您爱怎么说就怎么说，不过我跟您说，使人们团聚在一起的唯一途径，仍然是把鼠疫带到他们中间去。您还是看看您周围的情况吧。'其实，我懂得他想讲什么，我也明白今天的生活对他说来是多么舒适。旁人对事物的某些反应有时正好和他相同，他当然不会不看到：人人都企图使大家跟自己在一起；有时候热心地给迷途者指路，可是有时候却显得很不耐烦；人们争先恐后地拥进豪华的饭店，乐滋滋地呆在那里久久不去；每天，闹哄哄的人群，站在电影院门口排队，把所有的剧场和舞厅都挤得满满的，像奔腾而来的潮水一样拥入公共场所；人们怕与别人进行任何接触，但对人类的热情的渴望却又驱使男男女女相互接近，肩摩肘接。显然，科塔尔对这一切早就领教过了。不过对女人除外，因为凭他的那副嘴脸……我猜想当他需要找妓女时，为了避免造成恶劣印象而害了自己，他就自我克制。

"总之，鼠疫对他有好处。鼠疫使这个不甘孤独的人成了它的同谋者。是的，很明显，是一个同谋者，而且是一个乐此不疲的同谋者。他赞许他所看到的一切：那些惶惶不安的人的迷信、莫名其妙的恐惧、易于冲动的脾气;他们力避谈及鼠疫、却又不停地谈及鼠疫的怪癖;他们从得知这种病是以头痛开始的这一天起,一发觉有点头痛就心惊胆战、面无人色的表现;还有他们一触即发的脾气和反复无常的心理——这使他们会把别人的遗忘看作是冒犯,或者会因丢失一粒裤子纽扣而伤心不已。”

塔鲁经常和科塔尔在晚上一同出去。他后来就在笔记本里记叙他们如何在傍晚或深夜走入人影幢幢的人群中去,摩肩接踵地夹杂在若隐若现的人堆里,因为每隔相当距离才有一盏发着微弱亮光的路灯。他俩就这样跟随着人群去寻欢作乐以摆脱鼠疫的阴影。这就是科塔尔几个月前在公共娱乐场所寻求的奢侈豪华的生活,也就是他一直梦寐以求而又无法得到满足的放荡不羁的享乐生活,而现在全城的人都趋之若鹜。各种东西的价格都在上涨,无法遏止,而人们却从来也没有像现在这样挥金如土,尽管大部分人都缺乏生活必需品,但人们也从来没有像今天这样大量地消耗奢侈品。所有各种为有闲阶级服务的游戏赌博场所开办得越来越多,而这种有闲生活却只不过反映了失业现象。塔鲁和科塔尔有时花了不少时间跟在一对男女的后面。过去,这种成对的男女总是小心翼翼地要避人耳目,而现在却是相互紧紧偎依,肆无忌惮地在全城游逛,火热到忘乎所以,把周围的人群完全置之度外。科塔尔情不自禁地说:“啊!真是好样儿的!”面对着这种群众性的狂热,面对着明目张胆的调情,在周围一片响亮的大手大脚丢小费的闹声中,他兴高采烈,高声喧嚷。

然而,塔鲁认为,在科塔尔的这种态度中并没有多少恶意。科塔尔常说:“这些事我在他们之前早就领教过了。”这句话与其说是显示了他的得意心情,毋宁说是表明了他的不幸遭遇。塔鲁在笔记本里写道:“我觉得他开始疼爱这些飞不上天、出不了城的人了。比如,一有机会,他就向他们解释鼠疫并不像大伙儿所想象的那么可怕。他曾对我说:‘您且听听他们说些什么:鼠疫过后,我要做这,鼠疫过后,我要做那……他们不想安安逸逸地过日子,而偏偏要自寻烦恼。他们甚至看不到对自己有利的一面。难道我能说:在我被逮捕之后,我要做这做那吗?被逮捕是事情的开始,而不是结束。

可是遇到鼠疫……您要我谈谈我的看法吗?他们很可怜,因为他们不能听其自然。我这样说并不是信口开河。'”

塔鲁接着写道:“确实,他并不是信口开河,他恰如其分地猜测出奥兰居民的矛盾心理。他们一方面迫切需要使他们相互接近的热情,一方面却又由于存有戒心而彼此疏远。人们都深深懂得不能轻信自己的邻居,因为他会在您不知不觉的情况下,乘您对他毫无戒备之机,把鼠疫传染给您。如果有人,像科塔尔那样,花上许多工夫在他所找的同伴中间去发现一些可能会告密的人,那么,他就能理解这种心情,就会十分体谅有下述想法的那些人:他们认为,鼠疫会在旦夕之间降到他们身上,可能准备就在他们庆幸未被传染上的时候,突然来临。尽管有这种可能,但是在恐怖的气氛中,科塔尔仍能泰然自若,因为他早在别人之前就领教过这一切了,所以我认为他不会完全像别人那样受到这种忐忑不安的心情的折磨。总而言之,跟我们所有这些还没有丧命于鼠疫的人一样,他也感到他的自由和他的生命每天都濒于毁灭。但是,由于他已亲身体验过恐怖的味道,他认为,现在轮到别人来尝一下这种滋味,这也是完全正常的。说得更确切一些,在他看来,大家分担恐怖,那比他一个人单独忍受要好受得多。他错也就错在这一点上,而且就在这一点上,他比别人更难被人了解。但是,不管怎么说,正因为这样,他才比别人更值得我们去了解。”

最后,塔鲁在笔记本里叙述了这样一件事,它证实在科塔尔和鼠疫患者身上同时存在着一种奇怪心理。这件事大致上可以说明一下当时难以忍受的气氛,因此笔者认为它很重要。

那天,科塔尔邀请塔鲁到市歌剧院去观看歌剧《俄耳甫斯与欧律狄刻》①。演出该剧的剧团是在春天鼠疫刚发生时来到本城的。这个被鼠疫封

① 这部歌剧是德国音乐家格卢克(1714—1787)谱写的。根据古希腊神话,俄耳甫斯是个善弹竖琴的歌手,传说他奏的音乐可感动鸟兽木石。他的妻子欧律狄刻在结婚那天被毒蛇咬死,他到阴间去,用乐曲感动了阴间的神灵,获准放回他的爱妻,但规定在离开阴间之前,不能回顾。俄耳甫斯没有能够遵守诺言,最后还是回头看了一下在他身后的欧律狄刻,随即被雷击死。

锁在城里的剧团在与市歌剧院协商以后，迫不得已每周把这部歌剧重演一次。因此，几个月来，每逢星期五，市歌剧院里就响起了俄耳甫斯的回肠荡气的悲歌和欧律狄刻的微弱无力的呼吁。但是，这部歌剧却继续受到观众的欢迎，卖座率始终很高。科塔尔和塔鲁坐在票价最高的正厅前座中，周围坐满了本城的上流人士。那些姗姗来迟的人总是竭力让人注意到他们的进场。在耀眼的幕前灯光下，当乐师们在轻声调音的时候，只见一个个人影清晰地从一排座位走到另一排座位，温文尔雅地向座上的人鞠躬致意，在斯文的轻声交谈中，人们又恢复了几小时前他们在城中阴暗的街道上行走时所失去的那种镇定情绪，服饰打扮驱走了瘟神。

在整个第一幕中，俄耳甫斯引吭悲歌，如泣如诉，唱得十分出色自如，几个穿长裙的妇女开始高雅地评论俄耳甫斯的不幸，接着他用小咏叹调唱出了他的深情。全场以一种颇为适度的热情作出了反应。人们几乎没有发觉俄耳甫斯在第二幕的唱腔中带有一些不应有的颤音，以及他在向阴间的神灵哭诉，恳求怜悯时，悲哀的声调稍为有点过分。他有些动作做得不稳，可是连行家也把这种失误当作是别具风格，认为它使这位歌剧演员的表演增添了光彩。

演到第三幕，在俄耳甫斯和欧律狄刻唱二重唱时(即在欧律狄刻和她的爱人诀别的时候)，场内才出现某种惊讶的反应。好像这位男演员就是在等待观众的这一波动，或者更肯定地说，好像来自正厅的嘈杂声证实了他此刻内心的感情，他选定这个时刻穿着古装，伸出双臂，分开两腿以滑稽的姿态向台前的脚灯走去，在一片牧歌声中倒了下去。这些牧歌向来是不合时宜的，但观众们感到，此时此刻它是第一次变得真正不合时宜，非常不合时宜，因为，就在这同一时刻，乐队停止了演奏，正厅前座上的观众都站起身来，开始慢慢地退出场去。起先是肃静无声，就像人们刚做完礼拜离开教堂，又像瞻仰死者遗容之后走出殡仪馆，妇女们整理了一下衣裙，垂头丧气地离去，男人们手挽女伴，领着她们退场，不让她们碰撞那些挡道的加座。但是，这种波动逐渐加剧了，窃窃私语变成高声惊叫，人群拥向出口，挤作一堆，相互冲撞，大声叫嚷。科塔尔和塔鲁这时方才站起身来，亲眼目睹了他们当时生活中的一幅画面：从一个古怪地弯曲着四肢的蹩脚演员身上看到了降临在舞台上的鼠疫，而这时剧场里一切豪华的装饰品，比如那些被遗忘的折扇和红色椅子上的凌乱的花边织物都变成了一无用处的废物。

在九月头上的几天里，朗贝尔一直跟里厄一起非常认真地工作，他只请过一天假，因为他那天要在国立男子中学门口会见贡扎莱斯和那两个年轻人。

那天中午，贡扎莱斯和记者看到那两个小伙子笑嘻嘻地来到会面地点。他们说上次运气不好，不过这也是可以预料得到的事。总之，这星期没轮到他们值班，只好耐心等到下星期，一切再重新安排。朗贝尔说他也这么想。贡扎莱斯建议下星期一再碰碰头。不过，这次他们将把朗贝尔安置在马塞尔和路易家里。贡扎莱斯说："咱俩再碰一下头。要是我不在，你就直接到他们家去。有人会把他们俩的地址告诉你的。"但这时，马塞尔和路易两人中有一个说，最简单的办法是立刻领这位朋友到他们那儿去。要是他不挑剔的话，他们那儿有够四个人吃的。这样，他就知道地址了。贡扎莱斯认为这个主意不错，于是他们就向港口走去。

马塞尔和路易住在海军区的尽头，靠近通往峭壁的关卡。这是一幢西班牙式小屋，墙很厚，有油漆过的木外板窗，几间空荡荡的阴暗的房间。这两个小伙子的母亲是一位笑容可掬、满脸皱纹的西班牙老大娘。她用大米饭来招待客人。贡扎莱斯表示惊讶，因为城里已经很少有大米了。马塞尔说："住在城门口附近总可以想到一点办法的。"朗贝尔又吃又喝，贡扎莱斯说他是个好伙伴，而这时候记者的脑子里却只是在想他在城里还得待一个星期。

实际上，他还要等上两个星期，因为为了减少值班班次，警卫值班已改为两个星期换一次。于是在这两周中间，朗贝尔持续不断地拼命干，几乎闭着双眼从黎明一直埋头工作到夜晚。他总是到深夜才上床睡觉，而且睡得很沉。从以前的闲散生活突然转入现在的令人疲乏不堪的工作，使他几乎丧失了幻想和精力。他很少谈及关于他即将潜逃出城的事。只有一件事值得注意：在一个星期以后，他私下告诉里厄医生说，在头天夜里，他第一次喝醉了酒。他走出酒吧时，突然感到他的腹股沟胀得厉害，两臂上下活动也感困难。他想，这下子传染上鼠疫了。当时他唯一的反应——后来他与里厄一致认为这种反应是没有道理的——就是奔到这个城的高处，在那儿，从一个狭小的地方可以看到比较开阔的天空，但是仍看不到大海，就在那儿，他大声地呼唤他妻子的名字，吼声回荡在城墙的上空。后来回到家里，他没有发现自己身上有任何感染的征兆，因此，他对自己这种突如其来的冲动感到有些难为情。里厄说他很理解在这种情况下是会做出这种事来的。"不管怎么样，"他说道，"在这种情况下，人们很可能感到需要这样做。"

当朗贝尔向里厄告辞的时候，里厄突然补充说："今天早晨奥东先生对我谈起了您。他问我是否认识您。他对我说：'劝劝他不要同走私贩子们打交道。他已经引起别人注意了。'"

"他这是什么意思？"

"他的意思是说要您赶紧办。"

"谢谢。"朗贝尔握着医生的手说。

他走到门口突然回过身来。自从鼠疫发生以来，这是里厄第一次看到朗贝尔笑。

“那您为什么不阻止我离开这儿呢?您是有办法这样做的嘛。”

里厄习惯地摇摇头说,这是朗贝尔自己的事,朗贝尔已作出了选择,要的是幸福,那么,他里厄就没有什么理由反对。在这件事情上,他感到没有能力去判断哪是好的,哪是坏的。

“在这种情况下,您为什么催我快点办?”

这下轮到里厄笑了。

“这可能是我自己也想为幸福出点力吧。”

第二天,他们俩什么事也没有再提,只是照常一起工作。第二个星期,朗贝尔终于在这幢西班牙小屋里住了下来。房东给他在大家共用的房间里搭了一张床。由于那两个年轻人不回来吃饭,加上人家又要求他尽量少出门,因此,他大部分时间是一个人呆在屋里,或者和那位西班牙老大娘聊天。老大娘个子很瘦,但人倒挺精神,穿着一身黑色衣服,干净的白发下面是一张布满了皱纹的棕色的脸。她不爱说话,当她瞧着朗贝尔时,只有她的一双眼睛充满笑意。

有时候,她问他怕不怕把鼠疫传染给他的妻子。他认为传染的风险是有的,但总的说来风险极小,可是如果他留在城里,那么他俩就要冒永远分离的风险。

“她人可爱吗?”老大娘微笑着问道。

“很可爱。”

“漂亮吗?”

“我认为是的。”

“啊!”她说道,“原来是为了这个原因。”

朗贝尔沉思了一下。他想或许是为了这个原因,但不可能只是为了这个原因。

这位天天早晨要望弥撒的老大娘问道:“您不信仁慈的天主吗?”

朗贝尔承认他不信,于是老大娘又说他是为了这个原因。

“应该去和她团聚,您是对的。要不然您还有什么奔头呢?”

在剩下的空闲时间里，朗贝尔就顺着四周光秃秃的涂着灰泥的墙壁来回转，有时用手摸摸钉在板壁上的装饰用的扇子，或者数数台毯边缘垂着的羊毛小球。晚上，小伙子们回来了，他们也谈不上几句话，至多说一下今天还是没机会。晚饭后，马塞尔弹吉他，大家喝茴香酒，朗贝尔显得心事重重。

星期三那天，马塞尔回来告诉他："明天半夜可以走了。您准备好吧。"另外两个与他们一起值班的人，其中有一个传染上了鼠疫，另一个因为平时常跟前者待在一个房间里，已被隔离观察。因此，在两三天内，只有马塞尔和路易在值班。当天夜里，他们将安排一下最后的一些细节问题。第二天，就有可能走了。朗贝尔表示感谢。老大娘问："您高兴吗?"他口里回答高兴，但是他心里却在想另一件事。

第二天，气压很低，天气又潮湿又闷热，使人十分难受。关于疫情的消息很不妙。然而，这位西班牙老大娘很镇静。她说："这个世界造孽太多，非得这样不可!"跟马塞尔和路易一样，朗贝尔光着膀子。但尽管如此，汗珠还是从他的肩胛和胸部冒出来。在百叶窗紧闭、光线暗淡的屋内，他们的上身看上去像涂了一层棕色的油漆一样。朗贝尔一声不响来回走着。下午四点钟时，他突然穿好衣服，告诉他们他要出去。

马塞尔对他说："注意，半夜就要动身的。一切都准备妥当了。"

朗贝尔走到医生家里。里厄的母亲告诉朗贝尔，他可以在城内高地的医院里找到她的儿子。在岗哨前面始终有这么一群人在原地转来转去。一个长着金鱼眼的中士嚷道："走，走!"人群走动了，但还是在周围徘徊。这位汗水湿透了上衣的中士对众人说："没有什么可等的了。" 这也是大家的看法，但尽管烈日当头，大家还是待在那儿不走。朗贝尔向中士出示了一下通行证，中士就向他指了一指塔鲁的办公室。办公室的门面向院子。他迎面见到帕纳卢神甫刚从办公室里出来。

在一间散发着药味和潮湿的被褥气味的肮脏的白色小屋里，塔鲁坐在一张黑色的木制办公桌后面，卷起了衬衣袖子，用一块手帕在臂弯上擦汗。

“您还在这儿?”塔鲁问道。

“是啊,我想找里厄谈谈。”

“他在大厅里。不过,要是没他也可以解决问题的话,最好就别找他。”

“为什么?”

“他太累了。我自己能办的事,就不去找他。”

朗贝尔看了看塔鲁。他瘦了,疲劳得眼都花了,脸也落形了,宽厚的肩膀也塌下来了。有人敲门,进来了一个戴白口罩的男护士,他把一叠病历卡放在塔鲁的办公桌上,隔着口罩,闷声闷气地只说了一声“六个”,就走出去了。塔鲁看了看记者,并把这些病历卡摊成扇形给朗贝尔看。

“这样很好看,对吗?嘿,这可并不好看,这些是昨天夜里刚死的病人的病历卡。”

他皱着前额,重新把卡片叠好。

“现在剩下来要我们做的唯一的事,就是结账了。”

塔鲁站起来,将身子靠在桌边,说道:

“您不是就要动身了吗?”

“今天半夜里。”

塔鲁说,他听到这消息很高兴,并叫朗贝尔多保重。

“您这是说真心话吗?”

塔鲁耸了耸肩膀答道:

“到我这样年岁的人,说话总是真诚的。撒谎太累人了。”

“塔鲁,”记者说,“我想见见医生。请原谅。”

“我知道。他比我更通人情。我们走吧。”

“不是这么回事。”朗贝尔很尴尬地说。他停了下来。

塔鲁看了看他,突然向他微笑起来。

他们穿过一条小走廊,走廊的墙漆成浅绿色,墙上反射出的光线使人联想到水族馆。在快要走到两扇玻璃门前的时候,他们看到门后有几个人影子在晃动着,动作很怪。塔鲁让朗贝尔走进一个四周全是壁橱的小房间。他打开一个壁橱,从消毒器里取出两只纱布口罩,递了一只给朗贝尔,并请他立即戴上。记者问他这是否能起点作用,塔鲁回答说这并不起什么作用,只不过使别人放心点罢了。

他们推开了玻璃门。这是一间宽敞的大厅,尽管天气炎热,窗户还是紧闭着。墙的上部有几架调节空气的装置在嗡嗡作响,装置里弯曲的风叶搅动着飘浮在两排灰色病床上空混浊而炎热的空气。大厅内四面八方,只听到一片单调的哀鸣声,有人在低声呻吟,也有人在高声呼号。从装有铁栅栏的高高的窗口中泻进来一股强烈的光线,有几个穿着白衣的男人在这光线下缓慢地走动。在这大厅里朗贝尔感到热得十分难受。里厄弯着身子站在一个正在呻吟的病人面前,朗贝尔几乎认不出是他了。医生正在切开病人的腹股沟,有两个女护士在床的两旁帮着把病人的下肢分开。当里厄重新直起身子的时候,一位助手递过一只盘,他把手术器械往盘里一扔,接着就一动不动地站了一会儿,凝视着这个正在包扎的病人。

当塔鲁走近时,里厄问道:"有什么消息吗?"

"帕纳卢同意代替朗贝尔在隔离病房工作。他已经做了不少事。剩下的就是在朗贝尔走后重新组织第三调查组。"

里厄点点头。

塔鲁接着说:"卡斯特尔做出了第一批制剂。他建议做一下试验。"

"啊!这很好。"里厄说。

"还有,朗贝尔在这儿呢!"

里厄转过身来。当他看到记者时,他那双露在大口罩上面的眼睛就眯了起来,他说:

"您来干什么?这儿不是您来的地方。"

塔鲁说他今天半夜里走。朗贝尔补充说:"原则上是这样。"

每当他们中间有谁说话,谁的纱布口罩就随着鼓起来,而且在靠近嘴的地方也变得潮湿了,这似乎使人感到他们的谈话不大像真的,好像是雕像在谈话。

朗贝尔说:“我想跟您谈谈。”

“要是您愿意,我们一起出去。您在塔鲁的办公室等我。”

不一会儿,朗贝尔和里厄坐在里厄汽车的后座上,塔鲁坐在前面开车。

在起动的时候,塔鲁说:“汽油要没了。明天我们得步行了。”

“医生,”朗贝尔说,“我不走了,我想留下来跟你们在一起。”

塔鲁不动声色,继续开车。里厄似乎还没能从疲劳中恢复过来。

他声音低沉地问道:“那么她呢?”

朗贝尔说,他经过再三考虑,虽然他的想法没变,但是,如果他走掉,他会感到羞耻,这会影响他对留在外边的那个人儿的爱情。但是里厄振作了一下,用有力的声音说,这是愚蠢的,并且说选择幸福,谈不上有什么羞耻。

朗贝尔说:“是啊,不过要是只顾一个人自己的幸福,那就会感到羞耻。”

在这以前一直没吭声的塔鲁头也不回地说,要是朗贝尔想分担别人的不幸,那么他就不会再有时间去享受自己的幸福。这是要作出选择的。

朗贝尔说:“问题不在这里。我一直认为我是外地人,我跟你们毫无关系。但是现在我见到了我所见的事,我懂得,不管我愿意或者不愿意,我是这城里的人了。这件事跟我们大家都有关系。”

没有人回答他的话,于是朗贝尔好像忍不住了。

“再说,你们也都很明白这一点,否则你们在这医院里干什么?你们自己作出了选择没有?你们是不是也放弃了幸福?”

塔鲁和里厄仍然都没有回答。大家沉默了很久,直到汽车驶近医生家,朗贝尔才又重新提出他那最后一个问题,而且语气更加坚定。这时里厄独自转过身去看了一下朗贝尔,他费劲地挺直身子说:

“朗贝尔,请原谅我,您讲的这一点,我不清楚。既然您愿意,那么就跟我们一起留下。”

汽车突然往旁边一偏，打断了他的话。接着他凝视着前方，继续说：

“世界上没有任何事物是值得人们为了它而舍弃自己的所爱。然而，不知什么原因，我自己就像您一样，也舍弃了我的所爱。”

他又重新让身子倒在靠垫上。

“这不过是一个既成事实罢了，”他疲乏地说，“让我们把它记下来，承受由此而产生的种种后果吧。”

“什么后果？”朗贝尔问。

“啊！”里厄说，“我们不可能一边还在给人治病，一边就知道结果。还是让我们尽快地医治病人吧！这是当务之急。”

当塔鲁和里厄在给朗贝尔画由他负责调查的那个区的地图时，塔鲁看了看自己的表：已经是半夜了。塔鲁抬起头来，他的目光刚好跟朗贝尔的碰在一起。

“您已经通知他们了？”

记者避开了他的目光，费劲地说：

“在我来看你们之前，我已写了张条子叫人送去了。”

卡斯特尔研制的血清是在十月下旬试验的。实际上，它是里厄最后的希望了。如果试验再次失败，那么医生就确信这座城市将听任病魔摆布，这场瘟疫或者还要拖好几个月，或者莫名其妙地自行收场。

在卡斯特尔去看望里厄的前一天，预审推事奥东先生的儿子病倒了，因而全家都得进隔离病房。刚从那儿出来不久的奥东夫人又只得第二次过隔离生活。推事很遵守颁布的命令，他在孩子身上一发现病征，就立即派人请里厄医生来。当里厄进屋的时候，奥东夫妇俩正站在孩子的床边。他们的小女儿已经被隔开了。病孩正处于衰竭时期，因此他听任人家给他检查，没有一丝呻吟。当医生抬起头来时，他的视线刚好与推事的相接，同时他也看到在推事的后面，奥东夫人的那张苍白色的脸。她把手帕捂在嘴上，张大了两只眼睛注视着医生的举动。

推事冷静地说："是这病，对吗？"

里厄再看了看孩子，回答说："是的。"

孩子母亲的眼睛睁得更大了，但她仍没有吭声。推事也默默无言，后来他用更低的声调说：

“好吧，医生，我们应该照章办事。”

里厄使自己的目光避开那位把手帕一直捂在嘴上的奥东夫人。

他犹豫不决地说：“如果我能去打个电话，这很快就能办妥。”

奥东先生说他马上领医生去打。但是医生转身向奥东夫人说：

“我很遗憾。您最好准备一些衣物。这您是知道的。”

奥东夫人好像愣住了。她看着地上，点点头说：

“是的，这我会准备的。”

在与奥东夫妇告别之前，里厄禁不住问他们是否需要什么。奥东夫人还是默默无言地看着医生。但这次是轮到推事避开目光了。

“不需要什么。”他说。然后他咽了一口唾沫，接着说：“不过请救救我的孩子。”

隔离原先只不过是一种简单的形式而已，但后来里厄和朗贝尔将它组织得非常严格。尤其是，他们要求同一家庭的成员必须始终相互隔离。万一家中有一个人员不知不觉地被鼠疫杆菌感染了，那就决不应该让这种病有扩散的机会。里厄把道理向推事解释清楚，推事也认为十分正确。但是，奥东夫妇俩在分手时的那种相互凝视、难分难舍的样子，使医生感到这一分离弄得他们俩多么狼狈。奥东夫人和她的小女儿可以住在由朗贝尔管理的隔离病房里，但对这位推事来说，他却没有地方可去，除非是住到省里正在市体育场上搭起来的隔离营中去——隔离营的帐篷都是向公路局借来的。为此，里厄表示十分过意不去，但奥东先生说，规章制度对大家都是一样，他应该服从。

至于那孩子，他被送到辅助医院的一间摆了十张床的病房中，那里原来是间教室。过了约二十个小时，里厄断定孩子的病已经没有指望了。小小的躯体已经全部被瘟神的魔爪攫住，变得毫无反应。几个范围很小的腹股沟肿块才出现，但折磨着孩子，使他那瘦弱的四肢关节不能活动。他早已被病魔打垮了。因此，里厄想在小孩身上用卡斯特尔研制的血清进行一下试验。当天晚上，晚餐后，他们花了很长时间进行接种，但是孩子丝毫没有反应。第二天黎明，大家都到病孩跟前来观察这一决定性试验的效果。

孩子从麻木状态中苏醒过来，在裹着的床单里翻来覆去地抽搐。自清晨四点钟以来，里厄、卡斯特尔和塔鲁一直守在他旁边，一步一步地注视着病势的起伏。在床头那一端，是略微弯着魁梧身材的塔鲁。在床脚这一端站着里厄，卡斯特尔坐在他旁边，表面上看来似乎他在很平静地阅读着一本旧书。随着天渐渐地亮起来，其他人也陆续地来到这个原先是学校教室的病房中。先是帕纳卢来了，他走到床的另一头，背靠墙，站在塔鲁的对面。在他的脸上显示出一种痛苦的表情，这几天来他不辞辛劳，累得他那通红的前额上也布满了皱纹。然后是约瑟夫•格朗来了。那时是七点钟，这位办事员气喘吁吁，他道了一下歉。他表示只能呆一会儿时间，可能大家已经心中有数了。里厄没说话，向他指了指小孩。这时只见那孩子的脸完全变了样，闭着眼睛，死命地咬紧牙关，身体一动不动，而他的头却在没有枕套的长枕上左右来回转动。在病房的尽头，那块黑板仍挂在墙上，上面还留着没有擦净的方程式的字迹。当晨光最后亮得足以使人看清那些字迹时，朗贝尔来了。他把身子靠在旁边一张床的一端，接着他拿出一包香烟。但是在他向小孩看了一眼之后，他就把那包香烟放回口袋里去了。

卡斯特尔仍旧坐着，他从眼镜的上方看了看里厄：

“您有没有他父亲的消息？”

里厄回答说：“没有。他在隔离营里。”

孩子在床上呻吟，里厄使劲地握住床架的横档，他目不转睛地注视着这个病孩，孩子的身体突然变得僵直起来，接着又咬紧牙关，身体有点弯成弓形，四肢渐渐分开。从盖着军用毛毯的赤条条的小身体上，散发出一股羊毛和汗臭混杂在一起的气味。病孩的肌肉渐渐松弛下来了，他的两臂和两腿也向床中央收拢，他始终闭着眼，不声不响，呼吸显得更加急促。这时里厄的目光刚好与塔鲁的相接，但后者却把目光避开了。

他们已经看到过一些孩子的死亡，因为几个月来，使人感到恐怖的鼠疫是不选择对象的，但是他们还从来没有像今天早晨那样，一分钟接着一分钟地看着孩子痛苦地受折磨。当然，这些无辜的孩子受到痛苦的折磨，这在他们看来一直是件令人愤慨的事。但是至少在这以前，可以说，他们是在抽象地感到愤慨，因为他们从来没有面对面地这样长时间地看到过一个无辜者的垂死挣扎。

这时病孩的胃好像被咬了似的，他的身体又重新弓起来，口里发出尖细的呻吟声。有好几秒钟，他的身体就这样地弯成弓形，一阵阵寒战和痉挛使得他全身抖动，好像他那脆弱的骨架被鼠疫的狂风刮得直不起来，被连续不断的高烧袭击得断裂开来。狂风一过，他又稍稍松弛了一点，热度好像退了，他就像被遗弃在潮湿而又发臭的沙滩上，微微喘息，暂时的憩息已像进入了长眠。当灼热的浪潮第三次向他扑来，使他有点颤动的时候，他就蜷缩成一团，在高烧的威胁下，他退缩到里床，发狂似地摇晃着脑袋，掀掉被子。大颗大颗的眼泪从红肿的眼皮底下涌出，开始沿着铅灰色的脸往下流去。经过这阵发作之后，孩子已筋疲力尽，他蜷缩着他那瘦骨嶙峋的两腿和那两只在四十八小时内瘦得像劈柴的胳膊。在这张被弄得不成样子的床上，他摆出了一个怪诞的、像钉在十字架上的姿势。

塔鲁弯下身去，用他那笨拙的手擦掉小脸上的眼泪和汗水。卡斯特尔早已合上书本，看着病孩。他开始说话，但是因为嗓音突然走样，所以他不得不咳上几声才能把那句话讲完。

“里厄，这孩子早晨的病势没有缓解过，是吗?”

里厄说是，但是他说这孩子坚持的时间比通常人们所看到的还要长。帕纳卢看上去好像有点歪倒在墙上，他低声说：

“如果这孩子还是要死掉的话，那么这样反而会使他受苦的时间拖得更长些。”

里厄突然转向神甫，张开口想说什么，但是他没出声，明显地是在极力克制自己。他又把目光转移到孩子身上。

病房里充满了日光。在其他五张床上，病人在动，在呻吟，但是都有点拘谨，好像是大家商定了似的。只有一个病人在房间的另一端叫唤着，他每隔一定时间就发出一声又一声轻微的叹息，而这种叹息听上去倒像是惊叫而不太像痛苦的哀鸣。看来连病人也不像开始时那样感到害怕了。现在，他们对染上这种疾病抱着一种心甘情愿的态度。只有这孩子在拼命地顽抗挣扎。里厄不时地按小孩的脉搏，他这样做并不是出于需要，而是为了摆脱他目前无能为力、静止不动的这种状态，他一闭上眼睛就感到孩子焦躁不安的表现和自己热血沸腾的感觉已浑然一体。那时他觉得自己和这个受尽折磨的孩子已不分彼此，于是就试图尽自己的尚未消耗过的全部力量去扶持这个孩子。但是他们两颗心的跳动仅仅结合了一分钟就不协调了，孩子没领他的情，他的努力落空了。于是他放下那只纤细的手腕，又回到他原来站的地方去了。

沿着用石灰粉刷过的墙，阳光由粉红色逐渐变成黄色。在玻璃窗外，一个炎热的早晨开始了。格朗在离去时说他要回来的，但大家几乎没有听见。大家都等待着。孩子一直闭着眼睛，现在好像平静了一点。他的两只手变得像爪子似的，慢慢地刨着床的两侧，然后，又举起来，去抓靠近膝盖的床单。突然，孩子蜷起两腿，直到大腿碰到腹部才停止不动。这时，他第一次张开眼睛看看站在他面前的里厄。在他那张土灰色的凹陷下去的脸上，嘴巴张开来了，几乎立即就发出一声拖长的、音调几乎不因呼吸而发生变化的叫喊，整个病房里突然充满了一种单调的、刺耳的抗议声，它简直不像是一个人的声音，而像是所有的病人同时发出来的怪叫声。里厄紧咬牙根，塔鲁转过身去。朗贝尔走到床前，站在卡斯特尔旁边，这时，卡斯特尔合上了那本摊开在膝盖上的书本。帕纳卢看着那小孩因病而污垢满布的小嘴，它在发出那种让人辨别不出年龄的叫声。神甫跪了下来，在那连续不断、不可名状的哀叫声中，大家自然而然地听到他用一种有点儿压低但又很清晰的声音说：“我的天主，救救这孩子吧。”

但是孩子还是在叫喊，他周围的其他病人也骚动起来了。那个在病房另一头不停地叹息的病人加速了呻吟的节奏，最后他也真正地叫喊起来，与此同时，其他人也呻吟得越来越厉害。一片痛苦的哀鸣声像潮水一样在病房里泛滥，淹没了帕纳卢的祷告声。里厄紧紧抓住床架的横档，闭上眼睛，感到极度疲劳和厌烦。

当他重新张开眼睛时，他发现塔鲁在他身边。

里厄说："我必须走开，看到这些人我已再也忍受不住。"

但是突然之间，别的病人都一声不响了。这时医生发现孩子的叫声早已变得很弱，它越来越低，终于停止。在孩子周围的病人又开始呻吟起来，但声音很低，犹如从遥远的地方传来了这场刚刚结束的斗争的回声，因为这场斗争已经结束。卡斯特尔已走到床的另一边，他说，完了。孩子的嘴张开着，但是默默无声，他躺在乱成一团的床单之中，他的身体一下子缩得很小了，脸上还残留着泪痕。

帕纳卢走近病床，做了一个祝福的手势。然后他拿起他的长袍，沿着中间过道走了出去。

塔鲁问卡斯特尔："一切都得重新开始吗？"

老医生摇了摇头。

"说不定，"老医生强带笑容说，"他毕竟支持了很长时间。"

但是里厄已经离开病房，他走得那样快，神态那样冲动，以至当他走过帕纳卢身边时，神甫伸手去拉住他。神甫说："算了，医生。"

里厄仍像刚才那样冲动地转过身来粗暴地对神甫说："啊！这个孩子至少是纯洁无罪的，这一点，您知道得很清楚！"

接着他转过身去，走在帕纳卢前面，穿过病房的门，走到院子的尽头。他在积满尘土的小树中间的一条长凳上坐下来，擦了擦已经流到眼睛里的汗水。他想再高声呼喊一下，好解开使他心碎肠裂的心头死结。热浪慢慢地在无花果树的枝杈中间降临。早晨的蓝天很快地就被一层微白色的云彩遮住，使空气变得更闷热了。里厄灰心丧气地坐在长凳上，看着树枝和天空，呼吸慢慢地平定下来，疲劳也逐渐恢复。

他听到背后有人说："为什么跟我说话发那么大火？这样的情景，我也是一样受不了的啊！”

里厄转身向帕纳卢说：

“是啊，请原谅我。疲劳简直是一种疯狂。在这个城里我有时候按捺不住，忍受不下去。”

帕纳卢喃喃地说：“我明白。因为这一切超过了我们的承受限度，这就令人恼火。不过，或许我们应该去爱我们不能理解的东西。”

里厄一下子站起来，激动地瞪着帕纳卢，摇了摇头说：“不，神甫。我对爱有另一种观念。我至死也不会去爱这个使孩子们惨遭折磨的上帝的创造物。”

在帕纳卢脸上闪过了痛苦的阴影。

“啊，医生，”他悲伤地说，“我刚懂得什么叫天主的恩惠。”

可是里厄又颓丧地在长凳上坐下。他又感到十分疲倦，对神甫的话，他用较缓和的语气回答说：

“我知道，这正是我所缺少的。不过我不想跟您讨论这些事。现在我们在一起工作是为了某一个事业，而这个事业能使我们超越渎神或敬神的问题而团结在一起。唯有这一点是重要的。”

帕纳卢在里厄身旁坐下来。他显得很激动。他说：

“对，对。您也是为了人类的得救而工作。”

里厄略带笑容。

“人类的得救，这个字眼对我说来太大了。我没有这么高的精神境界。我是对人的健康感兴趣，首先是人的健康。”

帕纳卢迟疑了一下说：

“医生……”

但是他停下不说了。他的前额上也开始冒出汗来。他喃喃地说了声“再见”，他站起身来，眼睛闪闪发光。在他要走的时候，正在沉思的里厄也站了起来，向神甫走近了一步说：

“再一次请您原谅。今后我决不再这样发火了。”

帕纳卢向他伸出手，忧伤地说：

“不过，我没有把您说服！”

里厄说：“这有什么关系呢？我所憎恨的是死亡和疾病，这一点您是很明白的。可是不管您愿不愿意，我们在一起是为了忍受它们和战胜它们。”

里厄一边握着帕纳卢的手，目光不朝神甫看，一边说：

“您瞧，现在就连天主也无法把我们分开了。”

自从帕纳卢加入卫生防疫组织以来，他从没有离开过医院和鼠疫流行地区。他把自己置身于抢救人员的行列之中，置身于他认为是自己应该呆着的行列之中，即参加第一线的抢救工作。他看到过不少死亡的场面。尽管原则上他注射过抗疫血清，是有免疫力的，但他对自己的生命也并不是毫不担心的。表面上，他一直很镇静。不过，自从那天他长时间地亲眼看到一个孩子死去之后，他变了样。他的脸上表现出一种越来越严重的紧张不安的神情。有一天他微笑着对里厄说，现在他正在写一篇题为：《一个神甫能否请医生看病？》的短论。当时在里厄的印象中，帕纳卢实际上是在写一篇题材更为严肃的文章，只是他没有讲明罢了。当里厄医生表示很想拜读一下他的作品时，帕纳卢告诉里厄，说他在专为男教徒做弥撒的时候要作一次布道，借此机会，他至少可以阐明自己的某些观点。

“医生，我希望您来听听，您会对这题目感兴趣的。”

在一个刮大风的日子里，神甫作了第二次布道。说实话，这次听道者的座位要比第一次布道时空得多了。这是因为这种场面对本城的居民来说，已经不再具有那种新鲜事物的魅力了。在这座城市目前所处的困难情况下，“新鲜事物”这个词本身已经失去了它的意义。另外，对大多数人说来，当他们尚未完全放弃参加宗教仪式，或是说，尚未到达这样的地步，即既参加宗教仪式又过着极端不道德的私生活，两者并行不悖，这时，他们会用一些缺乏理性依据的迷信来代替平时的宗教活动。他们宁可佩带一些具有保护作用的徽章或圣洛克的护身符，而不去望弥撒。

比如，本城居民迷信预言的习惯就是一个例子。在春天的时候，人们就已在期待鼠疫过不了多久就会结束，没有一个人想过要问一下别人，这种疫病到底还要拖延多久，因为大家都深信它不会拖延下去。但是随着时光的流逝，人们开始担心这种灾祸真的会没完没了，同时，鼠疫结束就成了人人的希望。于是，人们就互相传递占星术士的各种预言，或者天主教会的一些圣人的谶语。城里的一些印刷商很快发现，他们可以从人们的这种着迷的心理中渔利，于是就把当时城里流行的谶语和预言大量印刷出版。当他们觉察到公众的这种好奇心漫无止境的时候，他们就立即派人到市图书馆去博览群书，从野史轶闻中寻找这类东西，然后印出来在城里推销。当他们在图书资料中再也找不到诸如此类的东西时，他们就请一些新闻记者来杜撰，而这些人至少在这一点上具有能与他们的历代优秀同行媲美的才华。

某些预言甚至在报上长篇连载，人们在读这些文章时的贪婪程度，与正常时期阅读报上的那些言情小说没有什么两样。有些预测是通过一些怪诞的计算编造出来的，它们的根据是：鼠疫发生的年代，死亡的人数，鼠疫持续的月数。另一些预测采用与历史上所发生的大鼠疫进行比较的办法，从而总结出历次鼠疫的共同点(预言把它们称之为常数)，通过同样怪诞的计算，据说这样就可以从中得出有关这次鼠疫的启示。但是最受公众欢迎的，无疑是下述的这一类，它们用那种《启示录》①式的语言来预示将来要发生的一系列事件，而其中每一事件都可能是要在这个城市中应验的，而且

① 《圣经·新约·启示录》系描绘“世界末日”和“基督重降”的景象。

事件又很复杂，可以有各种各样的解释。因此，人们天天向诺斯特拉达米斯[①]和圣女奥迪尔[②]求教，而且总是获得满意的结果。此外，所有一切预言都有一个共同点：它们讲到最后总是使人感到宽慰。但唯独鼠疫始终难以使人感到宽慰。

市民们以这些迷信活动代替了宗教，所以当帕纳卢讲道的时候，教堂里只有四分之三的座位上坐着人。讲道的那天晚上，里厄在到达时，感到通过入口处的弹簧门灌进来的一股股风正在信徒们中间自由回旋。就在这寒气袭人、寂静无声的教堂里，里厄在全部由男教徒组成的听道者中间坐了下来，接着他看到神甫登上讲道台。神甫用一种比第一次讲道时更加柔和、更加深思熟虑的语调说话，而教徒们有好几次发现他说话时有某种犹豫不决的现象。还有一件奇怪的事，他说话中已不称“你们”而称“我们”。

可是，他的声音渐渐变得坚定起来，他开始提醒大家说，好多月来，鼠疫一直存在于我们中间，现在我们对它了解得更清楚了，因为我们已经多次看到它坐在我们的桌边或者坐在我们亲人的床头，看到它在我们身旁走动，看到它在工作场所等待我们上班，因此现在，我们或许能够更好地接受它那不断地对我们说的话，而这些话，由于当初思想没有准备，我们很可能没有好好地听进去。帕纳卢神甫以前在这同一地点布道时所讲的话仍然是正确的——至少他自己坚信不疑。但是也很可能，正像我们每个人都会遇到这种情况，他当时想的和讲的都缺乏慈善之心，因而现在感到后悔。不过有一点却始终是真实的，就是任何事情总有值得汲取的东西。最残酷的考验，对基督徒来说仍然是一种恩惠。而在这种特殊情况下，基督徒应寻求的东西，就是他应领受的这种恩惠，他还应该知道这恩惠是由什么构成的，以及怎么才能找到它。

---

① 诺斯特拉达米斯（1503—1566），法国占星家，医生，生于圣雷米，曾写过一本预言集。

② 圣女奥迪尔：阿尔萨斯公爵阿达尔里克的女儿。公元660—720年左右，她在孚日山区建造了一座修道院。

这时候，在里厄周围，人们都显得十分自在地坐在长凳的靠手之间，并尽可能坐得舒适些。教堂进口处包着垫衬物的隔音门有一扇在轻轻地来回摆动着，有人跑去把它制住了。里厄由于被这些杂声分了心，没听清楚帕纳卢在他的布道中又讲了些什么。神甫大概是说，不要试图去给鼠疫发生的情况找出解释，而是要设法从中取得能够汲取的东西。里厄模糊地把神甫的话理解为，没有什么好解释的。后来他的注意力被帕纳卢强有力的声音吸引住了。神甫说，有些事在天主看来，人们是可以解释的，而另一些事，人们就没法解释。当然，世界上有善与恶，而且一般地说，人们很容易解释清楚它们之间的区别。但是要深入到恶的内部，把它解释清楚，那就困难了。比如，从表面上看，恶有必要的恶和不必要的恶。有被打发到阴间去的唐璜[1]，也有一个孩子的死亡，因为，如果说唐璜这种放荡好色之徒被雷击毙是应该的，那么这孩子为什么要吃苦就无法理解了。事实上，世界上是没有什么事物比一个孩子的痛苦和由这种痛苦所带来的恐怖更重要的，是没有什么事物比寻找引起这种痛苦的原因更重要的。除此以外，上帝给了我们一切生活上的方便，因此可以说，在这以前，宗教是没有什么价值的。现在，恰恰相反，上帝把我们置于面临绝壁、走投无路的境地，我们都成了鼠疫的阶下囚，我们只得在死亡的阴影下去寻求赐予我们的恩惠。帕纳卢神甫甚至不愿利用一些唾手可得的现成话来越过这道囚牢的墙。本来他可以很容易地说，天国的永恒的福乐等待着这孩子去享受，会补偿他所受到的痛苦的。但事实上是否如此，神甫一无所知。谁能确实肯定永恒的福乐能补偿人类一时所受的痛苦？如果谁这么说，谁就算不上是一个基督徒，这是肯定的，因为我主耶稣的四肢和灵魂就曾尝够了痛苦。不，面对着一个孩子的痛苦问题，神甫宁愿处于绝壁之下不求逾越，因为他忠实地接受这种象征着十字架的磔刑考验。于是，他毫无畏惧地对那天来听他布道的这些人说：“我的兄弟们，抉择的时刻来临了。要么全信，要么全不信。可是你们中间谁敢全不信？”

① 西欧文学中的一个典型人物，代表蔑视神鬼、风流放浪、好色如命的贵族。

里厄刚开始想到神甫是走到了异端思想的边缘，但没等他想完，神甫已经接着大声地讲下去。神甫指出，这个命令，这个纯洁的要求，就是赐予基督徒的恩惠。这也是他的德行。神甫知道，在他就要讲的德行里，有些过分的东西会使许多人听起来不顺耳，因为他们习惯于一种更宽容的、更符合传统的道德观念。但是在鼠疫流行时期的宗教不可能同平时的宗教一样，如果上帝同意，甚至希望人的灵魂在幸福时期能得到安息和快乐，那么在这不幸透顶的时期，他可以对人的灵魂提出过头一点的要求。今天，上帝赐予他所创造的人一个恩惠，让他们置身于这样的一个灾难中，以至于使他们不得不再去寻求和支持这个至高无上的德行：作出抉择，要就是全盘接受信仰，要就是全盘否定。

在上一个世纪，有个教外的作家曾扬言，说他揭开了教会的秘密，他断言不存在什么炼狱[①]。他的言下之意是没有什么中间状态，只有天堂和地狱，根据人们生前选择的道路，死后要么进天堂得永生，要么下地狱受永罚。但帕纳卢认为这是一种邪说，一种只能出自一个没有任何信条的灵魂的邪说，因为炼狱是有的。不过，可能在某些时期中，人们不应该过分指望进炼狱，某些时期中，谈不上有什么可以饶恕的罪孽的问题。凡是罪都足以导致下地狱，凡是无动于衷的态度都是犯罪的，这就是说，要么有罪，要么无罪。

帕纳卢停了一下，这时里厄透过门缝更清楚地听到外面的风好像呼啸得更厉害了。就在这时，神甫说，他所讲的这种对一切全盘接受的品德，按照平时人们给予它的狭义的解释，是无法被人理解的，这不是一般的逆来顺受，也不是勉为其难的谦让，而是一种自卑自贱，不过，这是一种心甘情愿的自卑自贱。当然，一个孩子竟遭受到这样的痛苦，这是使人心灵上感到耻辱的。不过，正因为如此，所以我们就应该投身于这种痛苦之中，正因为如此——帕纳卢使他的听众确信，他要说的话不是轻易说出来的——

① 也叫涤罪所，根据天主教教义，这是人死后暂时受苦的地方。善人生前罪愆没有赎尽，死后升天堂前须在涤罪所中暂时受苦，至罪愆涤尽为止。

我们应当主动去“要”这种痛苦，因为天主愿意“要”它。只有这样，基督徒才会不惜一切，别无选择地把这条必须选择的道路一直走到底。为了使自己不至于落到全盘否定信仰的地步，他会决定全部接受。现在，在各处教堂里，当那些善良的妇女听说人体上肿胀的淋巴结是排除身上罪愆毒液的自然管道的时候，她们就说：“我的天主啊，让我身上长淋巴结吧！”基督徒也会像这些妇女一样，把自己交在天主的手里，听凭他的圣意安排——即使这种圣意无法理解。人们不能说：“这个，我懂，但是，那个，不能接受。”应该对着摆在我们面前的“不能接受”的事物迎上前去，这样做，正是为了能够完成我们的选择。孩子们的痛苦是我们的一块苦涩的面包，但要是没有这块面包，我们的灵魂就会因缺乏精神食粮而“饿”死。

每当帕纳卢神甫讲话稍稍停顿一下的时候，周围马上会发出一阵轻轻的嘈杂声，而这次，嘈杂声刚刚开始，神甫就出人意料地大声讲了下去，装作代替他的听众提出这样一个问题：究竟该怎么办呢？他预料到，人们将会说出“宿命论”这个可怕的字眼。是啊，只要人们允许他在“宿命论”前面加上“积极的”这个形容词的话，那么他会毫不害怕这个字眼的。当然，应该再次指出，不要去模仿他上次讲到过的那些阿比西尼亚的基督徒。甚至也不应该去学那些波斯的鼠疫患者的样子，这些人一面把他们的旧衣服扔向由基督徒组成的卫生防疫纠察队，一面大声祈求苍天把鼠疫降到这些离经叛道者的身上，因为后者想战胜天主所赐予的灾难。但是反过来说，也不要去学习那些开罗的修道士，他们在上个世纪鼠疫蔓延的时候，为了防止受感染，避免接触信徒们又潮又热的嘴，就用镊子夹圣体饼来举行送圣体仪式。波斯的鼠疫患者和开罗的修道士都同样是犯了罪孽的，因为前者对一个孩子的痛苦熟视无睹，而后者，正相反，他们使人类对病痛的害怕心理凌驾于一切之上。不论是前者或是后者，他们都把问题巧妙地回避了。他们一直都对天主的声音装聋作哑。此外，帕纳卢还想举一些例子。根据编年史作者的记述，在马赛发生大鼠疫的时候，在赎俘会修道院中的八十一个修道士中，只有四人幸免。而在这四人中，有三人是逃走的。当时编年史作者们是这样记述的，限于他们的工作性质，他们不会写得更详尽。但是当帕纳卢神甫读这篇文献时，他全部心思都集中在那个没有逃走的修道士身上，这个修道士不管面前有七十七具尸体，尤其不顾他那三个同伴已经逃跑，还是一个人留了下来。于是，神甫一面用拳头敲着讲道台的边缘，一面大声地说："我的弟兄们，应该学这位留下的修道士！"

一个社会，为了应付灾祸所引起的混乱局面，必然会采取一些预防措施以维持合理的秩序，而问题决不是对此抱不合作的态度。不要听那些伦理学家的话，说什么应该俯首听命和放弃一切。我们只要能开始在黑暗中略为摸索地前进和力争做些有益的事就行了。至于其他的事，哪怕是涉及到孩子们的死亡，也应该听任它们自然发展，充分相信天主的安排，而不要去寻求个人的解决办法。

讲到这里，帕纳卢神甫追忆了贝尔增斯主教在马赛遭受鼠疫浩劫时的崇高形象。他让人回想起在鼠疫临近结束的时候，这位主教在做了他该做的一切之后，认为再也没有什么别的挽救办法时，他就叫人在他的屋子四周用墙围起来，带了粮食把自己关在屋里；而那些一直把他当作偶像一样崇拜的居民，就像人们在极度痛苦时感情会一反常态那样，都对他发起火来，把死尸堆在他的屋子周围，要让他也传染上鼠疫。他们甚至把一些尸体从墙上扔进去，非要他死去不可。因此，虽然这位主教在最后作出这一懦弱表现的时候，曾以为这样就已与死亡的世界隔绝了，可是死人却还是从天而降，落到他的头上。所以，对我们来说，应该确信在鼠疫的汪洋大海中没有可供我们避难的岛屿。是的，没有这么一个中间安全地带，没有。应该接受这件令人愤慨的事，因为我们必须作出抉择：对天主要么恨，要么爱。那么谁敢作出恨天主的选择呢？

"我的兄弟们，"帕纳卢神甫最后总结说，"对天主的爱是一种艰苦的爱。要具有这种爱，就要具有一种彻底的忘我精神和一种无视个人安危的气魄。而且，也只有有了这种爱才能从精神上抹掉孩子的痛苦和死亡；在任何情况下，只有具有这种爱才能使死亡成为必不可少的，因为人们不可能懂得死亡，只能去求得死亡。这就是我想跟你们一起汲取的深刻的教训。这就是在人们看来是残酷的，而在天主看来是起决定作用的信仰，也就是大家应该去逐步接受的信仰。我们应该使自己与这个骇人的形象看齐。达到这一最高的境界时，一切都会合成一体，不分轩轾，到那时，真理才会从表面的不公平中涌现出来。在法国南部的许多教堂里，我们就可以看到这种情况，几世纪来，鼠疫的牺牲者一直安眠在祭坛的石板下面，教士们就在死者的坟墓上布道，而他们所宣扬的精神正不断地从这堆包括那些死去的孩子在内的骨灰中焕发出来。”

当里厄走出教堂的时候，一阵狂风从那扇半开着的门里吹进来，直刮到信徒们的脸上。它给教堂里带进来一股雨水的气息，一股人行道返潮的气味，它使人们在还没有走出教堂之前就能想象出城市是个什么面貌。走在里厄医生前面的是一位老年教士和一位年轻的副祭，他们费劲地按住了帽子。尽管风那么大，那位年长的仍在不停地评论着这次布道。他很钦佩帕纳卢的口才，但是他为这位神甫所流露出来的如此大胆的思想感到不安。他认为，这次布道并没有显示出它的力量，而是带有更多的忧虑成分，一位像帕纳卢这样年龄的教士是不应该忧虑的。低着脑袋挡风的年轻的副祭说，他经常跟这位神甫打交道，很了解他的思想演变，并且说帕纳卢的论文可能还要大胆得多，不过，教会大概是不会允许他出版的。

老年教士问：“那么，他到底有什么见解呢？”

他们已经走到教堂大门前的广场上，大风围着他们呼啸，使年轻的副祭无法讲话。当他喘过气来的时候，他只是说：

“如果一个神甫要请一个医生看病，那么准有矛盾的地方。”

塔鲁听了里厄告诉他的、关于帕纳卢在布道时所讲的这一番话之后，对医生说，他认识一位神甫，这位神甫在战争中发现一个青年人的两只眼睛已经被人挖掉，于是，他丧失了信仰，不信教了。

塔鲁说：“帕纳卢是对的。当一个基督教徒看到一个无辜的人被挖掉了眼睛，他要么丧失信仰，不再信教，要么同意挖掉眼睛。帕纳卢不愿失去信仰，他要坚持到底。这就是他在布道时力图说明的问题。”

塔鲁的这一见解是否能清楚地解释帕纳卢在以后发生的不幸事件中所作出的那种使周围的人无法理解的行为呢？人们以后会对它作出判断的。

在布道以后，过了几天，帕纳卢果然也忙起搬家的事来。这时候也正是由于疫情严重，在城里刮起一股搬家风的时候。塔鲁不得不离开旅馆，搬到里厄家去住，神甫也不得不放弃原先他所属修会分配给他的那套公寓房间，搬到一个还没有传染上鼠疫的、经常上教堂的老年女教徒家去。在搬家时，神甫已经感到自己越来越疲乏和焦虑不安。这样一来，他也就失去了这位房东太太的尊敬，因为，这位老太太曾向他热烈地赞扬了圣女奥迪尔的预言，而当时神甫大概是由于疲乏的缘故表现得有一点不耐烦。尽管他后来作了不少努力，想使这位老太太对他至少没有恶感，但是他没有成功。他给她留下了坏印象。于是每天晚上，在他回到他的那间放满针钩花边织物的卧室之前，他总是看到她背对着他坐在客厅里，同时又听到她冷冰冰地，身子也不回一下，向他说声：“晚安，神甫。”一天晚上，在上床的时候，神甫觉得头重脑胀，感到隐伏在他体内已好几天的热度像决了口的激流似地往手腕和太阳穴处冲来。

在这之后所发生的事是通过他的女房东的口大家才知道的。第二天早上，按照她的老习惯，她起得很早。过了一会儿，她很奇怪没有看到神甫从他的房里出来。犹豫了好一阵子，她才决定去敲开他的门。她发现神甫一夜没有合过眼，仍躺在床上，感到周身有一种压抑感，而且他的脸部显得比平时更红。根据这位老太太自己的话，她很有礼貌地建议神甫去请医生来看一下，但是她的建议却被他粗暴地拒绝了，使她感到遗憾。于是，她只能离开神甫的房间。过了一会之后，神甫按铃，请人把她找去。他对自己刚才的脾气暴躁表示歉意，并且向她声明说，他目前身上的不舒服与鼠疫无关，没有任何鼠疫的症状，只不过是一种短暂的疲乏而已。老太太很持重地回答他说，她之所以向他提出这样的建议，并非是担心他得了鼠疫，她并没有考虑到她自身的安全，她的安全是掌握在天主手里的，而她只是想到神甫的健康，因为她认为自己对他的健康负有部分责任。可是据她说，当时神甫再也没有说什么，她为了履行她的义务，再次建议他去请医生来。神甫还是拒绝了，只是他补充说了一些在老太太听来是十分含糊的理由。她认为自己只听懂了这一点：神甫之所以拒绝看医生，是因为这样做与他的原则不符。而这一点正好是她所无法理解的。由此她得出结论，认为她的那位房客的头脑已因发烧而发生混乱，她只能弄点药茶给他喝喝。

她决心不折不扣地履行她在这种情况下所应该承担的义务，她每隔两小时去看一次病人。使她最吃惊的是神甫整天都处在一种不断的焦躁不安的状态之中。他一会儿把被单掀开，一会儿又把它重新拉到身上，他不断地用手摸他那汗淋淋的前额，并经常坐起身来，使劲地咳嗽，可是咳出来的声音就仿佛有人掐住了他的喉咙，又嘶哑，又带痰声，像硬逼出来的那样。那时，他好像是无法从他的喉咙深处挖出使他窒息的棉花团一般。经过这阵发作之后，他带着十分疲乏的神色向后倒在床上。最后，他又坐起身子，并且在这片刻之间，他的眼光凝视着前方，而这种眼光比他先前所有的焦躁不安的样子更显得狂热。但是这位老太太，对于要不要去请医生，要不要违背病人的愿望，还在犹豫。她想，尽管样子看起来很可怕，但这可能只是一阵高烧的突然发作吧。

到了下午，她想问问神甫的病情，但她所得到的仅仅是支支吾吾的回答。她又重新提出了她的建议。于是，神甫又坐起身来，几乎上气不接下气，但却非常清楚地回答说他不要请医生。这时，这位女房东决定等到第二天早晨再说，如果神甫的病情仍不见好转，她就拨那只朗斯多克情报资料局每天在无线电广播里要重复十来次的电话号码。她总是念念不忘她的责任，想在夜里去看看她的房客和照料照料他。但是这天晚上，她把新煎好的药茶给神甫喝下去之后，想躺一会儿，结果一睡却睡到第二天天亮才醒来。她急忙向神甫的房间奔去。

神甫一动不动地躺在床上。昨天，他的脸色因极度充血的关系涨得通红，而今天却变成一种青灰色，特别是他的脸部还很饱满，所以看起来更加明显。神甫凝视着悬挂在床上面天花板上的一盏小小的彩色玻璃珠串吊灯。当老太太走进屋子的时候，他朝她转过头来。据女房东说，这时他好像经过昨晚通宵的折磨，已经垮了，再也没有什么力量反抗了。她问神甫身体怎么样。她注意到神甫用一种冷漠得出奇的声音回答说，他身体不好，但他不需要请医生，只要请人把他送到医院，一切按规章办事就行了。老太太吓坏了，慌忙奔去打电话。

中午，里厄来了。听了女房东的一番叙述之后，他只回答说，帕纳卢要求送医院是对的，但看来是太晚了。神甫用同样的无动于衷的神态接待了医生。里厄检查了神甫的全身，感到很惊讶，因为他除了发现病人的肺部有肿胀现象和病人感到肺部有压抑感之外，没有发现有任何淋巴腺鼠疫或肺鼠疫的主要症状。但是，不管怎么说，脉搏很弱，而且总的病势十分严重危急，因此希望很少。

里厄对帕纳卢说："您身上没有鼠疫的任何主要症状。但事实上，是可疑的，因此，我不得不把您隔离起来。"

神甫奇怪地笑了笑，好像是表示礼貌，但没有吭声。里厄出去打了电话之后又回到屋里。他看着神甫，亲切地对他说：

"我会留在您身边的。"

神甫显得又活跃起来了，把目光转向医生，这时在他的眼神里好像重新出现一种热情。后来，他开口了，他说起话来是那么困难，以至无法知道他说这话是否带着忧伤的成份。

他说："谢谢。但教士是没有朋友的。他们把一切都托付给天主了。"

他请人把放在他床头的十字架像递给他，当他拿到后，就转过身去望着它。

在医院里，帕纳卢没开过口。他像一个物件似的任人给他进行各种治疗，但是他始终没有放下过他手中的十字架像。然而，神甫的病情依旧难以断定，在里厄思想里还是疑虑重重。这既像鼠疫，又不像鼠疫。再说，最近一段时期以来，鼠疫一直在使医生感到难以诊断，它好像是以此为乐。不过，拿帕纳卢的这个病例来说，他后来发生的情况将证明这种无法断定是无关紧要的。

热度升高了。咳嗽声越来越嘶哑了，病人整天受到咳嗽的折磨。晚上，神甫终于咳出了这块使他透不过气来的“棉花团”。它是鲜红色的。在发高烧过程中，帕纳卢的眼睛里一直保持着冷漠的神情，可是到第二天早上，当人们发现他半个身子倒在床外，已经断了气的时候，他的眼睛里就毫无表情了。人们在他的病历卡上写着：“病情可疑”。

这一年的亡人节[1]不同往常。当然，天气是合时令的，因为它已突然发生了变化，转凉的天气一下子把秋老虎赶走了。像往年一样，一阵阵冷风不停地刮起来，大块大块的云从地平线一头奔向另一头，给房屋顶上铺上了阴影，但云块过后，十一月的没有暖意的金色阳光又重新照在这些房屋上。第一批雨衣已经出现。人们注意到，涂上橡胶、闪闪发光的雨衣多得出奇。原来是报纸报道说，二百年前在南方发生严重的鼠疫时，医生为了预防自己传染上这种病，都穿着涂油的衣服。于是，那些商店就利用这个机会，把一批过时的衣服存货拿出来倾售，因为人人都希望穿了这种衣服可以免疫。

但是，尽管市内景色反映出季节的特点，公墓却是人迹罕至，冷落不堪。往年这时候，电车上充满了菊花的清香，成群结队的妇女来到她们亲人安葬的地方，把鲜花放在他们的墓前。在这个日子里，人们想以此来补偿死

① 天主教定十一月二日为亡人节，以追思去世之人。按照法国风俗习惯，实际上提前一天扫墓。扫墓时，置菊花束于亡者墓前。

者在长长几个月中被人遗忘而独处黄泉之下的境遇。但是，这一年，再也没有人愿意去想念死者，这恰恰是因为人们对他们已经想得过多了。现在人们不再带着三分遗憾和七分伤感的心情去扫他们的墓了。他们已不再是一年一度有人到他们墓前表示并没有将他们遗忘的、被遗弃的死者了。他们是闯进人们生活里来捣乱的死鬼，所以人们要忘记他们。因此，这一年的亡人节可以说是被人们巧妙地混了过去。按科塔尔的说法（塔鲁发现他讲话越来越带讽刺味了），现在每天都是亡人节。

说来倒是真的，在焚尸炉里鼠疫之火越烧越欢。一天一天的过去，死者的数目可也真的并没有增加，看来鼠疫已很顺畅地到达了顶点，它像一个一丝不苟的公务员一样，每天准确无误而又有规律地完成它的杀戮任务。从原则上看来，而且根据权威人士的意见，这是个良好的征兆。比如说，鼠疫情势图表上的那条曲线，先是不断上升，然后是沿着横的方向前进，这使里夏尔医生感到十分快慰。他说："这张图表好得很，好极了。"他认为鼠疫已达到了一个所谓稳定状态，今后，疫情只会缓和下来。他把这一情况归功于卡斯特尔医生新研制出来的血清，这种新的血清不久前确实获得某些意想不到的效果。老卡斯特尔医生并不否认，不过他认为，事实上，人们对鼠疫不能作任何预测，因为在疫病史中可看到，疫情往往会意外地突然再度猖獗起来。很久以来，省里想安抚一下公众思想上的惶恐不安，但由于疫情严重，一直无法这样做，现在打算召集全体医生，要求他们向省里作一个有关疫情的报告。但就在这时候，里夏尔医生本人也被鼠疫夺去了生命，而且这恰好发生在疫情稳定阶段。

在这个一定会令人吃惊，但毕竟不能说明任何问题的例子面前，省府一下子就变得悲观失望了，其不合逻辑的程度与先前采取乐观的态度时一样。至于卡斯特尔，他还是一丝不苟地在研制着他的血清。总而言之，城里所有公共场所都已改成医院或隔离所，只有省府没动，所以如此，不过是因为还有必要留下一个地方作为开会场所。但是，总的说来，由于在这一段时期中，疫情相对稳定，因而里厄所建立的医疗组织还足够应付局面。工作得心力交瘁的医生和助手们不必再担忧还要作出更大的努力。他们只须继续有规律地去做他们的日常工作，不过也可以说是超人的工作。已经出现的种种肺部受鼠疫感染的病症目前正在向全城的各个角落蔓延开去，就像风那样，在人们的肺里吹燃起一场火灾，而且火势烧得越来越旺。在大吐血的过程中，许多病人更快地被夺去了生命。随着这种新形式的鼠疫出现，现在感染的危险性更大了。在这一点上，说实在的，专家们的意见一直是相互矛盾的。然而，为了安全起见，卫生防疫人员继续戴用消毒纱布口罩。不管怎么说，乍看起来，疫病似乎已蔓延开来。但是，因为淋巴腺鼠疫的病例正在减少，所以结算下来总数仍保持不变。

然而，由于粮食供应的困难与日俱增，人们又产生了其他方面的忧虑。投机商趁火打劫，高价出售一般市场上所缺少的主食品。于是穷苦人家就处于极其困难的境地，而有钱人家几乎想要什么就有什么，哪一样都不缺少。鼠疫的传染对所有的人一视同仁，毫不徇私，本来有可能加强本城居民中间的平等感，可是事实正相反，由于通常人们的自私行为，鼠疫反而加深了大家心里的那种不公平感。当然，剩下来的只是人人在死亡面前的无可非议的平等了，但这种平等是谁都不愿意享受的。那些挨饿的穷人更怀念邻近的城市和乡村，因为在那里可以自由自在地生活，而且面包也不贵。因为这里不能让他们吃饱，他们就有一种想法，一种不太符合情理的想法，认为这里早该放他们走了。于是，最后在城里流传出这样一句口号:“不给面包，就给新鲜空气吧!”它有时可以在墙上看到，有时在省长走过的时候可以听到。这句讽刺性的话是号召人们进行示威游行的信号，尽管这些游行很快被镇压了下去，但其严重性是大家都能看到的。

报纸当然听从上面的命令，不惜一切地大肆宣扬乐观主义。一翻开报纸，就能读到，目前形势的特点是，全城居民临危不惧，确是“镇定和冷静的动人典范”。但是在这座与世隔绝、什么事情都无法保密的城里，没有一个人会相信这个由全城居民所作出的“典范”。如果要想对上面所说的镇定和冷静有一个确切的概念，那只须到一个隔离场所去，或者到行政当局所组织的某个隔离营里去看一看就够了。不过，那时候笔者恰好在别处有事，对里面的情况不了解，所以只能在这里引用一下塔鲁写的事实。

塔鲁在他的笔记本里记载了他与朗贝尔一起到设在市体育场的一个隔离营里去的一次访问。体育场的位置几乎就在城门口，它一面朝着一条通行电车的街道，另一面朝着一片空地，这空地一直延伸到城市所在的高原的边缘。体育场的四周一般都围有高高的水泥墙，所以只要在四个出入口上设一些岗哨，人就很难逃得出去。同时，四周的围墙也阻挡了外面一些好奇的人去打扰这些被关在里面受检疫隔离的不幸者。这些不幸的人，尽管看不见电车，却整天听得到它们的隆隆行车声，每当他们发觉电车的闹声特别大，就能揣测到那是办公室上班或下班的时间。因此，他们也就知道，尽管他们被排斥在生活之外，但是生活依旧在离他们几米远的地方继续下去，只是这道高高的水泥墙把他们与外界分隔了开来，造成两个截然不同的世界，即使把他们分别地放在一些星球上，也没有如此不同。

一个星期天的下午，塔鲁和朗贝尔决定到体育场去。足球运动员贡扎莱斯也陪他们一起去，他是由朗贝尔找来的，而且他是听了记者的话才最后同意去负责轮流看管体育场的。朗贝尔要把他介绍给隔离营主管。贡扎莱斯在与朗贝尔和塔鲁见面时说，在鼠疫发生之前，这正是他穿着球衣要开始比赛的时间。现在所有的体育场都被征用了，赛球已不再可能了，因此他感到空闲无事，他的神态看上去也是如此。这是他接受看管工作的原因之一，不过他只答应在每周周末值班。那天天气正好是半阴半晴，贡扎莱斯抬头看了看，颇为遗憾地说这种既不下雨，又不炎热的天气最适宜于赛球。他竭力回忆了比赛前在更衣室里涂擦松节油的味道，摇摇晃晃的看台，黄褐色球场上颜色鲜艳的运动衫，中场休息时的柠檬或冰凉解渴的汽水。此外，塔鲁还记下了下述的这件事。一路上经过郊区高低不平的马路时，贡扎莱斯见到石子就当足球踢，他力图把石子踢进阴沟洞里去，而当他踢中的时候，他就说："一比零。"当他抽完一支烟的时候，他把烟蒂向前吐出去，然后就试着用脚在空中把烟蒂接住。在体育场附近，有一些孩子正在玩球，他们把球朝这三个人踢过来，于是，贡扎莱斯就把球准确地踢还给他们。

三人终于走进了体育场。看台上住满了人。运动场上搭起了几百个红色帐篷。帐篷里有卧具和包裹，老远就可看到看台没有拆去，主要是为了在天热或者下雨的时候可以让那些住在里边的人躲一下，不过，到夕阳西下时他们得回到帐篷里去。在看台下面装上了淋浴设备，而原来运动员的更衣室已经被改成办公室和医务室。大部分住隔离营的人都在看台上，另一部分人在运动场边缘徘徊，有些人则蹲在帐篷入口处，用毫无表情的目光看着周围的一切。在看台上，许多人躺倒在那里，好像有所期待似的。

塔鲁问朗贝尔："他们白天干些什么？"

"什么也不干。"

几乎所有的人确实都空着两手，什么事也不干。这一大片黑压压的人群静默得出奇。

"最初几天，他们到了这儿，彼此都合不来，吵吵闹闹，"朗贝尔说，"但是后来日子一长，他们的话就越来越少了。"

根据塔鲁的记载，他了解这些人的心情。在开始时，他看到他们挤在帐篷里，闲着无聊，不是听苍蝇嗡嗡作响，就是在自己身上东挠西抓。如果遇到有人愿意听他们说话，他们就大声地倾诉他们愤怒或者害怕的心情。但是，自从隔离营里的人数越来越多，大大超出了限额的时候起，愿听他们抱怨的人就越来越少了。于是他们只得默不作声，互相猜疑。事实上确实存在着一种猜疑的气氛，它从灰色而透亮的天空中压下来，笼罩着整个红色的隔离营。

是的，他们每人脸上都带有猜疑的神色。既然已把他们同旁人隔开了，那么这不会是平白无故的，因此他们的脸上都带着那种既害怕又在思索原因的人所特有的表情。塔鲁所看到的每一个人，都是目光呆滞，一副因与他们原先所过的生活全面隔绝而感到痛苦的神态。由于他们总不能老是想到死的问题，所以他们干脆就什么也不想，他们等于是在度假。"但最不幸的是，"塔鲁写道，"他们都已被人遗忘，而且他们也清楚地知道这一点。

过去认识他们的人因为在想别的事情而把他们忘了，这是完全可以理解的。至于那些爱他们的人，也把他们忘了，因为这些人四出活动，千方百计想把他们弄出隔离营，已经搞得筋疲力尽。由于他们的亲人一心想到的是他们的离营问题，结果反而把他们本人给忘了，这也是正常的。弄到后来，人们发现，即使在最不幸的时候，也是谁都不能真正地想到谁了，因为，要真正地想到一个人，那就意味着要一分一秒也不停地想到这个人，不能被任何事分心，不论是家务事，是苍蝇飞来飞去，是吃饭，还是身上发痒。但是苍蝇飞和身上痒总是会有的。所以日子要打发得好也不是容易的事。而这一点，他们都很明白。”

隔离营的主管人再次朝塔鲁他们三个人那边走过来并对他们说，有一位奥东先生要见他们。他先把贡扎莱斯领到他的办公室去，然后带着朗贝尔和塔鲁朝着看台的一个角落里走去。奥东先生一个人孤零零地坐在一边，他看到他们来就站起来迎接。他还是同以前一样打扮，还戴着那条硬领子。塔鲁只发现他两鬓的头发比以前乱得多，都竖了起来，一只鞋的鞋带散开了。这位推事显得很疲倦，他讲话时目光从不正视对方。他说，他看到他们很高兴，并委托他们谢谢里厄医生替他办过的事。

其他的人都没有讲话。

“我希望……”推事过了一会说，“菲利普没有受到太多的痛苦。”

这是塔鲁第一次听到推事提到自己儿子的名字，因此他意识到事情起了变化。太阳已经落到地平线上，阳光在两朵云彩中间斜照到看台上，给三张脸染上了一层金色。

塔鲁回答说：“没有，没有，他真的没有什么痛苦。”

当他们离开的时候，推事继续朝太阳落下去的方向眺望。

他们跑去向贡扎莱斯告别，他正在看一张轮班值勤表。这位运动员一边笑着一边和他们握手。

“至少我又找到了更衣室，”他说，“还是老样子。”

过了一会儿，当隔离营主管人陪送塔鲁和朗贝尔出去的时候，在看台上响起了一阵沙沙声。接着，那些平时用来宣布比赛结果或介绍球队的高音喇叭，夹带着嗡嗡的声音通知说，这些被隔离的人应该回帐篷去，要发晚餐了。这些人慢腾腾地离开了看台，拖着懒洋洋的步子回到帐篷里去。当他们都安顿好之后，有两辆电瓶车，就是人们在火车站里看到的那种车子，装着两只大锅子，开到两个帐篷中间。只见人们伸出胳臂，两只长柄勺子伸入两只大锅里，然后从锅里把食品捞出来分别放在两只饭盒里。电瓶车又开动了，它开到下一个帐篷前又停下来分发晚餐。

"这倒很科学。"塔鲁对主管人说。

"对，很科学。"主管人一边同他们握手，一边得意地说。

暮色苍茫，天空万里无云，一股柔和而无暖意的余辉沐浴着隔离营。在傍晚的宁静环境中，从四面八方响起了一阵阵匙儿和碟子的声音。几只蝙蝠在帐篷上空飞来飞去，然后又突然消失了。从墙外传来了一辆有轨电车在轨道的岔口上轧轧作响的声音。

"可怜的推事，"塔鲁在跨出隔离营大门时喃喃地说，"真该替他想想办法。但是怎么去帮助一个推事呢？"

在这座城里另外还有好几个这样的隔离营，由于对它们缺乏直接的消息来源，所以笔者为了审慎起见，就不能再多谈了。不过，有一点倒是可以提一下，那就是这些隔离营的存在，从那儿散发出来的人的气味，黄昏时刻高音喇叭的巨大的响声，围墙的神秘感，以及人们对这些被摈弃的地方的恐惧，这一切已成了市民们精神上的沉重负担，使得大家更加惊慌失措，忧虑不安。他们与市政当局的摩擦和冲突事件都随之增加了。

到了十一月底，早晨的天气已变得很冷了。倾盆大雨把路面冲刷得干干净净，雨过后，天上也好似洗过一样，看不到一丝云彩，晴空下，雨后的路面闪闪发光。每天早晨，一轮淡淡的太阳在寒冷的空气中把明亮的阳光倾泻在这个城市上空。相反，到了傍晚时分，天气又回暖了，这正是塔鲁所选定的同里厄医生谈心的时间。

一天晚上，十点钟左右，在度过了漫长而累人的白天后，塔鲁陪里厄到那个患气喘病的老人家里去出诊。在陈旧的住宅区的房屋上空映照着柔和的星光，一阵微风悄悄地吹过黑暗的十字路口。两个人走过了一段宁静的路程，来到了这位老人的家里。老人喋喋不休地告诉他们说，城里有些人同市政当局不和，说那些油水大的美差总是落到某些人手中，说老是冒着危险的人总有一天也要轮到自己倒霉。老人还搓着双手洋洋得意地说，看来可能还要大吵一场。在医生护理他的时候，他一直不停地评论着时局。

他们听到在他们上面有人走动的声音。病人的老伴发觉塔鲁显出很想打听一下的样子，于是就向他们解释说，有些女邻居在平台上。他们同时也了解到，从平台上看出去，风景很优美，以及屋子的平台往往是有一面与另一幢屋子的平台相连接，这样，街坊上的妇女们就可以足不出户而相互串门。

“是啊，”老人说，“你们上去看看，那儿空气很好。”

到了上面，他们发现平台上空无一人，放着三把椅子。从一边望去，目力所及，只见一排排的平台向远处延伸，最后与一个黑魆魆的、像岩石般的巨大物体相接，他们认出了这是他们所能看到的第一座山冈。从另一边望去，越过几条街和那隐没在黑暗中的港口，可以一直看到地平线，那儿海天一色，波浪起伏，隐约可见。在远处，他们知道，那是悬崖，再远一些，一束微光忽隐忽现，很有规律，他们看不见那发出微光的物体：这是航道上的灯塔。它自今年春天以来，一直在向绕道驶向其他港口的船只发出信号。风吹云散，夜空明净，皎洁的星星在闪闪发光，遥远的灯塔上的微光犹如一掠而过的银灰色微尘，不时闪过星空。微风吹来了芳草和石头的气息。四周一片寂静。

“这天气真舒服，” 里厄边说边坐了下来，“好像鼠疫从来没有到过这儿似的。”

塔鲁转过身去，背对着里厄，眺望大海。

“对，”他隔了一会儿说，“天气真舒服。”

他走到里厄身旁坐下，并仔细地端详着医生。微光在天边出现了三次。一阵餐具碰撞的声音从街道的深处传到他们的耳边。屋子里一扇门“砰”的响了一下。

塔鲁用非常自然的声调问道:“里厄，您难道从来也不想知道我究竟是谁?您把我当作朋友吗?”

里厄回答说:“我是把您当作朋友的。不过,我们过去都没有时间。”

“好,这就使我放心了。您愿不愿意把现在这会儿作为是我们共叙友情的时刻?”

里厄向他微微一笑,作为回答。

“那么,好吧……”

在几条街以外的地方，有一辆汽车好像悄悄地在潮湿的路面上滑行了好一阵子。汽车开走了,跟着,从远处传来的一阵模糊的惊呼声再一次打破了寂静。然后,四周又恢复了宁静,陪伴着他们两人的只是静悄悄的天空和星星。塔鲁站起身来,坐在平台的栏杆上,面对着舒服地坐在椅子上的里厄。一眼望去,只见一个魁梧的身形像一张剪影似地贴在星空中。他讲了很久,下面是他讲话的大致内容:

“里厄,我们简单地谈谈吧。在熟悉这个城市和遇上这次瘟疫以前,我早就受着鼠疫的折磨。可以说我跟大家一样。但是有人却并不觉察或者安于现状,也有人觉察到了因而寻求摆脱。而我就是一直想求得摆脱的。

“在我年轻的时候,我带着天真无邪的思想,也就是说,脑子像一张白纸似地过日子。我不是那种苦恼的人,我开始过得很不错,一切对我来说都相当顺利:我智力也挺好,我很能获得女人的好感,如果说我曾经有过某些忧虑的话,那么它们来得快,去得也快。有一天,我开始思索了。现在……

“应该跟您说,我当时不像您那样穷。我父亲是代理检察长,这是一个相当好的职位。可是,他没有官架子,因为他天生是个老好人。我母亲是个纯朴而谦逊的妇女,我一直很爱她,不过我总是不大愿意谈起她。平时,我父亲慈祥地照管我,我甚至相信他一直在想方设法了解我。他有外遇,这一点现在我可以肯定,不过,我并不因此而感到气愤。他在这些方面的表现都很合乎分寸,毫不令人反感。简单地说，他不是一个古怪的人。现在他已去世,我觉得,如果说他在世时没有像一个圣人那样生活的话,那么他也不是一个坏人。他介乎两者之间，就是这样。他是那种类型的人，能引起别人不过分的亲切感，而且经久不衰。

“但是，他有一个特点：《谢克斯旅行指南》是他爱不释手的一本书。我并不是说他经常旅行（只有在假期中，他才到布列塔尼省去，因为他在那里有一幢小别墅），而是说他能精确地告诉您巴黎—柏林列车的出发和到达的时间，从里昂到华沙的中途换车时间，以及您要去的各大首都之间确切的距离为多少公里。您能说出从布里昂松到夏蒙尼怎么走吗？即使是一个站长也记不清楚。但是我父亲却能一五一十地讲出来。他几乎每天晚上都要做这样的练习，以便丰富自己在这方面的知识，并为此而感到骄傲。这也使我感到很好玩，于是我就经常向他提问，而且当我在《谢克斯旅行指南》里核实了他的回答和承认他没有搞错时，我感到非常高兴。这些小小的练习使我们之间的关系更亲近了，因为我成了他的一个听众，对于我的这种好意，他很承情。我则认为，他在铁路行车时刻方面的这种才能，并不亚于其他方面的才能。

“但是，我讲得有点忘乎所以，对这位正直的人的估价可能太高了些，因为，归根结底，他只不过对我的决心有过一种间接影响。充其量是他给我提供了一次机会。在我十七岁的那年，我父亲曾邀请我去听他发言。这是在刑事法庭审理的一起重大案件，因此，当然啰，他想露一手，显一显他的才华。我现在也认为当时他想通过这种开庭仪式，这种能震动和唤起年轻人的想象力的仪式，来鼓励我继承父业。我接受了他的邀请，因为这会使我父亲高兴，也因为我当时也很好奇，想在一个不同于家里那样的场合下，看看他是以什么姿态出现的，听听他讲些什么话。除此以外，我没有其他的想法。那时，我一直认为开庭的情况，如同每年七月十四日的国庆检阅，或者学期结束发奖一样，是很自然的而且是不可避免的。我当时对这方面的概念很抽象，它一点也没有使我感到不安。

“但是，那天唯一给我留下印象的就是那个罪犯。我认为他确实有罪，至于犯的什么罪，这无关紧要。罪犯是个矮个儿，三十岁左右，红棕色的头发，一副可怜相。他看上去已下定决心要承认一切，他似乎对他所做的一切以及对他将受到的惩罚是那样的胆战心惊，以至于几分钟之后，我的注意力全部都被吸引过去了。他的样子像一只在强烈光线照射下吓得魂不附体的猫头鹰。他的领结歪在一边，他只啃着一只手的指甲，他那右手的指甲……总之，我不必再多讲了，您当然知道他是一个活生生的人。

“可是，我却直到那时才突然发现这一点，因为在这之前，我只是用那种‘被告’之类简单的概念去想他的。我不能说那时候我忘记了我父亲在场，不过我好像内脏被什么东西紧紧抓住了，使我把全部注意力都集中到这个刑事被告身上去了。我几乎什么也没听见，我感到人家想把这个活生生的人杀死，有一种强烈的本能像浪潮一样把我盲目地推向他那一边。我一直到我父亲宣读起诉书的时候，才真正清醒过来。

“我父亲穿着红色法衣，看上去一反常态，他平时的那种老好人的样子，那种亲切的神态早已无影无踪，只见他的嘴巴在频繁地活动，一大串一大串的长句子不停地像一条条毒蛇一样从嘴里窜出来。我听明白了：他以社会的名义要求处死这个人，他甚至要求砍掉犯人的脑袋。不错，他只是说了一句：‘这颗脑袋应该掉下来。’但是总而言之，这两句话相差不大，反正结果都一样，因为他最终取下了这颗脑袋，只不过不是他去具体执行这项工作罢了。后来我对这件案子，就一直听到结束，与此同时，我对这个不幸的人也一直怀有一种使人晕头转向的亲切感，而这种感觉，我父亲是从来也不会有的。按照习惯，在处决犯人的时候——讲得文雅一点，是在所谓最后时刻，而实质上应该说是在最卑鄙的谋杀时刻——我父亲是必须出席的。

“从那时起，我一看到那本《谢克斯旅行指南》就十分反感。从那时起，我就讨厌法院、死刑和处决。我震惊地发现，我父亲可能已参与过多次这样的谋杀，而且每逢这种日子他就起得特别早。是的，在这种情况下，他总是把闹钟上好了发条。我不敢把这些事告诉我的母亲，不过我对她作了更仔细的观察，于是我明白他俩之间已没有丝毫感情，我母亲是在过着一种清心寡欲的生活。这就使我原谅了我的母亲，正像我当时所说的那样。过了一些时候，我懂了，对她也无所谓原谅，因为我母亲在结婚前家里很穷，是贫穷使她学会了逆来顺受。

“您现在一定在等我说这句话：我当时立刻就离家出走了。不，我在家里还呆了好几个月，几乎一年左右。但是在这段时间里，我内心很痛苦。一天晚上，我父亲又找他的闹钟了，因为他第二天要早起。那天一整夜我没睡着。第二天当他回家时，我已经走了。接下来的事，我就直截了当地说吧，我父亲派人四处找我，于是我就去见他，我什么也没向他解释，我心平气和地对他说，要是他逼我回家，我就自杀。他生性较温和，终于同意我离去，不过他发表了一通议论，认为这种想无拘无束地生活的行为是很愚蠢的（他是这样理解我的行为的，而我一点也没有反驳他），他还忍住真诚的眼泪向我百般嘱咐。以后，隔了很久，我才经常回家去看望我的母亲，同时也见到了他。我想，这些接触也就使他满足了。至于我，我对他并不怨恨，只不过心里有点惆怅。当他去世的时候，我就把母亲接来跟我一起过日子，要不是她后来也去世的话，她现在还跟我住在一起。

“我之所以把这段开始的经历讲得那么冗长，这是因为它正是一切的起点。现在我要讲得快一点。从十八岁那年起，我离开了富裕的环境，过着贫穷的生活。为了糊口度日，我干过许多差使。一切总还算顺利。但是，我所关心的问题是死刑。我要替这个红棕色的猫头鹰算一笔账。因此，我曾经如人们所说的那样，搞过政治。总而言之，我不想成为一个鼠疫患者。我曾认为，我所处的这个社会是建筑在死刑的基础上的，因此我同这个社会作斗争，就是同谋杀作斗争。我曾经是这样想的，别人也曾经对我这样说的，而归根结底，这种观点也是基本上正确的。于是，我就跟其他一些我所爱的、而且至今一直爱着的人们站在一起。我就这样坚持了很久。在欧洲，无论哪一个国家发生了这类斗争，其中都有我的份儿。好吧，这就不说了。

“当然，我当时懂得，我们偶尔也判人死刑。但是，人们告诉我，为了实现一个再也没有人杀人的世界，这些人的死是必要的。在某种意义上来说，当时这是对的，不过无论如何，现在我恐怕不能坚持这类真理了。有一点是肯定的，这就是我当时是犹豫不决的。但那时我总想着这只猫头鹰，因此就能坚持下去。直到有一天，我亲眼目睹了一次处决（那是在匈牙利），于是，童年时在法庭里所遇到的这种使我晕头转向的场面又一次使我（当时我已成人）视线模糊起来。

“您从来也没见过枪毙人吧？没有，当然啰，旁观者一般是邀请的，而且观众也是事先经过选择的。结果您只能停留在图画和书本中的描写水平上：眼睛蒙上布条，人捆绑在木柱上，远处几个兵士。告诉您，不是这么回事！恰恰相反，执行处决的行刑队站在离犯人一米半远的地方，这个你知道吗？要是犯人向前走两步，他的胸口就会碰到士兵们的长枪！这个您知道吗？在这么近的距离，士兵们把子弹集中打在他的心脏区，就会打出一个可以把拳头伸进去的口子！这个您也知道吗？不，您是不知道这一切的，因为人们是不谈这些细节的。对鼠疫患者来说，人的睡眠要比生命更为神圣不可侵犯，我们不应该去打扰这些正人君子的睡眠。只有风格不高的人才会这样做，而风格在于不要坚持己见，这是众所周知的事。但是我从那时候起就没有好好睡过。我就是风格不高，不断地坚持己见，也就是说，不停地想着这些事。

“于是，我懂得了这样的事实：在自己满心以为是在理直气壮地与鼠疫作斗争的漫长岁月里，自己却一直是个鼠疫患者。至少，我的情况就是如此。我了解到，我已经间接地赞同了千万个人的死亡，甚至促成了这一死亡，因为我赞成最终导致死亡的一切行动和原则。别人好像并不因此而感到内疚，或者至少可以说，他们从来也不主动地谈到这些。而我却一想起就喉咙哽塞。虽然我跟他们在一起，但我还是孤独一人。有时候我向他们倾诉我内心的不安时，他们却对我说，应该考虑的是目前引起争论的问题，他们还向我灌输一些常常是很感动人的道理，硬使我接受我所无法接受的东西。不过我回答说，在这些情况下，那些穿着红色法衣的大鼠疫患者也会振振有词，讲出一些令人信服的道理来，而如果我同意小鼠疫患者所提出的那些不可抗拒的理由和迫不得已的情况，那么我就不能否定大鼠疫患者所讲的同样理由。他们向我指出，如果要附和这些穿红色法衣的人的话，有个好办法，那就是让他们去垄断判刑的权利。不过，我当时心想，要是让了一次步，那么就得一直让步到底。看来历史也证实了我的这种想法，今天他们不是都在争先恐后地杀人吗?!他们都杀红了眼，而且他们也只能这样做。

“不过，不管怎么说，我所关心的并不是和别人进行争辩，而是那只红棕色的猫头鹰，是法庭上的那件肮脏勾当：一张张又脏又臭的嘴向一个锁上镣铐的人宣布他即将死去，并为他的死亡办理好一切手续，以便他整夜整夜地处于垂死的恐怖之中，最后睁着眼睛，束手待毙。我念念不忘的是那个胸口上的窟窿。我心想，在等待把问题弄清楚的过程中(至少对我来说是这样)，我一丝一毫——您听见吗?——一丝一毫也不会赞成这种令人作呕的残杀。是的，在没有把问题弄明白之前，我决定采取这种盲目的顽固态度。

“从那以后，我的思想没改变过。长期来我感到无比羞愧，因为我曾经是个杀人凶手，即使是间接的，同时也是出于善良的愿望，这仍改变不了这一事实。随着时间的消逝，我就发现，即使是那些比别人更善良的人今天也不由自主地去杀人，或者听任别人去杀人，因为这是符合他们生活的逻辑的。我也发现，在这个世界上，我们的一举一动都可能导致一些人的死亡。是的，我一直感到羞愧，我懂得了，我们大家当时都生活在鼠疫之中，于是我就失去了内心的安宁。直到今天，我还在设法了解他们每个人，力图使自己不要成为任何人的冤家对头，想通过这种方式来寻找失去的安宁。我只知道，为了使自己不再是一个鼠疫患者，该怎么做就得怎么做，而且只有这样做才能使我们有希望得到安宁，或者，在得不到安宁的情况下，可以心安理得地死去。也只有这样做才能减轻人们的痛苦，如果说这还不能拯救他们的话，至少也能尽量少使他们受害，甚至有时还能为他们做一点好事。因此，凡是使人死亡的事，凡是为这种事进行的辩护，不管是直接的还是间接的，不管有理还是无理，我一概拒绝接受。

"因此,这场鼠疫并没有使我学到任何东西,要不,就是它教会了我应该跟您在一起同它作斗争。根据可靠的资料,我知道(是的,里厄,我对生活了解得很透彻,这一点您是看得出来的),每个人身上都有鼠疫,因为在世界上没有任何人,是的,没有任何人是不受鼠疫侵袭的。因此,我们要不断地留心自己,否则一不小心,就会把气呼到别人脸上,从而把鼠疫传染给他。只有细菌是自然产生的。其余的,例如健康,正直和纯洁,可以说是出自意志的作用,一种永远也不该停止的意志的作用。正直的人,也就是几乎不把疾病传染给任何人的人,这种人总是小心翼翼,尽可能不分心。而为了做到永远不分心,就要有意志力,就要处于紧张的状态!是的,里厄,当一个鼠疫患者是很累人的。但是要不想当鼠疫患者,那就更累人了。正因为如此,大家都显得很疲乏,因为今天大家都有点传染上了鼠疫。但是,也正因为如此,有些不愿再当鼠疫患者的人觉得筋疲力竭,对他们说来,除了死亡之外,再也没有任何东西能使他们摆脱这种疲乏。

"从现在起,我知道,我对这世界本身来说,已毫无价值。从我放弃杀人的那时候起,我就对自己宣判了永久的流放。现在将由其他人来创造历史。我也知道,我不能从表面上去判断这些人。我这个人没有资格当一个合理的杀人凶手。这当然不是一个优点。不过,我还是愿意像我现在这样,我学会了谦虚。我只是说,在这地球上存在着祸害和受害者,应该尽可能地拒绝站在祸害一边。这在您看来或许比较简单,但我却不知道这是不是简单,但是我知道我说的情况是确实的。我曾经听到过许多大道理,这些大道理差点儿把我搞得晕头转向,同时也迷惑了不少其他人,使他们同意谋杀。这才使我明白,人们的一切不幸都是由于他们讲着一种把人搞糊涂的话。于是,为了走上正道,我决定讲话和行动毫不含糊。因此,我说,在这世界上存在着祸害和受害者,除此之外没有任何别的东西。如果,在我这样说的时候,我自己也变成祸害的话,那么,最低限度,我不是心甘情愿的。我力图使自己成为一个无罪的杀人者。您看,这不能算是奢望吧!

"当然,应该还有第三种人,那就是真正的医生,但事实上,人们遇到的真正的医生很少，而且可能也很难遇到。所以，我决定在任何情况下都站在受害者的一边，以便对损害加以限制。在受害者当中，我至少能设法知道怎样才能达到第三种人的境界，就是说，获得安宁。”

最后，塔鲁摆动着腿，用脚轻轻地敲着平台。经过一阵沉默之后，里厄挺了挺身子，问塔鲁是否知道有一条通往安宁的道路。

“有的，那就是同情心。”

远处响起了救护车的两下铃声。刚才还是模糊不清的惊呼声现在都汇集到城市的边缘，靠近石头山冈的地方。就在这时候，他们听到一种像爆炸那样的声音，然后，四周又是一片寂静。里厄看到灯塔又闪了两次光。微风好像已增强了风势，同时，有一股带盐味儿的阵风从海面上吹来。他们现在清楚地听到波涛冲击悬崖时所发出的低沉的声音。

“总之，”塔鲁爽直地说，“使我感兴趣的是怎样才能成为一个圣人。”

“可是您不信上帝。”

“是啊。一个人不信上帝，是否照样可以成为圣人？这是我今天遇到的唯一具体问题。”

突然，从刚才传来叫声的那边出现了一大片微光，一阵分辨不清的嘈杂声，沿着风的方向，传到两个朋友的耳畔。微光立刻就暗了下去，而远处，在那些平台的边缘，只剩下一片淡淡的红光。在风势暂停的时候，他们清楚地先听到一片人的叫喊声，接着是一阵射击声，最后是人群的喧哗声。塔鲁站了起来，倾听着，但他们再也听不到任何声音。

塔鲁说：“城门口又打起来了。”

“现在已经结束了。”里厄回答说。

塔鲁喃喃地说，这决不会结束，而且还会有牺牲者，因为这是很自然的事。

“可能是这样，”里厄回答说，“不过，您知道，我感到自己跟失败者休戚相关，而跟圣人却没有缘分。我想，我对英雄主义和圣人之道都不感兴趣。我所感兴趣的是做一个真正的人。”

“对，我们追求的目标是一致的，不过，我的雄心没您的大。”

里厄以为塔鲁在开玩笑，就看了对方一眼。但是在夜空模糊的光线下，他看到的是一张忧伤和严肃的脸。风又重新刮了起来，里厄感到风吹在身上暖洋洋的。塔鲁振作一下说：

“为了友谊，您知道我们该做些什么？”

里厄回答说：“做您想做的事。”

“去洗个海水澡。即使对未来的圣人来说，这也是一种高尚的乐趣。”

里厄微笑起来。

塔鲁接着说：“我们有通行证，可以到防波堤上去。总而言之，要是只生活在鼠疫的环境中，那就太愚蠢了。当然，一个真正的人应该为受害者而斗争，不过，要是他因此就不再爱任何别的东西了，那么他进行斗争又是为了什么？”

“对，走吧。”里厄说。

不一会儿，汽车在港口的栅栏附近停了下来。月亮已经升起，夜空中乳白色的光辉向四处投下了模糊的影子。在他们后面是城里鳞次栉比的房屋，一股热烘烘的混浊气流从那里吹来，驱使这两位朋友走向海边。他们向一个士兵出示了通行证，后者检查了好久才放他们走。他们穿过堆满了木桶，散发出酒香和鱼腥味的场地，朝着防波堤的方向走去。快走近时，一股碘和海藻的气味告诉他们大海在望。接着，就传来了波涛声。

大海在防波堤的巨大石基下轻声吼鸣。当他们登堤时，万顷波涛就展现在他们的眼前，海面像丝绒那样厚实，又像兽毛那样柔软光滑。他们在面向大海的岩石上坐下。海水以缓慢的节奏冲上来又退下去。大海的起伏像人的呼吸一样平静，亮晶晶的反光在水面上时隐时现。在他们面前，展现着一幅漫无边际的夜景。里厄用手抚摸着凹凸不平的岩石，一种奇异的幸福感充满了他的周身。他转向塔鲁，从他朋友的那张安详而严肃的脸上，猜测出塔鲁也有着相同的幸福感，但他也知道这种幸福感不能使塔鲁忘却任何事物，当然也不会忘却世上的杀戮。

他们脱掉了衣服。里厄先跳下水。开始时，他感到水有点凉，但等他重新浮上水面时，却感到水是温的。蛙泳了一会后，他才懂得，这天晚上，海水之所以是温的，这是因为秋天的大海从地面吸收了在夏天时一连好几个月中贮存起来的热量。他以均匀的动作向前游着，双脚拍打着海面，在他的身后留下了一道翻滚的泡沫，海水沿着他的胳膊流到他的腿部。他听到很响的扑通一声：塔鲁下水了。里厄翻过身来，一动不动地浮在水上，面对悬挂着月亮和布满星星的天空。他深深地呼吸。接着，他越来越清晰地听到打水的声音，这声音在寂静的夜晚显得格外响亮，塔鲁在后面游近了，不多会儿，连他的呼吸声也能听到了。里厄翻过身来，以同样的速度跟他的朋友齐头并进。塔鲁游得比他快，于是他只得加快速度。在短短的几分钟时间里，他们以同样的节奏、同样的力量向前推进，孤寂地远离了尘嚣，终于摆脱了这座城市和鼠疫。里厄先停下来，接着他们就慢慢地游回去。在回岸途中有一段时间他们遇到了一股冰冷的水流，在大海的这种出其不意的袭击下，他们两人都不约而同地加快了速度。

他们重新穿好衣服，一言不发地踏上了归途。但这时，他们已成了一对同心同德的朋友，这天夜晚给他们留下了亲切的回忆。当他们远远地看到疫城的哨兵时，里厄知道现在塔鲁和他都在心里说着同样的话：鼠疫刚刚把他们忘却过一时，这很不错，但现在又该重新开始。

是的，又该重新开始了，鼠疫是不会长期地把任何人遗忘的。在十二月份，它又在市民们的胸口“燃烧”起来，使焚尸炉烧得通亮，使隔离营内无事可干、空着双手的人影不断增加，它以一种既顽固而又不规则的速度不停地蔓延。市政当局曾寄希望于冬天的来临，希望寒冷能刹住瘟疫的势头，然而鼠疫却毫不停步地越过了初冬的严寒。还得等啊！但是，人们等久了也就不再等了，全城居民过着毫无希望的日子。

对里厄医生来说，那天晚上他所享受的那种短暂的宁静和友谊的时刻也一去不复返了。城里又开设了一个医院，因此里厄只能整天跟病人打交道。他发现，虽然目前肺鼠疫患者与日俱增，但是病人似乎都能跟医生很好地配合。他们不再像鼠疫开始时那样沮丧或癫狂，而是好像对自己的利益有了比较正确的认识，他们主动要求获得一些对他们最有益的东西。他们不断地要水喝，大家都想得到别人的热情对待。尽管里厄还是跟平时一样地劳累，但是在这种情况下，他感到不像以往那样孤独了。

十二月底左右，里厄收到预审推事奥东先生从隔离营写来的一封信，说他被隔离检疫的时间已超过规定，而管理部门却找不到他进隔离营的日期，因此人们还错误地把他关在里面。奥东夫人不久前已从隔离病房出来，她曾向省里提出抗议，结果她在那里碰了钉子，人们回答她说：决不会出差错。里厄请朗贝尔出面去解决这个问题。几天后，奥东先生就来看他了。事实上，果真出了差错，因此里厄感到有点气愤。可是业已消瘦的奥东先生却举起了一只软弱无力的手，字斟句酌地说，大家总会有出差错的时候。医生只觉得情况有了一些变化。

里厄说："推事先生，您打算做些什么？一大堆卷宗等着您去处理呢。"

"啊，不，"推事说，"我想请假。"

"说的倒是，您该休息休息。"

"不是这个意思。我想回隔离营去。"

里厄惊讶地说："您不是刚从那儿出来吗？"

"我刚才没说清楚。有人告诉我说，在这个隔离营里是有志愿管理人员的。"

推事的圆眼睛滴溜溜地转了一下，他用手把竖起来的一撮头发弄弄平……

"要明白，我或许在那儿有事可做。另外，说起来也挺傻：在那儿能使我常想起我的小男孩。"

里厄看着他。在奥东先生的那双严厉而又缺乏表情的眼睛里是不可能突然出现温存的目光的。但是它们已变得较为混浊，失去了原来金属般的光泽。

"那当然，"里厄说，"既然您愿意去，那这件事就让我来办吧。"

医生果然把这件事办妥了，直到圣诞节为止，疫城中的生活还是老样子。塔鲁也一如既往，神态自若地出现在各处。朗贝尔告诉医生说，在两个年轻的卫兵的帮助下，他找到了一个秘密的办法跟他情人通信。他现在每隔一段时间就可以收到一封信。他建议里厄也利用一下他的渠道，医生同意了。这几个月来，里厄还是第一次写信，他提起笔来感到十分困难。他已经忘了某种语言。信发出了，可是迟迟不见回音。至于科塔尔，他现在正是鸿运高照，生意兴隆，他的小规模的投机买卖使他大发横财。不过格朗在这节日期间却不太如意。

这一年的圣诞节与其说是福音节，倒不如说是地狱节。店铺里空空如也，黯然无光，橱窗里尽是些假巧克力或空盒子，电车中的乘客脸色阴沉，没有一点昔日圣诞节的气氛。往年的圣诞节，不管是富人还是穷人，家家都团聚在一起，而今年却只有少数特权者躲在积满污垢的店铺后间，用骇人的代价换来一些脱离大众而又见不得人的享受。教堂里充满着的不是谢恩声，而是哀鸣。在这座阴沉而寒冷的城市里，只有几个孩子在奔跑，因为他们还不懂得瘟疫在威胁着自己。但是没有一个人敢跟他们提到，过去有圣诞老人，背着礼物而来，他虽与人类的痛苦同样古老，但却像年轻人的希望那样富于生气。现在，在大家的心灵里只留下一个很古老、很黯淡的希望，它使人不至于自暴自弃，走向死亡，而且坚持生活下去。

圣诞节前夜，格朗没有赴约。里厄很担心，因此第二天一清早就到他家去，但没有找到他。医生就把这件事通知了大家。十一点左右，朗贝尔到医院里来告诉里厄，说他远远看到格朗一个人在大街上徘徊，脸色十分苍白，后来格朗就不见了。于是，医生和塔鲁就坐车去寻找。

中午，天气十分寒冷。里厄跳下汽车，从远处瞧着格朗。这位老公务员的脸几乎紧紧地贴在一个橱窗上，橱窗里放满了粗糙的木刻玩具。眼泪从他的脸上像断了线的珍珠似地淌下来。里厄见了，心潮起伏，因为他懂得这些泪水意味着什么，因为他自己也感到一阵心酸，咽喉憋得难受。里厄同时也回忆起了这个不幸者在订婚时的情景：那时候也是圣诞节，在一家店铺前，让娜偎依在格朗的胸前，仰着身子，抬头对他说她很高兴。如今她那充满恋情的清脆的声音又从遥远的过去回到了格朗的耳边，这是肯定的。里厄知道，此时此刻这位泪流满脸的老人在想什么，而他也跟格朗一样在想：这没有爱情的世界就好像是一个没有生命的世界，但总会有这么一个时刻，人们将对监狱、工作、勇气之类的东西感到厌倦，而去寻找当年的伊人，昔日的柔情。

这时格朗通过玻璃的反映看到了里厄。他转过身，靠在橱窗上看着医生走过来，眼泪不停地淌着。

“啊！医生，啊！医生。”他呜咽着说。

里厄一句话也说不出来，只是频频点头，表示同情。他同格朗一样感到苦恼。这时他心头怒火翻腾，因为不论是谁，在看到大家都遭受到的痛苦时，都会产生这样的感情。

“唉，格朗。”他回答说。

“我想找时间写封信给她，让她知道……让她能毫无内疚地感到快活……”

里厄拉着格朗向前走，他的动作有点粗暴。而格朗则一边几乎毫不抗拒地任他拖着走，一边结结巴巴地说些不成句的话。

“这实在拖得太久了。我想听天由命了，有什么办法呢？啊！医生！我看起来就像现在这样平静。可是，我总是要使很大的劲儿才能勉强做到保持常态。可现在，实在受不了啦！”

他停了下来，浑身颤抖，眼睛像疯了似的。里厄抓起他的手，发现手烫得厉害。

“该回去了。”

但是格朗挣脱了医生的手，奔了几步路，然后停了下来，张开双臂，开始前后摇摆起来。他就地旋转了一下，倒在冰凉的人行道上，脸部被继续流着的眼泪弄得肮脏不堪。行人们远远看到这种情景，突然停了下来，不敢再向前走了。里厄只得把老人抱了起来。

格朗躺在床上，呼吸非常困难，肺部受到了感染。里厄考虑了一下：这位老公务员没有家室，何必送他进隔离病房呢？还是让自己跟塔鲁一起来照料他吧……

格朗的头深深地埋在枕头里，脸色发青，眼睛暗淡无光。他凝视着塔鲁用一只木箱子的碎片在壁炉里燃起的小小的火焰。他说：“我的病情不妙。”他边说话边咳嗽，咳嗽的声音听起来很怪，好像是从他那燃烧着的肺部的深处发出来的劈劈啪啪的声音。里厄叫他停止说话，并说他会痊愈的。病人先是露出一种古怪的笑容，接着脸上又出现了一丝温柔的表情。他费劲地挤了挤眼，说：“要是我能死里逃生，医生，我向您脱帽致敬！”但是，话刚说完，他就进入了衰竭状态。

几小时后，里厄和塔鲁发觉格朗坐在床上。里厄从他那烧得通红的脸上看到病情恶化，感到十分吃惊。但病人的神志好像比刚才清醒了些，一见到他们，就立即用一种异常低沉的声音请求他们把他放在抽屉里的一份手稿拿给他。他接过塔鲁递给他的手稿，连看也不看，就紧紧地把它贴在胸口，然后又把它递给里厄，做了个手势，表示请医生念一下。这是一份五十来页的短短的手稿。医生翻了翻，发现在这些稿纸上只是写着一句同样的话，只不过是抄了又抄，改了又改，增增删删。五月、女骑士、林间小径，这几个字一再地重复，用各种方式排列组合成句子。作者在他的手稿里还作了注释，罗列了那句句子的不同写法，注释有时极其冗长。但是在最后一页的末尾，只写着一句书法十分工整的句子，而且墨迹还很新鲜：“我亲爱的让娜，今天是圣诞节……”在这句话的上面，工工整整地写着那句句子，这当然是最新的写法了。“请念一下。”格朗说。于是里厄就念起来。

“在五月的一个美丽的清晨，一位苗条的女骑士跨着一匹华丽的枣骝牝马在花丛中穿过树林小径……”

“是这样写吗？”老人用一种狂热的声音问道。

里厄没有抬起眼睛看他。

老人激动地说：“啊！我知道。美丽，美丽，这个字不确切。”

里厄握住了病人搁在被子上的手。

“算了吧，医生。我没时间了……”

他的胸部困难地起伏着，突然，他大声说：

“把它烧掉！”

医生犹豫起来，但格朗重复了他的命令。他说话的语气是那样地严厉，又是那样的痛苦，最后里厄只得把这些稿纸扔到快要熄灭的炉子里去。房间里很快就亮了起来，一阵短暂的燃烧使屋子里略添暖意。当医生回到病人床前时，只见他已转过身去，脸几乎贴在墙上。塔鲁看着窗外，好像对这种场面无动于衷。给格朗注射了血清后，里厄对他的朋友说，病人过不了今夜就会死去，于是塔鲁提出让自己留下看护。医生同意了。

整个晚上，格朗将要死去的这个想法一直在里厄的脑海中萦回。但是，第二天早晨，里厄发现格朗已经坐在床上和塔鲁说话。高烧已退，现在只剩下全身无力的症状了。

“啊！医生，”老公务员说，“我错了。不过，我可以重写。您将会看到，我都记得很清楚。”

里厄对塔鲁说：“等一等再看。”

但是到了中午，仍没有丝毫变化。到了晚上，已经可以认为格朗已脱离险境了。里厄对这一起死回生的现象一点也不理解。

差不多与此同时，人们却给里厄送来了一个年轻的女病人。起先他也认为她已病入膏肓，因此病人一到医院，他就叫人把她隔离起来。这位在昏迷中的姑娘不停地讲胡话，她的病征完全说明她已得了肺鼠疫。但是第二天早晨，热度就退了。当时，医生还以为这种现象跟格朗的情况一样，是病情在早晨的暂时缓解，根据经验，他认为这是一个凶多吉少的征兆。可是到了中午，热度却没有回升。晚上，它只升高了几分，而到了第三天早晨，体温已经正常了。尽管那姑娘很疲乏，但她在床上很自由自在地呼吸着。里厄对塔鲁说，这姑娘的得救完全是反常的事。但在这一星期中，在里厄的医院里一连发生了四起同样的情况。

周末那一天，那位患气喘病的老人十分激动地接待了里厄和塔鲁。

“这下行啦，”他说，“它们又跑出来了。”

“什么东西跑出来了？”

“嘿！老鼠呗！”

从四月份以来，人们从来没有发现过一只死老鼠。

塔鲁对里厄说:“是不是一切又会像以前一样重新开始?”

老人高兴地搓着手。

“瞧它们奔跑的样子!看了真叫人高兴。”

他已看见过两只活生生的老鼠从他家门口窜进来。一些邻居也告诉过他,他们家里,老鼠也重新出现了。在一些屋梁上,人们又重新听到已经忘记了好几个月的老鼠骚动声。里厄等着了解每周开始时发表的统计总数。结果,有关数字表明,疫势已减弱。

尽管居民们没想到疫势会突然减弱，但是他们还不敢高兴过早。这些月来，他们越来越希望能摆脱瘟疫的折磨，但与此同时，他们也懂得了谨慎，养成了这样一种习惯，那就是越来越不指望在短期内就能看到鼠疫结束。可是大家都在谈论着这一新的现象，于是在人们内心深处又产生了一种强烈的、但又不敢明说的希望。其他一切都被放到了次要的地位。统计数字下降了，这是一件出人意料的事，相形之下，那些刚死于鼠疫的人就算不了什么。种种迹象表明：虽然人们没有公开盼望"健康时代"立即到来，但是他们却暗中在等待着。比如说，从那时起市民们就很乐意——尽管表面上装出一副无所谓的样子——谈论在鼠疫结束后怎样去重新安排他们的生活。

大家一致认为要一下子恢复鼠疫发生前的那种舒适的生活条件是不可能的，因为破坏起来很容易，而要重建那就困难了。人们只是认为食品供应可能会有所改善，这样一来，至少可以不再为最迫切的问题操心了。但事实上，在这些无关紧要的谈话里却同时冒出一种荒诞的希望来，使市民们有时会感到不对头，于是他们就急忙说，无论如何，鼠疫是不会一夜之间就结束的。

果然，鼠疫没有很快停止蔓延，但从表面看来，疫势减弱的速度超出了一般合乎情理的期望。在一月初，严寒持续不退，这是很罕见的。冷空气好像已经凝结在城市的上空。但天空却从来没有像这样蔚蓝。连日来，灿烂而没有暖意的阳光整天沐浴着这座城市。这种新鲜的空气使疫势在三个星期里连续减弱，死于疫病的人数越来越少，瘟神似乎也劳累得筋疲力尽了。在一个短短的时期里，鼠疫几乎失去了它在好几个月里积蓄起来的全部力量。就拿格朗或者上面谈到的那个姑娘来说，他们本已被选中为它的牺牲品，但他们却逃脱了它的魔爪，这样的例子还有一些；现在它往往在某些区里猖獗两三天，而同时却在另一些区里销声匿迹；在星期一它比平时夺走了更多人的生命，可是到了星期三，它却让全部病人几乎都逃脱了。看到它这种时而喘息不前，时而迅猛扑来的情况，人们就会说，它是由于烦躁和厌倦而垮下来了，不仅前一时期那股叱咤风云的威势、百发百中的精确打击能力已烟消云散，就连对自身的控制力也一去不复返了。卡斯特尔的血清一下子获得了一系列的疗效，而在这以前，这是从来也没有过的。过去，医生们采取的种种措施从不见效，而现在却突然都百试百灵起来。好像鼠疫也遭到了围攻，似乎它突然的衰弱使人们到目前为止一直用来抵抗它的迟钝的武器变得锐利了。不过，有时鼠疫又会倔强起来，在一种盲目的振奋中，夺走了三四个病人的生命，而这些病人本来是有希望治好的。他们都是这场灾难中的倒霉鬼，在这充满希望的时刻，他们却成了鼠疫的牺牲品。推事奥东先生的情况就是这样，当时人们不得不把他撤出隔离营。塔鲁说他运气不佳，但是人们不知道塔鲁说这话是指推事的死，还是指后者活着的时候运气不佳。

但是从总的情况来看，疫势是在全线退却。省里的公报先是隐约流露出一点希望，最后向公众证实了这样一种信心，即胜利的大局已定，鼠疫正在放弃它的阵地。实际上，很难断定这是个胜利。只是人们不能不感到鼠疫好像去得和来时一样突然。人们用来对付它的战略没变，昨天还是行之无效，而今天，却看来很合适。人们只是得到这样的印象：鼠疫已把自己搞得筋疲力竭了，或者，可能它在达到了它的目标之后自行撤退。总之，可以说它的使命完成了。

可是，城里好像没有任何变化。白天，街上还是那样静悄悄的，而到了晚上却挤满了同样的人群，大多数人都穿着大衣，围着围巾。电影院和咖啡馆跟以往一样生意兴隆。但要是再仔细观察一下，人们就会注意到一张张脸都比以前开朗了，有时还挂着一丝微笑。这使人想起：在这以前，没有一个人在街上露过笑容。实际上，几个月来把这座城市缠得紧紧的不透光的帷幕已经出现了一个裂缝，而且每星期一从无线电广播新闻中，人们可以发现这个裂缝正在扩大，最后它将大到可以让人呼吸了。不过，人们只是悄悄地松了口气，还不敢明显地流露出喜悦的心情。要是前些时候传来诸如有一列火车已经出站，或者有一艘轮船已经到达港口，或者汽车将重新可以在市内通行等消息时，那准是谁也不会随便相信的，可是如果上述新闻公布于一月中旬的话，那却不会使任何人感到惊讶。这种变化当然没什么了不起。但这些微妙的差别，事实上却说明了市民们在希望的道路上已经迈开了大步，而且我们可以说，当市民们的心头点燃起了一丝希望的火光时，从这时开始，鼠疫的横行时期实际上就结束了。

但是，在整个一月份里，他们对外界事物的反应还是很矛盾的。确切地说，他们处在一种兴奋和沮丧两者相互交替的状态之中。尽管疫情统计的结果令人振奋，但最近还是发生了好几起试图逃跑的事件，这使当局感到十分意外，连守卫城门的岗哨也毫无思想准备，因为大多数的逃跑事件都是成功的。但实际上，这时候逃跑的人是受一些自然而然产生的情绪所支配的。对一些逃跑的人来说，鼠疫已经在他们的心里深深地播下了怀疑的种子，使他们不能摆脱这种心情，他们已不再抱有任何希望。虽然鼠疫时期已经过去，但他们继续按照这个时期的准则来生活。他们是一些落后于形势的人。另一部分人则相反，他们绝大部分是那些在这以前一直被迫与亲人分离的人，经过了这段长期禁闭和心情沮丧以后，现在刮起的这股希望之风吹得他们反而失去了耐心，使他们激动得控制不住自己。一想到与心上人重逢之日已经在望，但又怕功亏一篑，先行死去，不但团圆顿成泡影，连长期的煎熬也白费了劲，这时，他们禁不住惶惶不安起来。在这些月里，尽管他们被囚禁和流放，但他们还是顽强地坚持等待，而现在希望的曙光已经出现，然而它却摧毁了恐惧和绝望所不能摧毁的东西。他们等不及鼠疫结束，为了赶在它的前面，像疯子似地拼命向前冲。

不过，同时也出现了一些自然流露的乐观迹象。比如说，人们发现物价已显著地下降。从纯经济学观点来看，这一现象无法解释。各种困难并没有减少，在城门口还保持了隔离检疫的手续，食品供应远远没有改善。因此，这一现象完全是精神因素造成的，好像疫势的减弱到处都有反应一样。同时，那些过去一直习惯于集体生活，但由于鼠疫横行而不得不单独分开的人也乐观了起来。城里的两个修道院重新开办了，因此集体生活得到了恢复。军人的情况也是同样。他们被重新召回到空着的营房里去，恢复了正常的部队生活。这些事虽小，但却很说明问题。

一直到一月二十五日，市民们就生活在这种秘而不宣的兴奋状态之中。这一星期，统计数字大大下降，经过与医学委员会商议，省里宣布鼠疫可以算是结束了。此外，公报补充说，为了慎重起见——这一点肯定能获得市民的赞同——城门还要关闭两个星期，预防措施还要维持一个月。在这段时间内，一发现鼠疫有死灰复燃的迹象，“就必须保持现状，重新采取有关措施”。但是，大家都把这些补充说明看成是一些官样文章，因此一月二十五日晚，城里欢腾了起来。为了配合大家这种兴高采烈的气氛，省长命令恢复正常时期的照明。在晴朗而寒冷的天空下，居民们又说又笑，闹声不绝，成群地拥向灯火辉煌的大街。

当然，许多屋子照旧紧闭着百叶窗。在这同一天的夜晚，可说是几家欢乐几家愁。不过在这些沉浸于哀伤中的人们中间，许多人心里也感到很大的宽慰，因为他们终于不必再担心会看到其他亲戚死去，或者不必为了保存自身而战战兢兢。就在此时，有些家庭中还有一个患鼠疫的病人住在医院里，而且全家人不是住隔离病房就是呆在家里，等待这场灾难有朝一日能真正离开他们，就像它现在已离开其他人那样。这些家庭对目前这种皆大欢喜的局面无疑是最无缘分的。当然，他们也抱有希望，只是他们把它贮藏在心底里，在还没有真正的把握之前，他们是决不会把它掏出来的。对他们来说，这种处于垂死和欢乐之间的等待，这种默默无言的夜晚，在四周一片欢腾的气氛的衬托下，就显得格外残酷了。

但是，这些例外的情况丝毫不影响其余人满意的心情。当然，鼠疫还没有结束，而且它还将证明自己确是没有结束。可是大家的思想已经走在时间的前面，提前了好几个星期，似乎列车早就在一眼望不到尽头的铁轨上鸣笛飞驰，轮船在闪闪发光的海面上破浪前进了。要是再过上一天，大家的头脑可能不再那样发热，可能又会产生怀疑。但是目前仿佛整个城市都开动了起来，正在离开它曾经打下石基的地点，离开这些与外界隔绝的、阴森森的、静止不动的地方，最后带着这场灾难中的幸存者离去了。这一天晚上，塔鲁、里厄、朗贝尔和其他一些人混杂在人群中走动，他们也有一种飘飘然的感觉。在塔鲁和里厄离开了林阴大道很久后，甚至当他们在人影稀少的街道里沿着一幢幢紧闭着百叶窗的房屋默默地走着时，这种欢乐的声音还传到他们的耳边。痛苦在百叶窗后面继续折磨着人，而在离这些房子不远的大街上却充满着欢乐。由于他们已很疲倦，所以无法把这种痛苦和这种欢乐分离开来。解放的时刻迫近了，但这一时刻却同时充满了欢笑和眼泪。

当欢乐的嘈杂声变得更响的时候，塔鲁停了下来。在阴暗的路面上，有一个黑影在轻快地奔跑。原来是一只猫，这是春天以来人们见到的第一只猫。它在马路中间停了一下，犹豫了一会，舔舔爪子，把爪子迅速地抓一下它的右耳朵，接着又悄悄地奔了起来，最后消失在黑夜里。塔鲁微笑了起来。那个矮老头也准会高兴的。

但正当鼠疫好像远远离去，回到它那不为人知的巢穴里时，根据塔鲁的笔记，城里至少有一个人却为此感到十分惊慌，这就是科塔尔。

说实在的，自从统计数字开始下降以来，这些笔记变得相当奇怪。可能是由于疲劳的缘故，笔记的字迹显得很难辨认，而且它的内容也常常东拉西扯。此外，塔鲁的笔记一直是以记述客观事实为主，但现在却第一次充满了个人的见解。比如，在记录有关科塔尔情况的冗长篇幅中，人们可以读到一小篇关于这个玩猫老头儿的报告。根据塔鲁自己所说，在鼠疫期间，他对这位老头儿始终是很尊重的，无论是在鼠疫发生之前，还是在鼠疫结束之后，这老头儿一直使他很感兴趣，至于后来情况变了，老头儿再也不能引起他的兴趣，这当然是很遗憾的事，但这决不能怪塔鲁缺乏诚意，因为他曾设法找过这老头儿的。在一月二十五日那天晚上他们分手之后，过了几天，塔鲁曾站在那条小巷口，希望能看到老头儿。那些猫已毫不爽约地回到了原来的地方，在几处充满阳光的地方取暖。但是在老头儿习惯出现的时刻，百叶窗却仍紧紧地关闭着，而且在以后的一些日子里，塔鲁再也没看见百叶窗开过。于是，塔鲁出奇地得出结论，认为这个小老头儿正在恼火或者已经死了。如果在恼火，那是因为老头儿以为自己有理，是鼠疫坑害了他；如果已经死了，那么就应该考虑一下他的情况，正像考虑那个患气喘病的老头儿一样，想一想他是不是个圣人。塔鲁并不认为他是个圣人，但是认为他的情况能给人一种"启示"。塔鲁在笔记本里写道："可能人们只能达到某些近乎圣人的标准。在这种情况下，就只得去做一个谦逊而仁慈的恶神了。"

在这些笔记里人们还可以看到许多有关其他人的评论，但这些评论总是与科塔尔的事情夹杂在一起，而且经常写得很分散。有些是写格朗的，说他现在已经康复，重新开始了工作，好像连一点事也没有发生过一样；有些提到里厄医生的母亲。塔鲁跟这位老太太住在同一幢房子里，他们有时候也聊上几句。塔鲁把这些零星的谈话内容、老太太的态度、她的微笑以及她对鼠疫的看法都认认真真地记录下来。他重点描写了老太太的谦卑，她讲话时的那种简单明了的表达方法，以及她对某一扇窗户的偏爱：这扇窗朝着宁静的街道，傍晚，她一个人坐在窗前，略微挺直身子，两手放得安安稳稳，目光凝视着前方，这样一直坐到暮色苍茫，夜幕渐渐降临到她的房内，把她变成一个黑影，最后把她那静坐不动的轮廓淹没在黑暗里。塔鲁还重点描写了她在屋里从这间走到那间的那种轻盈的步伐，还有她那善良的品质——虽然她在塔鲁面前从不明显流露出来，但在她的一言一行中他处处能隐约体会到这一美德。最后，塔鲁认为，她具有一种无须多加思索就能懂得一切的本领，尽管她沉静、谦逊，但她在任何一种"光芒"之前，哪怕是在瘟神的"光芒"之前也毫不逊色。可是人们发现，塔鲁在笔记中写到此处，笔迹就开始歪歪扭扭起来，显得十分奇怪。而他接着写的那几行字就很难辨别了。最后的几句话第一次涉及他个人的事，这又一次说明他已控制不住他的笔了："我的母亲就是这样的人，她也同样谦卑，我很喜欢她的这一品质，我一直想跟她在一起。我不能说她在八年前已经死了，她只是比平时更谦卑地躲人耳目罢了，而当我回过头来的时候，她已不在那儿了。"

言归正传，现在该谈科塔尔了。自从统计数字下降以来，他曾以种种借口，到里厄那儿去了好几次。但是实际上，每次他总是要求里厄对疫势进行预测。“您是否认为鼠疫就会这样一下子连招呼也不打一声就停止了？”他对于这一点是怀疑的，或者至少他是这样说过的。但是他重复地提出这些问题，这似乎说明他的信心也不够坚定。在一月中旬，里厄早就很乐观地回答了他的问题。但每一次，这些回答非但没有使科塔尔高兴，却相反地使他产生种种反应，这些反应因时而异，有时是恼火，有时是沮丧。到后来，医生不得不对他说，尽管统计的结果表明情况有了好转，但还不能就立即高呼胜利。

“这就是等于说，”科塔尔接着问，“人们还一点也拿不准，鼠疫说不定在哪天又会卷土重来，对吗？”

“对的，正像治愈率也可能越来越高一样。”

这种捉摸不定的局面对所有的人来说都是值得忧虑的，但却显然使科塔尔感到宽慰。他曾当着塔鲁的面，和他区里的商人们谈话，竭力宣传里厄的见解。说真的，他也不难做到使人相信他的话，因为现在人们对这些初步胜利的狂热已经过去，在许多人的思想里又产生了怀疑；省里的公告确实激动人心，但当这阵激动的劲头一过，怀疑的阴影又回到人们中间。科塔尔看到大家这种忐忑不安的心情时，感到放心。但有时候他也感到沮丧。“是啊，”他对塔鲁说，“最后城门总会打开的。到那时，您看吧，人们一定都会把我撇下！”

在一月二十五日之前，大家发现科塔尔的性格变化无常。在较长的一段时间里，他总是设法讨好他区里的居民和熟人，但突然整整有好几天，他老是和他们顶嘴。至少，在表面上，他退出了社交场合，一夜之间，就开始过起一种遁世的生活来。在饭店里，在戏院里，在他常去的咖啡馆里，人们再也看不见他的踪迹。不过，他似乎并没有恢复他在发生鼠疫以前所过的那种有节制的、不引人注目的生活。他整天关在自己的套房里，叫附近的一家饭店给他每天送来饭菜。只有在晚上，他才偷偷摸摸地跑出去买一点他所需要的东西，而一出店门，他就奔向行人稀少的街道。虽然塔鲁在那时遇见过科塔尔，不过他也只能从后者的嘴里掏出了几句最简单的话。过不多久，人们一下子发觉科塔尔又变得爱跟人交往了：他滔滔不绝地和人谈论鼠疫，征求每个人的意见，每天晚上又高高兴兴地出没于人群之中。

省里发布公告的那天，科塔尔无影无踪了。两天后，塔鲁在街上遇到了他，后者正在那里徘徊。科塔尔请塔鲁陪他回到郊区去。由于那天下班后塔鲁感到特别累，所以他迟疑了一下。但科塔尔坚持他的请求。当时他显得很激动，话说得很快，嗓门很高，手势乱打个不停。他问塔鲁是不是认为省里的公告真的会使鼠疫结束。当然，塔鲁认为一份公告本身并不足以阻挡一场灾难，但人们揆情度理，认为鼠疫行将结束，除非发生意外情况。

科塔尔说："对啊，除非发生意外。不过，意外总是有的。"

塔鲁向他指出，省里规定城门还要关闭两个星期，这证明省里多少是预料到了会有意外情况。

科塔尔的神色还是那样地阴沉和不安，他说："省里做得很对，因为从情况发展的趋势来看，它发布的公告很可能是说了半天等于没说。"

塔鲁认为这种事也有可能，但他说，最好还是思想上准备着在不久的将来城市会开放，生活会恢复正常。

"行啊，就照您说的，"科塔尔说，"不过，您说的生活恢复正常是指什么呀？"

"电影院里有新的影片。"塔鲁微笑着回答说。

但是科塔尔没有笑。他想知道人们会不会认为：鼠疫将丝毫也不会使城市发生变化，一切将会像从前一样重新开始，也就是说，好像什么也没有发生过似的。塔鲁认为：鼠疫又会使城市发生变化，又不会使它发生变化；当然，不论是现在还是将来，居民们最大的愿望是恢复正常，就像一切都没有变过样，因而，从某种意义上来说，什么也不会改变，但从另一种角度看来，人们无法把一切都遗忘掉，即使是一心想这样做也是做不到的，因为鼠疫会留下一些痕迹，至少是在人们的心灵里。这个矮小的领年金者直言不讳地说他对心灵不感兴趣，并说他甚至对心灵的问题一点也不在乎。他所关心的就是想知道行政组织本身是否会改变，比如说，所有的机构是否会像从前一样地照常运转。于是塔鲁不得不承认他实在心中无数。按照塔鲁的看法，所有这些机构，由于在鼠疫期间都遭到了破坏，可以想象得出，在重新开始工作时会遇到点困难。人们还可以有这种看法：一大堆的新问题将会出现，因而至少说，旧机构免不了要重新调整。

科塔尔说："啊！这有可能，实际上，大家都得一切重新开始。"

这时，两人已走到了科塔尔家附近。后者显得很兴奋，竭力装出乐观的样子。他想象城市会恢复正常生活，它将忘掉它的过去，以便重新从零开始。

塔鲁说："是啊。总之，对您也一样，事情会好转起来的。从某种程度上来说，一种新的生活即将开始。"

他们站在门前，握了握手。

"您说得对，"科塔尔越来越激动地说，"重新从零开始，这倒是不错。"

但这时，有两个人突然从走廊的黑暗处跑了出来。塔鲁刚听到科塔尔在问这两个家伙究竟想干什么，这两个衣冠楚楚、模样像是公务人员的人就问这个矮子他是不是叫做科塔尔，后者发出了一种低沉的惊呼声，没等这两个人和塔鲁来得及作出任何反应，他转身就跑，一下子消失在黑夜里了。塔鲁略微镇静了一会后，就问这两个人要干什么。他们作出一副既谨慎而又有礼貌的样子回答说，他们是想了解一下情况，说完他们就泰然自若地朝着科塔尔刚才逃跑的方向走去。

回到家里，塔鲁就把刚才的场面记录了下来，但立即又提到他很疲倦(他的笔迹足以说明这一点)。他接着写道，他还有许多事要做，但这不成为一个理由来让自己不作好思想准备，于是他自问他自己是否真的有所准备。最后——而塔鲁的笔记也到此结束——他自己回答说，无论在白天和夜里人总会有片刻时间是怯懦的，而他就怕这一片刻。

第三天，也就是在城门开放的几天前，里厄医生中午回到自己家里，想看看有没有他一直等待的那份电报。虽然他白天的工作跟鼠疫最猖獗的时候一样累人，但是这种等待最后解放的心情消除了他的全部疲劳。他现在正生活在希望之中，并为此而感到高兴。一个人不能总是把弦绷得紧紧的，不能总是弄得那么紧张；全力以赴地跟鼠疫作斗争当然是应该的，但要是有这么一个感情奔放的时刻，让劲儿松弛一下，那是一件幸福的事情。如果他所等待的那份电报有好消息的话，里厄将有一个新的开端，而且他认为大家也都会有一个新的开端。

他走过门房时，新来的看门人把脸贴在玻璃窗上向他微笑致意。在上楼梯的时候，里厄脑子里还留着这位看门人的那张被疲劳和穷困折磨得苍白的脸。

是的，当抽象观念告一段落之后，他将一切从头开始，如果运气不坏的话……但在他开门时，他母亲就跑来告诉他，说塔鲁先生不舒服。塔鲁早晨起来过，但他无力出门，现在刚重新躺下，老太太正在发愁。

“这大概没什么关系。”她的儿子说。

塔鲁直挺挺躺在床上，他那沉重的头部深深地陷在长枕头里，隔着厚厚的被子，还能看出他那结实的胸部。他正在发烧，头痛得厉害。他对里厄说他的症状很难断定，也有可能是鼠疫。

“不，现在还一点也不能确定。”里厄在给他检查之后说。

塔鲁当时渴得要命。在走廊中，医生对他的母亲说，这可能是鼠疫的开端。

“啊！”老太太说，“这怎么可能呢？不该发生在现在啊！”

她接着马上说：

“我们把他留下吧，贝尔纳。”

里厄想了想说：

“我没有权利这样做。可是城门就要开放了。我想，要是你不在这儿的话，我倒会行使我第一个权利，把他留下。”

“贝尔纳，”她说，“你把我们两人都留下吧。你知道我刚才又打过预防针。”

医生说塔鲁也打过预防针，但可能是由于劳累的缘故，他大概忘了注射最后一次血清和采取某些预防措施。

里厄走入自己的书房。当他回到房间里来的时候，塔鲁看见他拿着几支装满血清的大安瓿。

“啊！是这种病吧。”塔鲁说。

“不是，这不过是一种安全措施而已。”里厄解释道。

塔鲁伸出了胳膊作为回答，接着里厄就给他进行了长时间的注射，也就是他自己平时给其他的病人进行的那种注射。

“我们晚上再看看结果。”里厄说完看了看塔鲁。

“怎么不隔离，里厄？”

“现在还一点都不能肯定您是不是得了鼠疫。”

塔鲁费劲地笑了笑。

“给人注射血清，同时又不下命令隔离，这我还是第一次看到。”

里厄转过身去说：

“我母亲和我两人会照料您的。您在这儿会更舒服一些。”

塔鲁没吭声。这时里厄正在整理那些安瓿，他想等到塔鲁说话时再转过身去。最后，他走到床边。病人看着他。塔鲁的脸部表情显得很疲乏，但他那双灰色的眼睛还是镇静如常。里厄向他笑笑说：

“要是您能睡的话就睡吧。我过一会儿再来看您。”

当医生走到门口时，他听到塔鲁在叫他，于是他又回到病人跟前。

但是塔鲁好像在犹豫该怎么说才好。最后他终于讲了：

“里厄，应该把一切情况都告诉我。我需要知道。”

“我答应您的要求。”

塔鲁的那张大脸扭动了一下，勉强一笑。

“谢谢。我不愿死，我要斗争。不过要是我输了，我也希望有个好的结局。”

里厄俯下身去，紧紧地抓着塔鲁的肩膀，说：

“不！要做一个圣人，就应该活下去。斗争吧！”

这天的天气开始很冷，后来渐渐暖和了些，到了下午就下了好几场大雨和雹子。黄昏时分，天空略有放晴之意，但天气却变得更加寒冷刺骨。里厄晚上回来，连大衣也没顾得上脱掉就走进了他朋友的房间。他的母亲正在那儿打毛线。塔鲁好像没有移动过位置，但从他那由于高烧而变得惨白的嘴唇上，可以看出他正在坚持斗争。

“怎么样？”医生说。

塔鲁耸了耸他那露出被外的宽厚的肩膀。

“就这样，”他说，“我输了。”

医生俯身观察病人，发现在滚烫的皮肤下面出现了一串串的淋巴结，病人的胸部发出一阵阵杂音，使人联想起地下铁工厂的嘈杂声。塔鲁的情况很奇特，他的病征说明他同时患了两种不同类型的鼠疫。里厄直起身来说，血清要过一会儿才能发挥全部作用。塔鲁好像想说什么似的，但一阵高热卡住了他的咽喉，把他的话压了下去。

晚饭后，里厄和他母亲来到病人身边坐下。随着黑夜的来临，塔鲁的斗争也开始了，而里厄知道这一场跟瘟神的艰巨的斗争要一直继续到黎明。但是在这一斗争中最精良的武器并不是塔鲁的熊腰虎背，而是他的血液，也就是说里厄刚才在注射时所看到的、沿着针头从塔鲁胳膊里流出来的血液，更确切地说，是他血液里内在的那种比灵魂还要难以捉摸的东西，这是任何科学都无法作出解释的。里厄只能看着他的朋友进行斗争。他要做的无非是使脓肿早一点成熟，打一些补针，但是几个月来反复的失败使他学会了应该如何去看待这些措施的效果。实际上，他唯一的任务是为这些措施的偶然生效而创造条件，而这种偶然性常常是要靠人去促成的。他想，一定要促成这种偶然性，因为瘟神的表现已弄得里厄摸不着头脑了。它又一次卷土重来，力图挫败人们用来对付它的战略，它已从那些看来它似乎已经扎根的地方消失了，但是它却又出现在那些人们意想不到的地方。它又一次搞得人们目瞪口呆。

塔鲁一动不动地躺在床上跟瘟神战斗着。整整一夜，在病魔的袭击下，他始终没有焦躁不安，而只是以他那粗壮的躯体和他那默默无声的意志力来进行斗争。整整一夜，他也从来没有吭过一声，他以这种方式来表示自己正全神贯注于斗争，不能有一刻分心。里厄只能根据他朋友的眼睛来观察这一斗争的各个阶段：时而睁开，时而闭上；眼皮时而紧闭，贴着眼球，时而放松；目光时而凝视着一样东西，时而又回到医生和他母亲的身上。每当医生和他目光相接时，塔鲁总是作出巨大的努力，报以微微一笑。

有这么一会儿，街上传来了一阵急促的脚步声。似乎人们听到了远处的雷鸣，正在迅速奔跑。雷声越来越近，最后街上响起了潺潺的流水声：又开始下雨了，不久，雨中夹杂了冰雹，劈劈啪啪地打在人行道上。窗前的挂帷一阵阵地波动。在阴暗的屋里，里厄的注意力曾一度被雨水声吸引了过去，现在他又重新端详起在床头灯光照耀下的塔鲁来。医生的母亲还在打毛线,她不时地抬起头来注意地看看病人。医生现在已把该做的事都做过了。雨后,房内一片寂静,但充满了一种无形的战争中听不见的搏斗声。失眠折磨着医生,他仿佛在寂静中听到一种轻轻的、有规律的呼啸声,这种怪声在整个鼠疫流行期间一直在他耳边回荡。他向他母亲打了个手势,请她去睡觉。她摇摇头表示拒绝,两眼炯炯有神,接着她就拿起手里的毛线活,仔细地检查了一下在编结针针头处的一个针眼,生怕打错了要返工。里厄站起身来去给病人喝水,然后又回来坐下。

外面的行人,趁着阵雨暂停,在人行道上加快了步伐。他们的脚步声渐渐轻下来,最后消失在远处。医生第一次发现这天夜晚跟发生鼠疫前的夜晚有着相同之处,街上很晚还有不少散步的人,而且也听不到救护车的铃声。这是一个摆脱了鼠疫的夜晚。似乎在寒冷、灯光和人群的驱赶下,瘟神从这座城市的黑暗深处逃了出来,溜进了这间暖烘烘的房间,向塔鲁那毫无生气的躯体发动了最后的进攻。它已不再在城市的上空捣乱了,但却在这房间的沉闷的空气里轻声呼啸。几小时来,里厄所听到的就是它的声音。现在只得指望它的声音也会在这儿停下来,指望它也会在这儿承认失败。

在黎明前不久,里厄俯身对他母亲说:

“你该去睡一会,等八点钟好来接替我。在睡觉前,先滴注一下药水。”

老太太站起身来,放好毛线活,走到床边。塔鲁闭着眼睛已经有好一会了,汗水使他的头发卷成一圈圈的贴在他坚强的额上。老太太叹了口气,病人睁开了眼睛。他看到一张温柔的脸正俯向着他,高烧的滚滚热浪没有把他冲垮,在他的嘴边又出现了顽强的微笑,但他的眼睛又立刻闭了起来。他母亲一走,就留下里厄一个人了,他坐到她的椅子上。现在街上鸦雀无声,死一样的沉寂。房间内开始感到清晨的寒冷。

医生蒙蒙眬眬地打起盹来,但是黎明时第一辆汽车把他从半睡眠状态中惊醒了。他打了个寒战,看了看塔鲁,于是他明白现在正是斗争的间隙时间,病人也睡着了。马车的木轮和铁轮还在远处滚动。窗外,天还是黑沉沉的。当医生向床边走去时，塔鲁用毫无表情的眼睛望着他，好像还没有睡醒似的。

里厄问："您睡着过了，是吗？"

"是的。"

"感到呼吸舒畅了点吗？"

"舒畅了点。这说明点问题吗？"

里厄沉默了一会说：

"不，塔鲁，这不说明任何问题。您跟我一样都知道这是病情在早晨的暂时缓解。"

塔鲁表示同意。

"谢谢，"他说，"请您始终确切地回答我。"

里厄在床脚边坐下。他感到在他身旁的病人的两条腿像死人的一样又直又僵硬。塔鲁的呼吸声变得更粗重了。

"热度又该上升了，是吗，里厄？"他上气不接下气地说。

"是的，不过到中午我们才能知道。"

塔鲁闭上了眼睛，好像是在养精蓄锐似的。他的脸上有一种厌倦的神态。他在等待热度回升，而实际上，高烧已经在他体内的某处开始翻腾起来。当他睁开眼时，他的目光暗淡无神。只是当他发现里厄俯身靠近他时，眼睛才闪了闪光。

"喝水吧。"里厄对他说。

他喝了水，头又往后倒下。

"时间真长啊！"他说。

里厄抓住他的手臂，但是塔鲁已把目光转向别处，没有作出反应。突然，高烧像潮水冲破了病人体内的某一堤坝那样，明显地又涌到了他的额部。当塔鲁把目光转向里厄时，医生把脸凑过去鼓励他。塔鲁还想勉强露出笑容，但这时他那咬得紧紧的牙关以及被一层白沫封住的嘴唇使他无法如愿。不过在他变得僵硬的脸上，两只眼睛还是炯炯有神，闪耀着勇敢的光芒。

早上七点，老太太走进病房。医生回到他的书房打电话到医院，以便安排别人在那里替他的班。他同时也决定推迟门诊时间，在他书房内的沙发上躺一会儿，但他刚躺下就马上站起身来，回到了房间里。这时，塔鲁的脸已转向老太太，看着她那小小的身影，而老太太则正弯着身子在他身边的椅子上坐着，两只手合在一起搁在腿上。她看到塔鲁这样全神贯注地看着她，因此就把一个手指放到自己的嘴唇上示意，并站起来把那盏床头灯关掉。但是日光很快地透过窗帘，不多会儿就驱走了屋内的黑暗，照亮了病人的脸庞。老太太发现他那凝滞的目光还停留在她身上。她俯身替他整理了一下枕头，直起腰来，把手放在他潮湿而又鬈曲的头发上，停留了一会。这时她听到一种仿佛从远处发出的、低沉的声音向她表示感谢，并告诉她说现在一切都很安适。当她重新坐下来时，塔鲁已合上了眼睛，在他那衰弱的脸上，尽管嘴闭得很紧，好像又出现一丝微笑。

中午，高烧已达到了顶点。一阵阵剧烈的、出自体内深处的咳嗽使病人的身躯不断地颤动，同时他又开始吐起血来。他的淋巴结已停止肿胀，但并未消退，硬得像紧紧地拧在关节上的螺丝帽，里厄认为已经不可能再动手术把它们打开。在一阵阵的高烧和咳嗽的间隙中，塔鲁还不时地把目光投向他的两个朋友。但过了一会儿，他睁开眼睛的次数就越来越少了，被瘟神糟蹋得不成样子的脸部，在日光的照耀下，变得越来越惨白了。高烧像一场暴风雨，使他周身不时地惊跳、抽搐，他越来越虚弱，最后渐渐地被这场暴风雨征服了。从现在起，里厄所看到的只是一张毫无生气的、永远失去了微笑的面具。曾几何时，这个躯体使他感到多么亲切，而现在它却被病魔的长矛刺得千疮百孔，被这非人的痛苦折磨得不省人事，被这从天而降的、仇恨的妖风吹得扭曲失形！他眼看着塔鲁渐渐地淹没在鼠疫的大海里，而他对此却束手无策。他只能留在海岸上，张开着双手，心如刀割。他再一次感到自己既没有武器也没有办法来对付这场灾难。最后，无可奈何的泪水模糊了里厄的视线，因此他没能看见塔鲁突然一翻身，面朝着墙壁，接着好像在他体内的某个地方有一根主弦绷断了似的，在一声低沉的呻吟中离开了人间。

夜晚又降临了，战斗已经结束，四周一片寂静。在这间与世隔绝的房间里，里厄感觉到，在这具已经穿上衣服的尸体上面笼罩着一种惊人的宁静气氛。许多天以前的一个晚上，紧接着人们冲击城门之后，在那一并排的似乎高高凌驾于鼠疫之上的平台上空，就曾出现过这种气氛。那时候，他就联想起自己经历过的一种情景：他亲眼看到一些病人死去，接着，类似这种宁静的气氛就会出现在病床的上空。这种间隔，这种庄严的间隙，这种战斗后的平静到处都是一样，这是一种吃了败仗后的寂静。但是，现在笼罩着他朋友周围的气氛却寂静得异乎寻常，它跟街上以及这座已摆脱了鼠疫的城市的寂静气氛是多么协调！因而，在里厄的感觉中，这是一次决定性的失败，它宣告了一切战争的结束，但同时又把和平变成了一种不治的创伤。医生不知道塔鲁最后是否找到了安宁，但至少在这时候，他自己预感到他将像一个失去了孩子的母亲，或一个埋葬自己朋友的人一样，不会再有安宁的时刻了。

外边，夜晚仍然是那样的寒冷，星星在明朗而又冷峭的天空里闪耀着。在若明若暗的房间里，他们感到玻璃窗上寒气逼人，听到了严寒的夜晚里大风的凄厉的呼啸声。老太太坐在床边，姿势仍和平时一样，床头灯照亮了她的右侧。在屋子中间，远离灯光的地方，里厄坐在一张安乐椅上。他想起了他的妻子，但每次他总是克制自己，打消这种念头。

在夜幕开始降临时，街上行人的鞋跟在寒冷的夜里发出清晰的咯噔声。

老太太说："你一切都安排妥了吗？"

"妥了，我已经打过电话。"

于是，他们又开始默默无声地守着尸体。老太太不时地看看他的儿子。当母子俩的目光偶尔碰在一起时，里厄就向她微微一笑。晚间街上那些熟悉的声音相继传到他们的耳边。虽然现在城里还没有正式批准车辆可以通行，但许多车辆又都重新行驶起来，它们络绎不绝地在路面上飞驰而过。讲话声、呼唤声此起彼落，接着是一片寂静，然后又传来马蹄声、两辆电车转弯时在轨道上的磨擦声、隐约的嘈杂声，随后又听到了夜晚的风声。

“贝尔纳？”

“嗳。”

“你累吗？”

“不累。”

里厄知道他母亲这时候在想什么，他知道她在疼他。但他也知道爱一个人并不是件了不起的事，或者至少可以说，爱是永远无法确切地表达出来的。因此，他母亲和他永远只能默默地相爱。但总有一天会轮到她或他死去，然而在他们的一生中，他们却没有能够进一步地互相倾诉彼此之间的爱。同样，他曾和塔鲁在一起生活过，塔鲁在这天晚上死了，但他们也没能真正享受过两人之间的友情。正像塔鲁自己所说的那样，他是输了。但是他，里厄，他又赢得了什么呢？他懂得了鼠疫，懂得了友情，但现在鼠疫和友情对他说来已成为回忆中的事了；他现在也懂得了柔情，但总有一天，柔情也将成为一种回忆。是的，他只不过是赢得了这些东西。一个人能在鼠疫和生活的赌博中所赢得的全部东西，就是知识和记忆。可能这就是塔鲁所说的“赢了”的含义！

街上又传来一辆汽车驶过的声音，老太太在椅子上挪动了一下。里厄对她笑了笑。她对他说她不累，但马上补充说：

“你应该到山区去休息休息。”

“当然啰，妈妈。”

是的，他将到那儿去休息一下。为什么不呢？这可也是一个去那儿回忆一下的借口。不过，要是只懂得些东西，回忆些东西，但却得不到所希望的东西，这样活着就叫做“赢了”的话，那么这种日子该是多么不好过啊！大概塔鲁就是这样生活过来的，而且他体会到，一种没有幻想的生活是空虚的。一个人没有希望，心境就不会得到安宁。塔鲁认为，人是无权去判任何人刑的，然而他也知道，任何人都克制不了自己去判别人的刑，甚至受害者本身有时就是刽子手，因此他生活在痛苦和矛盾之中，从来也没有在希望中生活过。难道就是为了这个原因他才想做圣人，才想通过帮助别人来求得安宁？事实上，里厄对此毫无所知，而这也无关紧要。塔鲁给里厄留下的唯一形象就是他两只手紧握着方向盘，驾驶着医生的汽车，或者就是他那魁梧的躯体现在一动不动地躺在那儿。一种生活的热情，一种死亡的形象，这就叫知识。

可能就是为了这个原因，当里厄医生在早晨收到他妻子去世的消息时，他才显得很冷静。那时他正在自己的书房里。他母亲几乎是奔着给他送来一份电报，接着她又出去给送信人小费。当她回到屋内时，儿子手中已拿着这一份打开的电报。她看了他一眼，而他却固执地凝视着窗外正在港口上呈现的灿烂的早晨。

老太太叫了一声："贝尔纳。"

医生心不在焉地看了看她。

老太太问："电报上说什么？"

医生承认说："就是那件事。在八天以前。"

老太太把头转向窗户。医生沉默无言，接着他劝母亲不要哭，说他已经预料到了，当然这是很难受的事。但是，在说这话的时候，他感到，他的痛苦来得并不突然。好几个月来，特别是这两天来，同样的痛苦一直没有停止过。

在二月的一个晴朗的早晨，拂晓时分，城门终于开放了，全城的居民、报纸、无线电广播以及省里的公报都对此表示祝贺。尽管笔者跟有些人一样，当时不能完全投身到这些狂欢的行列中去，但他感到有必要报道一下城门开放后的那些欢乐的时刻。

规模盛大的狂欢活动整天整夜地举行。同时，火车也开始在站上冒烟了，而那些从遥远的海洋开来的轮船已经驶向港口，这个新气象生动地表明：对所有那些因长期分离而感到痛苦的人来说，这一天是他们大团圆的日子。

在这儿，人们不难想象这种曾经折磨了那么多市民的别离之情已发展到了何等地步。白天到达和离开该城的火车都载满了旅客。大家早就订购了这一天的车票，在暂缓撤消禁令的两个星期中，人人都提心吊胆，生怕在最后的时刻省里会取消原来的决定。此外，有些旅客在快要到达该城的时候，还没有完全摆脱恐惧的心理，因为即使说他们对自己亲人的命运有一定了解，但他们对于其他人，对于这座城市本身却一无所知，他们把奥兰市的面貌想象得十分可怕。不过上面讲的仅仅适用于那些在整个分离期间还没有受到爱情煎熬的人。

至于那些多情的人，他们确实一直在想着他们的美事。他们唯一的变化是：在这些流亡的日子里，他们曾经想使时间过得快一点，而且他们后来还拼命要它过得更快些；但是当他们快要到达这座城市的时候，却相反地希望时间过得慢些；而当火车开始刹车并准备进站时，他们甚至希望时间停止不动。他们有一种难以捉摸的、强烈的情绪，认为这几个月来他们由于失去了爱情生活而遭到了损失，因此他们下意识地要求得到一种补偿：希望即将来到的欢乐时间能比度日如年的等待时间慢上两倍。那些在房间里或者在站台上等待他们的人——比如朗贝尔，他的情人早已得到了通知，并在几星期前就作好了动身的准备——也同样地迫不及待，心烦意乱，因为多少月来，鼠疫已使这种柔情蜜意化成了抽象观念，这就使朗贝尔惶惶不安地等待着与他那有血有肉的心上人儿——这种柔情蜜意的具体对象——一起重温旧情。

他真想重新变成鼠疫初期时的自己，那时他恨不得一口气奔出城门外，飞到他爱人的怀里。但他现在知道这已不可能了。他变了，经过这场鼠疫，他已有了一种心不在焉的习惯，尽管他拼命想驱除它，但它像隐藏在心底的忧虑那样继续缠住他。在某种程度上，他感到鼠疫结束得太突然了，他没有思想准备。幸福来得真迅速，形势变化之快超出了人们的预料。朗贝尔知道他将一下子再度获得他所失去的一切，因此欢乐就会成为一种烫嘴的、无法辨别其滋味的东西。

此外，每个人的心情都或多或少地跟朗贝尔一样，因此笔者应该讲的是大家的情况。虽说在这个火车站台上，他们又开始了各自的私人生活，但当他们相互交换目光和微笑的时候，他们还感觉到他们是一个患难与共的集体。然而，当他们一看到火车的浓烟，那种流放的心情就在一阵使人忘乎所以的兴高采烈之中突然化为乌有了。在好久以前，他们中间大部分人就在这个站台上开始了长期的分离；而现在当火车停下来的时候，在这同一的站台上，在一阵热烈的、激动的拥抱之中，在接触到他们已经开始生疏了的身体的一瞬之间结束了这一望穿秋水的苦恼。那个向朗贝尔飞奔过来的身影还没等他来得及看清楚就已经投入了他的怀抱。他伸开胳臂搂住了她，她的头紧紧地偎依着他，他所看到的只是那一头熟悉的头发，这时他禁不住热泪直淌，他不知道这是此时此刻的幸福之泪，还是长期来一直压抑着的痛苦之泪，不过他至少感到这些泪水模糊了他的视线，使他无法核实，埋在他胸前的到底是他朝思暮想的那张脸，还是正相反，是一个陌生女人的脸。这个疑团要等他以后再去弄清楚了。眼下他想表现得跟他周围的人一样，好像相信鼠疫可以来临，可以消逝，可是人儿却不会变心。

他们一对一对地紧紧依偎在一起，回到了自己的家里；他们如醉如痴，忘却了身外还有世界存在，似乎战胜了鼠疫；他们忘却了一切痛苦，忘却了那些从同一列火车上下来而没有找到亲人的人。这些人正打算回到家里去证实他们所担心的事情，因为他们长期没有收到亲人们的音讯，心里早就滋长了战栗不安的情绪。对于这些又感到了新的痛苦的人来说，对于另一些这时正在为死去的亲人沉痛哀思的人来说，情况就大不一样了：离别之情已达到了高潮。对这些母亲、妻子、丈夫或情人来说，他们亲人的尸骨现在已经埋在死人坑里或者已经化为灰烬；对他们来说，鼠疫依然存在。

但是谁还会想到这些孤苦伶仃的人？中午，太阳驱散了从早晨开始一直在空中与它较量的寒气，阳光连续不断地照耀着这座城市。时间也仿佛停下来了。山冈顶上的炮台在宁静的天空中不断轰鸣。全城的人都跑到大街上来庆祝这一激动人心的时刻，它标志着痛苦的时间已经结束，遗忘的时间还没有开始。

各处广场上，人们都在跳舞。一夜之间，路上交通变得分外拥挤，汽车越来越多，街道水泄不通。整个下午，城里钟声齐鸣，铿锵之音在蔚蓝的天空中、在金色的阳光下回荡。教堂里充满了欢乐的谢恩声。但与此同时，娱乐场所也挤得透不过气来，咖啡馆的老板也不顾以后如何营业，把最后剩下的酒全部卖给了顾客。柜台前挤满了一群群情绪同样激动的人，其中还可以看到许多对男女在众目睽睽之下毫无顾忌地搂抱在一起。人人都在叫着，笑着。这些月来，他们把生活的热情都积聚了起来，人人都不轻易流露这种热情。然而在这一天，在他们得以幸存的日子里，他们把它全部倾注了出来。明天才是小心翼翼地开始生活的日子，而现在，各种完全不同阶层的人都像兄弟一般汇聚在一起。死神没能带来人与人之间的平等，解放的欢乐却给予它诞生的机会，它至少能维持上几个小时之久。

但是这种一般的热情洋溢还不足以说明一切，比如说，黄昏来临之前，那些跟朗贝尔一起挤在街上的人往往用一种泰然自若的态度来掩饰一种更微妙的幸福感。许多对男女，许多家人看起来确实像一些神色安详的漫步者。实际上，他们中间的大部分人是在他们曾经受过苦难的地方进行着一种微妙的朝圣。他们向刚回到城里的亲人们指出鼠疫在这些地方所留下的明的或暗的痕迹，它的全部历史的见证。在某些情况下，人们喜欢摆出一副向导的架式，装出一副见多识广、鼠疫的见证人的样子，他们只谈鼠疫的危险而对它所引起的恐怖却只字不提。这种乐趣也并无害处。但另外也有些人他们走的是更加扣人心弦的“路线”，比如，一个情人满怀回忆中的焦虑不安的柔情，会对他的女伴说：“当时就在这个地方，我曾经苦苦地思念你，可是你不在啊！”这些热情奔放的游客当时是很容易认出来的，因为在这一片嘈杂声中，他们边走边喁喁私语、互诉衷情，显得与众不同。他们比十字路口的乐队更真切地表达出这种获得解放的心情，因为在这一片欢乐的喧哗声中，这一对对快乐的、紧紧地偎依在一起的人儿，虽然语言不多，却得意洋洋地、自私地显出一副非常幸福的样子，他们通过这种方式来说明，鼠疫已经结束，恐怖时期已经过去。他们不顾明显的事实，不慌不忙地否认我们曾在这样的荒谬世界中生活过，在那里，杀死一个人如同杀死几只苍蝇那样，已成为家常便饭；他们否认我们经历过这种明确无误的野蛮行为，这种有预谋的疯狂举动，这种对一切原有的社会道德置之不顾的囚禁生活；他们否认我们闻到过这种使所有活着的人都目瞪口呆的死人气味；最后，他们也否认我们都曾经被瘟神吓得魂飞魄散，当时，我们中间每天有一部分人的尸体被投入焚尸炉的巨口，最后化成一股浓烟，而另一部分人则每天在无可奈何和惊恐万状的枷锁下等待着死神的召唤。

总之，这就是里厄医生所看到的情景。当时，将近黄昏，他独自一人在这片钟声、炮声、音乐声和震耳欲聋的叫喊声中朝着市郊的方向走去。他要继续行医，因为病人是没有休假的。在美丽的霞光映照下，城市中飘起了过去熟悉的烤肉和茴香酒的香味。在里厄的四周是一张张仰天欢笑的脸。一对对男女紧紧地贴在一起，红红的脸蛋显得情意激动，他们不时地发出充满情意的叫声。是的，鼠疫结束了，恐怖时期过去了，而这种热情的拥抱说明了鼠疫确确实实曾经是人们流放和分离的根源。

好几个月来，里厄发现在行人的一张张脸上都带有一种亲如一家的神色，到今天他才恍然大悟，才明白这究竟是怎么一回事。他现在只要看一看他周围的人就懂了。这些人终于盼来了鼠疫的结束，但由于艰难拮据，他们公然穿上了流放者的衣着。其实，他们长期来一直过着一种流放者的生活，这种生活起先只是通过他们脸上所流露出来的那种茫然若失和远离故乡的神情反映出来，而现在在他们的衣着上也可以看得出来。鼠疫发生后，城门随着关闭，从那时起，他们只是过着一种与世隔绝的生活，他们失去了能抚慰一切痛苦的人间温暖。在不同程度上，住在城市各个角落里的这些男男女女都曾渴望团聚，当然，对每个人来说，这种团聚的性质并不完全一样，不过当时对大家来说，这同样是一件可望而不可即的事情。他们中间的绝大部分人都曾使尽全力去呼唤离别的情人，渴望肉体的温暖，往日的柔情，或怀念过去的生活习惯。有些人失去了人们的友情，无法再通过诸如信件、火车、轮船之类的正常途径来跟人们取得联系，保持友情，因而深受其苦但又并不自觉。可能还有少数像塔鲁那样的人，他们也希望团聚，但这团聚的对象却是一种他们无法确定的东西，不过这是他们认为唯一合乎愿望的东西。因为想不出恰当的名字，有时，他们就把这东西称做“安宁”。

里厄继续走着。他越往前走，周围的人就越多，嘈杂声也越响，他似乎感到自己在原地踏步不前，市郊跟他之间的距离总是保持不变。他渐渐觉得自己跟这些吵吵闹闹的人群正在融化成一体，他越来越领会到他们的叫喊声意味着什么，他懂得在这些声音中间至少有一部分代表了自己的心声。是的，大家都曾在肉体上和心灵上为难以忍受的分离、无可挽回的流放和永远不能满足的渴望而感到痛苦。在这些堆积如山的尸体中间，在一阵阵救护车的铃声中，在这些所谓命运发出的警告声中，在这种一潭死水似的恐怖气氛以及人们内心的强烈反抗中，有一阵巨大的呐喊声在空中回荡不息，在提醒着这些丧魂落魄的人们，告诉他们应该去寻找他们真正的故乡。对他们所有的人来说，真正的故乡是在这座窒息的城市的墙外，在山冈上的这些散发着馥郁的香气的荆棘丛里，在大海里，在那些自由的地方，在爱情之中。他们想回到故乡的怀抱，恢复幸福的生活；对其余的一切，他们不屑一顾。

至于这种流放和这种团聚的愿望究竟有什么意义，里厄却又无从知晓。他继续往前走，到处人们挤他，向他吆喝。就这样，他渐渐地走到了行人比较稀少的街道上。他认为这些事情有没有意义都无关紧要，只须看到有这种符合人们心愿的东西存在就够了。

从现在起他对这点有所了解，在市郊的那些几乎空无一人的街上，他对这点就看得更清楚了。有些人恋恋不舍自己仅有的那么一点点东西，一心只想回到他们那充满爱情的家园，对这些人来说，他们或许会得到满足。当然，他们中间有些人失去了自己所等待的亲人，还在城里踽踽独行。另有些人还算是幸运的，因为他们没有像某些人那样遭到了两次分离的痛苦，后者在鼠疫发生以前没有能够一下子就建立起爱情，其后又在好几年的岁月中盲目地一味追求这种勉强的结合，以至最终由情人变成了冤家对头。前面说的那些还算是幸运的人，像里厄本人一样，曾经轻易地相信时间能解决问题：一念之差，结果暂别成了永诀。但是另外还有些人，例如朗贝尔（医生就在这天早晨离开他的时候对他说过："勇敢些，现在该是您得胜的时候了。"），他们这些人很快就重新找到了原先以为已经失去了的亲人。至少在一段时间里，他们将会感到幸福。他们现在知道，要是说在这世上有一样东西可以让人们永远向往并且有时还可以让人们得到的话，那么这就是人间的柔情。

相反地，所有那些超然的人，那些向往着某种连他们自己也说不清楚的东西的人，都没有找到任何符合他们心愿的东西。塔鲁好像已经求得了他曾经说过的那种难觅的安宁，但他只是通过死亡才得到了它，而那时这种安宁已经对他毫无用处。在斜阳的余辉下，里厄看到一些人，在家门口紧紧地拥抱在一起，充满激情地互相凝视着；这些人之所以能获得他们所向往的东西，这是因为他们所要求的东西是他们唯一力所能及的东西。当里厄刚要转入格朗和科塔尔住的那条街的时候，他想到这样一个问题：对于那些满足于得到人和他那可怜但又伟大的爱情的人，确实应该使他们，或者至少是每隔一段时间使他们得到欢乐作为奖励。

这篇叙事到此行将结束。现在正是里厄医生承认自己是这本书的作者的时候了。但在记载这段历史的最后的一些事件之前,他至少想说明一下他写这部作品的理由,希望大家知道他是坚持以客观见证人的态度来记录的。在整个鼠疫期间,他的职业使他有机会接触到该城的大部分居民和了解他们的心情。因此,他完全有资格来叙述他的所见所闻。不过,他在从事这项工作的时候,想保持一种恰如其分的谨慎态度。总的说来,他竭力避免叙述那些他自己没有亲眼看见的事情,他竭力避免把一些无中生有的想法强加在他的那些鼠疫时期的伙伴们的身上,他总是以那些偶然地或者由于发生了不幸的事件而落到他手里的资料来作为依据的。

他是在为一种罪行作证,因此他像一个善良的证人那样,保持了一定的谨慎的态度。但同时,根据他正直的良心,他有意识地站在受害者一边。他希望跟大家,跟他同城的人们,在他们唯一的共同信念的基础上站在一起,也就是说,爱在一起,吃苦在一起,放逐在一起。因此,他分担了他们的一切忧思,而且他们的境遇也就是他的境遇。

作为一个忠实的见证人，他主要是把他们的所作所为、有关的文献和传闻都记载下来。但他个人要讲的事，诸如他的期待的心情，他所经受的种种考验，他都不打算涉及。即使他提到了一些，那也只不过是为了了解他们，或者使别人了解他们，同时也是为了把他们经常隐隐约约感觉到的东西尽可能明确地表达出来。说实在的，这种服从理智的努力并没有使他付出很高的代价。每当他情不自禁地想把自己内心的思想直接掺合到成千上万的鼠疫患者的呻吟中去的时候，他就会想到自己所经受的痛苦没有一项不是别人的痛苦，想到平时在这个世界上，一个人的痛苦往往是与别人毫不相干的，而现在大家却都能够同病相怜，这本身就是一件令人快慰的事情，因此他就不谈个人的事。显然，他应该代表大家讲话。

但在这些市民中间至少有一个人，里厄医生是不能代表他讲话的。这就是塔鲁有一天跟里厄谈起的那个人："他唯一的真正的罪行就是他从心底里赞成那种导致孩子和成人死亡的东西。除此以外，我都能理解，但是这一件事，我只能勉强原谅他。"这个人具有一颗愚昧无知的心，一颗孤独的心，而我们的故事在写了这个人之后也就应该结束了。

当里厄医生离开充满着节日的欢乐的大街，并刚要转入格朗和科塔尔住的那条街时，他被一道警戒线拦住了去路。这完全出乎他的意料。远远传来的狂欢声更衬托出了这个地区的寂静，他感到这儿既荒僻又寂静。他出示了他的证件。

"不能过去，医生，"警察说，"有个疯子正在向人群开枪射击。不过，请您待在这儿，您可以帮帮忙。"

这时，里厄看见格朗正向他走来。格朗对情况也一点不了解。人们不让他走过去，而他听说子弹是从他的那栋房屋里射出来的。远处，在残阳的照耀下，房屋的正面披上了一层金黄色的霞光。四周是一大片伸展到对面人行道为止的空旷的场地。在街中心，人们可以清晰地看到有一只帽子和一块脏布片。里厄和格朗远远望去，看到在街的另一头也有一道警戒线，它与挡住他们去路的那条警戒线平行地遥遥相对。在这条警戒线后面还可以看到区里的几个居民在匆忙地来来去去。再仔细一看,他们还发现一些握着手枪的警察蹲在这栋房屋对面的一些大楼的门后面,而这栋房屋所有的百叶窗都关着,但三楼有一扇百叶窗好像半开着。街上静悄悄的,能听到的只是从市中心断续地传来的乐声。

一会儿后,从房屋对面的某一栋大楼里发出了"砰砰"两下手枪声,那扇半开的百叶窗顿时就爆裂成碎片。然后又重新恢复了寂静。里厄经过了一整天的吵闹,现在又从远处看去,感到这个场面似乎有点儿不像是真的。

"这是科塔尔的窗户啊!"格朗突然激动地说,"不过,科塔尔没在那儿。"

"你们为什么开枪?"里厄问警察。

"我们正在逗他。我们现在在等一辆车,车上带着必要的装备,因为他向所有想要走进屋子大门的人开枪。有一个警察已经中了弹。"

"他为什么要开枪呢?"

"不知道。当时人们正在街上游逛。他们听到第一下枪声时,还弄不清是怎么一回事。等到第二下枪声响时,就有人叫喊起来了,一个人受了伤,于是大家就逃跑了。一个疯子,懂吗!"

四周又静了下来。时间过得非常慢。突然间,他们看见在街的另一头出现了一条狗,这是里厄很久以来看见的第一条狗。这是一条西班牙猎狗,身上很脏,它的主人可能是一直把它藏着,直到今天才放出来。现在,它正沿着墙小跑而来,到了这栋屋子门口附近,犹豫了一下,一屁股蹲下,接着就弯过身子来咬跳蚤。警察吹了好几声哨子叫唤它。这条狗抬起头来,然后下了决心,慢慢地穿过马路去嗅那顶帽子。就在这时,从三楼射出一发子弹,打中了狗,只见它突然翻过身来,四只爪子拼命挣扎,最后侧身倒下,一阵阵长时间的抽搐使它浑身颤动。警察们立即回击,从对面大楼的门里射出五六发子弹,那扇百叶窗又被打得碎片纷飞。接着又恢复了寂静。这时太阳已落得更低了一些,阴影开始移向科塔尔的窗户。在大街上,从医生的身后传来了一阵轻轻的刹车声。

“他们来啦！”警察说。

一些警察背朝外从车上下来，他们拿着绳索、梯子和两包用油布包起来的长方形的东西。他们走到一条围绕着这一排房屋的街上，在格朗那栋房子的对面停了下来。过了一会儿，人们看到，或是更正确地说，人们猜想到，在这些屋子的门后出现了一些骚动。接着人们开始等待。那条狗已经一动不动地倒在一摊暗黑色的血泊里。

突然，从警察们占据着的屋子的窗户里发出一阵哒哒哒的手提式冲锋枪声。随着这一阵射击，那扇被瞄准的百叶窗一片片地碎落下来，成了一个黑暗的大窟窿。里厄和格朗站在他们原来的地方看过去，什么也分辨不清。当这阵射击停下来的时候，在距离较远的一栋房屋里，第二支手提式冲锋枪又接着从另一个角度响起来了。子弹可能打进了窗的方框，因为其中有一颗子弹打下了一堆砖头的碎片。就在这一刹那之间，三个警察飞速穿过马路，冲入大门。几乎同时，另外三个警察也跟着冲了进去，这时射击也就停止了。人们还在等待。从屋里传出了两声爆炸声。接着是一阵嘈杂声，人们看见一个只穿衬衣、不停地叫喊着的矮个儿几乎是足不着地给拖了出来。同时，所有沿街的百叶窗都像出现奇迹一般一下子全打开了，窗口挤满了瞧热闹的人，一大群人从屋里走了出来，挤在警戒线后面。这时，人们看到这矮个儿已到了马路中间，两脚着地，两只胳膊被警察拧到背后。他叫喊着。一个警察跑到他跟前，又稳又狠地猛揍了他两拳。

“这是科塔尔，”格朗结结巴巴地说，“他疯了。”

科塔尔被打倒在地上。只见那个警察使尽全力对准躺在地上的人踢了几脚。接着一群乱哄哄的人骚动起来，朝着医生和他的老朋友走来。

“散开！”警察说。

当这群人在里厄面前走过时，他把目光避开了。

在暮色朦胧中，格朗和里厄走了。好像刚才发生的事件已使这个区从一种麻木的状态中苏醒了似的，这些偏僻的街道又重新沸腾起来，快乐的人群又闹开了。格朗在走到家门口时向医生告别。他要干活去。但临上楼之前，他对医生说，他已经给让娜写了信，并说现在他很高兴。接着他提到了自己已重新改写了那句句子："我把形容词全部划掉了。"

说罢，他就带着一种调皮的笑容，脱下帽子，恭恭敬敬地向里厄行了个礼，但是里厄却在想着科塔尔。他朝着那个患气喘病的老头儿家走去，一路上耳边总是回响着拳头打在科塔尔脸上所发出的那种沉重的声音。想到一个犯罪的人比想起一个死去的人可能更不好受。

当里厄到达病人家的时候，天色已完全黑了。在病人的房间里，能听到从远处传来的那些庆祝自由的欢笑声，而那老头儿的脾气还是跟往常一样，在继续不停地玩他那鹰嘴豆换锅的游戏。

"是啊，玩玩，高兴高兴，他们做得对，"他说，"有苦就得有乐，要不就不成其为世界了。医生，您的那位同事呢？他现在怎么了？"

一阵阵爆炸声传到他们耳边，但这不是枪炮声，孩子们在放爆竹。

"他死了。"医生边回答边为老头儿的呼呼作响的胸部听诊。

"哎哟！"老头儿惊叹了一声。

"得了鼠疫。"里厄补充说。

"是啊，"老头儿过了一会慨叹地说，"好人总是先死，这就是生活。不过他是个有头脑的人。"

"您为什么说这些？"医生一边放好听诊器一边问。

"我是随便说说。不过他这个人说话可不会信口开河。总之，我很喜欢他。就是这样。别人说：'这是鼠疫啊！我们是经历了鼠疫的人哪！'他们差点儿就会要求授予勋章了。可是鼠疫是怎么一回事呢？也不过就是生活罢了。"

"您得经常做做熏蒸疗法。"

"啊！请放心。我还有好多时间要活，我要看人们统统死去。我可懂得活命。"

在远处，欢乐的呼声对他的话作出了回答。里厄站在屋子中间。

"我到平台上去，不打扰您吗？"

“一点也不！您想到上面去看看他们，是吗？您高兴去就去。不过人们还是跟以前一个样。”

里厄朝着楼梯走去。

“喂，医生，他们要为这些死于鼠疫的人竖一座纪念碑，这事儿确实吗？”

“报纸上是这么说的。竖一座石碑，或者一块纪念牌。”

“我早料到会这样做。还会有人演讲呢。”

老头笑得连气也喘不过来。

“我在这里就能听到他们说：‘我们已故的……’一讲完他们就去吃喝了。”

里厄已经登上了楼梯。寒冷的天空一望无际，星星在房屋上空闪闪发光，在山冈附近，星星看上去像燧石一般冷硬坚实。这一天的夜晚跟上次他和塔鲁在一起的那个夜晚没有多大的差别——那天晚上他们是为了排遣鼠疫给他们带来的心头烦闷而到这个平台上来的。但是今天，悬崖下的大海比那天夜里更不平静。四周的空气轻飘飘地浮在那儿一动也不动，一点也闻不到那还不很凉的秋风所带来的海水味。可是来自城里的喧哗声却犹如阵阵波涛冲击着平台的墙脚。但这天的夜晚是解放的夜晚，而不是反抗的夜晚。远处，可以看到一大片暗红色的光，那里是灯火辉煌的林阴大道和广场。在解放了的夜晚，任何力量也阻挡不了人们去实现自己的愿望，现在传到里厄耳边的声音正是人们的心愿所汇成的吼鸣。

从黑沉沉的港口那儿升起了市政府放的第一批礼花。全城发出了一片长时间的低沉的欢呼声。所有那些曾经被里厄爱过而现在已经离开了他的人们，如科塔尔、塔鲁、医生自己的妻子，所有这些人，有的去世，有的犯罪，现在全都被遗忘了。那老头儿说得对，人们还是跟以前一个样。这就是说人们还是那样生气勃勃、单纯无知，而现在就在这平台上，里厄忘却了痛苦，感到自己跟人们在一起。一阵阵越来越响亮、越持久的欢呼声不断地从市中心一直传到平台底下，天空中出现了越来越多的火树银花，犹如百花齐放，争奇斗艳。面对这种景色，里厄医生于是决定动手编写这篇到此为止的故事。他之所以要这样做是因为不愿在事实面前保持缄默，是为了当一个同情这些鼠疫患者的见证人，为了使人们至少能回忆起这些人都是不公平和暴力的牺牲品，为了如实地告诉人们他在这场灾难中所学到的东西，并告诉人们：人的身上，值得赞赏的东西总是多于应该蔑视的东西。

不过他明白这篇纪实写的不可能是决定性的胜利。它只不过是一篇证词，叙述当时人们曾不得不做了些什么，而且在今后，当恐怖之神带着它的无情的屠刀再度出现之时，那些既当不了圣人、又不甘心慑服于灾难的淫威、把个人的痛苦置之度外、一心只想当医生的人，又一定会做些什么。

里厄倾听着城中震天的欢呼声，心中却沉思着：威胁着欢乐的东西始终存在，因为这些兴高采烈的人群所看不到的东西，他却一目了然。他知道，人们能够在书中看到这些话：鼠疫杆菌永远不死不灭，它能沉睡在家具和衣服中历时几十年，它能在房间、地窖、皮箱、手帕和废纸堆中耐心地潜伏守候，也许有朝一日，人们又遭厄运，或是再来上一次教训，瘟神会再度发动它的鼠群，驱使它们选中某一座幸福的城市作为它们的葬身之地。

诺贝尔文学奖受奖词

阿尔贝·加缪

我怀着深深的感激之情接受你们的自由的科学院给予我的荣誉，尤其是我知道这一奖赏大大地超出了我个人的功绩。所有的人，特别是艺术家，都希望被承认。我也是如此。然而，在获悉你们的决定的时候，我不能不将其影响和实际的我作一番比较。一个差不多还算得上年轻的人①，拥有的只是怀疑和尚待完成的事业，习惯于生活在工作的孤独或友情的荫庇之中，在获悉一种突然间使他于一片刺眼的光明之中茕茕孑立、形影相吊的评判之际，怎能不处于某种惊慌失措的境地?在欧洲，一些最伟大的作家被迫沉默，他的故土②正经受着一种无休止的苦难，此时此刻，他能以什么样的心情接受这种荣誉?

这种不安和这种内心的慌乱，我是有的。为了重新得到安宁，说到底我得和一种过于慷慨的命运来一次清算。既然我只能依靠我个人的功绩来和它相称，那么，我找到的能够帮助我的东西，只是在我一生中各种最矛盾的

① 加缪此时四十四岁。

② 指阿尔及利亚。

环境中支持着我的那种东西，即我对我的艺术和作家的作用所持有的看法。我只要求允许我怀着感激和友好的感情尽可能简单地向你们说一说这看法是什么。

就我个人来说，我没有我的艺术就不能生活；但是，我从未将这种艺术置于一切之上。相反，如果说它对我是不可或缺的，那是因为它并不与任何人相脱离，它允许我以我本来的面目和大家一样地生活。在我看来，艺术并不是一种独自的享乐。它是通过给予最大多数人以关于共同的苦乐的特殊形象来使之受到感动的一种方式。因此，它迫使艺术家不离群索居，它使他听命于最谦卑、最普遍的真理。一个人常常因为感到自己与众不同才选择了艺术家的命运，但他很快就明白，他只有承认他与众人相像，才能给予他的艺术、他的不同之处以营养。正是在他与别人之间的不断的往返之中，在通往他不可或缺的美和他不能脱离的集体的途中，艺术家成熟起来了。这就是为什么，真正的艺术家什么都不蔑视，他们迫使自己去理解，而不是去评判。如果他们在这世界上有什么事业要支持的话，那只能是一种社会的事业，根据尼采的豪言壮语，统治这个社会的不再是法官，而是创造者，不管他是体力劳动者还是知识分子。

这样，作家的作用就与某些困难的责任难解难分了。从定义来说，他今天不能为创造历史的那些人服务，因为他为之服务的是那些承受历史的人；不然的话，他就要孤立，失去了他的艺术了。暴政的数百万军队也不能把他从孤独中拉出来，尤其是当他同意跟着他们亦步亦趋的时候。然而，世界的另一端的一个无名的、饱受屈辱的囚徒的沉默却足以使作家从流亡中走出来，只要他在自由的特权中能够不忘记这种沉默，能够通过艺术的方式使之引起我们谁都没有伟大到足以完成这样的使命的程度；但是，作家在其一生的各种情势中，默默无闻或名噪一时，身处暴政的镣铐之中或暂时获得了言论的自由，却可以找到一种为他辩白的活生生的团体的感情，唯一的条件是他尽可能地接受造成他的职业的伟大的两种责任：为真理服务和为自由服务。既然他的使命是团结尽可能多的人，那么这种使命就不能将就谎言和奴役，而谎言和奴役在其占统治地位的任何地方都使孤独迅速地扩散。无论我们个人的缺陷如何，我们的职业的高尚将永远扎根在两种难于履行的承诺之中：拒绝对众所周知的事情撒谎和抵抗压迫。

在一种荒唐的历史的二十多年中，我像所有的同龄人一样，孤零零地迷失在时代的动乱之中，支持我的是一种模模糊糊的感觉，即写作在今天是一种光荣，因为这一行动承担着义务，不仅仅是写作而已。它特别迫使我按照我的本来面目并根据我的力量来和经历着同一历史的人们承受我们共有的痛苦和希望。这些人生于第一次世界大战之初，在希特勒政权建立和最初的革命审判发生时是二十岁，随即面临西班牙战争、第二次世界大战、集中营的天下以及酷刑和监狱的欧洲，并以此完成了他们的教育；今天，他们得在一个受到核毁灭的世界中教育他们的儿子和从事他们的事业。我想，谁也不能要求他们乐观。我甚至认为我们应当理解(有时也不断地与之进行斗争)那些人的错误，他们因日益加重的绝望而要求自轻自贱的权利，一窝蜂地奔向时代的虚无主义。然而，在我的祖国，在欧洲，我们中的大部分人拒绝了这种虚无主义，并着手寻求一种正当性。他们得造就一种在灾难性时代过生活的艺术，以便获得再生，然后公开地对正在我们的历史中起作用的死亡本能进行斗争。

每一代人都以改造世界为己任，不过我这一代人知道它改造不了世界，但它的任务也许更伟大。这任务是阻止世界分崩离析。这一代人继承了一段腐败的历史，其中堕落的革命、疯狂的技术、死去的神祇和筋疲力尽的意识形态都搅作一团，平庸的政权今天可以毁灭一切，却不再知道如何服人，智力卑躬屈节到为仇恨和压迫当婢妾的程度，因此，这一代人不得不在其自身及周围从自我否定开始来恢复些许造就生与死之尊严的东西。面对着一个有着解体危险的、我们的伟大的审判者可能永久地建立起死亡之国的世界，这一代人知道它应该在一场疯狂的计时奔跑中恢复民族之间的并非奴役的、和平的和平，重新使劳动和文化协调一致以及与所有的人一起重造圣约柜。不能肯定它一定能完成这一巨大的任务，但可以肯定的是，它在世界各地都接受有关真理和自由的双重打赌，并且到时候知道为此而不怀仇恨地死去。它在所到之处都有资格受到欢呼和鼓励，尤其是在它牺牲自己的地方。无论如何，我愿意把你们刚刚给予我的荣誉转赠于它，我确信你们内心深处是同意的。

在说完写作这一职业的高尚之后，我同时就要把作家放回到他的真正的位置上去，他只有与战友共享的名义，他脆弱但也固执，他不公正却又醉心于正义，他在众目睽睽下既无羞愧又无骄傲地构筑他的作品，永远处在痛苦和美的分割之中，并且一心一意要从他的双重存在中提取他固执地试图在历史的破坏运动中建立起来的作品。如此说来，谁能够指望从他那里得到现成的解决办法和好听的道德教训?真理是神秘的、不可捉摸的，总是需要争取的。自由是危险的，既难以承受又激动人心。我们应当艰难然而坚决地朝着这两大目标前进，事先就确信我们会昏倒在一条如此漫长的道路上。此后还有哪一位作家敢于充当美德的宣扬者而心安理得?至于我，我得再次申明我与这些东西毫无干系。我从来也不能放弃光明、生之幸福和我于其中成长的自由的生活。然而，尽管这种怀念解释了许多我的错误和过失，它无疑帮助了我理解我的职业，它还在帮助我站在那些沉默的人的身旁，他们在这世界上只是由于回忆或者重获短暂而自由的幸福才忍受了强加给他们的生活。

我这样地回到实际的我，回到我的局限，回到我的债务，回到我的困难的信仰，我才感到更自由地向你们展示你们刚刚给予我的荣誉的广度和慷慨，也更自由地向你们说我愿意把它作为向所有那些人表示的敬意来接受，他们分担了同样的战斗，却并没有得到任何特权，反而遭受了不幸和折磨。最后，我从内心深处感谢你们，并且公开地作出那个古老的忠诚的许诺，以此表示我个人的感激之情，而这个许诺，是每个真正的艺术家每天都在无言中向自己作出的。

诺贝尔文学奖经典·译林出版

书名	单价	ISBN 号
老人与海	18.00 元	9787544734615
耻	24.80 元	9787544734660
无命运的人生	19.80 元	9787544734868
世界美如斯	36.00 元	9787544734875
癌症楼	36.00 元	9787544734882
逐爱的女人	19.80 元	9787544734899
归于尘土	29.80 元	9787544734912
局外人·鼠疫	24.80 元	9787544734929
野草在歌唱	24.80 元	9787544734936
毕司沃斯先生的房子	36.00 元	9787544734943